AF834390

अनजाना हमसफ़र

आनंद के पल

(VOL - 7)

देव गोयल 'देव'

KAVYA
PUBLICATIONS

Publisher:

SDR INNOWAYS INDIA PVT. LTD.
667, Rajaward, Kulpahar, Mahoba - 210426

Imprint:
KAVYA PUBLICATIONS
Abhinav R.H.4, Awadhpuri, Bhopal - 462002

Centre:
Kavya Publications
107c, hanuman khand. street no 8, Gulab Vatika
Near Jawahar Nagar, Delhi NCR

Mob.	: 7905266820, 9918801353
Website	: www.kavyapublications.com
E - Mail	: editor@kavyapublications.com
ISBN	: 978-93-6431-342-1
Price	: 499/ - INR
Year	: 2025

Copyright© DEV GOYAL 'DEV'

This book is printed at MTL and published by author Ajay Agrawal, CEO of SDR Innoways India Pvt. Ltd. Kulpahar Mahoba with its imprint and centre, Kavya Publications Delhi.

All rights Reserved. No part of this publication may be reproduced, transmitted or stored in a retrieval system, in any form or by any means, electronic, mechanical, photocopying recording or otherwise, without the prior permission of the publisher.

DISCLAIMER — इस पुस्तक में व्यक्त किए गए विचार और प्रदान की गई सामग्री पूरी तरह से लेखक की है और प्रकाशक द्वारा सद्भाव में प्रस्तुत की गई है। सभी नाम, स्थान, घटनाएं और घटनाक्रम या तो लेखक की कल्पना की उपज हैं या काल्पनिक रूप से उपयोग किए गए हैं। कोई भी समानता विशुद्ध रूप से संयोग है। लेखक और प्रकाशक इस पुस्तक की सामग्री के आधार पर पाठक द्वारा की गई किसी भी कार्रवाई के लिए जिम्मेदार नहीं होंगे। इस कार्य का उद्देश्य किसी भी धर्म, वर्ग, संप्रदाय, क्षेत्र, राष्ट्रीयता या लिंग की भावना को ठेस पहुँचाना नहीं है।

समर्पण

अपने सामाजिक उपन्यास 'अनजाना हमसफ़र' खण्ड सात को मैं सहर्ष अपने कनिष्ठ पुत्र - श्रेष्ठ, कुमार आशीष को समर्पित करता हूँ जिसके प्रेरणादायी विचारों से मैं यह उपन्यास सीरिज़ लिखने को उत्साहित हुआ। कुमार आशीष का जीवन सफ़र आरंभ से ही उज्ज्वल रहा। **IIT - Bombay** से **B. Tech** कुमार आशीष **Sept.** 2002 में उच्च शिक्षा के लिए **U.S.A.** चला गया व **University of California Santa Barbara (UCSB)** से **Ph.D.** कीं डिग्री हासिल की। इसी दौरान कुमारी ईशिता (**Ishita**) से उसका विवाह संपन्न हुआ।

Ph.D. के बाद सर्विस में रहते हुए कुमार आशीष ने **Ross School of Business - Ann Arbor, University of Michigan** से **M.B.A.** की डिग्री हासिल की। संप्रति कुमार आशीष **U.S.A.** के **Boston** में एक प्रतिष्ठित कंपनी में उच्च पद पर आसीन रहकर अपनी सेवाएँ दे रहा है। कुमार आशीष अपनी दो पुत्रियों व पत्नी (**Ph.D.**) के साथ **Boston** के **Suburban, Arlington** में अपने घर में निवास कर रहा है।

अपने उच्च शिक्षा काल में कुमार आशीष ने अपने माता - पिता से एक **Cent** भी नहीं लिया बल्कि खुद परिश्रम एवं संघर्ष करके अपना कॉलेज व हॉस्टल का खर्च **arrange** किया। कुमार आशीष अपने भावी जीवन में सपरिवार दिन दुगुनी रात चौगुनी उन्नति करे, ऐसी भगवान श्री के चरणों में निवेदन करता हूँ।

देव गोयल 'देव'

लेखक की क़लम से

October 1971 की वह सांझ मेरे जीवन में सवेरा बन कर अवतरित हुई, जब मैं ऑनर्ज इन हिंदी के लिए एस.डी. कॉलेज पानीपत में परीक्षार्थी था। उस शाम जो घटाएँ उमड़ - घुमड़ कर गगन - विहार करने लगीं तो अगले दिन के एग्ज़ाम की परवाह किए बग़ैर मेरा लेखक मन काग़ज़ के पन्नों पर कुछ उकेरने को तड़प उठा और कुछ समय में ही अनेकों पृष्ठ रंग डाले। उस समय मैंने अपने जीवन के उन्नीसवें वर्ष में प्रवेश किया था। तत्पश्चात् अन्य साहित्यिक गतिविधियों से तो जुड़े रहे पर वे पृष्ठ अनछूए ही अँधेरों में गुमनाम रहे।

जीवन तो चलता ही रहता है चाहे हमारी गतिविधियाँ अवरुद्ध हो गई हों। 2011 में प्रिंसिपल पद से सेवानिवृत्त होने के कई साल बाद अचानक एक दिन पुराने मित्र श्री धर्मवीर 'आर्य' ब्लॉक शिक्षा अधिकारी से घर पर ही गुफ़्तगू हो रहीं थीं। मेरी साहित्यिक अभिरूचि से वे प्रभावित हुए व उन पृष्ठों को पुस्तक में बदलने का प्रेरक सुझाव दिया और उसी प्रेरणा के वशीभूत होकर मेरी साहित्यिक सरिता अपनी मंज़िल पाने हेतु किसी अनजान सागर की ओर बह निकली। असल में सेवानिवृत्ति के बाद मुझे 2011, 13, 15, 19 व 2023 में अमेरिका जाने का अवसर प्राप्त हुआ। वहाँ मुझे अपने कनिष्ठ पुत्र कुमार आशीष से भी उत्साह वर्धक सुझाव मिले।

कवि, लेखक, समीक्षक, कोई भी साहित्यिक प्रतिभा धनोपार्जन के लिए नहीं बल्कि समाज व राष्ट्र को कुछ श्रेष्ठ देकर अपने कर्तव्य पथ पर अग्रसर होती है। इसी अवधारणा को गाँठ में बाँधे यह उपन्यास मनोरंजन के साथ - साथ कुछ सामाजिक लक्ष्यों को भी साथ लेकर आगे बढ़ा है लेकिन वे लक्ष्य पाठक के मनोरंजन, रोमांस व हास्य - विनोद के अधिकारों का अतिक्रमण नहीं करते। मुझे विश्वास व उम्मीद है कि यह उपन्यास - सीरिज़ हर धारा के जनमानस के लिए उपयोगी व प्रेरणादायी साबित होगी।

देव गोयल' 'देव'

शुभकामनाएँ

श्री देव गोयल 'देव' द्वारा लिखित उपन्यास "अनजाना हमसफ़र" के खंड - सात के प्रकाशन पर मैं उन्हें शुभकामनाएँ प्रेषित कर रहा हूँ व कामना करता हूँ कि इस सीरिज़ के बाद एक और उपन्यास सीरिज़ लिख कर समाज व राष्ट्र की सेवा में समर्पित करें। मैं इनकी लेखन - शैली, भाषा - प्रयोग व लाजवाब शब्द - चयन से बहुत प्रभावित रहा हूँ।

Dr. Prem Kumar Gupta (HCMS)

EX . S M O, Urban Estate — Jind (Haryana)

यह मेरा सौभाग्य मानिए कि मैं श्री देव गोयल 'देव' के लगभग पंद्रह वर्ष से परिचय में हूँ। मैं इनकी लेखन - शक्ति का क़ायल हूँ। उपन्यास लेखन का इनका लक्ष्य जनमानस को मोबाइल फ़ोन से दूर कर फिर से पुस्तक - पठन की ओर लेकर आना है इसीलिए ये ऐसा रोचक उपन्यास लिखते हैं कि शुरू करने के बाद लगने लगता है कि पूरा उपन्यास आज ही पढ़ डालूँ। ऐसे प्रतिभावान लेखक को मेरा नमन व भविष्य के लिए शुभकामनाएँ।

Ravi Kapoor (Businessman)

Mumbai— Maharashtra

श्री देव गोयल 'देव' प्रतिभा के धनी साहित्यकार हैं। मैंने इनके द्वारा रचित उपन्यास 'दीपा दीदी', 'जज साहब' व अमेरिका यात्रा संस्मरण 'अपनों से दूर अपनों के पास' का रसास्वादन किया। क्या लिखते हैं ! पढ़ने में आनंद अनुभव होता है। अब इनका "अनजाना हमसफ़र" उपन्यास जो बृहत् स्वरूप में है, प्रकाशित हो रहा है जिसके लिये मैं अपनी हार्दिक शुभकामनाएँ इन्हें भेज रहा हूँ।

Dr. Chander Dutt Sharma

Kaushik Nagar – Jind

उपन्यास एक नजर में

कई परीक्षाओं में अपठित गद्यांश देकर उससे संबंधित प्रश्न पूछे जाते हैं जिनका उत्तर उस गद्य खंड के आधार पर ही देना होता है। इन प्रश्नों में एक प्रश्न आमतौर पर यह भी पूछा जाता है कि इस गद्यांश का उचित शीर्षक बताएँ। सबसे ज़्यादा उलझन इसी प्रश्न को लेकर पेश होती है। बार - बार गद्यांश पढ़ने के बाद ही दो तीन शब्दों का शीर्षक कठिनता से मस्तिष्क में जन्म लेता है। एक नव उत्पन्न बच्चे का नामकरण करना कोई आसान काम नहीं है। कोई भी साहित्यिक रचना बिना शीर्षक के शोभा नहीं पातीं। उसे नाम या शीर्षक देने के कुछ मूलभूत सिद्धांत है, जैसे - कथानक के आधार पर, किसी घटना, स्थान या परिस्थितियों के अनुसार, उपन्यास के नायक -नायिका के आधार पर, उद्देश्य के अनुसार आदि आदि।

अब हम "अनजाना हमसफ़र" उपन्यास के शीर्षक पर विचार करेंगे कि यह शीर्षक क्यों रखा गया ? क्या यह किसी मुख्य पात्र या नायक - नायिका के नाम पर प्रतीत होता है? किसी घटना, स्थान के कारण है ? शायद इसका उत्तर' नहीं' में देना पड़ेगा। शीर्षक चुनना कुछ पंक्तियों की रचना के लिए भी दुष्कर होता है जबकि हमारा उपन्यास तो हज़ारों पन्नों में फैला महासागर की गहराई के समान लेकिन सीमित है। उपन्यास के शीर्षक के लिए कई सुधीजनों से सलाह मशविरा किया गया व अनेक नाम सामने आए, मसलन - ''न इस पार न उस पार", "अनजान रिश्ते", "वह कौन थी", "अजनबी", "पति भी पिता भी", "आख़िरी रात", "अनजान मुसाफ़िर", "पुनर्मिलन", "अमानत", "हमसफ़र", "अजनबी हमसफ़र" व "अनजाना हमसफ़र"। अब तक आपने उपन्यास के छ: खंड पढ़ लिया होगा व इन शीर्षकों से कुछ परिचित हो गए होंगे। शीर्षक शायद प्रत्यक्षतः किसी पात्र या नायक - नायिका के नाम पर नहीं चुना गया है। किसी स्थान या घटना पर भी

आधारित नहीं महसूस हो रहा। सभी शीर्षक सामान्यतः किसी परिस्थिति या किसी ख़ासियत की ओर ही संकेत कर रहे प्रतीत होते हैं।

उपन्यास के आरंभ में डॉ. भगवत स्वरूप, मुखिया, प्रधान जी, देव व मित्र - मंडली का अवतरण होता है जो उपन्यास में अंतिम पृष्ठों तक अपना प्रभाव बनाए रखते हैं। उपन्यास में शेखर बाबू व शालू की एंट्री द्वितीय खंड में शिवि के घर से पलायन पर, तीसरे खंड में ऑफिस में रेड पर आरंभ होती है। चतुर्थ खंड में मुक़दमा व राजू के विषय में बातचीत, पंचम खंड में बहुतायत में मिलती है और छटे व सातवें खंड में दोनों की प्रभावी तस्वीर सबके सामने उभर कर आती है। उपन्यास के शीर्षक के लिए यदि पात्र आधारित नाम का चुनाव करना हो तो 'देव', 'डॉ. भगवत स्वरूप', 'रश्मि', 'राकेश', 'शेखर बाबू' आदि अनेक नाम हैं पर किसी में चमत्कारिक आकर्षण दिखाई नहीं पड़ रहा। हालाँकि ये सभी पात्र प्रमुख व परोपकारी तथा अन्य पात्रों पर प्रभुत्व जमाने व नायक - नायिका कहलाने की हैसियत रखते हैं। उपन्यास में स्थान विशेष का कोई महत्व नहीं, लगभग काफ़ी घटनाएँ भिवानी के ट्रेनिंग कॉलेज व अंबाला में ही घटित होती हैं जो विशेष महत्वपूर्ण नहीं लगते।

हमें लगता है कि उपन्यास का नामकरण परिस्थिति या घटना आधारित हो सकता है पर शायद घटना तो नहीं, हाँ परिस्थिति जन्य संभव है। शेखर व शालू दोनों परिस्थिति वश एक दूसरे के बंधन में बंध गए थे और उन बंधनों से जो हालात उत्पन्न हुए, उसी विशेषता (ख़ासियत) के प्रतीक स्वरूप उपन्यास का शीर्षक चुना गया है। जितने भी शीर्षक हमने पहले सुझाए है, सब शेखर - शालू के इर्द - गिर्द ही घूमते हैं। आपको उपन्यास के सातवें खंड के पढ़ने से और स्पष्ट हो जाएगा। अब विचारणीय विषय यह है कि बहुत नामों से केवल" अनजाना हमसफ़र" ही क्यों सटीक एवं महत्वपूर्ण पाया गया है। वैसे तो इसकी सार्थकता का मूल्यांकन पाठक वृंद अच्छे से कर सकता है लेकिन सवाल उत्पन्न हुआ कि इस नामकरण का आधार क्या

बना? देव व मित्रों, सगे - संबंधियों का उपन्यास में रोल महत्वपूर्ण व विस्तृत भी है लेकिन उनके क्रिया कलाप और गतिविधियाँ इतनी प्रभावशाली नहीं कही जा सकती जो पाठक के लिए चमत्कारिक हो। उनके सभी क्रिया कलाप सामान्य स्तर के ही हैं जो एक आम इंसान की ज़िंदगी में घटित होते हैं। देव का नीलिमा का फ़ेस बर्न का इलाज वैसे तो मानवता के लिए एक उदाहरण है फिर भी जो त्याग शेखर बाबू ने किया है वह अद्वितीय है, अनुपम है। यद्यपि शेखर बाबू के त्याग में देव, पुष्पेंद्र सिंह के साथ मिलकर अपने राजनैतिक रसूख़ का भरपूर इस्तेमाल करता है फिर भी वह शेखर के समकक्ष नहीं पहुँच पाता है। शेखर बाबू का त्याग उच्च कोटि का व समाज के लिए चमत्कारिक व अतुलनीय है।

शेखर बाबू की पत्नी शिवानी (शिवि की माँ) की गुमशुदगी के बाद उसने शिवानी नाम की दूसरी महिला से शादी की, यह सोचकर कि शायद वह उसी की पत्नी हो पर यह नाम मिलने का ही एक संयोग ही था। जब शेखर बाबू को इल्म होता है कि शिवानी (शालू) शिवि के प्रोफ़ेसर शेखर गुप्ता की पत्नी है तो उसके साथ घटित घटनाओं की जानकारी प्राप्त करता है व शालू के साथ पवित्रता का संबंध बनाए रखता है और अंत में सभी प्रिय जनों के साथ डंके की चोट पर शेखर गुप्ता को उसे सौंप देता है। यह त्याग कोई मामूली त्याग नहीं बल्कि हृदयग्राही व अदम्य साहस की मिसाल है। सभी पात्र उसकी प्रशंसा करते हैं व गजेंद्र सिंह अंत में उसे अपने रेस्टोरेन्ट में पार्टनर बना लेता है जिससे उसका एकाकी नीरस जीवन विपदा रहित व्यतीत हो सके। उपन्यास के लिए जो अन्य शीर्षक सुझाए गए हैं, वे आपको संपूर्ण उपन्यास पढ़ने के बाद कुछ हल्के महसूस होने लगेंगे। “अनजाना हमसफ़र” में एक आकर्षण व नवीनता पाएँगे।

मैं यहाँ कहना चाहूँगा कि 'हमसफ़र' शब्द में कोई रहस्य नहीं है, यह आमतौर पर साथी के लिए प्रयुक्त होता है और प्रचलित अर्थ में लें तो पति - पत्नी दोनों के लिए प्रयोग किया जाता है। अब 'अनजाना' शब्द को मैंने किस

अर्थ में लिया है, इसका खुलासा करना चाहूँगा कि इसे "भोला" अर्थ में ग्रहण किया गया है। इतना बड़ा त्याग और वह भी बिना किसी प्रतिकार के एक भोलेपन का ही कारनामा हो सकता है। दूसरे मैंने इसे" जिसको पता न हो अर्थात् जो अनजान हो" । शेखर बाबू को शालू के बारे में कुछ जानकारी नहीं बल्कि शालू ही उसे सब कुछ बताती है। अनजाना रहकर ही वह शालू के साथ जीवन व्यतीत करता है। शेखर बाबू के शब्दों में — "हम पास रहते हुए भी दूर हैं, एक घर में रहते हुए भी अनजाने हैं। मुझे नहीं पता हमारा आपस में संबंध क्या है?" इस शीर्षक के पक्ष में एक तर्क और पेश करना समीचीन समझता हूँ - "मैं राही अनजान राहों का, यारों मेरा नाम अनजाना।"

इस गाने के भावों ने भी मुझे प्रभावित किया है व शीर्षक को सार्थकता प्रदान की। उपन्यास में जितने भी मुख्य पात्र आपको नज़र आ रहे हैं, शायद ही कोई इतना सुफल प्राप्त कर पाया हो जितना प्रोफ़ेसर डॉ. गुप्ता को मिला है। उनकी बेटी नीलिमा स्वस्थ हो गई और एक अच्छे लड़के से उसकी शादी हो गई। शिवानी (शालू) अंत में अपने पति को पाने में सफल रही। प्रोफ़ेसर डॉ. गुप्ता उपन्यास के सभी पात्रों में सबसे ज़्यादा फल प्राप्त कर्ताओं में अग्र पंक्ति में खड़े हैं। इस दृष्टि से आप शालू को भी अनजाना हमसफ़र मान सकते हैं लेकिन मैंने शेखर बाबू को आधार बनाकर ही यह शीर्षक चुना है।

आप क्या सोचते हैं यह आपको ही फ़ैसला कर लेना है। हो सकता है कि आप पाठक व विवेकशील समालोचक इस शीर्षक के और मायने भी खोज कर लें पर मैंने जिन संदर्भों में इसे अपनाया है, उसका संक्षिप्त विवरण आपके समक्ष खुले मन से कर दिया है। आप में से बहुत सुधीजन मुझसे सहमत / असहमत हो सकते हैं लेकिन जब मैं यह गीत सुनता या गुनगुनाता हूँ, तब मुझे शेखर बाबू और उनके भावनात्मक व उच्च कोटि के त्याग पर गर्व महसूस होता है। इन दोनों पात्रों ने उपन्यास को एक नवीन उद्देश्य के साथ जोड़ा है जो बेजोड़ बना है। आपको शीर्षक पसंद लगा तो बहुत आभार व धन्यवाद और नहीं जंचा तो कुछ और शीर्षक मुझे प्रेषित कर सकते हैं। जब

भी उपन्यास का अगला संस्करण प्रकाशित होगा, उसमें उचित शीर्षक को उपन्यास के लिए चुना जा सकता है। आख़िर में शेखर बाबू की कही कुछ पंक्तियाँ उद्धृत करना चाहूँगा - "शालू ! कल के बाद मुझे भूल जाना, सोचना कि कोई अनजाना हमसफ़र जीवन की राह में मिल गया था जिसने अपना रास्ता भटक कर एक भटके हुए को राह दिखाई।"

उपसंहार - हमने बड़े परिश्रम से उपन्यास के सभी खंड पढे हैं व इस निष्कर्ष पर पहुँच पाए हैं कि उपन्यास या कोई भी साहित्यिक रचना, तत्वों की सूची सामने रखकर तैयार नहीं की जा सकती। किसी भी साहित्यिक रचना में सभी तत्व अनायास ही समाविष्ट हो जाएं, वही कृति सफलता को प्राप्त होती है। तत्वों को हम विशेषताएँ या गुणों का नाम भी दे सकते हैं जो उपन्यास में होना आवश्यक है। तत्व, किसी भी साहित्यिक रचना का पैमाना ही समझिए जिनके आधार पर कृति का मूल्यांकन किया जाता है कि अमुक कृति एक साहित्यिक कृति है या सामान्य प्रकार की।

"अनजाना हमसफ़र" उपन्यास में हमने वे सभी गुण, विशेषताएँ व तत्व देखने को मिले हैं इसीलिए इसे एक उत्तम साहित्यिक रचना माना जा सकता है। लेखक होने के नाते निष्कर्षत: यह कहना उचित ही होगा कि उपन्यास में सभी तत्वों का समावेश अनायास ही हुआ है। मैंने समाज, राष्ट्र व मानवता को एक उत्कृष्ट रचना देने का प्रयास किया है। कितना सफल हुआ हूँ, यह आप सुधी पाठक वृंद व विवेकशील साहित्य जन ही तय करेंगे। अंत में कहना चाहूँगा कि आपने उपन्यास का भरपूर आनंद लिया, इसी में ही अपने लक्ष्य की पूर्ति समझता हूँ। फिर किसी अगली रचना पर आपसे मुलाक़ात होगी, ऐसी संभावना व आशा के साथ-

सदैव आपकी सेवा में समर्पित....

देव गोयल 'देव'

पाठक प्रतिक्रिया - 1

हिन्दी साहित्य उपन्यास परंपरा को प्रायः तीन भागों में विभाजित किया जाता है —

1. पूर्व प्रेमचंद युग 2.प्रेमचंद युग 3.प्रेमचन्दोत्तर युग

पूर्व प्रेमचंद युग में प्रायः पौराणिक, प्रेम - प्रधान, तिलस्मी तथा ऐयारी उपन्यास लिखे गए जिनमें देवकीनन्दन खत्री का नाम अग्रणी व उल्लेखनीय है। उनके 'चंद्रकांता' व 'चंद्रकांता संतति' उपन्यास बहुत लोकप्रिय हुए। प्रेमचंद युग उपन्यास साहित्य का स्वण युग माना जाता है, इस काल में पहली बार जन सामान्य को वाणी मिली। प्रेमचंद - उत्तर काल में उपन्यास साहित्य में घोर नग्न यथार्थवाद , अवचेतन वाद, प्रतीकवाद की प्रवृत्तियों का समावेश हुआ। आज के आधुनिक काल में भी प्रायः इन्हीं प्रवृत्तियों का तथा अर्थवाद एवं वैज्ञानिकता का समावेश देखने को मिलता है।

श्री देव गोयल 'देव' द्वारा लिखित सामाजिक उपन्यास "अनजाना हमसफ़र" सात खंडों में विभाजित है जो विशालता की दृष्टि से चंद्रकांता व चंद्रकांता संतति के समकक्ष प्रतीत होता है। आज हिंदी साहित्य पर लघुता का प्रभुत्व है, आधुनिक साहित्यकार पाठकों के सुभीते के लिए

प्रायः लघुकथा, लघु कहानियाँ या लघु उपन्यास लिखना पसंद करते हैं। परंतु "अनजाना हमसफ़र" उपन्यास में लेखक ने उपरोक्त मान्यताओं को तोड़ कर सात खंडों में विभाजित विशालकाय उपन्यास की रचना करके हिन्दी साहित्य को तो समृद्ध किया ही है अपितु प्रेमचंद युग की मान्यताओं को भी जीवंत कर दिया है। इसके लिए लेखक को बधाई एवं हार्दिक शुभकामनाएँ!

उपन्यास में मध्यवर्गीय जीवन की अनेकानेक समस्याएँ तो हैं ही, लेखक ने अपने कौशल से उनका समाधान भी सुझाया है तथा कला केवल मनोरंजन के लिए न होकर जीवन के मर्मों को उद्घाटित करने वाली भी होती है। उपन्यास में पात्र समाज की रूढ परंपराओं और पुराने मूल्यों के प्रति संघर्ष करते दिखाई देते हैं परंतु समाजोपयोगी पुरानी मान्यताओं के प्रति निष्ठावान भी हैं। इसको भी लेखक ने सुंदर ढंग से उकेरा है।

उपन्यास कथानक एवं कला दोनों दृष्टियों से प्रशंसा के योग्य है। कथानक, पात्र - चयन, शब्द - विन्यास आदि की दृष्टि से उपरोक्त तीनों कालों की विशेषताओं को समेटे हुए है। लेखक ने मानव की त्याग वृत्ति को उसके परम आनंद का स्रोत माना है। उपन्यास के पात्र निजी स्वार्थ त्याग कर दूसरे की भलाई में संतुष्टि प्राप्त करते दिखाई पड़ते हैं।

निष्कर्ष रूप से कहा जा सकता है कि "अनजाना हमसफ़र" हिन्दी उपन्यास साहित्य गगन में चंद्रमा की भाँति पाठकों को शीतल प्रकाश से आलोकित करता रहेगा। मैं पुनः श्री देव गोयल 'देव' को साधुवाद अर्पित करता हूँ जिन्होंने कई वर्षों की कठोर तपस्या करके समाज को एक नायाब तोहफ़ा दिया है। मैं समझता हूँ कि आप इस उपन्यास को पढ़कर अपने आप में गर्व महसूस करेंगे।

धर्म वीर आर्य (सेवानिवृत्त)
खंड शिक्षा अधिकारी, हरियाणा सरकार।

पाठक प्रतिक्रिया - 2

अनजाना हमसफ़र एक विशुद्ध सामाजिक उपन्यास है, जिसकी कथावस्तु समाज में घटित घटनाओं, पात्रों, सरोकारों व क्रिया - कलापों से गुँथी है। कथावस्तु का आधार सामाजिक परिवेश एवं पात्र हैं, जो विभिन्न वर्गों से संबंधित हैं। उपन्यास की मुख्य कथा के साथ गौण कथाएँ तिल - चावलों की तरह मिश्रित हैं।

उपन्यास की संवाद योजना बड़ी मज़बूत एवं प्रभावशाली है। संवाद रोचक, संक्षिप्त एवं पात्रों के अनुकूल हैं। पात्रों के कथोपकथन में ही उपन्यास के उद्देश्य गुंफित हैं। संवाद स्पष्ट व कथावस्तु को गति प्रदान करने वाले हैं। उपन्यास के पात्र स्वावलंबी, स्पष्ट एवं प्रभावशाली हैं। संपूर्ण उपन्यास में पात्रों में कहीं भी गतिरोध दिखाई नहीं देता, सभी एक - दूसरे के सहायक नज़र आते हैं। पात्र जीवंत व असरदार वक्ता हैं। उपन्यास की कथावस्तु, संवाद, पात्र सभी देश काल के अनुसार हैं।

उपन्यास की भाषा - शैली सरल, सरस एवं पात्रानुकूल तो है ही, सहजग्राह्य भी है। आम पाठक भी उपन्यास का लुत्फ़ उठा सकते हैं। शैली

उपदेशात्मक न होकर पात्रों के संवादों व घटनाओं में निहित है। लेखक कहीं भी कथावस्तु, संवाद, पात्र व उद्देश्य पर अतिक्रमण नहीं करता पाया गया है।

मनोरंजन एवं उद्देश्य दोनों ऐसे जुड़े हैं कि पाठक आनंदित होता हुआ उद्देश्य के क़रीब भी टिका रहता है, उसे कहीं भी आभास नहीं होता कि मुझ पर उद्देश्य थोपे जा रहे हैं।

उपन्यास के शीर्षक के लिए यदि पात्र आधारित नाम का चुनाव करना हो तो 'देव', 'डॉ. भगवत स्वरूप', 'रश्मि', 'राकेश', 'शेखर बाबू' आदि अनेक नाम हैं पर किसी में चमत्कारिक आकर्षण दिखाई नहीं पड़ रहा। हालाँकि ये सभी पात्र प्रमुख व परोपकारी तथा अन्य पात्रों पर प्रभुत्व जमाने व नायक - नायिका कहलाने की हैसियत रखते हैं। उपन्यास में स्थान विशेष का कोई महत्व नहीं, लगभग काफ़ी घटनाएँ भिवानी के ट्रेनिंग कॉलेज, अंबाला व जीन्द में ही घटित होती हैं जो विशेष महत्वपूर्ण नहीं लगते। हमें लगता है कि उपन्यास का नामकरण परिस्थिति या घटना आधारित हो सकता है पर शायद घटना तो नहीं, हाँ परिस्थिति जन्य संभव है। शेखर व शालू दोनों परिस्थिति वश एक दूसरे के बंधन में बंध गए थे और उन बंधनों से जो हालात उत्पन्न हुए, उसी विशेषता (ख़ासियत) के प्रतीक स्वरूप उपन्यास का शीर्षक चुना गया है।

संक्षेप में कहा जा सकता है कि अनजाना हमसफ़र उपन्यास, कला एवं भाव पक्ष दोनों दृष्टियों से एक सशक्त रचना है, जिसे साधारण जन, विद्यार्थी व समाज के सभी घटक अपने करीब पाते हैं। जहाँ - तहाँ पात्रों की हास्य - विनोद की प्रवृत्ति उपन्यास में झलकती है। गतिशीलता उपन्यास में कहीं नहीं बिखरी महसूस होती बल्कि जिज्ञासा उत्तरोत्तर बढ़ती जाती है।

शशि बाला 'गोयल'

*एम.ए. — हिंदी (प्रथम श्रेणी) **B — lib. KU K.***

लेखक परिचय

'अनजाना हमसफ़र' हिंदी साहित्य जगत में तहलका मचाने वाले उपन्यास के लेखक हैं जाने - माने शिक्षाविद् एवं जनप्रिय साहित्य - साधक श्री देव गोयल' देव' जो विभिन्न साहित्यिक विधाओं में अपनी क़लम का जादू विश्व पटल पर बिखेर रहे हैं। प्रथम उपन्यास 'दीपा दीदी' नारी सशक्तिकरण की अनूठी मिसाल है। काव्या पब्लिकेशंस - दिल्ली द्वारा प्रकाशित' जज साहब' लाखों दिलों की धड़कन, एक क्रांतिकारी सामाजिक उपन्यास जो मनोरंजन एवं जिज्ञासाओं से भरपूर प्रभावशाली कृति है। न्याय और न्यायप्रियता का अजीबोग़रीब सामंजस्य है' जज साहब'। 'अमेरिका यात्रा - संस्मरण' में आपके प्रिय लेखक की पाँच बार की गई अमेरिका यात्राओं के रोमांचक क्षण समाहित हैं जो बारह वर्षों के कालखंड में विस्तारित हैं।

'अनजाना हमसफर' सात रंगों की इंद्रधनुषी आभा लिए विस्तृत नभ में अपना वितान फैलाए, बादलों के उस पार उड़ते परिंदे की तरह अनजान राहों पर अपनी मंजिल को पाने को प्रयासरत है। अपनी कल्पनाओं की उड़ान के पंखों को मुक्त कीजिए और वहीं सात महासागरों की विशाल जल राशि में डुबकी लगाइए जहां मिलेगा आपको अपना "अनज़ाना हमसफ़र"।

सुधी पाठक जनों से दिल की बात

'अनजाना हमसफ़र' उपन्यास शृंखला का सातवां खंड आपके कर कमलों में सुशोभित है। उपन्यास सीरीज़ लेखन मेरा कोई शुरुआती विचार नहीं था। हुआ यूं कि **U S A** निवासी कनिष्ठ पुत्र ने मुझे महान लेखिका जे. के. रोलिंग द्वारा लिखित उपन्यास **'हैरी पॉटर'** की तर्ज़ पर उपन्यास सीरीज़ लिखने का सुझाव दिया ताकि हिंदी भाषा में भी सुधी पाठकों को कुछ नवीन व मनोरंजक मिल सके। तब से लेखनी का सफ़र निरंतर गतिशील है। प्रस्तुत खंड आप तक पहुँचाकर मुझे संतोष मिश्रित हर्ष व आनंद का अनुभव हो रहा है।

प्रिय पाठक वृंद ! उपन्यास लेखन का मेरा मंतव्य आप सुधी पाठकों को किसी उद्देश्य या सामाजिक समस्या से रूबरू करवाने से ज़्यादा मनोरंजन करने पर केंद्रित रहा है। मेरे मनोरंजन के लक्ष्य में अगर आप कोई संदेश या उद्देश्य खोज लेते हैं तो यह आपका चातुर्य व मेधा उत्कर्ष ही समझा जाएगा। उपन्यास व कहानी में मूलभूत अंतर यही होता है कि उपन्यास का कलेवर विस्तृत होता है जिसमें एकाधिक लक्ष्य निहित रहते हैं जबकि कहानी लघु आकार लिए एक या दो लक्ष्यों को लेकर आगे बढ़ती है।

साहित्य समाज का प्रतिबिंब है, यह सर्वविदित है। लेखक व कवि समाज और राष्ट्र के प्रहरी होते हैं जो साहित्य - सृजन कर इन्हें अनुशासित एवं उन्नत करने का स्वप्न लेकर निकलते हैं। लेखक अपने उद्देश्य को मनोरंजन की मीठी पुड़िया में बांधकर पाठकों के समक्ष प्रस्तुत नहीं करता बल्कि यह विश्वास रखता है कि मेरा पाठक खेल - खेल में शिक्षा की तरह स्वयं लाभान्वित होता रहेगा।

प्रिय पाठक वृंद ! मेरी यह मन से इच्छा है कि उपन्यास के बारे में आपको पूरी जानकारी दूँ। मैंने उपन्यास लिखना **Oct.** 1971 में शुरू किया जब मैं ऑनर्स इन हिंदी के लिए **S.D. College - Panipat** में परीक्षार्थी था।

यह सब मैंने "लेखक की क़लम से" कॉलम में लिखा है । 'अनजाना हमसफ़र' का सफ़र 16 जून 2021 से शुरू हुआ और 2023 में मुझे अपने लड़के के पास अमेरिका जाने का सुअवसर प्राप्त हुआ। वहीं पर मेरे लड़के ने मुझे उपरोक्त सुझाव दिया था। 'अनजाना हमसफ़र' ने अपना सफ़र लगभग 3 वर्ष 5 मास 25 दिन में पूरा किया। इसके सात खंड व क़रीब 1950 पृष्ठ है।

मुझे यह पूर्ण भरोसा है कि उपन्यास आपका भरपूर मनोरंजन करेगा। उपन्यास के पात्र, संवाद, भाषा, शीर्षक सब आपकी पहुँच के भीतर है, कहीं क्लिष्टता लाने का प्रयास नहीं किया गया है । गाँव की पृष्ठभूमि से हूँ, कोई भिन्न नहीं हूँ, आप में से ही हूँ, अनजाना हमसफ़र हूँ, कोई चूक रह जाए तो अन्यथा नहीं लेंगे बल्कि उपन्यास का जो रसास्वादन किया है, उससे मधुर हुई जिह्वा से उपन्यास की प्रशंसा एवं गुणगान करेंगे ।

विनीत

देव गोयल 'देव'

CONTENTS

***

1.

मित्रों की हनीमून यात्रा, शुभम- शिवि का आगमन - 2

"सुबह क्यों ? अभी बोल देंगे।"

देव बाबू ने गेट की तरफ़ देखा तो अवाक् रह गया - शुभम - शिवि तुम दोनों ! शुभम - शिवि ही हो ना ?

शुभम — देव भैया, एक ही दिन में भूल गए, क्या शादी का असर है?

देविना — मुझपर शादी का असर नहीं है, तुम दोनों शुभम - शिवि ही हो।

शुभम — थैंक्यू देविना भाभी।

देव — सारा समय चुप ही रही थी, तुम्हें देखकर ही चहकने लगी है।

(सब मंद हँसी में हँसते हैं।) शुभम भैया, यह सब क्या हो रहा है ?

राकेश — वाक़ई, शुभम - शिवि को यहाँ पाकर सभी आश्चर्यचकित हैं, तुमने हमें कैसे ढूंढा, जरूर कोई घर का भेदी है ?

कांति — (हँसते हुए) हम हैं विभीषण के अवतार, नीलिमा से ही सब बातें हुई थी शुभम व शिवि की।

देव — नीलिमा दीदी तुमने हमें शुभम - शिवि के बारे में बताया क्यों नहीं ?

नीलिमा — शुभम भैया का फ़रमान था, दोनों सबको सरप्राइज़ देना चाहते थे। मैंने ही सब हाउस बोट का नाम पता बताया था।

शुभम — और हम चले आए देव भैया ! सात बजे दिल्ली एयरपोर्ट से फ़्लाइट में बैठे, नौ बजे यहाँ एयरपोर्ट से बाहर आकर टैक्सी ली व सीधे यहाँ, कहीं कोई मोड़ नहीं।

देव — शाहनवाज़ भाई, दोनों के लिए खाना तैयार करवाओ, शुद्ध शाकाहारी?

शाहनवाज़ — एक रूम अभी हमारे पास ख़ाली है, उसमें सामान बगैरह रखकर हाथ — मुँह धो लें, इतने तक खाना तैयार हो जाएगा।

(शुभम व शिवि दोनों सभी से मिलकर रूम पर जाकर फिर दस मिनट में लौटते हैं।)

शुभम — आप सभी यहाँ बैठे हुए हैं, आराम करो।

रश्मि — शुभम भैया, तुमने कहीं पूजा के लिए जाना था न ?

शुभम — हाँ रश्मि भाभी, परिवार की परंपरा है, शादी होते ही दोनों पति पत्नी दर्शन के लिए कुलदेवी के द्वार पहुँचेंगे व विधिवत पूजा - पाठ कर आशीर्वाद प्राप्त करेंगे।

राकेश — शुभम, अच्छा किया वरना कोई अनहोनी घटना हो जाए तो पश्चाताप रहता है। हर परिवार व कुल के अपने - अपने देवी - देवता पूज्य हैं। यदि समय पर उन्हें याद न करें तो वे कष्ट पहुँचा कर अपनी स्मृति करवाते हैं।

समीर — बिल्कुल सही कहा, हम दोनों भी अपने इष्ट की पूजा के लिए गए थे।

शुभम — (डिनर ख़त्म कर) अब चलो सभी आराम करते हैं, शायद ग्यारह बजने को आए हैं।

देव — शाहनवाज़ भाई, दोनों के लिए सब के समान केसर मिल्क लाओ।

शुभम — कल के लिए कोई प्लान बनाया है क्या? कहाँ - कैसे जाना है?

देव — आज ज़रा थके हुए थे इसलिए कल सुबह पर ही छोड़ दिया था।

(शुभम — शिवि केसर मिल्क लेने के बाद सभी के साथ अपने - अपने रूम पर विश्राम के लिए चले गये थे।)

प्रातः नौ बजे तक सब लोग नहा धोकर नाश्ता बगैरह लेकर तैयार हो गए थे। आज स्थानीय स्तर के स्थलों के दर्शन का निर्णय लिया गया था। शाहनवाज़ भाई ने बताया कि यदि गुलमर्ग में स्कीइंग, गंडरौला व स्केटिंग का आनंद लेना है तो सुबह समय रहते तैयार होकर निकलना पड़ेगा। शाम को भी सूरज ढलने का दृश्य डल लेक पर मनोहारी व नयनाभिराम होता है। आप यहाँ आज के लिए टैक्सी लेकर घूम सकते हैं। श्रीनगर मुख्य रूप से अपनी वादियों व झील - झरनों के लिए जाना जाता है। यहाँ सब प्राकृतिक है। दिन में आप लंच बगैरह डल लेक के किनारे बने रेस्टोरेन्ट में ले सकते हैं।

समीर — शाहनवाज़ भाई, आपने हमें बहुत अच्छे ढंग से बता दिया है, अब हम जाने लगे हैं। हमारा सामान बगैरह तो यहाँ सुरक्षित है ना ?

शाहनवाज़ — यहाँ ऐसी कोई प्रॉब्लम नहीं है फिर भी आप डोर लॉक कर सकते हैं। समीर बाबू मैं आपको बता दूँ कि श्रीनगर झेलम नदी के किनारे बसा हुआ है। प्राकृतिक सुंदरता से भरपूर इस भूमि में सबके लिए कुछ न कुछ है। चाहे प्रकृति प्रेमी हो, सपरिवार छुट्टियाँ मनाने के लिए आए हों, आपकी तरह हनीमून जोड़े हों, श्रीनगर सबके लिए आकर्षक है।

समीर — धन्यवाद शाहनवाज़ भाई !

(सब हाउस बोट से निकल कर बाहर आते हैं।)

देव — शुभम भैया, कैसी रही नींद, झील के अंदर सोने का पहला ही अनुभव होगा।

शुभम — अब तो जीवन में कई नए अनुभव होते जा रहे हैं। कल विमान में उड़ान का भी पहला ही अनुभव था।

देव — लगभग हम सब नए - नए अनुभवों से गुजर रहे हैं। समीर बाबू, अब कहाँ चलना है ? वह सामने टूरिस्ट गाइड सैंटर नज़र आ रहा है, वहाँ से कोई मेप, गाइड — बुक या निर्देशका अवश्य मिलेगी, जिनमें दर्शनीय स्थलों की जानकारी मिलेगी।

(सब वहाँ जाकर प्रचार - सामग्री का अवलोकन करते हैं)

समीर — सबसे पहले हम श्री शंकराचार्य मंदिर जाएँगे, श्रीनगर का सबसे पुराना मंदिर है।

शिवि — समीर भैया, बहुत ऊँचाई पर बना है मंदिर, जहां से पूरे श्रीनगर का भव्य नजारा देखने को मिलता है। तीन सौ के क़रीब सीढ़ियाँ चढ़नी पड़ेंगी, तब पहुँचा जा सकता है मंदिर ?

देव — तुम्हें कहाँ से ज्ञान प्राप्त हुआ शिवि ! कोई सूचना - पत्र रखा है क्या पास मे ?

शिवि — नहीं देव भैया, मेरी मौसी जी बता रहीं थीं कल फ़ोन पर, वे भी हनीमून के लिए श्रीनगर ही आईं थीं।

(सब शिवि की बात सुनकर मुस्कुराते हैं)

देव — और कौनसी जगह है देखने लायक़ शिवि जो तुम्हारी मौसी ने बताई हो।

शिवि — आपके पास सब मैप बगैरह हैं तो सही ? फिर भी मैं बता देती हूँ कि जो मुझे याद हैं। सबसे सुंदर मुग़ल गार्डन है यहाँ, जिसमें शाही बाग, निशांत बाग, परी महल, व शालीमार बाग आते हैं। मंदिर के बाद हम यह गार्डन देख सकते हैं।

देव — समीर भैया, चलो अब हमें अपने ही घर में गाइड मिल गया।

(सब मंदिर जाकर सीढ़ियाँ चढ़ते व गिनते हुए ऊपर मंदिर में पहुँच कर भगवान के दर्शन कर बाहर आकर प्रकृति को निहारते हैं।)

देविना — शिवि देखो, श्रीनगर शहर का नजारा कितना आकर्षक है।

शिवि — और दूसरी तरफ़ डल झील का मनमोहक दृश्य।

(सभी सैलानी आश्चर्य प्रकट करते हैं व वापस लौटते हैं)

रश्मि — देव भैया, अब थकावट हो गई है, इतनी सीढ़ियाँ कभी नहीं चढ़ने का अवसर मिला ? कहीं आराम करना पड़ेगा।

देव — शिवि, अब कहाँ चलना है ?

शिवि — ट्यूलिप गार्डन !

देव — मौसी जी ने बताया था क्या ?

शिवि — हाँ बता रही थी कि (देव बीच में ही बोलते हुए)

देव — यह गार्डन तो इंदिरा गाधी की याद में 2007 में बना है।

शिवि — देव भैया, मैं बता ही रही थी कि आप बीच में ही बोल पड़े। मौसी जी ने कहा था कि बहुत सुंदर गार्डन है। क़रीब सत्तर क़िस्म के फूल

हैं इस गार्डन में मार्च व अप्रैल महीने में ही फूल खिलते हैं व एक विशेष समारोह का भी आयोजन किया जाता है।

देव — सॉरी शिवि ! अब वहाँ जाए या नहीं ?

शिवि — शायद कोई फ़ायदा नहीं, हम मुग़ल गार्डन देखेंगे।

देव — चलो सभी गार्डन चलेंगे व आराम भी करेंगे।

(सभी गार्डन पहुँच कर)

कांति — वाह! क्या नजारा है, हरी - भरीं आकर्षक घास, कल - कल करते झरने, जी करता है यहीं घूमते, बतियाते रहें। चिनार के पेड़ कितने सुंदर हैं। अब चलो परी महल व निशात बाग, जिसे आनंद का बगीचा भी कहते हैं।

(सभी निशात बाग पहुँच कर)

शिवि — नीलिमा दीदी, देखो, यहाँ से डल झील दिखाई पड़ रही है, कितनी सुंदर लग रही है। फ़व्वारों से बहता पानी व ऊंचे - घने पेड़ मंत्र - मुग्ध कर देने वाले हैं। यह उद्यान फ़ोटोग्राफ़रों और प्रकृति प्रेमियों के लिए स्वर्ग माना जाता है।

राकेश — कांति भाई, अब शायद भूख का प्रकोप बढ़ने लगा है। क्या हम लंच के लिए जा सकते हैं ?

कांति — क्यों नहीं ? पास ही शालीमार बाग है, वहाँ लंच भी मिलेगा और बाग की सैर भी करेंगे।

(सभी पर्यटक शालीमार बाग पहुँचते हैं)

शिवि — राकेश भैया, यह उद्यान जहांगीर ने अपनी रानी नूरजहां के लिए बनवाया था जो लंबे समय से लोकप्रिय हनीमून स्थल रहा है। यह श्रीनगर के सभी उद्यानों में सबसे बड़ा है।

राकेश — वाक़ई, शिवि यह तो बड़ा आकर्षक है।

शिवि — यहाँ शायद चाईनीज भोजन भी उपलब्ध हैं, हम सब ले सकते हैं।

(विस्तृत उद्यान में घूमकर थकान महसूस करते हैं व टैक्सी लेकर वापिस अपने हाउसबोट पर पहुँच जाते हैं।)

शाहनवाज़ — (सभी को आया देख कर) कैसा रहा आप सभी का श्रीनगर दर्शन?

समीर — शाहनवाज़ भाई, बहुत बड़े व लंबे - चौड़े उद्यान हैं, घूमते हुए ही थक गए। पहले शंकराचार्य मंदिर में सीढ़ियाँ चढ़ने से थकान हुई फिर मुग़ल गार्डन देखने मे। सुंदर तो हैं पर एक बार देखने में थकान ज़्यादा होती है।

शाहनवाज़ — आप सबके पास समय की कमी है, कल गुलमर्ग, परसों लाल चौक पर ख़रीदारी व फिर वापसी। अब थोड़ा आराम कर लो, कुछ देर बाद आपको डल झील में शिकारा सवारी करवाएँगे। किसी को कोई खाना - पीना चाहिए ?

समीर — लंच तो हमने पहले ही ले लिया है, अब हमें एप्पल जूस की इच्छा है, मिलेगा ? यदि है तो एक - एक केन सबको दे दो।

(रूम्स पर जाकर एक घंटा आराम कर शिकारा सवारी के लिए लौटते है।)

शाहनवाज़ — समीर बाबू, शिकारा यहीं से मिलेगा, मैं कॉल कर लेता हूँ। एक में चार लोग ही बैठ पाएँगे।

समीर — ओ. के. शाहनवाज़ भाई, हम दस लोग हैं, उसी के अनुसार बुला लेना।

(सभी तीन शिकारों में बैठ कर डल झील की सैर करते हैं।)

कांति — देव भैया, क़ालीन व ग़लीचों से सजे शिकारे कितने सुंदर दिखते हैं। झील के पानी में पहाड़ों व पेड़ों की परछाई अनुपम है।

देव — बहुत आकर्षक प्राकृतिक नजारा प्रस्तुत हो रहा है कांति भाई, दिन की सारी थकान मिट गई।

दिन ढलने लगा तो सब लौट आए व अपने रूम में जाकर आराम करने लगे। कुछ समय के बाद स्नान आदि करके डिनर के लिए किचन हॉल में पहुँच गए थे जहाँ लज़ीज़ व्यंजन सब का इंतज़ार कर रहे थे।

शाहनवाज़ — (डिनर के बाद) केसर मिल्क लेंगे आप लोग ?

समीर — शाहनवाज़ भाई, आज नहीं लेंगे। शिकारे में सैर के दौरान झूलती मार्केट से 'फिरनी' ख़रीद लिया था, अब उसका स्वाद लेंगे। कुछ संक्षिप्त कल की प्रोग्रामिंग के बाद सब अपने रूम पर रात्रि विश्राम के लिए चले गए थे।

***

2.

शेखर - शालू प्रकरण, मेधा गुप्ता से बातचीत

पार्क से लौटते हुए पिज़्ज़ा कार्नर पर ठहर गए थे दोनों कुछ तन की क्षुधा शांत करने के लिए। भीड़ को देखकर दोनों हैरान थे कि जंक फ़ूड का इस्तेमाल कितना बढ गया है। बड़ों के साथ - 2 छोटे बच्चे भी बड़ी रूचि व स्वाद लेकर खा रहे थे। शेखर व शालू के पास अभी पिज़्ज़ा परोसा नहीं गया था।

शालू — (अचानक से) शेखर बाबू, हम पार्क में भूतकाल में ही व्यस्त रहे। आपको बताना ही भूल गईं कि कल शिवि व शुभम श्रीनगर गए हैं हनीमून के लिए।

शेखर बाबू — उनका प्रोग्राम तो पहले नहीं बना था फिर कैसे पहुँच गए ? शादी के बाद तुरंत उन्हें अपनी कुलदेवी के मंदिर जाना था।

शालू — वे सभी लोग शादी के तीन दिन बाद हनीमून के लिए निकले इसलिए उन्हें भी मौक़ा मिल गया।

शेखर बाबू — तुम भी तो कश्मीर गईं थीं हनीमून पर ?

शालू — तुम्हें याद है ? मैंने तुम्हें पार्क में बताया था।

शेखर बाबू — तुमने जो वाक्य" गोद हरी हो गई" बोला था, उसी से मुझे याद रहा।

शालू — मैंने शिवि को श्रीनगर के सभी टूरिस्ट प्लेस बता दिए हैं, इससे उन सबको आरानी होगी।

शेखर बाबू — गोद हरी होने की बात तो नहीं बताई होगी ?

दोनों खिलखिला कर हंसते हैं और सामने रखा गया पिज़्ज़ा खाकर घर की राह लेते हैं।

शेखर — (प्रातः ऑफिस के लिए निकलते हुए) शालू, आज मैं ऑफिस में गुप्ता जी से मिलूँगा, तुम अगर मेधा गुप्ता से मिलना चाहो तो बेशक उसके घर चली जाना।

शालू — मैं मेधा बहन को फ़ोन कर लूँगी, अगर उसे फ़ुरसत होगी तो वह भी यहाँ पर आ सकती है।

शेखर बाबू — जैसे भी कर लेना, ऑफिस से आने के समय तो घर पर ही मिलोगी ?

शालू — इतनी बातें कहाँ है करने के लिए? अगर मूड बना तो ही फ़ोन करूँगी। आप ऑफिस से वक़्त से कुछ पहले आएँगे क्या ?

शेखर बाबू — नहीं तो, रोज़ाना की तरह ही आऊँगा यदि कोई ज़रूरी काम न आ पड़ा तो ?

शालू — देर से आओ तो पहले फ़ोन कर देना।

शेखर बाबू — शालू ! मैं जाऊँ ऑफिस ?

शालू — हाँ, तुरंत। शिवि चलीं गईं, अब सब प्यार मुझ पर ही केंद्रित हो रहा है। तुम्हें पता है कि हम दुनिया की नज़रों में ही पति - पत्नी हैं, असलियत में न मैं आपकी पत्नी और न ही आप मेरे पति।

शेखर बाबू — तो मैं क्या हूँ ?

शालू — हम दोनों अनजाने हमसफ़र हैं, सहयोगी है, मित्र भी हैं।

शेखर बाबू — बस इतना ही कहना काफ़ी है - 'मेरे पति नहीं हो। '

शालू — आप समझदार हैं, अब ऑफिस जाओ। आज सायंकाल में पार्क चलेंगे व बातें करेंगे।

शेखर बाबू — मैं सोच रहा था कि रेस्टोरेन्ट में ही डिनर ले लिया जाए, क्या विचार है ?

शालू — हाँ चल सकते हैं, उसी भद्र पुरुष के "राका" मे ?

शेखर बाबू — यस, अब चलता हूँ।

(शेखर बाबू के जाने के बाद डोर बेल की आवाज़)

शालू — (मन ही मन) कुछ भूल गए होंगे ? आज वैसे भी कुछ रोमांटिक लग रहे थे। शालू, क्या अजीब खेल रचा है भगवान ने तुम्हारे साथ, दो पति दिए, दोनों ही ज़िंदा पर सुख एक का भी नहीं। दुनिया कोविड - 19 से उबर गईं लेकिन मैं ऐसी उलझीं "न इस पार न उस पार" । अपने छूट गए, प्रोफ़ेसर से पीयोन हो गए, आगे क्या होगा ? ऊपर वाला ही जाने।

(डोर बेल की आवाज़ फिर सुनाई पड़ती है।)

शालू — आ रही हूँ, अपना ऑफिस का सामान भी देखभाल कर नहीं ले जा सकते ? (दरवाज़ा खोलते हुए) अरे..... मेधा बहन ! तुम ही हो ना ?

मेधा गुप्ता — क्या मैं कुछ बदलीं हुईं दिखाई पड़ रही हूँ शालू बहन?

शालू — मेरे लिए तो संसार रोज़ ही बदलता है मेधा बहन, रोज़ सूरज नया संदेश लेकर आता है, रात में चंदा मुस्कुराने की कहता है पर न जाने कौन मेरी सभी आशाओं पर पानी फेर देता है।

मेधा गुप्ता — (अंदर आकर बैठते हुए) क्या फिलॉसिफी की बातें झाड़ रही हो? आज गुप्ता जी कहने लगे कि मैं ऑफिस जा रहा हूँ यदि चाहो तो शालू के घर हो आना ? शेखर बाबू ने हमारी दिल से मदद की है। उनका शुक्रिया अदा करना ज़रूरी है। एक बार तो सोचा कि फ़ोन से ही बात कर लूँ पर जो बातें आमने — सामने बैठकर होती हैं, उतना मज़ा फ़ोन पर नहीं।

शालू — शेखर बाबू भी सुबह यही सब कुछ कहकर गए हैं, बस काम निपटाकर संपर्क करने वाली थी। क्या देविना बिटिया भी गईं हैं कश्मीर हनीमून पर ?

मेधा गुप्ता — हाँ, देविना का फ़ोन मिला था, बहुत खुश लग रही थी। सभी मित्र गए हैं हनीमून के लिए।

शालू — पहले तो हमारी शिवि का प्रोग्राम बना नहीं था पर कुलदेवी की कृपा से पूजा — पाठ से निपटकर मौक़ा मिल ही गया। मै भी कभी अपनी शादी के बाद हनीमून पर कश्मीर गईं थीं।

मेधा गुप्ता — दिन व समय बदलते देर नहीं लगती शालू बहन ! कल तक देविना के पापा शादी के लिए राजी नहीं थे और आज शेखर बाबू की तारीफ़ करते नहीं अघाते।

शालू — सब संजोग से ही जुड़ाव होता है मेधा बहन, "होनीं" सबको मना लेती है। हमें तो पूरी संतुष्टि है शिवि की शादी करके।

मेधा गुप्ता — लड़की तो पराया धन ही है बहन ! हम भी तो कहीं से आई ही हैं और अब वहाँ की याद तक नहीं आती।

शालू — क्या लेंगी आप ? चाय, कॉफी या कुछ ठंडा ?

मेधा गुप्ता — नाश्ता किए ज़्यादा समय नहीं बीता है, गुप्ता जी ही कार से छोड़कर गए हैं। क्या कह रही थी शिवि बिटिया ?

शालू — बहुत खुश थीं, भगवान दोनों की उम्र लंबी करें। माँ बाप तो बच्चों की ख़ुशी में ही ख़ुश हैं। हंसते - खेलते रहे तो शकुन मिलता है।

मेधा गुप्ता — हाँ शालू बहन, पर घर तो ख़ाली सा लगने लगा है। इतना काम भी नहीं होता कि सारा दिन लगे रहें।

शालू — मेरा भी यही हाल है बहन, शिवि के बिना घर काटने को आता है।

मेधा गुप्ता — शालू बहन, आजकल तो एक दो बच्चे ही रहते हैं, वे भी पढ़ लिख कर नौकरी पर, शादी कर बाहर चले जाते हैं। माँ - बाप फिर वही कुँवारों की तरह अकेलापन। अभी तो फिर भी ऑफिस में कुछ समय बीत जाता है, रिटायरमेंट के बाद तो जीवन शून्य सा हो जाता है।

शालू — जीवन है ही क्या बहन ? पानी का बुलबुला है।

मेधा गुप्त — ये रहस्यात्मक बातें बड़ी गंभीर हैं। सामान्य लोग तो लोभ — लालच — मोह में डूबकर ही जीवन की इति श्री मानते हैं।

शालू — मेधा बहन, कुछ तो बीत गया, शेष भी निकल जाएगा यूँ ही सोचते — विचारते। तुम्हारे भानू का क्या चल रहा है ?

मेधा गुप्ता — उसे तो दुनिया की खबर ही नहीं रहती, अपने गगन मिशन मोड में ही रहता है, फ़ोन मिलाओ तो बहुत संक्षेप में ही बात करता है।

शालू — वैज्ञानिक तो लैब जीवी बन जाते हैं। न भूख - प्यास की परवाह, न अपनी व न परिवार की। साधना है जीवन में विज्ञान से जुड़ना।

मेधा गुप्ता — बिना लगन व परिश्रम के कहीं कुछ नहीं। जुलाई में शायद है उसकी चांद पर चढ़ाई के इरादे। भगवान करे मिशन सफल हो, फिर तो उसकी शादी कर गंगा नहा लेंगे।

शालू — (किचन से बाहर आकर मेधा के पास बैठते हुए) अब तो काफ़ी देर से बतिया रहे हैं, संतरे का जूस निकाला है। (काँच के गिलास में डालकर देती है)

मेधा गुप्ता — (जूस की एक घूंट पीकर) बहुत स्वादिष्ट बना है शालू बहन, क्या मिला दिया है इसमें ?

शालू — आजकल सीजन है संतरों का, नेचुरल टेस्ट ही है।

(दोनों शांतिपूर्वक रसपान करती हुई बातों भी जारी रखे हुए हैं।)

मेधा गुप्ता — कभी आ जाया करो उधर भी, मिल बैठकर बातें करने में समय का पता ही नहीं चलता।

शालू — घर में कोई ख़ास काम भी नहीं होता फिर भी निकलना मुश्किल सा ही रहता है। मार्केट गए भी काफ़ी दिन हो गए। दोनों शादियों मे तो घर भी अस्त — व्यस्त हो रहा है।

मेधा गुप्ता — अब चलूं शालू बहन ? दोपहर होने को चली है।

शालू — लंच यहीं कर लेना, दोनों मज़े से करेंगे ?

मेधा गुप्ता — मुझे ध्यान ही नहीं रहा, Maid को भी आना है। अब चलती हूँ।

(शालू दरवाज़े तक छोड़ कर पुनः घर में लौट आती है व आराम करती है।)

शेखर बाबू — (ऑफिस से लौटकर) मेधा गुप्ता आईं थीं या तुम वहाँ उनके घर गईं थीं ?

शालू — मैं काम निपटाकर जाने को ही थीं कि वे ही आ गईं लेकिन तुम्हें कैसे पता चला कि उसने आना है।

शेखर बाबू — ऑफिस में गुप्ता सर से बात हुई थी तो उन्होंने बताया था। बहुत कृतज्ञ हो गए हैं गुप्ता जी हमारे व्यवहार के कारण। देव बाबू के बारे में हमने सटीक जानकारी दी जिसके लिए उन्होंने आभार व्यक्त किया व मेरी वार्षिक गोपनीय रिपोर्ट में सर्वोच्च ग्रेड देने का विश्वास दिलाया।

शालू — ACR सरकारी काम के आधार पर लिखी जाती है, प्राइवेट कामों के आधार पर नहीं। हमने तो मानवीय मूल्यों के कारण उनकी मदद की है न कि कुछ लाभ पाने के लिए ?

शेखर बाबू — ऑफिस का सरकारी काम भी काफ़ी संतोषजनक है मेरा, और उस रिश्वत के केस के फ़ैसले के बाद तो सब अधिकारी मुझसे प्रभावित लग रहे है।

शालू — अब क्या प्रोमोशन के चांस है आपके ?

शेखर बाबू — ज़िला अधिकारी तो बन ही जाऊँगा।

शालू — चलो इस ख़ुशी में "राका" चलते हैं।

शेखर बाबू — वह तो मैंने सुबह ही बोल दिया था। मैं यह ऑफिस की फ़ार्मल ड्रेस चेंज कर आता हूँ, रेस्टोरेन्ट के लिए आरामदायक ड्रेस होना चाहिए। इतने तक तुम भी तैयार हो जाओ।

शालू — ओ. के. अभी आधा घंटा लगेगा। हमारे पास काफ़ी टाइम है, तुम भी वहीं ड्रेस पहन लेना जो नीलिमा की शादी में पहनी थी।

शेखर बाबू — वह ड्रेस तो धोबी के यहाँ प्रेस के लिए गईं थीं, तुम्हें ही ध्यान होगा कि कहाँ रखी है।

शालू — तुम्हारे सब कपड़ों के साथ अलमारी में ही होंगी ?

शेखर बाबू — देखता हूँ, हाँ शालू, यहीं टंगी हुई है। अब तुम जल्दी तैयार हो जाओ। खाना खाने ही तो जाना है, कोई शादी - ब्याह में तो नहीं।

शालू — फिर भी रेस्टोरेन्ट में अनेक आपके परिचित मिल जाते हैं, तब तुम्हें शर्मिंदा होना लगेगा। हमें कोई टाइम फ़िक्स थोड़े ही किया है, जब पहुँच जाएँगे, तभी ठीक है।

शेखर बाबू — हां, जानकार व परिचित तो अब सारा शहर ही हो गया है। वह भद्र पुरुष भी जानकार बन गया। पैदल ही चलेंगे, कुछ ताजगी आ जाएगी।

***

3.

शेखर — शालू का राका रेस्टोरेन्ट पर डिनर व पार्क की सैर

“राका रेस्टोरेन्ट” पर आज ग्राहकों का कुछ ज़्यादा ही जमावड़ा लगा था। कल से स्कूल भी गर्मी की छुट्टियों के बाद खुलने वाले थे इसलिए पढ़ने वाले बच्चे आज अपनी छुट्टियों का स्वतंत्रता दिवस मना रहे थे। माँ - बाप भी आज उनकी हर हसरत पूरी करने पर आमदा थे। शाकाहारी रेस्टोरेन्ट होने के कारण भी अमूमन भीड़ का आलम रहता है। शेखर - शालू मस्ती में चलते हुए आधा घंटा खर्च कर वहाँ पहुँचे और एंट्री पर ही भद्र पुरुष से सामना हुआ।

शेखर बाबू — नमस्कार भाई साहब !

भद्र पुरुष — अरे ! SDO साहब, मैं ही आपको सादर प्रणाम करता हूँ। आज काफ़ी दिनों के बाद संभाला हमें, कुछ भूल तो नहीं हुई ?

शेखर बाबू — बड़े आदमी कोई भूल नहीं करते, वह तो आपका बड़प्पन है जो इतना मान - सम्मान लुटा रहे हो हम पर।

भद्र पुरुष — डिनर लेंगे आप ?

शेखर बाबू — इरादा तो यही लेकर निकले हैं घर से, पर भीड़ कुछ ज़्यादा ही हो रही है।

भद्र पुरुष — ऊपर की मंज़िल पर कुछ सीटें ख़ाली हम विशेष जान— पहचान के लोगों के लिए रिज़र्व रखी रखते हैं, आप वहीं पर चलें, मैं वेटर को आपके साथ भेज रहा हूँ। (वेटर को बुलाकर) SDO साहब को ऊपर केबिन में ले जाओ और शांति से डिनर करवाओ।

वेटर — (पास आकर) चलिए सर !

(दोनों वेटर के साथ ऊपर केबिन में पहुँच कर)

शेखर बाबू — हाँ यहीं ठीक है। एसी ऑन कर दो।

वेटर — जी सर ! सर, आपकी कोई डिमांड हो तो ये राइट वाला बटन पुश मार देना, साहब तक आपका मैसेज पहुँच जाएगा। अब आपके लिए क्या लाना है सर ?

शेखर बाबू — पहले दो गिलास सिंपल वॉटर, उसके बाद दोनों के लिए टोमैटो सूप।

वेटर — सर, हाफ़ — हाफ़ ही चलेगा ?

शेखर बाबू — यस, तुम समझदार लगते हो।

वेटर — (कर्टेन डालते हुए) सर, अभी मैंने ये पर्दे लगा दिए हैं, बाहर की आवाज़ सुनाई पड़े तो काँच की खिड़की बंद कर लेना।

शालू — (वेटर के जाने के बाद) कुछ घुटन सी होने लगी है, ज़्यादा देर तक यहाँ बैठे रहना सरल नहीं लगता।

शेखर बाबू — अगर कुछ ठीक नहीं लग रहा है तो हम पार्क में चल पड़ेंगे डिनर के बाद।

शालू — हां, वहीं कंफर्ट रहेगा। प्रकृति की गोद में ताजी व शुद्ध हवा मस्तिष्क को भी तरोताज़ा बना देती है।

शेखर बाबू — हम सूप लेकर खाना आर्डर कर देंगे।

शालू — बिल्कुल !

(वेटर का सूप व आनियन रिंग के साथ प्रवेश)

शेखर बाबू — तुम्हें पहले पानी लाने के लिए कहा था ?

वेटर — सर, वो क्या है कि मै कंफ्यूज हो गया, पानी सिंपल या ठंडा, मेरे दिमाग़ से निकल गया।

शेखर बाबू — सिंपल ही कहा था।

वेटर — सर, अभी ला रहा हूँ।

भरपेट भोजन के बाद दोनों पति पत्नी पार्क के उसी कोने में आइसक्रीम का लुत्फ़ ले रहे थे।

'राका' रेस्टोरेन्ट पर हालाँकि वे भद्र पुरुष से कुछ बातचीत करना चाहते थे लेकिन भीड़ के चलते पार्क की ओर ही चले आए।

शालू — रेस्टोरेन्ट में दम घुटा जा रहा था जैसे क़ैद कर दिए गए हों।

शेखर — मुझे तो तजुर्बा है, एक रात पूरी लॉक अप में ही बिताई है।

शालू — लॉक अप व जेल में भारी अंतर है। जेल यात्रा फ़ैसले तक या फ़ैसले के बाद होती है जबकि लॉक अप फ़ैसले से पहले जाँच के दायरे में निवास है।

शेखर — आज अपनी व्यथा - कथा का The End कर दो शालू। तुम बड़े शहर के अस्पताल में भर्ती हो गई थी और दो अन्य महिलाओं के साथ रूम में डाल दी गई थी।

शालू — बिल्कुल ! तीन - चार दिन के इलाज से मेरी तबीयत में कुछ सुधार हुआ पर मेरी एक रूम मेट शिवानी की हालत बद से बदतर हो गई थी। डॉक्टर कह रही थी कि उसके फेफड़ों में संक्रमण फैल गया है जो लाइलाज है, क्योंकि उसे पहले ही 'दमा' की शिकायत थी।

शेखर — तुमने शिवानी से कभी कुछ बातचीत की ?

शालू — अपना ही होश नहीं था। हालाँकि उसका बेड मेरे साथ ही था। एक रात भयंकर घटना हुई। जब सभी आधी रात में नींद में सोए हुए

थे तब शिवानी मेरे पास बिस्तर पर बैठ कर रोते - रोते बेहोश होकर गिर पड़ी। और मैंने देखा कि उसकी साँस व नाड़ी बंद हो गई थी। सुबह सवेरे ही अस्पताल के कर्मचारी उसे उठाकर ले गए व दाह संस्कार कर दिया। ऐसे में परिजनों को केवल संदेश ही भेजा जाना था, अस्पताल आने की मनाही थी। क्योंकि वह मेरे बिस्तर पर ही मृत पड़ी थीं इसलिए मैं भय से काँपते हुए उसके बिस्तर पर चली गई थी। आप सब ध्यान से सुन रहे हैं न शेखर बाबू ?

शेखर — हाँ सुन रहा हूँ शालू, आगे कहो क्या रहा ?

शालू — जब मै पूरी तरह से स्वस्थ हो गई थी तो एक दिन मुझे यह कहकर अस्पताल से छुट्टी दे दी गई थी कि आप बिल्कुल ठीक हो गई है और अस्पताल की ओर से आपके घर सूचना भेज दी गई है। सायं तक आपको शेखर बाबू ले लेंगे इसलिए आप नीचे जाकर काउंटर के पास बैठकर इंतज़ार करें। मैं काउंटर पर बैठी इंतज़ार करती रही लेकिन मेरा इंतज़ार ख़त्म नहीं हुआ। अंधेरा बढ़ने के साथ ही मेरे दिल की धड़कनें भी बढ़ रही थी। एकाएक एक व्यक्ति मेरे पास आया और बोला कि शेखर गुप्ता सामने गाड़ी में बैठे आपका इंतज़ार कर रहे हैं। मैं गाड़ी का ड्राइवर हूँ, उन्होंने मुझे आपको लिवा लाने के लिए भेजा है। मैं ख़ुशी व मिलने की उत्कंठा के कारण उस व्यक्ति के साथ चलकर गाड़ी में सवार हो गई। गाड़ी में सवार होते ही दो लोगों ने मुझे दबोच लिया और मेरा मुँह पट्टी से जकड़ दिया।

शेखर — कोई षड्यंत्र था किसी ग्रुप या गैंग का ?

शालू — एक सप्ताह तक वे मुझ पर वेश्यावृति का दबाव बनाते रहे लेकिन मेरी मज़बूती की वजह से वे पीछे हटे लेकिन मेरी सुंदरता को ग्रहण लगा दिया और एसिड से मेरे चेहरे को बदसूरत कर दिया।

शेखर — बहुत बुरा बर्ताव हुआ शालू तुम्हारे साथ।

शालू — मेरे चेहरे पर' साधना कट' बाल, जिस कारण शेखर गुप्ता मुझे' साधना' पुकारते थे, अब गुजरे वक़्त की कहानी हो गए थे। मैं रोती — बिलखतीं एक दो महीने में बग़ैर दवा के ही ठीक हुईं।

शेखर — बहुत अत्याचारी रहे होंगे वे सब लोग ?

शालू — मुझे न खाना, न पीना कुछ भी ढंग का नहीं मिलता था। एक दिन उन्होंने मुझे कहा कि हमें तुमसे पाँच हज़ार रुपए हर महीने चाहिएँ, तुम कुछ भी करो, कहीं भी रहो। हमारा आदमी तुम्हारा पीछा करता रहेगा और ज़्यादा चालाक बनने की कोशिश न करना, वरना सब ख़ाक में मिला देंगे, न पति बचेगा न पुत्री। मैंने आश्रय पाने की ख़ातिर अपना नाम शादी एजेंट की लिस्ट में लिखवा दिया जिस पर उन लोगों की भी सहमति थी।

शेखर — शालू, यह सब तुमने ख़ुद झेला है ?

शालू — (रोते हुए सी) हाँ शेखर बाबू ! बहुत दिनों तक जब कोई ऑफ़र नहीं मिला तो उन लोगों ने मुझ पर फिर तवायफ बनने का दबाव बनाया लेकिन मैंने आत्महत्या की धमकी देकर उन्हें रोका।

शेखर — (शालू को गले लगाकर) शालू, शायद तुम्हारी ज़िंदगी एक नर्क बनकर रह गई थी।

शालू — रोते — बिलखते मेरे आँसू सूख चुके थे। अचानक एक दिन शादी एजेंट से किसी शेखर बाबू का ऑफ़र मिला, मैंने यह सोचकर कि शायद मेरा ही शेखर हो, मैंने शादी के लिए हाँ कर दी थी।

शेखर — और शेखर गुप्ता की बजाय तुम्हें शेखर बाबू मिल गया।

शालू — अब मैं स्पष्ट खुलासा कर रही हूँ कि हर महीने उनका कोई भी आदमी मुझसे पाँच हज़ार रुपए ले जाता है, और उन लोगों में एक राजू भी है।

शेखर — यह तुम क्या कह रही हो, होश - हवाश तो नहीं खोया ? वह तो हमारी विजीलैंस टीम का हिस्सा है।

शालू — और उन लोगों का भी। हमारे घर में रहा और मैंने उसके दबाव में शिवि को सताया सिर्फ़ कुछ पैसों के लिए जो प्रति माह राजू को देने होते थे।

शेखर — राजू को तो मैं कल ही सीधा कर दूँगा।

शालू — ये गिरोह बड़े ख़तरनाक होते हैं, मुझे पिताजी कीं नृशंस हत्या याद है, बड़ी निर्दयता से उनका कत्ल किया और बिगड़ा भी कुछ नहीं। इन लोगों के संबंध ऊपर तक व जड़ें बहुत गहराई तक होती हैं। बिना पूरी ताक़त के इनसे भिड़ना बुद्धिमत्ता नहीं है।

शेखर — शालू, तुमने अपनी व्यथा - कथा सुना दी है जो बड़ी भयावह है। तुम जो झेल रही हो, वह सामान्य इंसान के बूते की बात नहीं है। अब मैं सोचता हूँ कि तुम्हें अपने पति व पुत्री तक पहुँचा दूँ।

शालू — यह इतना आसान नहीं है जितना तुम समझ रहे हो। पुलिस और पॉलिटिकल पॉवर से ही यह संभव है।

शेखर — तुमने सब सच कहा है व तुम गंगा की तरह पवित्र भी हो, ऐसा मै समझता हूँ।

शालू — जो हुआ, वही कहा, और तुम्हें भी कह रही हूँ कि बिना पूरी पॉवर के पंगा लेने की भूल न करना। बस यही मेरी विवशता थीं और अब भी है।

शेखर — मैं जानता हूँ कि तुम्हारी विवशता बिल्कुल जायज़ है लेकिन इसका निवारण भी तो करना पड़ेगा। शालू ! आज तक तुम्हारी

कहानी तुम ख़ुद सुना रही थी और मैं सुन रहा था, अब तुम्हारी कहानी मैं सुनाऊँगा और तुम सुनोगी।

शालू — मेरी कहानी में तुम्हारी एंट्री शादी के बाद हुई है, उसके बाद की कहानी मैंने तुम्हें बता दी है राजू के बारे मे।

शेखर — मैं जो सुनाऊँगा, उसे सुनकर तुम दंग रह जाओगी। अब घर चलें, चौकीदार की लाठी की आवाज़ सुनाई पड़ने लगी है।

***

4.

मित्रों की हनीमून यात्रा — 3

तीन दिन चार रात की यात्रा करके लौट आए थे सभी पाँचों जोड़ी हनीमूनर्स ! शुभम व शिवि दिल्ली एयरपोर्ट से ही अपने घर फ़रीदाबाद टैक्सी से पहुँचे। समीर व तान्या चंडीगढ़ से यमुनानगर के लिए निकल गए थे। देव - देविना का एक बार तो विचार बना कि कैंट में रात भर के लिए स्टे ले लें पर क्योंकि तीनों युगलों ने Seven Seaters Taxi किराए पर ली थी इसलिए जींद शहर घर जाने का ही प्रोग्राम पूर्ववत् रहा। सपना व अल्पना भाई - भाभी को हनीमून से लौट आने पर बहुत खुश नज़र आ रही थी।

सपना — अब भाभी श्री को कहीं नहीं जाने देंगे। शिवि भाभी के बिना घर में रौनक़ ही नहीं रहती।

शिवि — मेरा भी तुम्हें छोड़कर कहीं जाने का मन नहीं करता पर हनीमून यात्रा तो जीवन भर के लिए यादगार बन जाती है।

सपना — भाभी तुम्हें मुबारक हो, तुमने हनीमून को यादगार पल बना लिया। मैं मम्मी जी को भी यह ख़ुशख़बरी देती हूँ।

शिवि — (सपना को रोकते हुए) मेरी प्यारी ननदी ! अभी कुछ कहना जल्दबाज़ी होगा। एक महीने बाद टेस्ट से ही कंफर्म होगा।

सपना — भाभी, औरत का अनुमान सब टेस्टों से सही व सटीक होता है। अल्पना बहन ! सुनो जरा ! शिवि भाभी हमारे लिए कश्मीर से ख़ुशख़बरी लाई है।

अल्पना — वाक़ई शिवि भाभी ? सपना की सूचना में सच्चाई है ? मैं शुभम भैया से पूछती हूँ।

सपना — बुद्धु बच्ची, आदमियों को इसमें कुछ पता नहीं चलता, मम्मी जी तो बता सकती है ? भाभी, चलो मम्मी जी के पास।

शिवि — सपना व अल्पना देखो, तुम्हारे भैया तुम्हारे लिए श्रीनगर से क्या लाए है ?

(सपना को कानों में पहनने के लिए झुमके देती है)

सपना — वाह भाभी, बहुत आकर्षक डिज़ाइन में बने हैं।

शिवि — अल्पना, तुम्हारे लिए भी ख़रीद किए है। (उसे भी झुमके देती है)

अल्पना — धन्यवाद भाभी ! खरा सोना लगता है।

शिवि — दोनों के लिए एक - एक कश्मीरी' कुरती' भी ली है। पहन कर दिखाओ जरा ?

सपना — मुझे तो सही लग रही है।

अल्पना — (कुरती को गले से लटकाते हुए) बिल्कुल सही नाप है भाभी !

रंजना — क्या लेन — देन चल रहा है ननदों के साथ भाभी का?

शिवि — मम्मी जी, आपके लिए भी पश्मीना शॉल ख़रीदा है इन्होंने, ज़रा ओढ़ कर दिखाओ एक बार ?

रंजना — कश्मीरी पश्मीना तो बहुत क़ीमती व गर्म होती है। (ओढ़ कर देखती है) पूरी लंबाई व चौड़ाई है।

रंजन गुप्ता — (शॉप से घर पहुँच कर) क्या नाप - तोल हो रहा है? बहूरानी को कुछ गर्म - ठंडा दिया है या नहीं ?

रंजना — आपको ही बड़ी चिंता लगी है, मेरी बहू नहीं है क्या ?

(शिवि पिताजी के चरण स्पर्श करते हुए)

रंजन गुप्ता — ख़ुश रहो बेटी ! सब अच्छा रहा टूर - ट्रेवल ? कोई परेशानी तो नहीं हुई ?

शिवि — सब साथ ही थे पापाजी, बहुत मज़ेदार रहा सबके लिए। (गर्म जैकेट देते हुए) आपके लिए इन्होंने ख़रीद की है पापाजी।

रंजन गुप्ता — तुमने ही खरीदी होगी बेटी, उसे तो कहाँ इतनी सुध है, अब कहाँ है, दिखाई नहीं पड़ रहा ?

रंजना — आराम कर रहा है, कह रहा था कि सिर हवाई जहाज़ की तरह घूम रहा है।

रंजन गुप्ता — पहली बार विमान की सवारी की है, एक दो घंटे आराम करने से ठीक हो जाएगा। आज कुछ ख़ास बनाया है डिनर में या वही दलिया — खिचड़ी घोल रखा है ?

रंजना — सब व्यंजनों का अपना - अपना मूल्य व ज़रूरत है। थोड़े दिनों के बाद तीनों टाइम दलिया - खिचड़ी ही हज़म होगा।

रंजन गुप्ता — तब तक तो कुछ चटपटा आने दो, अब भविष्य का डर दिखाकर पेट पर पट्टी बांध लें क्या ? अब बहूरानी आ गई है घर में, तुम्हारी ऐंठ नहीं चलेगी ?

रंजना — बहूरानी तुम्हारी रोटियाँ उतारने नहीं आईं, पढ़े - लिखे बच्चे एक दिन नौकरी के लिए घर से नाता तोड़ेंगे ही।

रंजन गुप्ता — मेरी बहू, मेरी बेटी भी है, यहीं नौकरी लगवा देंगे दोनों की। सपना - अल्पना तो पढ़ाई के लिए बाहर जाएँगी ही, फिर बहू ही सब सँभालेगी।

शुभम — (आँखें मलते हुए सबके पास आकर) शिवि, मेरा पठानी सूट दिखाया क्या सबको ?

शिवि — (अटैची से निकालते हुए) लो आप भी पहन कर दिखा दो सबको।

शुभम — मैं पहले स्नान करूँगा, गर्मी के कारण कुछ आलस सा लग रहा है। फिर सूट पहन लूँगा। पापाजी आपको जैकेट कैसी लगी ?

रंजन गुप्ता — सर्दी के मौसम के लिए है, वैसे गाढ़ा रंग अच्छा लगेगा।

रंजना — दोनों बहनों ने डिनर टेबल पर लगा दिया है, शुभम, तुम जल्दी स्नान करके आ जाओ, इतने तक पापाजी ले लेंगे।

शुभम — ओ. के. मम्मी जी ! मैं अभी आ रहा हूँ।

(रंजन गुप्ता डिनर लेकर विश्राम के लिए चले गए व शुभम स्नान करके लौटता है।)

शुभम — मै आ गया, सब आ जाओ डिनर के लिए।

रंजना — शिवि बेटी, तुम भी आ जाओ डिनर के लिए।

शिवि — आ रही हूँ मम्मी जी, सपना - अल्पना आप दोनों भी डिनर ले लो। हम सब मिलकर ही लेंगे।

सपना — (डाइनिंग टेबल पर बैठते हुए) अच्छा भाभी, अब हमें कश्मीर यात्रा का पूरा हाल सुनाओ ?

शिवि — (शुरू करते हुए) कुलदेवी की पूजा - अर्चना कर हम दोनों हवाई जहाज़ में सवार होकर श्रीनगर सब के पास हाउसबोट में पहुँच गए थे।

सपना — हाउस बोट क्या किसी टूरिस्ट प्लेस का नाम है भाभी ?

शिवि — हाँ, रहने का स्थान, श्रीनगर की डल झील में नावों पर बने घर, जहां पर्यटक यात्रा के दौरान ठहरते हैं। क्योंकि इनका किराया होटलों से बहुत कम होता है व झील के अंदर समय बिताना भी आकर्षक लगता है। इनके चार मित्र और भी थे - देव, राकेश, समीर व कांति भैया।

अल्पना — हम जब शादी में शामिल होने के लिए जींद शहर गए थे, तब देव व राकेश भैया से मिले थे।

शिवि — कांति भाई की शादी भी कुछ दिन पहले ही हुई है।

सपना — भाभी, क्या इतने सारे लोग एक ही हाउस बोट पर ठहरे थे?

शिवि — हाँ, पाँच रूम थे उस बोट पर, सभी अलग अलग रहे। वहीं खाना — पीना, नहाना — धोना सब होता था। पहले दिन शंकराचार्य मंदिर, मुग़ल गार्डन, विज़िट किया व सायंकाल में डल झील में शिकारा भ्रमण किया।

अल्पना — शिकारा, क्या किसी होटल का नाम है ?

शिवि — छोटी नाव, जिसमें केवल चार पर्यटक बैठ सकते हैं। सायंकाल में बड़ा आकर्षक नजारा देखने को मिलता है।

शुभम — रात को डिनर लेकर विश्राम किया व अगले दिन प्रातःकाल में ही गुलमर्ग के लिए निकल गए।

अल्पना — भैया ! भाभी ही सुनाएगी सब, हमें भाभीजी से सुनना अच्छा लगता है।

शिवि — पचास कि. मी. दूर गुलमर्ग गाँव में पहुँचने में हमें क़रीब दो घंटे लगे पर वहाँ के हरे भरे मैदान देखकर हमारी सब थकान मिट गई थी। बर्फ़ भी अब तक पिघलनी शुरू हो चुकी थी। हम सब ने स्कीइंग का मज़ा लिया

व केबल कार में यात्रा की। बहुत डरावनी सी लगती है यह केबल यात्रा जिसे यहाँ के लोग' गोंडोला' कहते हैं।

सपना — गुलमर्ग क्या कश्मीर का ही हिस्सा है ?

शिवि — बिल्कुल, बहुत आकर्षक जगह है। हमने वहाँ Pony राइड भी की व प्रकृति की गोद में बैठ कर धूप का सेवन किया। दोपहर का खाना लेकर सायंकाल तक वापस लौटे व हाउस बोट पर रात्रि विश्राम किया।

सपना — अगले दिन तो आ ही गए थे।

शिवि — सुबह तैयार होकर' लाल चौक' पर सबने शॉपिंग की व दोपहर खाना लेकर एयरपोर्ट पहुँचे व फिर हवाई जहाज़ में सवार होकर यहाँ घर में आ गए।

शुभम — देव, राकेश व कांति भैया जींद शहर व समीर भैया यमुनानगर पहुँच गए और हम ?

शिवि — फ़रीदाबाद, अपने घर।

शुभम — यात्रा ख़त्म, पैसा हज़्म !

(सब खिलखिला कर हंसते हैं)

सपना — भाभी हम भी कभी कश्मीर यात्रा अवश्य करेंगे।

शिवि — अब आप दोनों अपनी पढ़ाई की पोज़ीशन मुझे बताओ, क्या कुछ चल रहा है ?

सपना — मैंने तो 10+2 पास कर लिया है भाभी, मेडिकल में दाख़िला लेने के लिए कई टेस्ट दिए हैं व आजकल रिज़ल्ट्स आ रहे हैं।

शिवि — क्या तुम्हें विश्वास है कि मेडिकल में दाख़िला मिल जाएगा ?

सपना — हाँ भाभी श्री, पूरा विश्वास है, सरकारी कॉलेज में न सही, प्राइवेट कॉलेज में मिल जाएगा।

शिवि — अल्पना अब आप बताओ, क्या चल रहा है ?

अल्पना — भाभी श्री ! मैंने मैट्रिक स्टैंडर्ड की परीक्षा लगभग साठ प्रतिशत अंक पाकर उत्तीर्ण की है।

शिवि — ये लगभग किस लिए, अंक - तालिका तो देख ली होगी?

अल्पना — अभी अंक — तालिका नहीं मिलीं केवल अंकों का कुल योग मिला है।

शिवि — अल्पना, तो तुम क्या करना / बनना चाहती हो ?

अल्पना — मेरे बारे में तो भैया - भाभी, आप दोनों ही फ़ैसला लेंगे।

शिवि — अल्पना, पहले तुम अपनी रूचि - इच्छा ज़ाहिर करो।

अल्पना — इच्छा से क्या होता है भाभी, योग्यता से ही सब मिलता है।

शिवि — और मेहनत से भी।

रंजना — और क़िस्मत से भी।

शिवि — बिल्कुल सही कहा मम्मी जी, परिश्रम व योग्यता के साथ अगर क़िस्मत साथ दे तो सोने पर सुहागा।

अल्पना — भाभी, कहते तो सभी यहीं है, पर कुछ मिल जाए तो क़िस्मत अच्छी, न मिले तो ओछी।

रंजना — (हंसते हुए) बेटी इंसान का फ़र्ज़ है ईमानदारी से कर्म करना, शेष भाग्य है।

अल्पना — मम्मी जी, मैं भी सपना जितना परिश्रम करती हूँ, फिर भी मुझे कम अंक मिले।

रंजना — मैट्रिक स्टैंडर्ड में सपना के भी तुम्हारे आसपास ही थे पर उसने जब से डॉक्टर बनने की ठानी व जन सेवा अपना लक्ष्य निर्धारित किया, तभी से उसका रास्ता क्लीयर हो गया। तुम भी अपना लक्ष्य निश्चित करो, अवश्य सफलता मिलेगी।

शिवि — अल्पना, मम्मी जी बहुत सही कह रही है। तुम अपना उद्देश्य निर्धारित करो ?

अल्पना — मैं तो कई बार कह चुकी हूँ कि मैं टीचर बनना चाहती हूँ। पर मम्मी पापा इसे स्वीकार नहीं करते व कहते हैं कि कुछ और करो मेडिकल या इंजीनियरिंग।

शिवि — अकाउंटस में तुम्हारी रूचि है तो MBA, C.A.भी कर सकती हो।

अल्पना — भाभी, मुझे टीचर की नौकरी में अपना लक्ष्य दिखाई पड़ता है।

शुभम — तो फिर तुम हमारी तरह B.A . B.Sc.करके अध्यापक की ट्रेनिंग करो।

अल्पना — मैं प्रोफ़ेसर बनना चाहती हूँ।

शुभम — उसके लिए पहले तुम्हें M.A. की डिग्री लेनी होगी।

अल्पना — मैं पूरा दम लगाकर प्राप्त कर लूँगी।

शिवि — तो ठीक है मम्मी जी, अल्पना का यहीं कॉलेज में दाख़िला करवा देंगे। तुम्हें भी सहारा रहेगा।

रंजना — जैसा सबको अच्छा लगे, मुझे भी अच्छा लगेगा। अब सभी आराम करो। शुभम बेटा, कुछ दूध बगैरह की इच्छा है ?

शुभम — यदि फ्रिज में कोई आइसक्रीम रखी हो तो ले सकता हूँ।

रंजना — सपना बेटी, देखो तो जरा ?

सपना — (फ्रिज खोलकर देखते हुए) हाँ मम्मी जी, पूरा बॉक्स रखा है। सब ले सकते हैं।

रंजना — सभी को काँच की कटोरी में डालकर दे दो और तुम भी ले लेना।

सपना — ठीक है मम्मी जी !

सभी परिवार जन आइसक्रीम का मज़ा लेकर रात्रि विश्राम के लिए चले जाते हैं।

***

5.

हनीमून से लौट कर मित्रों का मिलन व रश्मि को नव अहसास

समीर — तान्या भी अंधेरा होने से पहले ही घर पहुँच गए थे। आशु की क्लास अभी शुरू नहीं हुईं थीं व काम्या अभी 10+1 में दाख़िल हुई थी, अत: दोनों ही घर पर थे। डी. डी. शर्मा कंपनी ऑफिस व रेखा शर्मा पड़ोस में यहाँ अपनी किसी सहेली के पास गईं हुईं थीं।

काम्या — (भाई - भाभी को देख कर) भैया आ गए, भाभी जी भी आ गई। आशु भैया देखो ! समीर भैया व तान्या भाभी हनीमून से लौट आए हैं।

आशु — नमस्ते भैया - भाभी ! काम्या, पानी लाओ भैया - भाभी के लिए।

काम्या — कैसा पानी लेंगे दोनों ?

समीर — नॉर्मल, फ्रिज से नहीं।

काम्या — ओ. के. भैया ! (ट्रे में दो गिलास पानी रख कर) लो भैया — भाभी पानी। मैं मम्मी जी को बुलाकर लाती हूँ।

रेखा शर्मा — (घर में प्रवेश कर) काम्या, कहाँ जा रही हो ?

काम्या — आपको ही बुलाने जा रही थी, समीर भैया हनीमून से अभी - 2 आए हैं।

समीर — नमस्ते मम्मी जी !

तान्या — नमस्ते मम्मी जी !

रेखा शर्मा — (तान्या को गले लगा कर) बेटी तान्या, अब तो घर में ही रहा करो? तुम्हारे बिना सूने घर में दिल नहीं लगता।

तान्या — मम्मी जी, आशु भैया व काम्या तो घर में ही हैं।

रेखा शर्मा — ये दोनों तो अपने दोस्तों व सहेलियों में ही मस्त रहते हैं, आज पता नहीं तुम्हें कैसे घर में मिल गए ?

आशु — मम्मी जी सारा दिन ख़ाली घर में कैसे रहें ? क्यों काम्या ?

काम्या — हाँ आशु भैया, मम्मी ख़ुद तो पड़ोस में चली जाती हैं तो हम दोनों घर में फिर क्या करें।

रेखा शर्मा — मैंने तो अपनी पढ़ाई पूरी कर ली, तुम भी पढ़ाई करो, फिर मस्ती में जहाँ मर्ज़ी घूमना।

काम्या — ठीक है मैं अभी से पढ़ाई शुरू कर रही हूँ अपने रूम में जाकर।

समीर — काम्या, भाभी बुला रही है ? जरा देखो तो क्या कह रही है?

काम्या — अब मैं किसी की भी नहीं सुनूँगी, पढ़ाई करके जज बन जाऊँगी, फिर सब मेरे फ़ैसले का टकटकी लगाए इंतज़ार करेंगे।

(तान्या चुपचाप पीछे से कानों में झुमके पहनाती है व काम्या को गले से लगाती है)

काम्या — देखा ! डर गए न जज से सभी, अब मैं भाभी के हक़ में फ़ैसला सुनाऊँगी क्योंकि भाभी जी ने मुझे रिश्वत दी है।

तान्या — जज कभी रिश्वत नहीं लेते काम्या, वे तो क़ानून के रखवाले होते हैं। क़ानून के अनुसार ही फ़ैसला करते हैं।

काम्या — अच्छा भाभी ! फिर तो मैं जज जरूर बनूँगी क्योंकि मुझे रिश्वत का खेला पसंद नहीं है।

तान्या — झुमके कैसे लगे ?

काम्या — (अंदर आकर आइने में देखकर लौटते हुए) बहुत सुंदर हैं, भाभी ! ये तो शुद्ध गोल्ड से बने हुए हैं।

तान्या — हमने लाल चौक से पाँच छोटे साइज़ व पाँच बड़े साइज़ के ख़रीदे थे। दो शिवि की ननदों के लिए, एक - एक नेहा व अश्मि के लिए और एक तुम्हारे लिए।

काम्या — और पाँच बड़े साइज़ के ?

तान्या – हम सब ने एक - एक जोड़ी अपने लिए।

काम्या — और आशु भैया, मम्मी पापा के लिए ?

समीर — मम्मी जी के लिए यह पशमीना शॉल, आशु भैया के लिए पठानी सूट व पापाजी के लिए गर्म जैकेट।

काम्या — वाह भैया - भाभी। समीर भैया तुमने अपने लिए क्या ख़रीद किया ?

समीर — यह डल झील की पेंटिंग है, इसे मैं अपने रूम में लगाऊँगा।

रेखा शर्मा — बेटा, अब नहा धोकर तैयार हो जाओ, तुम्हारे पिताजी आने वाले हैं। हम सब मिलकर डिनर करेंगे।

देव भैया, राकेश व कांति क़रीब नौ बजे रात में घर पहुँच पाए थे इसलिए सभी ने निर्णय लिया कि आज का डिनर तनेजा के यहाँ होगा। अपना सामान अपने — अपने रूम पर रखकर हाथ - मुँह धोकर रेस्टोरेन्ट पर पहुँच गए थे सब।

तनेजा — (तीनों मित्रों को देख कर) तीन दिन से हम आपके दर्शनों के लिए तरस गए हैं। मैं आपका नियमित मित्र भी नहीं फिर भी बहुत लगाव हो गया है आप सब से। अब आप सभी की सेवा करके मन को संतुष्टि होगी।

राकेश — तनेजा सर, आप तो हमारे लिए आधी रात का गहना हैं, मित्र - मंडली के मौन पार्टनर हैं। आप को ज्ञान है कि हम सभी कश्मीर से आ रहे हैं, डिनर की इच्छा है, सिंपल किंतु स्वादिष्ट भोजन चाहिए।

तनेजा — राकेश बाबू, सभी को डॉक्टरों वाला खाना स्वाद नहीं लगेगा। मैं वेटर को बुलाता हूँ जिसको जो पसंद हो, नोट करवा दे।

देव — तनेजा सर, मुझे तो डॉक्टर साहब वाला खाना ही देना।

कांति — आज मैं भी हल्का ही लूँगा।

नीलिमा — रश्मि, देविना भाभीजान ! आप दोनों भी अपनी पसंद का इज़हार कीजिए।

रश्मि — मैं तो डॉक्टर हूँ, सिंपल चलेगा।

देविना जैसा सब लेंगे, वैसा ही ले सकती हूँ, पर जहां तक पसंद की बात है, आज सिंपल ही चलेगा।

नीलिमा — मुझे भी ज़्यादा चटपटा खाना नहीं सुहाता।

राकेश — तनेजा सर, मत बुलाओ वेटर को, हमने तो घर में ही सहमति बना ली है। सबके लिए सादा व स्वादिष्ट भोजन ही चलेगा।

तनेजा — ओ. के. सर ! मेरी भी यही राय है – 'नॉर्मल खाओ, नॉर्मल जिओ। 'राकेश बाबू ! मैंने आप सभी के लिए बाहर लॉन में छः चेयर्स लगवा दी है, खुली हवा में बैठकर डिनर करेंगे तो मज़ा आएगा।

राकेश — तनेजा सर, खुले लॉन में मच्छर बगैरह रहेंगे, तो हम खाना खाएँगे और मच्छर हमें खाएँगे ।

तनेजा — सर आप एक बार बाहर जाइए तो फिर अंदर आने का नाम नहीं लेंगे । बाहर वाटर कूलर की हवा में डिनर का मज़ा दोगुना हो जाएगा।

राकेश — (बाहर आकर) क्या गुलमर्ग वाला' इग्लू रेस्टोरेन्ट' बनाया है?

तनेजा — स्वर्ग है बाहर ! चलिए सब लोग, मैं खाना भिजवा रहा हूँ।

राजीव — (दिव्या के साथ रेस्टोरेन्ट में दाख़िल होते हुए) दो आइसक्रीम भी !

तनेजा — वाह राजीव बाबू ! मित्रों के मिलन की चाह खींच लाई?

राजीव — डिनर के बाद घूमने निकले थे कि कांति भाई का संदेश मिला तो इधर आपके भी दर्शन करने आ गए ।

तनेजा — आप भी बाहर ही बैठेंगे ?

राजीव — नही, इन्हें खाना खिलाइए, दूर से आए हैं । सभी भाइयों व भाभियों को नमस्कार !

राकेश — राजीव भाई, अब हमारे पास बैठो, बातचीत करेंगे ।

राजीव — भोजन व भजन हमेशा एकांत व शांत में करना चाहिए। हम सब कल सायं यहीं मिलेंगे व नदी किनारे कांति भाई को सुनेंगे ।

दिव्या — सभी बहनों को हनीमून पर से सकुशल लौटने पर बधाई! कोई हमारी तरह भी लौटा है क्या ?

देव — लौटा है दिव्या भाभी, पर यहाँ नहीं है, फ़रीदाबाद चले गए अपने घर शुभम व शिवि ।

दिव्या — फिर तो आप सबका हनीमून सफल रहा।

रश्मि — दिव्या, कब ड्यू है ?

दिव्या — तुमने मुझे सीनियर बना दिया रश्मि भाभी !

रश्मि — अच्छा ! अब दीदी, भाभी हो गई ?

दिव्या — कितने दिनों से भाभी पुकारने का मन चाह रहा था, आज मौक़ा मिला है। शादी से पहले तो दीदी ही थीं।

राजीव — आप सब भोजन करें, आओ दिव्या हम कुछ देर और टहलने चलते हैं। कांति भाई, कल कोर्ट में मुलाक़ात होगी।

कांति — और सायंकाल में यहाँ।

(राजीव व दिव्या निकलते हैं व डिनर के बाद सभी तीनों युगल भी घर के लिए प्रस्थान करते हैं।)

राकेश — (घर पहुँच कर) रश्मि, तुमने मम्मी पापा को फ़ोन कर बता दिया होगा हमारे यहाँ पहुँचने का समाचार ?

रश्मि — कहाँ फ़ुरसत मिली, अब तो सब सो गए होंगे।

राकेश — हाँ ग्यारह बजने को आए हैं, कल सुबह नेहा को भी यहीं ले आएँगे। उसके रिज़ल्ट बगैरह आ गए होंगे।

रश्मि — मेरी इंटर्नशिप भी शुरू होने वाली है। अब तो यहीं अस्पताल में करने का फ़ैसला अंतिम हो गया है।

राकेश — बहुत दिन गुज़ारे हैं हमने योगी बनकर, अब दूर रहने की बात मत करना। रश्मि, तुम अपने राकेश से बहुत दिन जुदा रहीं, बहुत सहा हम दोनों ने।

रश्मि — हाँ राकेश ! 'रोका' ने हमें रोके रखा, हमारा जीवन ही रोक दिया। तड़पते रहे मिलन को, रो धोकर गुज़ारा इतना लंबा अंतराल।

राकेश — अब हम कभी दूर नहीं होंगे। इस विस्तृत व अनोखे संसार में अपनी एक छोटी सी दुनिया बसाएँगे और वह दुनिया प्यार की दुनिया होगी। प्यार के सिवाय वहाँ कुछ नहीं होगा। प्यार के आँगन में प्यारे - 2 फूल खिलेंगे, हम अपनी बगिया के माली होंगे।

रश्मि — राकेश, मुझे नहीं पता कि मुझे नींद आ रही है या प्यार में मोहित हुए जा रही हूँ।

राकेश — रश्मि ! इस तन को केवल भोजन की ही नहीं, प्यार की भी ज़रूरत है। शायद वह प्यार तुम्हें वशीभूत किए हैं।

रश्मि — हाँ राकेश, एक सुखद अहसास मेरे भीतर जन्म ले रहा है, कलियाँ सी खिलने को लालायित हो रही है।

राकेश — रश्मि, तुम्हारे तन का रोम - रोम प्यार पुकार रहा है, हमें इस सुखद अहसास को मूर्त रूप देकर इस पल का सम्मान करना चाहिए।

रश्मि — ऐसा अहसास पहले कभी महसूस नहीं हुआ, अजीब सी चाहत जाग्रत हो रही है। कहीं समा जाने की आशा बलवती होती जा रही है।

राकेश — हाँ रश्मि, तुम मुझमें समा जाओ, मेरे संग मिलकर एकाकार हो जाओ। हम दोनों के एकाकार होने से अनेक रंग के पुष्प खिलेंगे, प्रकृति महकेंगी और अलौकिक आनंद को प्राप्त होंगे।

रश्मि — स्वयं का अस्तित्व मिटा कर ही नव निर्माण का संसार उत्पन्न होता है। आज हम एक नया संसार बनाएँगे।

(रश्मि को अपनी बाँहों में लेकर प्यार के सागर में एकाकार होकर डुबकी लगाते हुए पार उतरने का संयोग पाते हैं व कुछ समय बाद दोनों गहरी नींद के आग़ोश में समा जाते हैं।)

***

6.

शेखर — शालू प्रसंग

अगले दिन ऑफिस में शेखर बाबू अपने काम में व्यस्त थे कि एक परिचित सी आवाज़ ने उनका ध्यान आकृष्ट किया।

नमस्कार ! शेखर सर ! भद्र पुरुष ने दफ़्तर में कदम रखते हुए कहा।

शेखर — आइए सर, आपको देखकर प्रसन्नता हुई। कई दिनों से इधर नहीं दिखे, कहिए कोई सेवा हो तो ?

भद्र पुरुष — छोटा लड़का सिविल सर्विसेज की परीक्षा की तैयारी कर रहा है, उसकी डिमांड व ज़रूरत है कि घर में ब्राड बैंड इंटरनेट सेवा स्थापित की जाए ताकि पढ़ाई में सुविधा रहे।

शेखर बाबू — लड़के को ही भेज देते, आप काम छोड़कर आए होंगे?

भद्र पुरुष — आप जानते हैं सर, आजकल बच्चे कुछ आलस कर जाते हैं और रेस्टोरेन्ट पर तो काम सायंकाल में ही ज़्यादा रहता है।

शेखर बाबू — (बेल का बटन पुश करते हुए) दीपू, साहब के साथ जाओ और केशियर के पास ब्राड बैंड की सिक्योरिटी जमा करवा कर रसीद भी ले लो।

दीपू — यस सर ! आइए सर !

भद्र पुरुष — (सिक्योरिटी जमा करवा कर लौटते हुए) सर शेखर बाबू! अब कब तक शुरू हो जाएगी इंटरनेट सेवा ?

शेखर बाबू — आप को कब तक चाहिए ?

भद्र पुरुष — एक सप्ताह तक तो शुरू हो ही जानी चाहिए।

शेखर बाबू — आप बेशक घर जाइए व रसीद मेरे पास छोड़ दीजिए। एड्रेस में गली — मुहल्ला सब दर्ज करवाया है ना ?

भद्र पुरुष — यह लीजिए मेरे एड्रेस का कार्ड, वैसे काउंटर पर भी मैंने लिखवा दिया था।

शेखर बाबू — आप क्या चाय बगैरह लेंगे या कुछ ठंडा चलेगा ?

भद्र पुरुष — एक गिलास नॉर्मल पानी के अलावा कुछ नहीं लूँगा।

शेखर बाबू — (बेल का बटन पुश करते हुए) दीपू, साहब के लिए गिलास अच्छी तरह साफ़ करके सादा पानी लाओ।

दीपू — सर, आप भी लेंगे ?

शेखर बाबू — बेशक, ले आना। ज़रा जे. ई. राघव मिश्रा को बुलाना यहाँ।

दीपू — जी सर !

भद्र पुरुष — (पानी पीकर) सर, मुझे अब जाने की इजाज़त दें, लंच का टाइम हो गया है, ग्राहक भी देखना है।

(जे. ई. राघव मिश्रा का ऑफिस में आगमन)

जे. ई. — सर, आपने याद किया था, क्या आदेश हैं ?

शेखर बाबू — राघव बाबू, आदेश नहीं, सेवा है। मेरे निकट के परिचित हैं, इन्होंने सिक्योरिटी डिपॉजिट कर दिया है, यह रसीद है, इनके घर में हमने एक घंटे में ब्राड बैंड सेवा चालू करनी है। क्या मैं ऐसा सही सोच रहा हूँ ?

राघव मिश्रा — सर, अगर आप कहेंगे तो आधा घंटा भी काफ़ी है। आपका तो दस वर्ष से भी ज़्यादा का तजुर्बा है, आप दुरुस्त ही कहेंगे।

शेखर बाबू — (भद्र पुरुष से) आप जे. ई. साहब के साथ जाइए और अपनी तसल्ली का काम करवाइए।

भद्र पुरुष — जी थैंक्यू SDO साहब ! मैं भी कभी किसी काम के लिए आपके कहने मात्र का ही इंतज़ार करूँगा।

शेखर बाबू — कुछ होगा तो निश्चित तौर पर आपको याद करूँगा।

लंच का टाइम आ पहुँचा था, एम. गुप्ता को अपने ऑफिस में आया देख हैरान से हो गए थे शेखर बाबू ! सोचने लगे - कुछ ख़ास ही कारण होगा? वरना बिना प्रयोजन के वे इधर कदम नहीं बढ़ाते ?

शेखर बाबू — गुप्ता सर, किसी जाँच - पड़ताल के मक़सद से आए हैं क्या सर ?

एम. गुप्ता — कुछ पड़ताल करता तो लंच टाइम में क्यों आता ? आप मेरे बहुत निकट आ गए हैं शेखर बाबू, इसलिए मिलने चला आया।

शेखर बाबू — सर, आपकी कृपा का मेरे लिए बहुत महत्व है।

एम. गुप्ता — वर्ष पूरा होने पर अधीनस्थ कर्मचारियों व अधिकारियों की गोपनीय रिपोर्ट सरकार को भेजनी होती है। आपके लिए मैंने उच्चतम ग्रेड चुना है व पदोन्नति की सिफ़ारिश भी की है।

शेखर बाबू — (आँखों से पानी की बूंदें लुढ़कते हुए) सर, बहुत दिनों से आज किसी अपने की तलाश पूरी हुई है, परिवार में कोई नहीं रहा, केवल चाचा जी मुम्बई में है, लाचार व वृद्ध हो गए हैं।

एम. गुप्ता — आप तो शेर दिल इंसान हैं, मन छोटा नहीं करते ?

शेखर बाबू — प्यार के दो बोल पत्थर को भी पिघला देते हैं सर। मुझे प्यारा सा अपनापन वर्षों बाद मिला है। मैं स्वयं को बच्चे की तरह महसूस कर रहा हूँ।

एम. गुप्ता — बुढ़ापे में भी इंसान जब बच्चा बन जाए तो जीवन का उद्धार समझो। आओ कैंटीन से कुछ चाय बगैरह लेंगे, मैं इसीलिए आया था। कुछ बच्चों कीं बातें करेंगे, कश्मीर से लौट आए हैं शायद।

शेखर बाबू — हाँ सर, सब अपने - अपने घर चले गए। देविना बिटिया का भी फ़ोन मिला होगा ?

एम. गुप्ता — अब तो सारी उम्र फ़ोन का ही रिश्ता रह गया शेखर बाबू? लड़कियाँ रूला जाती हैं, जब यादें ताज़ा होती हैं तो दिल बाहर छलांग लगाने को अकुलाता है।

शेखर बाबू — क्या बताऊँ सर, घर काटने को दौड़ता है, शिवि बिटिया के रूम की तरफ़ बढ़ते क़दम रूक जाते हैं। मन मलिन हो जाता है, आँखें अश्रुपूरित हो जाती हैं, न कुछ करने को, न कुछ खाने पीने को दिल करता है।

एम. गुप्ता — शेखर बाबू, क्या लेंगे ?

शेखर बाबू — सर कुछ भी दिल नहीं करता। शालू घर से लंच बनाकर देती है और मैं यूँ का यूँ दीपू को दे देता हूँ। कुछ भी खाऊँ, गले से नीचे नहीं उतरता।

एम. गुप्ता — ज़्यादा भावुक होना भी अच्छा नहीं, बेटियाँ तो किसी के घर में नहीं रहती ? लो चाय लो, थोड़ा नमकीन समोसा भी लो।

शेखर बाबू — सर, चाय ले लूँगा, समोसा आप लें। सर, आज मैं आपके ऑफिस आने वाला था कुछ बातें करने के लिए।

एम. गुप्ता — कहिए ! हम सुनने को तैयार हैं।

शेखर बाबू — सर एकांत चाहिए, दीवारों के भी कान होते हैं। आप वीकेंड पर घर आ जाओ, फिर फ़ुरसत में बात करेंगे।

एम. गुप्ता — तुम्हीं आ जाओ शालू बहन के साथ।

शेखर बाबू — मैं विचार कर आपको सूचित कर दूँगा। सर इतने तक मैं आपको कहना चाहूँगा (इधर - उधर नज़रें घुमा कर) कि राजू जो हमारी विजीलैंस टीम का मेंबर हैं, से जरा सावधान रहना ? वह क्या है, हम घर पर चर्चा करेंगे।

एम. गुप्ता — तो मैं ही मेधा के साथ आऊँगा तुम्हारे घर।

शेखर बाबू — आपका स्वागत है सर !

(लंच टाइम समाप्त होने पर दोनों अपने — अपने ऑफिस पहुँचते हैं।)

शेखर बाबू — (जे. ई. मिश्रा को बैठे देखकर) क्या रहा ? सब ठीक हुआ या कुछ अधूरा रहा ?

जे. ई. मिश्रा — सर, उस भद्र पुरुष का काम पूरा कर दिया है। दो घंटे लगे कुल मिलाकर। अब मुझे लंच के लिए घर जाना होगा ?

शेखर बाबू — बिल्कुल, आपने अच्छा काम किया है, पासवर्ड बगैरह सेट करके चालू कर दिया होगा ?

मिश्रा — यस सर ! मेरे साथ सॉफ़्टवेयर इंजीनियर भी थे, ग्राहक की पूरी संतुष्टि कर ही लौटे हैं।

शेखर बाबू — गुड, अब आप लंच व आराम भी करें।

(मिश्रा घर के लिए निकलते हैं व ऑफिस टाइम के बाद शेखर बाबू भी घर के लिए निकल जाते हैं।)

शालू — (शेखर बाबू को देखकर) मैंने दरवाज़ा खोल कर रख छोड़ा था, आज तो बड़े टाइम से पहुँच गए घर। कोई शिवि बिटिया का समाचार मिल गया होगा ?

शेखर बाबू — आज एम.गुप्ता जी अचानक मेरे ऑफिस में आए और बताने लगे कि मैंने तुम्हारी ACR (वार्षिक गोपनीय रिपोर्ट) सुपर ग्रेड में लिखी है व पदोन्नति की सिफ़ारिश भी की है।

शालू — आपने पहले भी ज़िक्र किया था, उस समय भी मैंने कहा था कि यह सामान्य प्रक्रिया है व सरकारी काम के आधार पर लिखी जाती है न कि निजी संबंधों को आधार बनाकर। पदोन्नति भी वरिष्ठता के आधार पर होती है, किसी अधिकारी की सिफारिश से नहीं।

शेखर बाबू — तुम्हारा कहना दुरुस्त हो सकता है पर कई बार सिफारिश काम कर जाती है।

शालू — ठीक है, अब क्या लेंगे आप ? लंच बॉक्स नहीं लाए आज भी ?

शेखर बाबू — मैंने दीपू को दे दिया था, आज कुछ खाने का मन नहीं था।

शालू — भूखे कब तक रहोगे ? मैं भी कुछ नहीं खा पा रही हूँ। घर में बिना काम के दिल नहीं लगता।

शेखर बाबू — मैंने गुप्ता जी को वीकेंड पर बुलाया है, खुलकर बात करके कोई प्लान तैयार करेंगे।

शालू — अब मैं दोनों के लिए खाना बना रही हूँ, फिर घूमने चलेंगे। आज तुम कुछ सुना रहे हो ?

शेखर बाबू — हां, मैं स्नान कर लूँ, तब तक तुम खाना तैयार करो।

शालू — अभी पंद्रह मिनट तो लगेंगे ही।

अंधकार अपनी बाँहों में प्रकाश को जकड़ चुका था पर चौकीदार ने पार्क की रोशनी जगाकर उसे भागने के लिए विवश कर दिया। शेखर व शालू आइसक्रीम का आनंद लेते हुए बतिया रहे थे।

शालू — मैंने अपनी व्यथा - कथा सुना दी है, आप कुछ कहना चाह रहे थे।

शेखर — हाँ शालू, तुम भी ध्यानपूर्वक एवं शांतिपूर्ण तरीक़े से सुनना।

शालू — ओ. के. सर जी !

शेखर — (ज़रा मुस्कुरा कर) शालू तुमने कल बताया था कि तुम्हारे रूम में दो और महिलाएँ भर्ती थीं जिनमें एक तुम्हारे बेड के साथ वाले बेड पर थीं, वह मेरी पत्नी शिवानी थीं।

शालू — (जैसे पहाड़ टूट कर सिर पर गिरा हो) क्या कह रहे हो शेखर बाबू ?

शेखर — हाँ शालू, वह रात में रोती हुई तुम्हारे पास आईं और रोते— रोते अचेत हो कर तुम्हारे बेड पर ही गिर गई थी और मृत्यु को प्राप्त हो गईं थीं।

शालू — हाँ बिल्कुल सही कह रहे हो, यह सब मेरी आँखों के सामने घटित हुआ व सुबह परिजनों को सूचना देकर उसका अंतिम संस्कार कर दिया गया।

शेखर — क्योंकि वह तुम्हारे बेड पर मृत पड़ी थीं और तुम भयभीत हुईं उसके बिस्तर पर चली गई थी इसलिए अस्पताल के कर्मचारियों द्वारा तुम्हारे परिजनों को सूचित किया गया कि तुम्हारी मृत्यु हो गई है जबकि मृत्यु मेरी शिवानी की हुई थी।

शालू — (जैसे सदमे मे) तो मेरे शेखर गुप्ता तो नहीं आए थे ?

शेखर — क्योंकि भिवानी से यहाँ तक का सफ़र काफ़ी लंबा है इसलिए देर से पहुँचे होंगे व नीचे अस्पताल के काउंटर पर पूछताछ कर

रोते — बिलखते लौट गए होंगे। अस्पताल के ऊपर वार्ड में प्रवेश वर्जित था इसलिए वे तुम्हारे पास आकर मिल नहीं पाए।

शालू — औफ्फ ओ ! कैसा अनर्थ हो गया, शेखर बाबू ! इस बात का तुम्हें पूर्ण विश्वास है कि ऐसा सब कुछ हुआ होगा।

शेखर — बिल्कुल ! क्योंकि जब तुम स्वस्थ हुईं तो मुझे सूचना मिली कि तुम्हारी पत्नी महामारी से निजात पा गईं हैं अतः आप उसे नीचे पूछताछ काउंटर से ले जाइए। मेरी ख़ुशी का कोई ठिकाना नहीं था और मैं जब क़रीब आठ बजे सायं काउंटर पर पहुँचा तो वहाँ मुझे कोई महिला नहीं मिली, न ही मेरी पत्नी ?

शालू — वहाँ तो मैं ही बैठी थी व काफ़ी इंतज़ार किया और कुछ देर बाद मुझे किडनेप कर लिया गया।

शेखर — मुझे भी काउंटर पर यही बताया गया कि यहाँ जो महिला बैठी थी, वह किसी पुरुष के साथ गाड़ी में सवार होकर चली गई है। मैं तब से अपनी शिवानी को ढूँढ रहा हूँ लेकिन शिवानी जीवित हो तो मिले ? और एक दिन एजेंट से जब तुम्हारे नाम से शादी का ऑफ़र मिला तो सोचा कि मेरी शिवानी ही किसी के चगुल से बचकर आई होगी ? पर यह तो तुम थी और तुमने जो व्यथा — कथा सुनाई है, उससे मुझे सारे राज का खुलासा हो गया है।

शालू — अगर उस दिन अस्पताल में तुम्हे मैं मिल गईं होती तो फिर क्या होता ?

शेखर — मैं तुम्हे पहचान तो नहीं पा सकता था लेकिन जो बातें तुमने मुझे अब बताईं हैं, उनका पता उस दिन ही चल जाता तो न मुझे न शेखर गुप्ता को ये दिन देखने पड़ते। मैं अपनी शिवानी की मृत्यु के बाद भी

उसे ढूँढता रहा और शेखर गुप्ता अपनी खोई पत्नी को मृत समझ कर आँसू बहाते रहे।

शालू — प्रकृति ने हमारे साथ कितना अजीब खेल खेला है शेखर बाबू ?

शेखर — हाँ, आप कह सकती है पर यह सब दोनों के नामों के एक समान होने के कारण ही अस्पताल की लापरवाही से हुआ।

शालू — एक छोटी सी लापरवाही से कितने जीवन सांसत में जी रहे हैं। मुझे व मेरे परिवार को अलग - थलग रहना पड़ रहा है।

शेखर — शालू, मैं भी तो अपनी शिवानी को खोजते - 2 पागल सा हो गया था। तुम्हे पाकर मैं कुछ संभल पाया हूँ। राजू के आने से हमारा परिवार फिर बिखरने लगा था, वह तो शिवि की समझदारी व देव - देविना की मदद से हम पर ईश्वर की कृपा बनी रही लेकिन जो होना है वह तो होगा ही क्योंकि मुझे वह दिन भी देखना पड़ेगा जब मैं तुम्हे तुम्हारे खाविंद (पति) को सौंपने के लिए भिवानी जाऊँगा।

शालू — हाँ शेखर बाबू, मुझे भी तुम्हारी इस व्यथा का अहसास है पर क्या किया जा सकता है ? काफ़ी उम्र तो रोते - बिलखते बीत गई, शेष भी बीत जाएगी।

शेखर — शालू, अब हमें एम. गुप्ता से मिलकर प्लानिंग करना है, देव बाबू का साथ लेना है व राका के भद्र पुरुष की मदद लेनी है।

शालू — ये सब काम हमें बहुत सावधानी व सतर्क रहकर करना है। शुभम व शिवि को भी सब कुछ बताना होगा।

शेखर — तुमने किसी को जरा भी ज़िक्र नहीं करना है। तुम्हारी मुँह बोली बहन' मैना' कभी मिले तो मुँह मत खोलना, वह भी राजू गैंग की सदस्य हो सकती है।

शालू — बिल्कुल, किसी भी संभावना से इंकार नहीं किया जा सकता है।

पार्क के दूसरे कोने से चौकीदार की लाठी खड़कने की ध्वनि सुनाई पड़ने लगी थी। शेखर व शालू दोनों ने अपनी व्यथा - कथा को विराम दिया और चलने के लिए तैयार हो गए थे।

शेखर — बाज़ार से कुछ खरीद करना है शालू ?

शालू — अब टाइम ज़्यादा ही हो गया, कुछ ज़रूरत होगी तो मैं कल खुद ख़रीद लूँगी।

शेखर — चलो फिर पिछली गली से शॉर्ट कट से निकलते हैं।

शालू — हाँ चलो !

(दोनों पैदल ही निकलते हैं।)

***

7.

मित्रों की सरिता सैर

हनीमून से लौटने के बाद सभी मित्र थकान का अनुभव कर रहे थे। तनेजा रेस्टोरेन्ट से भरपेट भोजन कर सभी अपने निवास पर आकर रात्रि में सुहानी नींद में समा गए थे। अगले दिन पूर्व निर्धारित कार्यक्रम के तहत सभी तनेजा के यहाँ पहुँच गए थे। राकेश व देव जब रेस्टोरेन्ट पहुँचे तो कांति को वहाँ न पाकर तनेजा से कहने लगे - तनेजा सर, जो कांति भाई घंटों इंतज़ार करता था, आज हम उसकी इंतज़ार कर रहे हैं।

तनेजा — वे दोनों ही आ रहे हैं।

राजीव — (रेस्टोरेन्ट में प्रवेश करते हुए) राकेश भाई, घर से उठा कर लाया हूँ, खर्राटे भर रहा था। नीलिमा भाभी ने ही जगाया।

राकेश — अभी तो शादी को एक सप्ताह ही बीता है, आगे - आगे क्या होगा राम ही जाने ? शायद हमारा लॉक इंतज़ार में रहेगा कि मेरा प्रशंसक कांति भाई कहाँ चला गया?

कांति — राकेश भाई, अब इस लॉक को मुक्त कर दो, रश्मि भाभी जो आ गई घर मे।

देव — अब तो सभी के घर अनलॉक हो गए हैं, हम चार यार से चार परिवार हो गए हैं।

तनेजा — आप सब क्या लेंगे ? चाय, कॉफी या कुछ ठोस आहार।

कांति — तनेजा सर, पहले पानी पिलवाओ, नींद से सीधे ही खींच लाया एडवोकेट, फिर कड़क चाय पिलाओ ताकि सफ़र की थकान रफ़ूचक्कर हो जाए।

राकेश — बहुत गर्मी है कांति भाई, कुछ ठंडा ले लो।

कांति — कॉफी से ही नींद की खुमारी टूटेगी, तभी कुछ क़िस्सा कहानी सुना पाऊँगा।

तनेजा — कांति बाबू, हमें भी सुना दो कश्मीर का हाल - चाल ?

कांति — कश्मीर देखने की ही जगह है, सुनने - सुनाने की नहीं। कभी मौक़ा निकाल कर हो आओ अपनी शादी की सिल्वर जुबली मनाने।

देव — वाह, क्या गुड आइडिया दिया है, तनेजा सर, फिर ऐसी राय नहीं मिलेगी ?

तनेजा — देव बाबू, अब तो बच्चे ही जाएँगे कश्मीर। रेस्टोरेन्ट से ऐसे बंध गए कि एक दिन के लिए भी फ़ुरसत नहीं।

कांति — और हम आपसे ऐसे जुड़ गए कि कहीं और ठिकाने की ज़रूरत नहीं।

तनेजा — आप लोगों के साथ के कारण मेरा जीवन भी हर्ष से बीत रहा है।

कांति — प्यार एक नशा है तनेजा, एक खुमारी है। दोस्तों का प्यार हो या दोस्ती का, यह नशा एक बार चढ़ जाए तो जीवन को नीरोग बना डालता है।

तनेजा — वाह कांति सर ! दोस्तों का नशा तो पहले ही पी रहे थे, अब नीलिमा भाभी की दोस्ती का नशा भी चढ़ने लगा है।

कांति — तनेजा सर, कड़क कॉफी मैंने पी है और कड़क बातें आप कर रहे हैं।

देव — कांति भाई, आज भी कोई कड़क प्यार की कहानी सुनाना।

राजीव — हाँ कांति भाई, अब तो तुम भी प्यार के दरिया में ग़ोते लगाने लगे हो।

कांति — तो चलो, सूरज भी अंधकार के प्रेम में डूबने वाला है।

राकेश — (नदी किनारे पहुँच कर) कांति भाई, कितनी शुद्ध व ठंडी हवा चल रही है, हवा के इन मंद झोंकों को पक्षी मानो लोरी समझकर नींद के लिए नीड़ में प्रवेश कर रहे हों। सूरज कल सुबह का वादा कर अपनी प्रियतमा मंद व शीतल पवन से जुदा होकर निराश, उदास व पीत मुख लिए कहीं कंदराओं में छिप गया है। पवन ने भी वियोग में अपनी गति को मंद कर लिया है और पानी में सिलवटें डालकर उसकी गति को अवरुद्ध करने के प्रयास स्थगित कर दिए हैं। ऐसे वातावरण में कोई प्रेम कथा का बखान करें तो हम सबको आनंद की प्राप्ति होगी।

कांति — मेरे प्रिय मित्रों ! आज मैं आप सबको एक प्राचीन व ऐतिहासिक सत्य प्रेम कथा का बखान कर रहा हूँ।

राजीव — कांति भाई, नीलिमा भाभी की शिक्षा का शायद तुम पर भी प्रभाव होना शुरू हो गया है।

कांति — नए स्वर्ग की कामना लेकर महर्षि विश्वामित्र तप कर रहे थे तो देवराज इंद्र को परेशानी हुई और उन्होंने स्वर्ग की अप्सरा' मेनका' को विश्वामित्र की तपस्या भंग करने के उद्देश्य से भूलोक भेजा। मेनका ने अपनी सुंदरता व नृत्य की भाव - भंगिमाओं से महर्षि विश्वामित्र को अपने प्रेमजाल में फंसा लिया। दोनों के सहवास से एक कन्या का जन्म हुआ।

देव — कांति भाई, अब तो इंद्र के साम्राज्य को ख़तरा नहीं रहा क्योंकि महर्षि विश्वामित्र की तपस्या भंग हो गई।

कांति — बिल्कुल ! जब विश्वामित्र को इंद्र के इस षड्यंत्र का पता चला तो वे मेनका व कन्या का परित्याग करके अन्यत्र चले गए और मेनका भी इंद्र का आदेश पाकर कन्या को एक आश्रम के बाहर छोड़कर स्वर्ग लोक

को प्रस्थान कर गई। रोती बिलखती कन्या को आश्रम के स्वामी महर्षि कण्व ने पाला पोषा व बड़ा किया। कालांतर में कन्या का नाम' शकुंतला' पड़ा था।

देव — कांति भाई, लगता है कि दुष्यन्त - शकुंतला की कथा सुना रहे हो ? बहुत विचित्र एवं आकर्षक प्रेम कथा है।

राजीव — हमने तो कभी ऐसे नाम की कथा सुनी नहीं।

कांति — तो अब सुनो बाबू ! हस्तिनापुर नरेश दुष्यंत एक बार आखेट के लिए जंगल में चले गए थे व भूख - प्यास से व्याकुल हो महर्षि कण्व के आश्रम पर पहुँच गए थे। महर्षि की अनुपस्थिति में शकुंतला ने हस्तिनापुर नरेश का आतिथ्य सत्कार किया जिससे राजा दुष्यंत बहुत प्रभावित हुआ। आश्रम में महर्षि के शिष्यों से राजा ने पूछा कि महर्षि कण्व तो आजन्म ब्रह्मचारी हैं तो यह कन्या कौन है ? महर्षि के शिष्यों ने राजा दुष्यंत को बताया कि यह कन्या उन्हें जंगल में पड़ी मिली थी व उन्होंने ही इसके पालन - पोषण की ज़िम्मेदारी ली थी। राजा दुष्यंत शकुंतला के सौंदर्य एवं लावण्य से मुग्ध होकर उसकी ओर खिंचने लगा व शकुंतला भी राजा को चाहने लगी थी।

राजीव — जंगल में भी प्यार का खेल चल पड़ा।

देव — राजीव भाई, प्यार सृष्टि के हर कोने में व्याप्त है। जहां प्राणी, वहीं प्यार !

कांति — राजा दुष्यंत ने शकुंतला से अपने प्यार का इज़हार किया तो उसने भी प्यार स्वीकार कर लिया। दोनों ने गंधर्व विवाह (प्रेम विवाह) कर लिया व राजा दुष्यंत ने अपनी राजमुद्रा (अंगूठी) शकुंतला को पहना दी। गंधर्व विवाह के बाद भी राजा दुष्यंत कुछ समय आश्रम में ही रहा जिससे शकुंतला आशामेध हो गई।

राजीव — क्या हो गई शकुंतला, कांति भाई ?

कांति — सिर्फ़ कोर्ट की ही भाषा समझते हो ? देव भैया, बताओ वकील साहब को ।

देव — आशामेध अभिप्राय गर्भ - स्थापना से है। अब समझ गए ?

राजीव — देव भैया, पहला शब्द तो समझ गया, दूसरा नहीं। सरल शब्दों में समझाओ न ?

राकेश — गर्भवती, राजीव भाई।

राजीव — यह हुई न बात ! डॉक्टर साहब बिना पूछे ही बोल पड़े, दाल में कुछ Blackness है।

कांति — कालापन नहीं, डॉ साहब के घर कोई आने वाला है।

राकेश — तुम्हें कैसे पता चला कांति भाई ?

(सब ज़ोर से — डॉक्टर पकड़ा गया ? हमारी रश्मि भाभी भी शकुंतला हो गई।)

कांति — आख़िर राजा को तो राजधानी लौटना ही था और एक दिन शकुंतला को राजमहल ले आने की कहकर राजा लौट आए। राजा के वियोग में शकुंतला उदास रहने लगीं थीं। एक दिन जब वह अत्यंत निराश व उदास बैठी थी तो आश्रम पर महर्षि दुर्वासा आए और काफ़ी देर तक आतिथ्य की प्रतीक्षा में दर पर खड़े रहे। शकुंतला ने उन्हें नहीं देखा, न कोई आतिथ्य किया जिससे कुपित होकर महर्षि दुर्वासा ने शकुंतला को शाप दे दिया" जिसकी याद में तू इतनी खोईं है वह तुझे उसी प्रकार भूल जाएगा जैसे कोई पागल व्यक्ति अपनी पहली कही हुई बात को भूल जाता है।"

राकेश — कांति भाई, यह तो अनर्थ हो गया, प्यार में अवरोध पड़ गया।

कांति — शकुंतला ने जब महर्षि दुर्वासा के कुपित वचन सुने तो वह कांप गईं। उसकी सखियों ने ऋषिवर से अनुनय - विनय की, जिस पर कुछ नरम होकर महर्षि ने दोहराया - "अगर यह कन्या कोई पहचान का चिह्न दिखा देगी तो राजा की स्मृति लौट आएगी।" यह कहकर महर्षि दुर्वासा चले गए।

राकेश — कांति भाई, राजा ने तो शकुंतला को राजमुद्रा पहनाई थी, उससे राजा को सब याद रहेगा।

कांति — महर्षि कण्व तीर्थयात्रा के बाद जब आश्रम लौटे तो शकुंतला ने सब बातें महर्षि कण्व को बताईं तो महर्षि ने कहा कि पत्नी को तो पति के पास ही रहना चाहिए और अपने दो शिष्यों के साथ शकुंतला को हस्तिनापुर की ओर भेज दिया।

राजीव — कांति भाई, राजा क्यों नहीं लेने आया शकुंतला को ?

राकेश — तुम्हारी बुद्धि का भी दिवाला निकल गया राजीव भाई, दुर्वासा के शाप के कारण राजा सब घटना भूल गया था तो कैसे आता ? काफ़ी इंतज़ार के बाद ही महर्षि कण्व ने शकुंतला को विदा किया था।

कांति — राज दरबार में पहुँच कर शिष्यों ने विनम्र प्रार्थना की कि हम महर्षि कण्व के आश्रम से आए हैं, यह कन्या उन्हीं की पुत्री है जिसके साथ आपने आखेट के समय जंगल में गंधर्व विवाह किया था। राजा ने ऐसे किसी विवाह से साफ़ इंकार कर दिया। शिष्यों के कहने पर कि आपने अपनी राजमुद्रिका इसे दी थी, शकुंतले ! वह दिखाइए तो ज़रा। शकुंतला ने जब हाथ देखा तो उंगली में अंगूठी नहीं थी। तब राज दरबारियों ने उन्हें छली, प्रपंची व बहुरूपिये कहकर दरबार से बाहर निकलवा दिया।

राजीव — यह तो अजीब विडंबना है कांति भाई, राजा का प्रजा के प्रति ऐसा व्यवहार निंदनीय है। अब वह बेचारी गर्भवती शकुंतला क्या करेगी और कहाँ जाएगी ?

राकेश — अब वह कण्व ऋषि के आश्रम में भी नहीं लौट सकती थी।

कांति — राजा द्वारा तिरस्कृत व्यथित होकर शकुंतला जब राज दरबार से बाहर आईं तो विलाप करने के अतिरिक्त उसके पास और क्या था। माँ मेनका ने स्वर्ग लोक से जब यह सब देखा तो वह झट पृथ्वी पर आकर शकुंतला को उठा कर ले गई और महर्षि कश्यप के आश्रम पर छोड़ दिया।

राजीव — मेनका को स्वर्गलोक से पता चल गया, यह तो हैरान कर देने वाली बात है।

देव — देवताओं के पास भूलोक की संपूर्ण जानकारी रहती है राजीव भाई। मेनका उसे (अपनी पुत्री शकुंतला) स्वर्गलोक न ले जाकर अपने पिता महर्षि कश्यप के आश्रम में उनके आश्रय में छोड़ गईं। क्यों कांति भाई ?

कांति — बिल्कुल देव भैया ! इतिहास में ऐसा ही वर्णन मिलता है।

राजीव — कांति भाई, अब तो स्पष्ट हो गया है कि शकुंतला अपने नाना के घर ही रहेगी व समय आने पर सुख पूर्वक एक संतान को जन्म देगी। वह राजा दुष्यंत की ही संतान होगी लेकिन राजा इन सब घटनाओं से अनभिज्ञ है अभिशाप के कारण।

देव — बिल्कुल राजीव भाई, अब शायद तुम्हें पूरी कहानी का मर्म समझ आ गया है।

राजीव — वाह कांति भैया, बहुत सुंदर व ऐतिहासिक कथा सुनकर अच्छा लगा। अब अंधेरा बढ़ गया है, सबको अपना - अपना घर सँभालना चाहिए।

राकेश — हाँ राजीव भाई, नेहा भी शायद घर लोट आई होगी, उससे दाख़िले के विषय में जानकारी लेकर निर्णय लेना होगा।

कांति — राकेश — राजीव भैया, पर अभी कथा का समापन नहीं हुआ है।

देव — कांति भाई, तुम सही कह रहे हो, समापन तो हो गया पर अंत नहीं हुआ। शेष कथा फिर कभी श्रवण करेंगे।

राजीव — हाँ, अब चलने में ही भलाई है। दिव्या किसी भी समय पेट दर्द की शिकायत से लाचार हो सकती है।

कांति — ओ. के. महर्षि कश्यप जी ! पूरा ध्यान रखना है।

(सब घर के लिए निकलते हैं।)

***

8.

एम.एम.गुप्ता का शेखर बाबू के घर आगमन

सप्ताह का दूसरा शनिवार होने के कारण ऑफिस में अवकाश था इसलिए शेखर बाबू व शालू पूरा दिन एम. एम. गुप्ता व मेधा गुप्ता की इंतज़ार में रहे, पर न फ़ोन मिला और न ही वे आए। शालू ने कई बार कहा कि आप गुप्ता जी को फ़ोन से संपर्क कर लो पर नहीं माने व कहने लगे कि आज नहीं तो कल भी तो अवकाश है, मेरे अधिकारी हैं, अपनी इच्छा से आएँगे। हो सकता है कि किसी काम में व्यस्त हों, कोई मेहमान आया हो सकता है या कहीं पर चले गए होंगे ?

शालू — आप समझते क्यों नहीं ? गुप्ता जी हमें बहुत मान - सम्मान देने लगे हैं। उनकी पत्नी मेधा गुप्ता भी जब अपने घर आईं थीं तो बहुत प्यार व सत्कार से बातचीत कर रही थी।

शेखर बाबू — हमें जल्दी भी क्या है ? जहां इतने दिन बीत गए, एक दिन और सही। फ़ोन तो मैं तब लगाता जब उन्होंने कोई निश्चित समय दिया होता और उस समय नहीं पहुँचते। अब हमें उनके मैसेज या फ़ोन कॉल का इंतज़ार करना चाहिए।

शालू — आप उनसे कल ऑफिस में ही आने के निश्चित समय की जानकारी ले लेते तो हमें इस तरह पूरा दिन बेकार नहीं गँवाना पड़ता ?

शेखर बाबू — हमारे पास और काम ही क्या था? अच्छा हुआ कि इंतज़ार में ही बीत गया दिन।

शालू — तुम्हारी इंतज़ार करने की इच्छा अभी शेष बची है, अपनी उम्र तो देखो?

शेखर बाबू — मैं उस इंतज़ार की बात नहीं कर रहा शालू, तुम मुझे नाहक ही भूतकाल में घसीट रही हो।

शालू — तुम्हारा भूतकाल ही स्वर्णिम काल था शेखर बाबू, भविष्य में कहीं उजाला नहीं दिखता ? मैं कई बार यही सोचकर उदास हो जाती हूँ कि जिसने तुम्हें सहारा दिया, एक दिन उसे ही बेसहारा छोड़कर चली जाऊँगी लेकिन फिर सहारा मिलता है कि एक नहीं तो दूसरे शेखर का भी तो सहारा बन पाऊँगी।

शेखर बाबू — शालू, तुम्हें पाकर मैं अपनी शिवानी को भूल गया था, तुम्हारे शुष्क प्यार से भी मैं तृप्त रहा, यही सोचकर कि तुम किसी और की अमानत हो। मैंने अपनी शिवानी का भी इतना ध्यान नहीं रखा जितना प्यार व सम्मान मैं तुम्हें दे रहा हूँ।

शालू — हाँ शेखर बाबू, तुम दोनों शेखर एक नाम के तो हो ही, एक स्वभाव के भी निकले। शेखर गुप्ता ने भी कभी मुझे किसी कमी का अहसास नहीं होने दिया था। मृत्यु की खबर पाकर भी वे अपनी' साधना' को कभी मन से दूर नहीं कर सके।

शेखर बाबू — मैं भी तुम्हें बेशक शेखर गुप्ता के पास छोड़ आऊँगा। पर दिल से नहीं निकाल पाऊँगा और हो सकता है कि शेष जीवन तुम्हारे नाम के सहारे ही व्यतीत कर जाऊँ, आख़िर तुम भी तो शिवानी ही हो।

शालू — शेखर बाबू, तुम मुझे रूलाओगे, मुझे दो शेखरों के बीच मत उलझाओ। मैं नीलिमा बिटिया की माँ हूँ और शिवि की भी, शेखर गुप्ता की भी पत्नी हूँ और तुम्हारी भी।

शेखर — मेरी पत्नी संसार के लिए हो व शेखर गुप्ता की पत्नी प्यार के लिए हो, फिर भी मुझे कुछ शिकवा - शिकायत नहीं। मैं तुम्हे लक्ष्य तक पहुँचा कर ही दम लूँगा।

शालू — और मैं मरते दम तक तुम्हारे इस त्याग को भुला नहीं पाऊँगी।

(फ़ोन की घंटी बजती है।)

शेखर बाबू — गुप्ता सर नमस्कार !

एम. गुप्ता — नमस्कार शेखर बाबू ! हमने आपके पास कल आने का ही प्रोग्राम बनाया है। आज भानू से ही बात होती रही।

शेखर बाबू — भानू बेटा ठीक है सर ?

एम. गुप्ता — हाँ शेखर बाबू, कल ही उसका चंद्रयान मिशन शुरू हो गया था क्योंकि हम उस समय ऑफिस में थे इसलिए टी. वी. पर लाइव नहीं देख पाए। आज कई चैनल्स पर दिखाया जा रहा है लेकिन इतना समझ नहीं पड़ता। भानू ने जो बताया उससे कुछ स्पष्ट हो गया सब।

शेखर बाबू — आपको मुबारक हो गुप्ता जी, आपका सुपुत्र तन - मन से देश के गौरव को बढ़ा रहा है। मुझे लगता है कि एक दिन चांद पर प्राणी मात्र को भेजकर अपना सपना पूरा करेगा।

एम. गुप्ता — हाँ ज़िद का तो पक्का है। जो ठान लेता है, उसे पूरा निभा कर ही संतुष्ट होता है।

शेखर बाबू — दृढ़ संकल्प से ही साधना की सिद्धि होती है। कब आ रहा है घर सर जी ?

एम. गुप्ता — अब तो शायद सतीश धवन अंतरिक्ष केंद्र ही उसका घर बन गया है। ओ. के. शेखर बाबू, कल मिलते हैं।

शेखर बाबू — ओ. के.सर, नमस्कार ! (फ़ोन बंद कर शालू से) अब कल की तैयारी रखो, गुप्ता जी कल आने वाले हैं।

आइए ! आइए !! गुप्ता सर, अहोभाग्य हैं हमारे जो आपके चरण - कमल इस घर में पड़े। कल से ही बड़ी बेसब्री से इंतज़ार कर रहे थे आपके दर्शनों का लाभ पाने के लिए। नमस्कार, मेधा जी !

मेधा गुप्ता — नमस्ते शेखर बाबू ! अभी कुछ दिन पहले ही तो आईं थीं शालू बहन से मिलने।

शेखर बाबू — आपका अपना घर है, किसी भी समय व कितनी ही बार तशरीफ़ रखें, हम अपना सौभाग्य समझेंगे।

एम. गुप्ता — शेखर बाबू, मैं कुछ दिनों से आपके व्यवहार में कुछ ख़ास परिवर्तन देख पा रहा हूँ। आपकी रसना भी मीठे रस में सन गई है। यह बदलाव सायास है या अनायास ?

शालू — हाँ गुप्ता सर ! आपने सही आब्जर्ब किया है। जब से मेरे बारे में जान गए हैं तब से कुछ दार्शनिक भी हो गए हैं।

एम. गुप्ता — ऐसा क्या विशेष है आपके जीवन संबंध मे, क्या हम भी साझा कर सकते हैं ?

शेखर बाबू — आप आए हैं, पहले कुछ चाय - पानी लीजिए, फिर हम इत्मीनान से बातें करेंगे।

मेधा गुप्ता — भाई साहब, हैवी नाश्ता लेकर ही घर से बाहर कदम रखा है और घर से दूर भी कितने चले है ? एक कदम हमारे घर, दूसरा कदम तुम्हारे घर में।

शेखर बाबू — हम भी कुछ देर पहले ही नाश्ता - निवृत्त हुए हैं।

एम. गुप्ता — तो सुनाओ शालू बहन कीं जीवन यात्रा की पुस्तक के अंश जो आपको दार्शनिक बनाए हुए हैं।

शेखर बाबू — गुप्ता सर, शालू जो कभी' साधना' थीं कोविड -19 की चपेट में आने के बाद चंडीगढ़ के बड़े अस्पताल में भर्ती थीं ....शादी एजेंट के माध्यम से मेरे घर आ

गई। सर, गुप्ता जी, मैंने आपको वही सब निवेदन किया है जो शालू ने मुझे बताया है और राजू के विषय में तो मैंने कल ही आपको संकेत कर दिया था।

एम. गुप्ता — आज से पहले इस घटना का आपने कभी ज़िक्र नहीं किया।

शेखर बाबू — शालू ने बड़ी मुश्किल से व पूरा आश्वासन पाकर ही सब रहस्योद्घाटन किया है कुछ रोज़ पहले।

एम. गुप्ता — बड़ा गंभीर व ख़तरनाक मामला है, आप लोगों ने कुछ विचार किया है ?

शेखर बाबू — कुछ ख़ास तो नहीं पर थोड़ी रूपरेखा दिमाग़ में घूम रही है। हमें पुलिस व पॉलिटिक्स दोनों की मदद लेनी होगी, तभी माफिया का सफ़ाया संभव है।

एम. गुप्ता — भरोसा दोनों पर विश्वास के स्तर पर नहीं है पर हाँ अगर हमारा कोई ख़ास परिचय निकलता है, तब कुछ उपाय संभव है।

शेखर बाबू — मैं सोचता था कि देव बाबू की मदद से पॉलिटिकल सहायता मिल सकती है, जींद शहर में बाबू रामकृष्ण वित्त मंत्री उनके ख़ास परिचय में हैं व डॉ भगवत स्वरूप जी दोनों तरफ़ से संबंध हैं।

एम. गुप्ता — बिल्कुल, हम इस संबंध का लाभ उठा सकते हैं, पुलिस की सहायता कैस मिलेगी ?

शेखर बाबू — 'राका' रेस्टोरेन्ट के मालिक का बेटा दिल्ली पुलिस में ड्यूटी पर है। वह कई बार मुझसे कह चुका है कि मेरे लायक़ कोई सेवा हो तो बताना।

एम. गुप्ता — उससे आपके संबंधों का आधार क्या है ?

शेखर बाबू — बस ग्राहक का ही रिश्ता है, वह हमारा और हम उसके ग्राहकों में से हैं। कोई रिश्तेदार या घनिष्ठ संबंध का परिचय नहीं है।

एम. गुप्ता — आपका विश्वास का कारण ?

शेखर बाबू — हम दोनों की शराफत का व्यवहार।

एम. गुप्ता — हो सकता है इंसानियत काम आ जाए पर वे दिल्ली में है, यहाँ किसी से गहरे संबंध में हैं क्या ?

शेखर बाबू — यह जानने की कभी मैंने कोशिश नहीं की, हम अभी लंच के लिए वहाँ जा सकते हैं।

एम. गुप्ता — अगर आपको उचित लगता है तो चल सकते हैं। बातचीत करने से ही दिल की भांप निकलेगी।

सभी चारों' राका रेस्टोरेन्ट' पहुँचते हैं।

भद्र पुरुष — नमस्कार SDO साहब, अन्य सभी को भी नमस्कार! आज आपने सेवा का मौक़ा दे ही दिया ?

शेखर बाबू — मेरे साथ मेरे जिला अधिकारी श्री एम.एम. गुप्ता व इनकी धर्मपत्नी मेधा गुप्ता जी है।

भद्र पुरुष — आप दोनों को प्रणाम ! शेखर सर, ब्राड बैंड बहुत अच्छा काम कर रहा है। आपका बहुत धन्यवाद !

शेखर बाबू — लोगों की सेवा करना हमारा ध्येय है।

भद्र पुरुष — और सस्ता — स्वादिष्ट खाना खिलाना हमारा धर्म है।

शेखर बाबू — बिल्कुल, हमारी तरह ही पुलिस व पॉलिटिशियन का कर्तव्य व धर्म है जनता के कष्ट दूर करना।

भद्र पुरुष — आप किसी लक्ष्य को लेकर तो यह उदाहरण नहीं दे रहे ?

शेखर बाबू — स्वाभाविक है, पर बिना सिफारिश व सेवा के कष्ट दूर नहीं होते?

भद्र पुरुष — शेखर बाबू, मैं तो आपकी सज्जनता व ईमानदारी देखकर आश्चर्य चकित हूँ, एक घंटे में ब्राड बैंड सेवा उपलब्ध करवाना और वह भी बिना किसी खुशामद व लालच के। इसीलिए मैं आपसे किसी भी सेवा के लिए कहता हूँ।

शेखर बाबू — खाना खिलाने की सेवा तो आप बख़ूबी कर ही रहे हैं। एक सेवा और है जो आपको खुलासा करना है।

भद्र पुरुष — आप पीछे केबिन में बैठिए, लंच करिए, उसके बाद हम सब बातचीत करेंगे।

(चारों केबिन में बैठते हैं, वेटर आकर आर्डर लेकर सब भोज्य सामग्री लेकर लौटता है।)

एम. गुप्ता — शेखर बाबू, भद्र पुरुष लगता तो भद्र ही है लेकिन समझदार ज़रूरत से ज़्यादा है।

शेखर बाबू — क्यों न हो ? बेटा आख़िर IPS ऐसे थोड़े ही बना है? बाप होशियार है तो बेटा भी प्रतिभावान ही होगा।

एम. गुप्ता — (लंच ख़त्म करते हुए) अब रेस्टोरेन्ट से भीड़ छँट गई है, हमें बिल चुका कर उनसे बात कर लेनी चाहिए।

शेखर बाबू — (कॉल बेल दबाकर) वेटर, बिल लेकर आओ व आपके सर को भी एक बार यहाँ भेज दो।

वेटर — यस सर !

भद्र पुरुष — (केबिन में आकर) शेखर बाबू, आज का लंच मेरी तरफ़ से हुआ। आपने हमारे लिए इतना किया, हमारी सेवा तो उसके सामने कुछ भी नहीं है।

शेखर बाबू — सेवा का मूल्य, मूल्य से नहीं, भावना से आंका जाता है सर। आपने दिल से हमें लंच करवाया है, हम भी दिल से बिल चुकाएँगे।

भद्र पुरुष — आप शर्मिंदा कर रहे हैं।

शेखर बाबू — मेरा स्वभाव कोई मुफ़्त वस्तु स्वीकार नहीं करता और भोजन तो बिल्कुल नहीं।

भद्र पुरुष — (कॉल बेल पुश कर) वेटर ! बिल ले आओ, केबिन 4 का।

वेटर — सर लीजिए, बना ही रखा है।

भद्र पुरुष — जब मैंने कहा ही नहीं तो बिल कैसे तैयार हो गया ?

वेटर — सर, बिल तो रूटीन में ही बनते हैं। हमें पहले अनुभवों से विदित है कि आप किसी को सम्मान देने के लिए ही बिल देने को नहीं कहते। पर सब लोग भोजन का बिल तो चुकाते ही हैं।

भद्र पुरुष — (वेटर से) अब तुम जाओ और हां, फ्रीजर में आइसक्रीम रखी हुई है, सबके लिए लेकर आओ।

वेटर — ओ. के. सर !

भद्र पुरुष — हाँ जी शेखर बाबू ! आप कुछ कहने वाले थे, निःसंकोच कहिए, जो बन पड़ेगा, करूँगा।

शेखर बाबू — (आइसक्रीम का स्वाद चखते हुए) सर, मेरी पत्नी शालू कई साल पहले कोविड-19 की चपेट में आ गईं

थीं..अब मैं जिसकी अमानत है, उसे सौंपना चाहता हूँ।

भद्र पुरुष — आपकी कहानी सुनकर मुझे आपसे बड़ी सहानुभूति हो गई है लेकिन यह सब बड़ा ख़तरनाक है। आमतौर पर माफियाओं के पीछे असीम शक्तियाँ होती हैं जिससे पुलिस भी बेबस हो जाती है। हमने अपने एक जाँबाज़ पुलिस ऑफ़िसर को माफिया के चंगुल में खोया है।

शेखर — सर, ऐसा है कि हम भी पहले अपने एक वीर व जाँबाज़ पुलिस ऑफ़िसर को खो चुके हैं, शायद मैंने जो पूरी कहानी सुनाई है, उसमें ज़िक्र न आया हो शालू के पिताजी भी पुलिस ऑफ़िसर थे जिनकी बर्बर हत्या हुई। उसी घटना का खौफ हमारे दिलोदिमाग़ पर है।

भद्र पुरुष — क्या आपके पास कोई राजनैतिक रसूख़ है जो आपकी मदद करने को तैयार हो ?

शेखर बाबू — अकेले में न राज शक्ति और न पुलिस बल कारगर सिद्ध होगा बल्कि दोनों के तालमेल से ही माफिया से छुटकारा संभव है। आप कैसी राजनैतिक शक्ति की बात कर रहे हैं ?

भद्र पुरुष — मंत्री से कम की शक्ति नहीं चाहिए, एम. एल. ए. आदि से तो उल्टा बिगाड़ ही हो जाता है।

शेखर — आपका अनुभव भी तथ्यपरक लगता है। आपको बताना चाहूँगा कि हमें दो - दो मंत्रियों का वरद हस्त प्राप्त हैं जिनका सरकार में प्रभाव पूर्ण स्थान है।

भद्र पुरुष — दो - दो मंत्रियों के संरक्षण में भी आप भय से त्रस्त है, यह कमजोरी का प्रतीक है।

शेखर — शरीफ़ आदमी शक्ति से भरपूर होकर भी ऐसे कामों में पड़ने से घबराता है। मंत्री तो पाँच - दस साल रहकर चला जाएगा पर इनकी शत्रुता तो पीढ़ियों चलती है।

भद्र पुरुष — शेखर सर, अनुभव आपका भी कम नहीं है। गुप्ता सर! आप भी कुछ सलाह मशविरा दें।

एम. गुप्ता — आप अपने लड़के से स्पष्ट एवं खुलकर बात कर लें, शेखर बाबू आपके कोई रिश्तेदार तो हैं नहीं, छुट - पुट जानकारी व पहचान पर कौन इतना ख़तरा मोल लेगा।

भद्र पुरुष — सही कहा गुप्ता सर ! हम भावना में बहकर कुछ भी सोच लेते हैं लेकिन बच्चे तो अपने दिमाग़ से ही काम करते हैं।

एम. गुप्ता — मैंने इसीलिए ही आपको सलाह दी है, आपका लड़का दिल्ली कॉडर में है न ?

भद्र पुरुष — यस सर ! अभी एक साल पहले ही सर्विस में आया है। उसके कुछ साथी अपने राज्य में भी हैं। मै लड़के के यहाँ आने पर बात कर लूँगा व अगर आप की ज़रूरत लड़के को महसूस हुई तो मैं आपको बुला लूँगा।

एम. गुप्ता — सर वैसे आप कहाँ के, मेरा मतलब आपका निवास स्थान कहाँ है?

भद्र पुरुष — मैं यहाँ हरियाणा में कई साल से हूँ लेकिन मेरा मूल राज्य राजस्थान हैं। हमारे यहाँ बाल - विवाह व पर्दा - प्रथा का कुछ ज़्यादा ही प्रचलन है, इसी कारण पिताजी की शादी बचपन में ही हो गई थी। माँ अनपढ़ ही रही लेकिन पिताजी पढ़ाई करके पुलिस ऑफ़िसर बन गए। सामाजिक समानता के पाखंड ने दोनों को अलग कर दिया। मेरी उम्र उस समय आठ - दस साल ही रही होगी। पिताजी ने दूसरी शादी कर ली व

हमारा आना - जाना बिल्कुल बंद हो गया। माँ, मामा के घर रहने लगी और मै भी वहीं माँ के साथ रहा। मेरी शादी भी छोटी उम्र में हो गई थी।

एम. गुप्ता — यह तो होना ही था।

भद्र पुरुष — जब शादी के कई साल बाद मैं पिता बना तो माँ ने निश्चय किया कि अपने पौत्र को पुलिस ऑफ़िसर ही बनाएगी। आज माँ तो ज़िंदा नही है लेकिन मुझे संतुष्टि है कि मैं अपनी माँ का सपना पूरा कर सका।

शेखर बाबू — कहानी आपकी भी एक ट्रेजेडी ही है, संघर्षों में ही बीतें हैं आपके जीवन के पल।

भद्र पुरुष — आपको मैं जल्दी ही रिस्पांस दूँगा। जब भी लड़का आएगा, आपकी ही बात करवा दूँगा।

एम. गुप्ता — कब आ सकता है लड़का ?

भद्र पुरुष — पुलिस की नौकरी है, कब - कहाँ जाना - आना पड़े, उन्हें भी मालूम नहीं होता लेकिन जब भी आएगा, बात अवश्य करूँगा क्योंकि मुझे आपकी मुसीबतों से, आपके प्रति मदद का भाव उदय होने लगा है।

एम. गुप्ता — शेखर बाबू ! अब चला जाए ?

भद्र पुरुष — चाय - कॉफी का टाइम भी हो गया है और लिए बिना नहीं जाने दूँगा।

शेखर बाबू — पता नहीं क्यों, सर आप हमें अपने से लगने लगे हैं। आपकी कहानी सुनकर लगा कि आप भी हमारी तरह के ही है।

एम. गुप्ता — (चाय की प्याली रखते हुए) दुःखों में बस यही एक गुण है कि वे दुखियों को दूर होते हुए भी नज़दीक ला देते है।

(शेखर — शालू व गुप्ता युगल घर के लिए निकल जाते हैं।)

9.

नेहा का लॉ कोर्स में दाख़िला व मित्रों का नदी भ्रमण

तनेजा रेस्टोरेन्ट ही अब मित्रों के मिलन का केंद्रीय स्थल बन चुका था। सब वहीं आकर मिलते, गपशप करते व सैर के लिए निकलते। कांति अब राकेश के दरवाज़े का लॉक - राग अलापना भूल चुका था व पेशेंट वाला जुमला भी उससे किनारा कर गया था। अब उसका पूरा ध्यान नीलिमा पर ही केंद्रित था, उसे बड़े व खुले घर में लाया पर बिना जान - पहचान के किस से बातचीत करतीं। रश्मि की इंटर्नशिप शुरू हो गई थी और नेहा का आज लॉ कॉलेज में दाख़िला होना था। राकेश - रश्मि, देव - देविना सभी नेहा के साथ सुबह - सवेरे ही फ़रीदाबाद के लिए निकल गए थे व क़रीब दस बजे लॉ इंस्टीट्यूट - फ़रीदाबाद पहुँच गए थे।

देव — राकेश भैया, शुभम को यहीं कॉलेज में बुला लें क्या ? कुछ जान — पहचान में मदद हो जाएगी।

राकेश — कुछ सूनापन सा लग रहा है, शहर से काफ़ी दूर बना है इंस्टीट्यूट। दाख़िला फ़ीस बगैरह सब ड्यूज चुका कर हम शुभम के घर चल पड़ेंगे। तुम्हें शिवि को मिलने को दिल करता हो तो दोनों को यहीं बुला लो।

देव — ओ. के. राकेश भैया ! (फ़ोन लगाकर) हैलो शुभम !

शुभम — कौन ?

देव — अच्छा बेटा ! अब हम आपके कौन हो गए ? दो दिन में ही भूल गए, अपने देव अंकल को।

शुभम — देव भैया, पहचानने में देरी के लिए सॉरी ! कहो कैसे याद किया ?

देव — हम यहाँ तुम्हारे लॉ इंस्टीट्यूट में नेहा बहन के दाखिले के लिए आए हुए हैं, तुम शिवि के साथ हमें मिलने आ जाओ।

शुभम — (हैरान होकर) देव भैया, पहले घर क्यों नहीं आए ? नाश्ता बगैरह लेकर इंस्टीट्यूट के लिए निकलते। ख़ैर कोई बात नहीं, मैं शिवि के साथ आ रहा हूँ। शिवि, तुम कहाँ हो ? देव भैया व सब आए हैं नेहा के एडमिशन के लिए, चलो तुम भी मेरे साथ इंस्टीट्यूट।

शिवि — मेरी तबीयत ठीक नहीं, जी कच्चा सा हो रहा है। एडमिशन के बाद सब यहाँ घर में ही आ जाएँगे।

शुभम — ओ. के. शिवि, मम्मी जी ! मैं लॉ कॉलेज (जासना) जा रहा हूँ, तुम शिवि का ध्यान रखना। देव भैया, मैं आ रहा हूँ। शिवि की तबीयत ठीक सी नहीं लग रही, कह रही है कि घर आओगे तब मिल लेंगे।

देव — इतनी जल्दी तुमने उसकी तबीयत भी ख़राब कर दी, ज़रा ठंडा करके खाओ भाई साहब।

शुभम — वह तो श्रीनगर हाउस बोट से ही बिगड़नी शुरू हो गई थी।

देव — अब फ़ोन रखो और आ जाओ इधर।

शुभम — (इंस्टीट्यूट पहुँच कर) देव भैया, राकेश भैया, दोनों को प्रणाम ! देविना — रश्मि भाभी, दोनों को नमस्ते ! नेहा बहन - गुड मार्निंग!

देविना — शुभम भैया, शिवि को क्यों नहीं लाए ?

शुभम — देव भैया को मालूम है कि क्यों नहीं लाए ?

देविना — तुम्हारे कहने के ढंग से ही मैं समझ गई, क्यों नहीं लाए ? शैतान जाग गया होगा ?

शुभम — देविना भाभी, अब शैतान इंसान हो गया है।

रश्मि — शुभम भैया, अब नेहा तुम्हारी देखभाल में रहेगी। हमने फ़ीस बगैरह सब जमा करवा दी है। सोमवार से क्लास चालू हो जाएँगी, तब तक नेहा तुम्हारे साथ रहेंगी। हॉस्टल शुरू होने पर तुम इसे छोड़ आना।

शुभम — रश्मि भाभी, हॉस्टल की क्या ज़रूरत है, घर पर ही अल्पना के साथ रह लेती।

रश्मि — जब ज़रूरत समझेगी तब घर भी आ ज़ाया करेगी। अब चलो सब शिवि के पास।

देविना — रश्मि भाभी, शिवि के घर बोलो, पास नहीं ?

रश्मि — गुड, अब तो शिवि ही मालकिन है घर की।

शुभम — आप सब तो गाड़ी में आए होंगे ?

देव — यस, सेवन सीटर गाड़ी है, नेहा का हॉस्टल का सामान भी है ना, इसलिए ?

शुभम — देविना भाभी, घर का एड्रेस तो तुम्हें याद होगा ?

देविना — रिपीट करो ?

शुभम — सेक्टर 11, मकान न. 234, मैं घर जा रहा हूँ, आप सभी आ जाना।

राकेश — ओ. के. शुभम भैया !

गाड़ी जब सेक्टर ग्यारह के मकान न. दो सौ चौतीस पहुँची तो घर से शिवि — शुभम, अल्पना व सपना ने गेट पर आकर सभी को रिसीव किया व प्रेम पूर्वक बातें करते हुए घर के अंदर पहुँच गए थे। आंटी रंजना को सभी ने नमस्कार किया। रश्मि व देविना ने गले मिलकर शिवि को प्यार किया। नेहा ने शिवि भाभी व आंटीजी को नमस्ते बुलाई।

शुभम — मम्मी जी, गर्मी काफ़ी है, नींबू की शिकंजवी ठीक रहेगी ? प्यास तो बुझेगी ही, ठंडक भी रहेगी।

रंजना — मैंने कोल्ड ड्रिंक में ही नींबू व काला नमक डाल दिया है, सब को सर्व करो ?

देविना — आंटीजी, मुझे पहचाना ?

रंजना — शिवि के साथ आईं थीं तुम मेला दर्शन करने, अभी कुछ महीने पहले ही की तो बात है।

देविना — शादी में भी तो देखा होगा ?

रंजना — शादी में तो ज़्यादा ध्यान नहीं कर पाए, शुभम को सँभालने में लगे रहे।

देविना — अब कभी जींद शहर आओ शुभम - शिवि के साथ। सोमवती अमावस्या पर बहुत बड़ा मेला लगता है।

रंजना — एक बार गए थे जब शुभम गोदी में था, भीड़ के मारे दम घुटने लगा था। उसके बाद कोई ख़ास आकर्षण नहीं रहा। शुभम बेटा, तेरा देव मित्र कौन सा है ?

शुभम — दोनों ही मेरे अभिन्न मित्र हैं, (राकेश की ओर मुँह करके) ये डॉ राकेश है, रश्मि भाभी है व नेहा बहन है। दूसरे - देव भैया, और तो कोई नहीं है।

"कोई क्यों नहीं है? हम भी तो हैं शुभम बेटा" - रंजन गुप्ता ने घर में प्रवेश करते हुए कहा।

(सब खिलखिला कर व पूरा ज़ोर लगाकर हंसते हैं।)

रंजन गुप्ता — सपना - अल्पना बेटी कहाँ हो ?

रंजना — किचन में लंच तैयार करने में लगी है। आप बच्चों से बातें करो, जब लंच तैयार हो जाएगा तब बुला लेंगे।

रंजन गुप्ता — आ जाओ सब बच्चे ! पहले देव - देविना आओ, चरण स्पर्श करो और आशीर्वाद पाओ। (देव - देविना पाँव छूते हैं) अब राकेश - रश्मि की बारी है। (दोनों आकर चरण स्पर्श करते हैं) पढ़ने वाली बच्ची कहाँ है ?

नेहा — मैं इधर हूँ अंकल शिवि भाभी के साथ।

रंजन गुप्ता — शाबाश, ख़ुश रहो। अब हम सब मिलकर बातें करेंगे। देव बाबू, कितने उपन्यास लिख डाले है ?

देव — अंकल, लिखता ही रहता हूँ, अभी तक दो ही प्रकाशित हुए हैं। शुभम भी अच्छी शायरी करता है अंकल।

रंजन गुप्ता — अपने दादा पर गया है, बड़े उम्दा क़िस्म के शायर थे। पूरे सौ साल तक जिए।

देव — वाह अंकल ! वे तो खूब पढ़े लिखे होंगे ?

रंजन गुप्ता — बीसवीं सदी के कबीरदास थे, बिल्कुल अनपढ !

राकेश — (आश्चर्य से) यह तो एक चमत्कार ही है अंकल !

रंजन गुप्ता — तुम डॉक्टर बेटा हो न ? पहले ऐसे हकीम - वैद्य होते थे जो पढे - लिखे कम, अनुभवी ज़्यादा होते थे।

रंजना — (किचन से बाहर आकर) लंच तैयार है, पहले सब बच्चे आ जाओ।

देव — यस आंटीजी, फिर हमें लंबा सफ़र तय करना है।

रंजना — मुझे मालूम है देव बेटा, शुभम जब भी भिवानी कॉलेज से घर लौटता था, थक कर चूर - चूर हो जाता था।

(लंच लेकर व नेहा को वहीं छोड़कर वापिसी के लिए कार में सवार होते हैं।)

देव — ओ. के. शुभम - शिवि, नमस्ते अंकल - आंटी।

(निकलते हैं)

राजीव — कांति भाई, कब से बैठे हो तनेजा के यहाँ ?

कांति — अभी कुछ देर पहले देव भैया का फ़ोन मिला था, पहुँचने वाले ही है।

राजीव — नेहा बहन को एडमिशन के लिए गए हैं क्या ?

कांति — हां, फ़रीदाबाद शुभम भैया के पास, लॉ इंस्टीट्यूट में एडमिशन हुआ है। राजीव भाई, दिव्या भाभी कैसी है ?

राजीव — अभी एक महीना तो ऐसे ही चलेगा, सितंबर में ही कुछ उम्मीद है। तुम्हारा कैसा चल रहा है कांति भाई ? नीलिमा भाभी अब तो पूर्ण रूप से स्वस्थ हो गई है।

कांति — अकेले घर में दिल नहीं लगता, बिना कुछ काम के टाइम भी नहीं निकलता।

राजीव — भिवानी में भी तो अकेली ही थीं ?

कांति — वहाँ तो अपना घर बहुत समय से था व सर्वेंट भी मौजूद रहता था।

राजीव — धीरे — धीरे सब कुछ ठीक हो जाएगा। देव भैया कहीं स्कूल में ही टीचर बनवा देंगे फिर टाइम ही नहीं मिलेगा।

(गाड़ी से बाहर आकर सभी चारों का रेस्टोरेन्ट में प्रवेश)

देव — कांति भैया, कैसे हो, खूब गपशप हो रही है दोनों में ?

कांति — आधे घंटे से आप सभी की इंतज़ार में है। तनेजा सर, सभी को कॉफी पिलाओ, बहुत दूर से आए हैं।

रश्मि — कांति भैया, हम दोनों कॉफी नहीं, कोल्ड ड्रिंक लेंगी।

कांति — ओ. के. भाभी ! नेहा का एडमिशन ठीक ढंग से हो गया होगा?

रश्मि — हाँ, अभी हॉस्टल चालू नहीं हुआ, शुभम के पास छोड़ा है।

राजीव — रिश्तेदार व मित्र वक़्त - बेवक्त काम आते ही है इसलिए संबंध बना कर रखना चाहिए।

राकेश — देव भैया माहिर हैं संबंध जोड़ने मे, शुभम छोटे भाई जैसा बना लिया है।

कांति — हम सब भी तो देव भैया के फ़ैन है।

देव — अब ज़्यादा मुझे पेड़ पर मत चढ़ाओ, उतरना मुश्किल हो जाएगा। कॉफी ख़त्म कर ली हो तो सैर पर चलें। गाड़ी में बैठे - बैठे टाँगे अकड़ गई है।

राकेश — हाँ देव भैया, चलो ! रश्मि तुम घर जाओ और देविना तुम भी।

(दोनों अपने — अपने घर के लिए निकलती हैं व चारों मित्र नदी भ्रमण के लिए।)

कांति — (नदी किनारे पहुँच कर) आज हवा कुछ कम है, गर्मी व घुटन सी है। कहीं मेघ जमीं न छू लें।

राजीव — अपनी उस दिन की कहानी पूरी करो कांति भाई, मेनका अपनी पुत्री शकुंतला को महर्षि कश्यप के पास छोड़कर स्वर्गलोक को चली गई। फिर आगे क्या हुआ ?

कांति — जो तुम्हारे साथ होने वाला है, समय आने पर शकुंतला ने एक होनहार बालक को जन्म दिया।

राकेश — वाह कांति भाई, आज तो ओपनिंग में ही छकका जड़ दिया। रोने — धोने की सब बात भूल गए।

कांति — दुख के बाद सुख की लहरें उपजती हैं जीवन सरिता में डॉ साहब ! जब स्वर्ग लोक स्वामी इंद्र ने राजा दुष्यंत को सुर - असुर संग्राम में सहायता के लिए अपने यहाँ आमंत्रित किया तो राजा दुष्यंत विजय श्री दिलवाकर वापिस अपनी राजधानी हस्तिनापुर लौट रहे थे तो अचानक मेरु पर्वत पर महर्षि कश्यप के आश्रम पर नज़र पड़ी तो महर्षि के दर्शन करने का विचार किया।

देव — कांति भाई, तुम एक छोटा सा अंश यहाँ विस्मृत कर गए। मेनका द्वारा शकुंतला को उठा ले जाने के कुछ दिनों बाद एक मछुवारा राजदरबार में उपस्थित हुआ और राजा को राज स्वर्ण मुद्रिका सौंपकर बोला - महाराज ! मुझे यह मुद्रिका मछली के पेट से मिली है। यह मुद्रिका आपकी ही है, भूल - चूक से कहीं गिर गई होगी। राजा दुष्यंत ने जब स्वर्ण मुद्रिका देखी तो उसे दुर्वासा के शाप से मुक्ति मिली व सब बातें याद आ गईं और उसने शकुंतला की बहुत खोजबीन की पर कहीं पता नहीं चला। राजा दुष्यंत शकुंतला के वियोग में बहुत तड़पता रहा।

कांति — देव भैया, यह अंश शायद मुझसे छूट गया था।

राजीव — शादी से पहले कितने ही कहानियाँ - क़िस्से सुनाएं है, तब क्यों नहीं भूले कांति भाई ?

कांति — महर्षि कश्यप के आश्रम में एक बालक को सिंह के साथ खेलते हुए देखकर राजा दुष्यंत को बड़ा आश्चर्य हुआ और उसने प्रेम व कौतूहल वश बालक को गोद में लेना चाहा तो बालक की देखरेख में लगी

शकुंतला की सखी ने राजा को बालक को गोद उठाने पर चेतावनी दी कि बालक की बाजू पर बंधा काला धागा साँप में परिवर्तित होकर काट सकता है, पर राजा दुष्यंत ने चेतावनी की अनदेखी करते हुए बालक को गोद में उठा लिया, तभी बाजूबंध टूटकर नीचे गिर गया।

राकेश — यह तो कोई तंत्र - मंत्र विद्या का ही चमत्कार लगता है।

देव — ऋषि — मुन्नियों द्वारा शोध कर यह ताबीज़ बनाया होगा।

कांति — सही कहा देव भैया ! धागे के गिरते ही सखी दौड़ती हुई शकुंतला के पास आईं और पूरा वृतांत कह डाला, तब शकुंतला राजा दुष्यंत के पास आईं, दुष्यंत ने शकुंतला को तत्काल पहचान लिया व अपने कृत्य के लिए क्षमायाचना की। महर्षि कश्यप की अनुमति पाकर राजा दुष्यंत अपनी पत्नी व पुत्र सहित ख़ुशी - ख़ुशी हस्तिनापुर लौट आए। महाराजा दुष्यंत व शकुंतला के पुत्र का नाम 'भरत' था। बाद में वह बालक महान् व प्रतापी सम्राट बना और उसी के नाम पर हमारे देश का नाम' भारतवर्ष' पड़ा।

राजीव — बड़ी रुचिकर एवं गौरवशाली कथा सुनाई पर मुद्रिका मछली के पेट में कैसे पहुँच गई ?

कांति — शिष्यों के साथ जब शकुंतला हस्तिनापुर आ रही थी तो मार्ग में प्यास के कारण एक सरोवर में उसने आचमन किया था, उस समय उसकी अंगुली से अंगूठी सरोवर में गिर गई थी और शकुंतला को इसका आभास तक नहीं हुआ।

राकेश — कांति भाई, शकुंतला जब महर्षि कण्व की पुत्री थी तो राजा दुष्यंत ने ब्रह्म ऋषि कन्या से क्यों विवाह का प्रस्ताव किया ?

कांति — देव भैया, आप उत्तर दे।

देव — राकेश बाबू, शकुंतला कण्व की पुत्री नहीं बल्कि विश्वामित्र व मेनका की संतान थीं। विश्वामित्र जन्म से ब्राह्मण नहीं क्षत्रिय थे। उन्हें राजा कौशिक के नाम से जाना जाता था। महर्षि वशिष्ठ से मुलाक़ात के बाद वे तपस्वी बनकर व वेद पुराणों का ज्ञान लेकर महान् ऋषि बन गए थे। कण्व ऋषि को तो कन्या शकुंतला जंगल में आश्रम के पास पड़ी मिली थी जिसका उन्होंने पालन — पोषण किया।

राकेश — वाह देव भैया, बहुत सुंदर कहा है।

कांति — कोई किसी को और संदेह या सवाल ?

राजीव — आरंभ से अंत तक यह एक श्रेष्ठ कथा है। शादी के बाद लगता है कि तुम भी बुद्धिमान हो गए हो।

कांति — तुम्हारे जितना नहीं राजीव भाई, एक साल तो लगेगा मुझे भी राजीव एडवोकेट बनने में।

(सभी ठहाका लगाकर हंसते हैं)

देव — कांति भाई, चलें अब घर।

कांति — हाँ चलो देव भैया ! नीलिमा अकेली परेशान हो रही होगी।

(सभी चारों मित्र घर के लिए निकलते हैं।)

***

10.

पंद्रह अगस्त (स्वतंत्रता दिवस) पर मुखिया का सम्मान

मुखिया ब्रज किशोर गुप्ता आज अपने जीवन को सफलता की सीढ़ियों पर चढ़ते हुए पाकर बेहद हर्ष एवं आनंद का अनुभव कर रहे थे। किस प्रकार से मैनेजर डॉ भगवत स्वरूप जी के कुछ शब्दों ने उनका जीवन बदल दिया था और वे निरंतर विद्यालय व स्वयं को नई - नई उपलब्धियों के बीच पाते रहे। विद्यालय के स्टाफ़, बच्चों व शहर के लोगों में उनकी मान - मर्यादा बहुत बढ गईं थीं। किसके जीवन में कब सुख - शांति के पल प्रवेश कर जाएं, यह केवल भाग्य की ही बात नहीं बल्कि प्राणी मात्र का स्वयं को जानना एवं समूह के प्रति ज़िम्मेदारी का अहसास भी उत्तरदायी होता है। जबसे विद्यालय में जिला प्रशासन की ओर से मुखिया को सम्मानित करने का पत्र मिला है तभी से विद्यालय का कण - कण प्रफुल्लित व आनंदित दिख रहा है। बच्चों व स्टाफ़ को बता दिया गया था कि सब इस अवसर को ख़ुशी - ख़ुशी मनाएँ व स्वयं प्रबंध समिति ने भी मुखिया के सम्मान को विद्यालय का गर्वपूर्ण पल समझा। ग़ैर सरकारी संस्थाओं का अस्तित्व केवल सरकार से प्राप्त अनुदान पर ही नहीं बल्कि कठोर परिश्रम व अनुशासन पर भी टिका रहता है। कहाँ तो देव बाबू को छुट्टियाँ मंजूर करने के संदर्भ में मुखिया त्यागपत्र सौंपने को उतावले हो रहे थे और कहाँ अब आज उसी घटना से प्रेरणा पाकर सबके चहेते बन गए थे। आज शायद उन्हें अहसास हो रहा था कि जीवन का रस केवल दूसरों को बदलने में नहीं बल्कि स्वयं को बदल लेने में ज़्यादा है।

आज स्वतंत्रता दिवस पर पूरे विद्यालय में उत्साह का माहौल बना था। बच्चों व स्टाफ़ को सुबह प्रतिदिन आठ बजे की बजाय साढ़े सात बजे

विद्यालय पहुँचने का फ़रमान जारी किया गया था कि सभी समय पर आकर प्रातः क़ालीन सभा में सम्मिलित हों। विद्यालय के हिंदी भाषा अध्यापक देव बाबू को बच्चों को संबोधन का दायित्व सौंपा गया था। प्रार्थना सभा के तुरंत बाद फ़िज़िकल एजुकेशन टीचर ने घोषणा की कि देव बाबू आज के कार्यक्रमों की जानकारी आप सभी को देंगे व उनके बाद मुखिया जी दो शब्द कहेंगे। देव बाबू कृपा करके मंच पर तशरीफ़ लाएं व हमारे होनहार छात्र - छात्राओं को संबोधित करें।

देव बाबू — परम आदरणीय मुखिया जी, मेरे साथी अध्यापक साहिबान व प्यारे - प्यारे बच्चों ! आज हम आज़ादी की 76 वीं वर्षगाँठ मना रहे हैं। यह अवसर उत्साह व हर्षोल्लास का तो है ही, विद्यालय के लिए गर्व का भी है। आज इस पावन बेला पर हमारे विद्यालय के मुखिया श्री ब्रज किशोर गुप्ता को शिक्षा के क्षेत्र में अमूल्य एवं अद्वितीय योगदान के लिए सार्वजनिक रूप से सम्मानित किया जाएगा। (बच्चों द्वारा करतल ध्वनि) हमें गर्व है अपने मुखिया जी पर जो पूरे क्षेत्र की उन्नति एवं सौहार्द - वृद्धि में सहभागी बने हैं क्योंकि समय कम है इसलिए सभी स्टूडेंट्स पूरे अनुशासन में रहकर विद्यालय का सम्मान बनाए रखेंगे। पूर्व निर्धारित कार्यक्रम के तहत स्टूडेंट्स पंक्ति बद्ध होकर समारोह स्थल पर (अटल स्टेडियम) पहुँचेंगे जहां मुख्य अतिथि हरियाणा सरकार में वित्त मंत्री बाबू राम कृष्ण जी ध्वजारोहण करेंगे। विद्यालय का पूरा स्टाफ़ भी स्टूडेंट्स के साथ स्टेडियम के लिए कूच करेगा।

स्टेडियम के मुख्य द्वार पर आपको छोटी दंडिका में लगे राष्ट्रीय ध्वज दिए जाएँगे, जिन्हें मुख्य अतिथि के आने पर लहराना हैं। ध्वज नीचे नहीं रखना है बल्कि लहराने के बाद शारीरिक शिक्षक राम सिंह की टीम उन्हें एकत्रित कर सम्मान की जगह पर पहुँचा देगी। कार्यक्रम समापन पर हर स्टूडेंट् को दो - दो लड्डू खाने के लिए मिलेंगे, यह काम भी श्री राम सिंह की टीम ही

करेगी। प्रोग्राम के अंत में (ख़त्म होने पर) विद्यालय में आना है, यहाँ मुखिया जी द्वारा सभी स्टूडेंट्स को चार लड्डुओं का एक बॉक्स मिलेगा। अब मुखिया जी से निवेदन करूँगा कि बच्चों को आशीर्वाद प्रदान करें।

मुखिया ब्रज किशोर गुप्ता - सनातन धर्म विद्यालय के मेधावी छात्र - छात्राओं व मेरे सहयोगी स्टाफ़ सदस्य गण ! स्वतंत्रता दिवस पर जो सम्मान मुझे मिल रहा है, वह केवल मेरा नहीं बल्कि पूरी संस्था का है। (करतल ध्वनि) पुरस्कार मिलने का लक्ष्य यही होता है कि प्राप्त करने वाला और अधिक रूचि व परिश्रम से अपनी ड्यूटी निभाए व देखने वाले ड्यूटी निभाने की प्रेरणा ग्रहण करें। शायद श्री देव साहब जी बताना भूल गए कि वित्त मंत्री (मुख्य अतिथि) हमारी राज्य भर में प्रथम रहने वाली हॉकी व बैडमिंटन की टीम को भी पुरस्कृत करेंगे। (खूब ज़ोर से तालियाँ की आवाज़) सब बच्चे विद्यालय की तरह स्टेडियम में भी अनुशासन में रहेंगे व कोई परेशानी आए तो श्री राम सिंह जी से संपर्क करेंगे। जय भारत !

मुख्य अतिथि वित्त मंत्री बाबू राम कृष्ण जब डॉ भगवत स्वरूप जी, सनातन धर्म विद्यालय के प्रधान श्री चंद जैन व डॉ ज्ञान चंद्र जैन के साथ गाड़ी से बाहर आकर मुख्य द्वार पर पहुँचे तो ज़िला अधिकारी, पुलिस ऑफ़िसर, नागरिक उपमंडल अधिकारी ने उनकी अगवानी की व मंच तक ले गए जहां प्रशंसकों व समर्थकों ने उन्हें फूल मालाओं से लाद दिया। कुछ ही देर में मुख्य अतिथि महोदय ने ध्वजारोहण किया व पुलिस बल टुकड़ी, होम गार्ड्स, एन. सी. सी. कैडेट्स, स्काउट्स एवं गर्ल गाइड्स द्वारा सलामी दी गई। खुली जीप में मुख्य अतिथि के साथ पुलिस अधीक्षक भी तैनात रहे। जलपान के बाद मुख्य अतिथि का संबोधन शुरू हुआ।

मुख्य अतिथि बाबू राम कृष्ण जी — ज़िला जींद की जागरूक जनता, मेरे साथ आए मेहमान जन, अधिकारी गण, विभिन्न स्कूलों से आए

बच्चों! आज पूरे भारतवर्ष में आज़ादी का यह 76वाँ दिवस धूमधाम व हर्षोल्लास से मनाया जा रहा है। आप सब जानते हैं कि कितने संघर्षों एवं क़ुर्बानियों के बाद आख़िर हमें आज के दिन अंग्रेजों की ग़ुलामी से आज़ादी मिली। हमें अपने संकीर्ण हितों को तिलांजलि देकर राष्ट्र व समाज के विकास के लिए अथक प्रयास करने होंगे। हम विभिन्नताओं का देश हैं, जो हमारी विशेषता है। हमारी अनेकता में एकता अनुकरणीय है। हमारा राज्य हरियाणा एक नवंबर 1966 को अस्तित्व में आया, तब से विकास पथ पर अग्रसर है। हमें अपने प्रयासों से इसे शिखर तक ले जाना होगा। जींद ज़िला मेरा अपना ज़िला है, प्रदेश के धन की चाबी हमारे पास है, आप लोग ईमानदारी व परिश्रम से ज़िले के कल्याण व भाईचारे की वृद्धि में जुट जाएं। अबकी बार मौसम मेहरबान रहा व बारिश से फसल अच्छी हुई है। हम किसानों - व्यापारियों दोनों को अच्छा दाम देने का काम करेंगे। कर्मचारी व अधिकारी जनसेवा को अपना प्रथम कर्तव्य समझें व निष्पक्ष होकर कार्य निष्पादन करें। अध्यापक वर्ग जो समाज के लिए आदरणीय एवं अनुकरणीय के रूप में है, राजनीति से परे रहकर ज़्यादा तवज्जो पढ़ाई पर देना चाहिए। अब बरसात के मौसम में अनेक प्रकार की बीमारियाँ फैलने लगती हैं, स्वास्थ्य कर्मी घर - घर जाकर लोगों को जागरूक करें व रोगियों की देखभाल करें। पशुओं की संभाल व टीकाकरण यदि आवश्यक हो तो समय पर निपटाएँ। मुझे उम्मीद है कि मेरे भाई - बहन मिल - जुलकर अपने ज़िले का नाम रोशन करते हुए राज्य एवं राष्ट्र के चहुँओर विकास के लिए पूर्ण योगदान करेंगे।

जयहिंद ! वंदे मातरम् ! ! जय भारत ! ! !

देश — प्रेम की एक क़व्वाली के बाद पारितोषिक वितरण हुआ। स्वास्थ्य क्षेत्र में डॉ ज्ञान चंद्र जैन, शिक्षा क्षेत्र में ब्रज किशोर गुप्ता, सामाजिक

समन्वय स्थापित करने के लिए डॉ भगवत स्वरूप जी, व साहित्य में उच्च कोटि के योगदान के लिए देव बाबू को सम्मानित किया गया। ज़िला

अधिकारी (उपायुक्त) द्वारा धन्यवाद करने के बाद कार्यक्रम का समापन हुआ। स्कूलों के बच्चे अपने - अपने विद्यालय जाने लगे व मंत्री जी अपनी गाड़ी से रेस्ट हाउस के लिए निकल गए थे। सनातन धर्म विद्यालय के सब छात्र छात्राएँ मुखिया जी की जय बोलते हुए विद्यालय में पहुँचे, जहां से प्रसाद ग्रहण कर अपने घरों के लिए निकल गए थे। समारोह में उपस्थित डॉ राकेश, एडवोकेट राजीव, व कोर्ट रीडर कांति भाई ने देव बाबू को बधाई दी।

अंत में स्कूल के प्रांगण में मुखिया द्वारा स्टाफ़ व समिति सदस्यों के लिए जलपान का आयोजन किया। समिति के अध्यक्ष श्री चंद जैन ने मुखिया को विद्यालय का गौरव बढ़ाने के लिए धन्यवाद दिया। मुखिया ने अपने वक्तव्य में डॉ भगवत स्वरूप जी प्रेरणादायक नसीहतों का गुणगान किया जिससे आज उन्हें यह सम्मान मिल सका। समारोह में उपस्थित रहकर हौंसला वृद्धि के लिए सभी महानुभावों का धन्यवाद एवं आभार ! मुझे उम्मीद है कि पाँच सितंबर के दिन भी विद्यालय में ऐसा ही प्रभावी एवं आकर्षक कार्यक्रम होगा। सभी महानुभावों व स्टाफ़ का पुनः धन्यवाद !

***

11.

भद्र पुरुष के लड़के का घर आना व शालू, शेखर, एम. गुप्ता से विचार — विमर्श

अरे बेटा पुष्पेंद्र, तुम ? गजेंद्र सिंह ने आश्चर्यचकित होकर पूछा।

पुष्पेंद्र — अभी एक घंटा पहले ही आया हूँ पिताजी। नहा धोकर डिनर ले लिया है, अब आपके पास रेस्टोरेन्ट पर आने का विचार था, आप घर ही आ गए ?

गजेंद्र सिंह — हाँ, आज पंद्रह अगस्त है ? रेस्टोरेन्ट पर कोई ज़्यादा ग्राहक नहीं था।

पुष्पेंद्र — — आज मेरी भी चंडीगढ़ में ड्यूटी लगी थी, सोचा कि दिल्ली सुबह चला जाऊँगा, रात में आपसे बातचीत व मिलना हो जाएगा।

गजेंद्र सिंह — बहुत अच्छा किया बेटा ! मिलते - जुलते रहने से ही तालमेल बना रहता है व बातों की जानकारी साझा हो जाती है। परिवार व रिश्तेदारों की कुशल — क्षेम का पता लगता रहता है।

पुष्पेंद्र — पिताजी, आप भी स्नान बगैरह करके डिनर ले लें तब तक मैं दीपेन्द्र से बातचीत कर रहा हूँ।

गजेंद्र सिंह — नहाने की मेरी कोई इच्छा नहीं है, मै भी तुम दोनों की बातचीत में शामिल होना चाहता हूँ।

पुष्पेंद्र — यह ब्राडबैण्ड कनेक्शन कब करवाया है दीपू ?

दीपेन्द्र — पिताजी के मित्र हैं कोई टेलिफोन एक्सचेंज में शेखर SDO. एक घंटे में सब कुछ हो गया।

पुष्पेंद्र — पिताजी, आपके कौन से दोस्त है ये शेखर बाबू, कभी आपसे सुना तो नहीं ?

गजेंद्र सिंह — अपने रेस्टोरेन्ट पर ग्राहक हैं व दूरसंचार विभाग में SDO हैं।

पुष्पेंद्र — यह तो आपने अच्छा किया, दीपू को एग्ज़ाम की तैयारी करने में मदद मिलेगी।

गजेंद्र सिंह — मैंने SDO शेखर बाबू को कहा था कि लड़का सिविल सर्विसेज परीक्षा की तैयारी कर रहा है तभी उन्होंने जे. ई. मिश्रा को भेजकर तुरंत सेवाएँ शुरू करने के निर्देश दिए थे। एक घंटे में सब काम पूरा हो गया था। इससे पहले भी अपना लैंडलाइन फ़ोन उन्होंने ठीक करवा दिया था। मैंने भी उनसे कहा था कि कोई सेवा मेरे लायक़ हो तो बताना ?

पुष्पेंद्र — पिताजी, बस यही गड़बड़झाला है। आज लोग छोटा सा अहसान कर बड़ा काम निकलवाने की जुगत में लग जाते हैं। अब आपने तो स्वयं ही उनको आमंत्रित कर लिया। जरूर कोई परेशानी या समस्या आपके सिर पर डाल दी होगी ?

गजेंद्र सिंह — (सकुचाते हुए) हाँ, कुछ रोज़ पहले अपने ज़िला अधिकारी के साथ परिवार सहित रेस्टोरेन्ट पर लंच के लिए आए थे, अपनी पत्नी की पूरी कहानी सुनाकर मदद की गुहार लगाई थी।

पुष्पेंद्र — पिताजी, हर इंसान की ज़िंदगी आज कहानी है, कुछ न कुछ उसके जीवन काल में अच्छा - बुरा घटित हुआ होता है।

गजेंद्र सिंह — बेटा, उसकी पत्नी की व्यथा सुनकर मुझे कुछ अपना सा क़िस्सा लगा इसलिए, मैंने कहा है कि जब भी लड़का आएगा तो तुम्हे बुलाकर बात करवा दूँगा। मैंने उनसे मदद का कोई भरोसा नहीं दिया है।

पुष्पेंद्र — पिताजी, बड़े आदमी की कही बात भरोसे लायक़ ही होती है। अब अगर उनको नहीं बुलाया तो वे या तो रेस्टोरेन्ट पर आना - जाना छोड़ देंगे या तुम्हें शर्मिंदा सा महसूस होगा।

गजेंद्र सिंह — बेटा, माना कि समय व जमाना ख़राब है पर हर प्राणी तो स्वार्थी, लालची, असत्यवादी नहीं हो सकता। उसने हम पर कोई दबाव नहीं डाला। सज्जन है वह इंसान और ऐसे इंसान की मदद से भगवान भी प्रसन्न होते हैं।

पुष्पेंद्र — मै भी सुनूं उसकी पत्नी की कहानी, क्या माजरा है ?

गजेंद्र सिंह — मैं उनको यहाँ बुला लेता हूँ, वहीं सब बताएँगे व तुम्हें कुछ पूछना हो तो पूछ भी लेना। मैं तो इतना कहना चाहूँगा कि बेटा, मुसीबत में जो किसी की सहायता करता है, उसे मुसीबत में सहायता मिल भी जाती है।

पुष्पेंद्र — पिताजी, ठीक है, आप उन्हें बुलाइए। मैं बात करूँगा लेकिन अपनी नौकरी को रिस्क पर रखकर कोई मदद नहीं करूँगा।

गजेंद्र सिंह — बेटा, तुम ऐसा क्यों कह रहे हो ?

पुष्पेंद्र — पिताजी, हमारे पुलिस के काम ऐसे ही होते हैं, जान को या नौकरी को हरदम ख़तरा रहता ही है, पुलिस के पास कोई शादी का कार्ड नहीं बल्कि अपने दुखों का रिकॉर्ड लेकर आता है।

गजेंद्र सिंह — अगर कुछ ऐसा लगता है कि तो मैं विवश नहीं हूँ। बस मेरा दिल पता नहीं क्यों उनकी मदद करने के लिए राजी सा हो गया है। हो सकता है कोई पहले जन्म का कोई संबंध रहा हो ?

पुष्पेंद्र — आपका मन एक शरीफ़ इंसान का मन है जो किसी के भी दुख को देख कर पिघल जाता है। मैं कोशिश करूँगा कि उनकी मदद करूँ, क्यों दीपू ?

दीपेन्द्र — हां भैया, तुम्हारे IPS बनने में न जाने कितनों की दुआएँ— आशीर्वाद छिपे हुए हैं, बड़ा पद पाकर भी इंसानियत को नहीं भुला दिया जाना चाहिए।

पुष्पेंद्र — अच्छा ! पिता - पुत्र दोनों एक ही लाइन पकड़े हुए हैं, तो मैं भी क्यों अलग लाइन बनाऊँ ? बुलाइए पिताजी, शेखर बाबू को फ़ोन लगाइए।

गजेंद्र सिंह — (फ़ोन लगाकर) हैलो ! शेखर बाबू हैं क्या ?

शेखर बाबू — (दूसरी ओर से) हाँ सर, भद्र पुरुष की आवाज़ लग रही है, क्या मैंने सही पहचाना ?

भद्र पुरुष — बिल्कुल सही पहचाना। मैं कह रहा था कि लड़का आया हुआ है, सुबह में निकल जाएगा। आप दोनों बेशक आकर बात कर ले।

शेखर बाबू — मैं अपनी पत्नी के साथ आ रहा हूँ। आपका घर तो गुप्ता कॉलोनी में ही है ?

गजेंद्र सिंह — नहीं, शेखावत नगर, कृष्णा गली, मकान न. 999. राठौड़ सिनेमा के पास।

शेखर बाबू — हम दोनों ऑटो रिक्शा से आधे घंटे में पहुँच जाएँगे।

(फ़ोन रखता है)

लगभग चालीस मिनट का समय बीत गया "राका होम 999." पहुंचने में शेखर व शालू को। घर के अंदर जाने पर एम. गुप्ता को वहां बैठे लड़के के साथ बातें करते पाया तो चौंक गए दोनों।

शेखर बाबू — गुप्ता सर, आप इतनी जल्दी कैसे ?

एम. गुप्ता — तुम्हारा मैसेज मिला, डिनर के बाद चहलक़दमी के लिए घर से निकला था, पर गाड़ी निकालकर इधर ही आ गया।

शेखर बाबू — (भद्र पुरुष को देखकर) नमस्कार भाई साहब !

भद्र पुरुष — बड़ा लड़का है पुष्पेंद्र सिंह, बाक़ी आपको पता है।

(सब हंसते हैं)

शालू — (भद्र पुरुष से) बहन जी अंदर हैं क्या ?

भद्र पुरुष — दिल्ली में बड़े लड़के के साथ ही रहती हैं। अकेला ही है ना लड़का अभी, कोई सुंदर सी कन्या मिले तो बताना ? आजकल लड़कियों का ही अकाल पड़ गया है।

शालू — हाँ भाई साहब ! दिल्ली में ही एक लड़की एडवोकेट है, जात — पात का तो कोई बंधन नहीं होगा ?

भद्र पुरुष — हम बाद में इस विषय पर चर्चा करेंगे पहले अपनी व्यथा — कथा लड़के को सुनाओ।

शालू — ये ही बताएँगे।

शेखर बाबू — "पुष्पेंद्र बाबू ! मेरी पत्नी शिवानी कुछ समय पहले कोविड — 19 महामारी का शिकार हो गई थी .... जिसकी अमानत है, उसे सौंपना चाहता हूँ।"

पुष्पेंद्र — आपकी कहानी बड़ी मार्मिक व भयावह है। कैसे माफिया ने एक बहादुर पुलिस ऑफ़िसर की नृशंस हत्या कर दी ? शेखर बाबू, हमारे दादा जी को ऐसे ही माफिया ने घेर कर गोलियों से छलनी कर दिया था। सामने दीवार पर जाँबाज़ दादा जी की फ़ोटो देखिए, जैसे अभी बात करने लगेंगे।

(शेखर बाबू दाईं ओर व शालू खड़ी होकर अपने पीछे दीवार पर टंगी फ़ोटो देखती है, एकटक देखती रहती हैं व बुत की तरह टकटकी बांधे रहती है। अचानक गिरने को होती है, शेखर बाबू संभालते हुए)

शेखर बाबू — ज़रा पानी लाओ दीपेन्द्र बेटा ?

दीपेन्द्र — लीजिए सर ! यह मैं ले आया।

(शेखर बाबू शालू को सोफ़े पर लिटा कर हाथों की हथेली से मालिश करते हैं)

शालू — (कुछ देर बाद) पापा, पा...... पा.... जी।

शेखर बाबू — शालू क्या हुआ ? पापाजी कैसे याद आ गए ?

शालू — शेखर बा ....बू .. । मेरे .... पिता जी......... दीवा.....र... पर.... लटके है.....। मेरे पिताजी को उन्होंने छलनी कर दिया। पिता........ जी, तुम्हारी मोना क्या कु.....छ नहीं झेल रही .....। पिता......जी.....।

शेखर बाबू — शालू, तुम होश में तो हो ?

शालू — क्या करूँगी होश में आ......कर शेखर बाबू.....। इस दुनिया में मेरा है ही कौन....? न पिता न पति, न ही बाल गोपाल।

शेखर बाबू — हम हैं तुम्हारे सबकुछ, तुम्हारे पति।

शालू — कैसा पति शेखर बाबू ! जिसकी परछाई से भी दूर रहना पड़ता है। जिसके घर में रहते हैं पर दिल में जगह नहीं मिली ? ज़िंदगी रेगिस्तान हो गई पानी के होते हुए भी। पति, दो दो पति जीवित होते हुए भी अभागिन हूँ। पति औरत का सर्वस्व होता है पर मेरा जो सर्वस्व है, वह मुझसे कोसों दूर है और जो कुछ भी नहीं वह निकट रहकर सर्वस्व का रोल निभा रहा है।

शेखर बाबू — इन बातों को छोड़ो शालू, बहुत दोहराए गए हैं ये शब्द?

शालू — ये शब्द नहीं शेखर बाबू, शस्त्र हैं जो मुझे निर्जीव सा किए हुए हैं। आज पिताजी की तस्वीर देख कर मेरे दुख का लावा फूट पड़ा है।

शेखर बाबू — क्या कह रही हो शालू ? ये तुम्हारे पिताजी की तस्वीर नहीं, पुष्पेंद्र सिंह के दादा जी की है।

शालू — क्या मेरे पिता किसी के दादा नहीं हो सकते ? ये मेरे पिताजी की तस्वीर है। जिसके नीचे लिखा है - कुंवर शैलेंद्र सिंह राठौड़।

भद्र पुरुष — (शेखर बाबू के पास आकर) शालू बहन ! क्या आप अपनी माँ का नाम जानती है ?

शालू — इस दुनिया में ऐसा कौन कृतघ्न इंसान होगा जो अपनी माँ का नाम नहीं जानता होगा ? मेरी माँ मुझे पिताजी के साथ ही छोड़ कर चली गई थी। क्यों बिखर जाते हैं रिश्ते शेखर बाबू ? मेरा हंसता — खेलता, नृत्य करता जीवन क्यों उजड़ गया ?

शेखर बाबू — भद्र पुरुष क्या पूछ रहे हैं, उन्हें जवाब दो, ऐसा न हो कि तुम्हारा दुख नाटक बन जाए।

शालू — जीवन नाटक ही तो है शेखर बाबू, अब इस जीवन में सब पात्र चले गए, जो बचे हैं वे भी सांकेतिक व निर्जीव हैं, केवल दुखद घटनाओं की कहानी शेष बची है।

शेखर बाबू — अब ज़्यादा दार्शनिक मत बनो ? भद्र पुरुष किसी मक़सद से ही माँ का नाम पूछ रहे हैं।

शालू — 'हेमवती' था मेरी माँ का नाम और पिताजी प्यार से उन्हें 'हेमा' कहकर संबोधित करते थे।

पुष्पेंद्र — पिताजी, यह सब क्या हो रहा है ? मुझे कुछ समझ नहीं आ रहा ?

दीपेन्द्र — मुझे भी भैया, आंटीजी, दादा जी की फ़ोटो देख कर इतनी भावुक, परेशान व दुखी क्यों हुए जा रही है ?

पुष्पेंद्र — पिताजी ही कुछ जानते हैं, वे ही कुछ बता सकते हैं ?

गजेंद्र सिंह — हाँ बेटा ! मुझे ही खुलासा करना होगा। शेखर बाबू, गुप्ता सर, आप दोनों भी ध्यानपूर्वक सुनना।

शेखर बाबू — उस दिन रेस्टोरेन्ट में आप मुझे कुछ बता तो रहे थे शादी के बारे में।

गजेंद्र सिंह — हाँ शेखर बाबू, आज पूरा घटनाक्रम बताना होगा। शालू और मैं एक पिता व दो मांओं की संतान हैं।

शेखर बाबू — ये आप क्या कह रहे हैं भद्रे !

पुष्पेंद्र — शेखर अंकल, मेरे पिताजी तथ्यों पर ही बोलते हैं, इन्हें बोलने दो, जब तक पूरी बात न कहें, शांतिपूर्वक सुनते रहें। जो शंका रहे उसे बाद में पूछ लेना।

गजेंद्र सिंह — पिता शेलेन्द्र की शादी बारह वर्ष की आयु में ही 'कमलावती' नाम की कन्या से हुई थी। माँ अनपढ़ रही व पिताजी पढ लिखकर पुलिस ऑफ़िसर बन गए तुम्हारी तरह। मैं उस समय आठ - दस वर्ष का ही रहा हूँगा जब पिताजी ने माँ को अनपढता के कारण तलाक़ कर दिया और 'हेमवती' नाम की लड़की से विवाह कर लिया जो एक अमीर घर की व दिल्ली से थीं लेकिन परिवार की पृष्ठभूमि राजस्थान की ही थी। शादी के दो साल बाद' मोना' का जन्म हुआ जिसका सार्वजनिक नाम' शिवानी' था, अब शेखर बाबू जिसे शालू कहते हैं। शेखर बाबू ने ही अपनी कहानी में मुझे बताया था कि ये उसका घरेलू नाम है जो उन्होंने ही दिया है।

(कुछ चाय - कॉफी के बाद फिर से अपनी बात कहते हुए गजेंद्र सिंह)

पुष्पेंद्र — तलाक़ के बाद दादी माँ व आप कहाँ रहे ?

गजेंद्र सिंह — पुष्प बेटा, औरत के जीवित रहते पिता व पति, दो ही घर होते हैं। माँ मुझे लेकर मामा के घर रहने लगी व सारी उम्र वहीं मायके में गुज़ार दी। शादी के बाद मायका जेल से भी बदतर अनुभव देता है, पर विवश थे माँ और मैं। मैं मामा के घर खूब काम करता था और लगभग बारह वर्ष की आयु में ही मेरी भी शादी हो गई। उस समय तुम्हारी माँ की आयु आठ साल थीं। मैं बाईस साल का था जब तुम्हारा जन्म हुआ। तुम्हारी दादी ने ही तुम्हारी माँ की तर्ज़ पर पुष्पावती से पुष्पेंद्र नाम रखा। इसी बीच समाचार पत्रों से खबर मिली कि तुम्हारे दादा कुंवर नृपेंद्र सिंह की माफिया गिरोह ने गोलियों से छलनी कर हत्या कर दी है। यह फ़ोटो जो दीवार पर लगी है, उस समय अख़बार के मुख पृष्ठ पर छपी थी जिसे मैंने फ़ोटोग्राफ़र से ऐसी बनवा कर फ्रेम भी करवा ली थी।

क्योंकि तुम्हारे दादा जी बड़े पुलिस ऑफ़िसर थे इसलिए अंतिम संस्कार राजकीय सम्मान के साथ किया गया था। मैं और तुम्हारी दादीमाँ इस दुखद घड़ी में संस्कार पर गए थे लेकिन भीड़ इतनी ज़्यादा थी कि हम किसी से भी मिल नहीं पाए। वैसे भी 15 - 20 वर्ष से आना - जाना बंद हो गया था। हमें मोना (शालू) की कोई खबर नहीं थी पर सुनने में आया था कि तुम्हारे दादाजी ने उसे एक प्राइवेट कॉलेज में प्रोफ़ेसर नियुक्त करवा दिया था। हम ख़ाली हाथ ही लौट आए थे। मौसी हेमवती ने भी पिताजी के साथ सतीत्व ले लिया था। फिर तुम्हारे जन्म के बाद हम चार सदस्यों का परिवार हो गया था जिसकी आवश्यकताओं की पूर्ति के लिए रूपए - पैसे की ज़रूरत रहती थी, सो मैंने पास के शहर में चाय की एक दुकान कर ली।   धीरे - धीरे दुकान पर काम बढता गया और मैं तुम सबको बड़े शहर में ले आया, जहां तुम्हें स्कूल मे डाला। यहाँ शहर में दीपेन्द्र का जन्म हुआ व दादीमाँ ने ही दीपेन्द्र का नाम

भी रखा था और कहा था कि भगवान ने एक पुलिस अधिकारी हमसे छीना है, तुम दोनों को पुलिस ऑफ़िसर ही बनाना।

मेरे दिमाग़ में यह बात जम गई और तुम्हारे मैट्रिक स्टैंडर्ड पार करने के बाद दोनों को लेकर हम इस शहर में आ गए और एक रेस्टोरेन्ट खोल लिया। तुम्हारी दादी माँ क्योंकि शहरी जीवन ज़्यादा पसंद नहीं करती थी इसलिए वह गाँव में मामा जी के पास चलीं गई थी। पुलिस ऑफ़िसर बनने के बाद तुम उनसे मिलने गाँव गए थे।

पुष्पेंद्र — हाँ पिताजी ! यह तो कुछ समय पहले ही की बात है। मुझे अच्छी तरह याद है जब दादी माँ मुझे प्यार से चूमती ही रही व मेरी ड्रेस देखकर आनंदित होती रही व कहा - बेटा, अपने दादा जी की हत्या का बदला ज़रूर लेना और उन कुत्तों को ऐसे ही नृशंस तरीक़े से परलोक गमन का पासपोर्ट देना।

गजेंद्र सिंह — हाँ बेटा, अब समय आ गया है बदला लेने का, वैसे भी पुलिस के नाते माफिया को सुपुर्दे - ए - ख़ाक करना तुम्हारा नैतिक कर्तव्य है ताकि शरीफ़ व देशभक्त लोग शांतिपूर्वक जीवन बसर कर सकें।

शेखर बाबू — (पूरी कहानी सुनकर) भाई साहब ! क्या हम सब एक - दूसरे के रिश्तेदार है ? आपके खुलासे ने हम सबको जोड़ दिया है।

गजेंद्र सिंह — बेटा, मोना बहन, (शिवानी) के बारे में सब कुछ शेखर बाबू ने पहले ही बता दिया था, अब मुझसे भी जान लिया। फ़ैसला लेकर जो कदम उठाना है, वह बहुत सोच विचार कर ही उठाना है।

पुष्पेंद्र — पिताजी, अभी मेरा इतना साहस व तजुर्बा नहीं हुआ है कि किसी बड़े आप्रेशन को अंजाम दे सकूँ। मैं अपने सीनियर्स से सलाह मशविरा कर ही आगे कदम बढ़ाऊँगा।

एम. गुप्ता — पुष्पेंद्र बाबू, बहुत समझदारी की बात कही है। एक बात मैं भी सभी को बताना चाहूँगा कि प्रदेश के वित्त मंत्री व PWD. मंत्री से मेरे दामाद के नज़दीकी संबंध हैं, आवश्यकता अनुसार मैं उन्हें कह सकता हूँ।

पुष्पेंद्र — गुप्ता अंकल ! राजनीति के लोग समय के फेर के साथ फिर जाते हैं। वे अपनी हानि कर किसी का हित नहीं कर सकते ?

एम. गुप्ता — आप दुरुस्त कह रहे हैं पर पाँचों उँगलियाँ बराबर नहीं होती। मैं उनके साथ आपकी वीडियो चेट करवा सकता हूँ।

पुष्पेंद्र — ऐसे कामों में व्यक्तिगत संपर्क साधना ही ठीक रहता है। आप अपने दामाद का एड्रेस व एक कोड नंबर मुझे व उनको दे देना ताकि पहचान व विश्वास में परेशानी न हो ?

एम. गुप्ता — बिल्कुल ! मैं सब विश्वसनीयता से करूँगा व तुम्हारा परिचय भी सूचित कर दूँगा।

पुष्पेंद्र — बुआ शालू, जितने दिन का कष्ट तुम्हारी क़िस्मत में लिखा था, तुमने झेल लिया। अब घबराने की ज़रूरत नहीं है। सभी लोग जो यहाँ उपस्थित हैं, कृपया इस विषय पर कहीं भी मुँह न खोलें। कुछ ही दिनों में शेखर अंकल तुम्हें फूफाजी के पास पहुँचा देंगे।

शेखर बाबू — पुष्पेंद्र बाबू, पिछले कुछ सालों से तुम्हारी बुआ ने जो नरक झेला है, वह अत्यंत कष्टदायक रहा है। मुझे भी इनकी कहानी का कुछ दिन पहले ही पता चला है। उन अत्याचारियों के डर से अपने ज़हन में दुःखों को दबाए घूमती रही है। अपने सामने पति व पुत्री को अपना नहीं कह सकी, इससे बड़ा ज़ुल्म इंसान के साथ और क्या होगा ?

पुष्पेंद्र — अंकल, जो दुख भाग्य में लिखा है, भोगना पड़ता है। भगवान श्री राम को भी तो चौदह वर्ष का बनवास झेलना पड़ा था। मुझे

लगता है कि बुआ जी का बनवास अब ख़त्म होने के कगार पर है।

शालू — गजेंद्र भाई साहब ! हम एक माँ की कोख से नहीं मगर एक पिता के प्राण से तो निस्सृत हुए हैं। मुझसे अब और सहन नहीं हो रहा है।

गजेंद्र सिंह — शालू बहन ! अब डरने - घबराने की बात मन से निकाल दो। तुम्हारा चेहरा जिसने विकृत किया है, वे अब बेनक़ाब होंगे।

शेखर बाबू — भद्र बाबू, रात काफ़ी निकल गई है, अब हमें इजाज़त दें। गुप्ता सर ! आप गाड़ी से आए हैं ना ?

एम. गुप्ता — हाँ, सब साथ चलेंगे।

गजेंद्र सिंह — शेखर बाबू, अब आप हमारे रिश्तेदारों में शामिल हो गए हैं, रेस्टोरेन्ट में अब बिल नहीं चलेगा ?

(सभी गाड़ी में सवार होकर निकल जाते हैं।)

***

12.

डॉ. जैन द्वारा धार्मिक समारोह का आयोजन

शादी समारोह हो या धार्मिक आयोजन, जन्मदिन की पार्टी हो या प्रमोशन का जश्न, मित्रों, पड़ोसियों, रिश्तेदारों व अन्य पहचान के लोगों को आमंत्रित करने के लिए निमंत्रण पत्र देना सबसे कठिन कामों में से एक है। डॉ जैन ने एक सप्ताह पूर्व यह ज़िम्मेदारी देव व राकेश को सौंप दी थी व खुद भी उनकी मदद करते फिर भी कुछ पत्र बैग में रखे हुए घूम रहे थे। कभी कोई घर नहीं मिला, शॉप पर या पार्क में सैर करने गया होगा ? तो उसके घर फिर आना पड़ता। कई समस्याएँ थीं इसी प्रकार की। आज समारोह के शुरू होने के समय तक भी कई लोगों के पास निमंत्रण पत्र पहुँचाए। मंच अब तैयार था जहां डॉ भगवत स्वरूप जी, मुखिया ब्रज किशोर गुप्ता, सनातन धर्म विद्यालय के प्रधान श्री चंद जैन बैठे हुए थे। मुनिवर व साधुओं का आगमन हुआ तो सब नीचे सोफ़े पर आकर बैठ गए थे। मंत्रोच्चारण के साथ मंच से कार्यक्रम शुरू हुआ।

डॉ ज्ञान चंद्र जैन — मित्रों, सगे संबंधियों, हम सब पर साधु - संतों एवं मुनियों का आशीर्वाद रहता है जिससे हम कुमार्ग से हटकर सुमार्ग पर चलते हुए परोपकार में लग जाते हैं। आज का कार्यक्रम जिस संदर्भ में है, उसका खुलासा करना चाहूँगा। छोटा लड़का नीलेश IIT - Kanpur में M Tech. अंतिम वर्ष में पहुँच गया है व लड़की हरीतिका मुम्बई लॉ कॉलेज से क़ानून की डिग्री पा चुकी है। बड़ा लड़का हितेश आप सबके सामने मंच पर विराजमान हैं जो रमते - रमाते कल सायंकाल में यहाँ पहुँचे हैं व आज इस प्रोग्राम के बाद फिर रमण आरंभ होगा। तीनों बच्चे यहीं पर थे इसलिए कार्यक्रम बनाया था कि कोई ऐसा आयोजन किया जाए जिससे समाज के लोगों को शांति, भाई चारा व प्रेम - प्यार का संदेश मिल सके। मुझे उम्मीद है

कि वांछित परिणाम प्राप्त होंगे। गर्मी का ध्यान रखते हुए प्रवेश द्वार के पास मिट्टी के घड़े पानी भरकर रखे गए हैं, शीतल जल खूब पीएं पर बर्बाद करने से परहेज़ करें। संत - मुनि अपने - अपने सात्विक व धार्मिक विचार प्रस्तुत करेंगे जिन्हें हम जीवन में धारण कर निज कल्याण करेंगे। सर्वप्रथम मुनिवर, नामवर जी अपने उच्च कोटि के विचार आपके समक्ष प्रस्तुत कर रहे हैं।

मुनि श्रेष्ठ — आप सब में विराजमान प्रभु को प्रणाम करता हुआ सिर्फ़ पाँच मिनट का अमूल्य समय लूँगा। प्रभु ने हमें धरा पर केवल शरीर के तल पर ही नहीं बल्कि आत्मा के बल पर भी जीवन देकर अवतरित किया है। हम जन्मते ही शरीर की देखभाल, भरण - पोषण, सुख - दुख की संकल्पना में रत हो जाते है व आत्मा को निराश्रित, अतृप्त एवं उपेक्षित ही रहने देते हैं जो कि अज्ञानता का प्रतीक है। इस प्रकार के धार्मिक आयोजन आत्मा को बलवान व संजीवनी देने का काम करते हैं। (करतल ध्वनि) जिसके पास जो बहुतायत में प्राप्य है, वह वहीं प्रदान करता है। डॉ ज्ञान चंद्र जैन सुविचारों, सुकर्मों, सुनीतियों का एक अपूर्व संग्रह है, ख़ज़ाना है, जो यदा कदा इनका दिग्दर्शन कर लोगों को प्रेरित कर समाज व वातावरण में स्वस्थ परंपराओं का विस्तार करते हैं। मैं ऐसी आत्माओं को प्रणाम करता हूँ। मानव को जीवन केवल अपने तक सीमित नहीं बल्कि समष्टि तक विस्तारित करना होगा तभी प्रेम रस का संचार होकर मानवता, मधुरता व विश्वास को प्राप्त होगी। हम पर आसुरी एवं दैवी शक्तियों की छाया हर दम रहती है और जिसे पुकारेंगे, वही शक्ति हाज़िर होगी। आप घर में जिस बच्चे का नाम लेकर पुकारेंगे, वही बच्चा आपके समक्ष उपस्थित होगा। इसी तरह हर प्राणी अपने भाग्य एवं कर्मों के अनुसार एक शक्ति के वशीभूत हो संसार में जीवन यापन करता है। अगर प्राणी आसुरी शक्तियों के आग़ोश में है तो इस प्रकार के धार्मिक संयोग उसे दैवी शक्तियों की ओर आकर्षित करने लगते हैं। जैसे सूरज की रोशनी आते ही अंधकार दुम दबाकर पलायन कर जाता है। मेरा निवेदन इतना भर है

कि जीवन को पुनीत, स्वस्थ एवं परहितार्थ बनाए रखने के लिए साधु - संतों की संगति दीजिए। संगति का प्रभाव प्राणी को दिशा प्रदान करता है। अत: आसुरी शक्तियों की कुसंगति छोड़ कर दैवी शक्तियों की आराधना पूजा करें जिससे जीवन व समाज में शांति, समरसता व प्यार के बीज अंकुरित होकर सुंदर व कल्याणकारी पल्लव व पुष्प विकसित हों। मैं इतना कहकर ही संतुष्ट हूँ।

डॉ जैन — परम ज्ञानी मुनि नामवर जी से आपने जीवन निर्माण के विषय में जाना। अब महामुनि' संकल्प रॉय' के विचारों की ओर अपने कान दीजिए।

महामुनि जी — सर्वप्रथम मैं उपस्थित जनसमूह को प्रणाम करता हूँ व ऐसे कल्याणकारी आयोजनों में भागीदारी हेतु आपकी तारीफ़ करता हूँ। मैं आपके साथ आज जो चर्चा करना चाह रहा हूँ, वह दैनिक जीवन में घटने वाली क्रियाओं पर ही आधारित है। मेरा हमेशा मानना व अटूट विश्वास रहा है कि हर धर्म, धार्मिक आयोजन, गतिविधियाँ, यज्ञ - अनुष्ठान, ब्रत - तप, आदि मानव मात्र के परिवर्तन एवं कल्याण हेतु बने हैं। जहां व्रत, अल्पाहार, संयम शरीर के शुद्धिकरण के लिए उपयोगी हैं, वहीं तप, पूजा - पाठ प्राणी की आत्मा के उन्नयन के लिए अनिवार्य हैं। मैं अपने वक्तव्य में सामान्यतः दो बातों का ज़िक्र करता हूँ - सम्मान व खुशामद।

ऊपरी तौर पर दोनों समान से ही प्रतीत होते हैं पर इनमें जो अंतर की सूक्ष्म व महीन रेखा खिंची हुई है, वह ग़ौरतलब है। सुधीजन ! वैसे तो खुशामद भी एक प्रकार का मान - सम्मान व प्रशंसा ही है। प्रचलित रूप में हम खुशामद एवं सम्मान जीवित शरीर का व श्रद्धांजलि देकर मृत शरीर की प्रशंसा करते हैं लेकिन मूलभूत अंतर यह जान पड़ता है कि हम मृत शरीर कीं प्रशंसा व सम्मान तो कर सकते हैं पर खुशामद नहीं। आप सोचने पर विवश

हुए या नहीं? जो सुधीजन विषय को ध्यान से श्रवण कर रहे हैं, उन्हें कुछ अंतर ज़रूर मालूम पड़ेगा। खुशामद हम सबकी कर सकते हैं - गरीब - अमीर, राजा - रंक, लघु - बृहत्, पशु - पक्षी, नर - नारी आदि आदि। सम्मान हम सबका नहीं कर सकते। राजा का करेंगे, रंक का नहीं। अमीर का करेंगे, गरीब का नहीं। पशु - पक्षियों का तो हरगिज़ नहीं। आप मुझे समझ रहे हैं ?

सुधीजन ! क्या है वह महीन व सूक्ष्म रेखा जो इन दोनों भाई -बहन की तरह प्यार से रहने वालों को अलग करती है ? वह रेखा है -'स्वार्थ', लालच, मतलब, आवश्यकता, क्षीणता, व कमज़ोरी। ये मैंने सुविधा के लिए जो शब्दावली प्रस्तुत की है इसका समायोजन "स्वार्थ" में ही किया जा सकता है। मुझे लगता है कि सभी प्रबुद्ध जन मेरी बातों को समझ रहे हैं।

एक सज्जन खड़े होकर — मुनिवर ! मैं अपनी जिज्ञासा की शांति के लिए कुछ पूछ सकता हूँ ?

मुनिवर — मैंने जो उदाहरण दिए हैं, शायद उसके मुत्तलिक ही आपकी कुछ जिज्ञासा है, फिर भी प्रकट करे।

सज्जन पुरुष — मुनिश्रेष्ठ ! पशु व पक्षियों की हम कैसे खुशामद कर सकते हैं?

मुनिवर — बहुत सरल जवाब है। कभी गाँव में गए हो ?

सज्जन पुरुष — जी, काफ़ी समय गाँव में ही गुजरा है।

मुनिवर जब गाय या भैंस दूध निकालने के समय उखड़ती है तब क्या करते हो ?

सज्जन पुरुष — मक्खी या मच्छर हटाने के लिए हवा करते हैं, विद्युत आपूर्ति न हो तो कपड़े से भगाते हैं व खाने में हरा चारा डालते हैं कई बार आटा व बिनौले भी खिलाते हैं।

मुनिश्रेष्ठ — क्यों करते हैं सब कुछ ? दूध की आवश्यकता के लिए? पहले ही मैंने कहा हैं कि आवश्यकता के लिए किया गया उद्यम खुशामद होता है। कभी देश - विदेश में डॉल्फिन का खेल देखा है ? ट्रेनर डॉल्फ़िन से करतब करने की एवज़ में छोटी - छोटी मछलियाँ खाने को देता है।

प्रबुद्ध नागरिकों ! मेरा कहने का तात्पर्य यही है कि सम्मान आप बिना कोई इच्छा, आवश्यकता के श्रद्धा वश करते हैं। जबकि खुशामद इच्छा, आवश्यकता व किसी स्वार्थ के लिए करते हैं। इसमें कोई श्रद्धा या आदरभाव नहीं होता, केवल इनका दिखावा होता है। मानवों में सम्मान सार्वजनिक होता है व खुशामद अकेले में ही लगभग संपन्न होती है। ख़ुशामदी व्यक्ति मक़सद पूरा हो जाने पर तब तक दोबारा नज़दीक नहीं फटकता जब तक उसकी दूसरी इच्छा या आवश्यकता जाग्रत नहीं होती। सम्मान शुद्ध भाव है जो योग्यता, बहादुरी, कर्मठता आदि कई गुणों के कारण मिलता है जबकि खुशामद के लिए किसी योग्यता की ज़रूरत नहीं। लोमड़ी कौए की चोंच से मालपुआ प्राप्त करने के लिए उसकी खूब ख़ुशामद करती है, कौवे में कोई योग्यता नहीं, केवल आवश्यकता के लिए प्रशंसा हो रही है। बोलने को तो दोनों पर कितना ही बोला जा सकता है लेकिन मेरा मंतव्य इतना ही है कि व्यक्ति को खुशामद से बचना चाहिए। चना और चुगलखोर (ख़ुशामदी) एक बार मुँह को लगे तो छूटते नहीं।

(ठहाकों के साथ तालियों की गड़गड़ाहट भी होती है।)

डॉ जैन — (माइक संभालते हुए) आप महानुभावों ने मुनिश्रेष्ठ संकल्प रॉय जी को सुना। कितना गंभीर, अर्थपूर्ण विषय चुना है मुनिवर ने ? हमें आशातीत लाभ मिल रहा है। अब सभी उपस्थित सज्जनों से नम्र निवेदन है कि संक्षिप्त जलपान के लिए बाई ओर बने पंडाल में तशरीफ़ रखें। आधे घंटे के बाद फिर प्रवचन प्रारंभ होगा।

(जलपान के उपरांत)

डॉ जैन — समारोह स्थल पर आपका पुनः स्वागत है। अब संत शिरोमणि श्री कृष्णा नंद जी ज्ञानवर्षा करेंगे।

संत शिरोमणि — मुनिश्रेष्ठ संकल्प रॉय जी से आपने खुशामद व सम्मान जैसे उपयोगी विषय पर चर्चा सुनी। मैं इस संदर्भ में एक शब्द का और योग करना चाहूँगा - "स्वागत" । यह भी प्रशंसा व सम्मान का प्रतीक है। इसमें व्यक्तिगत खुशामद की गुंजाइश कम रहती है। आमतौर पर किसी बड़े महापुरुष की सामूहिक प्रशंसा का नाम स्वागत है। वैसे शाब्दिक अर्थ ग्रहण करें तो शुभ आगमन अर्थ में ले सकते हैं। भाव यह हुआ कि स्वागत शब्द पहले बताए गए सम्मान व खुशामद से ज़्यादा विस्तृत अर्थ में लिया जाता है। यह आवश्यकता एवं सम्मान दोनों के लिए हो सकता है। किसी मंत्री या नेता से कुछ पाने के लिए उसका सार्वजनिक रूप से स्वागत किया जाता है, यह खुशामद के क़रीब है। एक वैज्ञानिक, शिक्षाविद या किसी भी प्रतिभा का सार्वजनिक स्वागत सम्मान के अंतर्गत माना जाएगा। सम्मान व ख़ुशामद प्रशंसा के लघु रूप हैं जबकि स्वागत प्रशंसा का विस्तृत रूप है। मुझे बस इतना ही कहना था। शांतिपूर्वक श्रवण हेतु आभार प्रकट करता हूँ।

डॉ जैन — अभी आपने संत श्री से "स्वागत" के बारे में जाना। संत शिरोमणि आज कुछ अस्वस्थ महसूस कर रहे हैं। फिर कभी इनके गहन ज्ञान का लाभ मिलेगा। अब हमारा सुपुत्र लेकिन अब जैन संत बने हितेश बाबू को सुनें व लाभ प्राप्त करें।

हितेश मुनि — श्रोता वृंद, मैं अपनी ही नगरी में हूँ व जानता हूँ कि घर का जोगी जोगना, बाहर का जोगी सिद्ध। 'नैतिकता' शब्द विस्तृत अर्थ लिए हुए हैं लेकिन संक्षेप में ही कथन करूँगा। अगर इस शब्द को व्यक्ति के व्यवहार का मूल आधार कहा जाए तो अतिशयोक्ति नहीं होगी। नैतिकता

उच्च चरित्र का एक संकेतक है। यह एक ऐसी सच्चाई है जो व्यवहार व आचरण को गरिमा प्रदान करती है। हम धर्म में जाते हैं, ज्ञान प्राप्त करते हैं और उस से उत्कृष्ट जीवन व मोक्ष की इच्छा करते हैं जो धर्म व ज्ञानेंद्रिय नैतिकता के समावेश से ही संभव है। नैतिकता कोई बाहरी वस्तु या ज्ञान नहीं जिसे हम किसी और से प्राप्त करें, यह तो संस्कारों से, वंश एवं परिवार से या महापुरुषों के जीवन - दर्शन से सुगंध की तरह ग्रहण की जा सकती है। वैसे तो नैतिकता आत्मा की एक शक्ति है जो प्रयुक्त होने पर आत्मा को ही बलवती भी बनाती है। नैतिकता हमें अशुद्ध आचरण से अवरुद्ध करती है जो एक महत्वपूर्ण बिंदु है। नैतिक व्यक्ति किसी निर्देश की प्रतीक्षा नहीं करता बल्कि उसकी आत्मा से स्वत: ही शुद्धता, सत्यता प्रस्फुटित होती है। क्या ठीक है, क्या अनुचित है? आपकी नैतिक शक्ति ही बताएगी पर क्योंकि यह यह एक वैयक्तिक व आंतरिक प्रक्रिया है, इसे बाहर से नहीं देखा जा सकता। स्वार्थ, लोभ - लालच, आकर्षण, स्वाद इसके शत्रु कहे जा सकते हैं।

संक्षिप्त रूप से कहें तो व्यक्ति जब महसूस करें कि देश समाज के प्रति मेरे क्या कर्तव्य हैं, उन्हें बिना कुछ पाने की चाह के पूर्ण करना नैतिकता कहा जा सकता है। बस इतना कहकर अपनी वाणी को विराम देना चाहूँगा। सभी को व अंदर उपस्थित परमात्मा को नमन करता हूँ।

डॉ जैन — आप सभी सुधीजनों ने आज बड़े धैर्य से बहुत अच्छे विषयों पर चर्चा की जो प्राणिमात्र के लिए अत्यन्त उपयोगी सिद्ध होगी। आप सभी को इस आयोजन से शांति व शक्ति का वरदान मिला है, यही मेरे इस धार्मिक समारोह का लक्ष्य रखा हुआ था। आप सभी से विनम्र निवेदन रहेगा कि जलपान वाले पंडाल से प्रसाद लेकर ही बाहर जाएं। शांतिपूर्वक तरीक़े से अमूल्य वचन सुनने के लिए आप सभी का धन्यवाद।

***

13.

अध्यापक दिवस पर मुखिया का सम्मान व देव बाबू की पदोन्नति

दुल्हन की तरह सजा था सनातन धर्म विद्यालय का प्रांगण। कल पांच सितंबर को मुखिया ब्रज किशोर गुप्ता को महामहिम राज्यपाल ने सम्मानित किया था व प्रांत भर से आए अन्य शिक्षकों को अध्यापक दिवस पर । हर वर्ष महामहिम राज्यपाल संपूर्ण राज्य से चुने हुए अध्यापकों को स्टेट अवार्ड से नवाजते हैं। मुखिया जी के साथ कल के लिए सुबह ही देव बाबू, डॉ ज्ञान चंद्र जैन (प्रधान के प्रतिनिधि) व डॉ भगवत स्वरूप जी कूच कर गए थे व राज्य स्तर का सम्मान प्राप्त कर देर रात तक लौट आए थे।

आज विद्यालय में मुखिया जी के स्वागत के लिए एक भव्य समारोह का आयोजन किया जा रहा है। छात्र छात्राओं को आज के लिए विशेष स्कूल ड्रेस पहनने से मुक्ति प्रदान कर दी गई थी इसलिए हर तरफ़ बहुरंगी दृश्य उपस्थित हो रहा था। स्कूल के लॉन हरे - भरे घास से ढके ओसकणों से सुसज्जित सूरज की आभा पाकर मोतियों से चमक रहे थे। लॉन के चारों ओर गुलाब व गेंदे के पौधों पर पुष्प हरी - भरी घास को निहार कर मुस्कान बिखेर रहे थे। ऐसे ही एक लॉन पर टेंट लगाकर पंडाल का रूप दे दिया गया था। पंडाल में आने - जाने के दो रास्ते बने थे व गर्मी से राहत पाने के लिए पंडाल के सभी कोनों पर वॉटर कूलर लगाए गए थे जो अब मधुर राग गाते हुए ठंडी हवा का संचार कर रहे थे। मंच पर लेक्चर स्टैंड, माइक, सोफे, चेयर्स व गलीचे - दरियाँ सब सलीक़े से लगा दिए थे। पूरे शहर से गणमान्य लोगों को आमंत्रित किया गया था। स्काउट्स एव एन. सी. सी. केडेट सेल्यूट कर सभी मेहमानों का स्वागत कर रहे थे। मंच - संचालन का ज़िम्मा देव बाबू को सौंप

दिया गया था और किसी भी प्रकार की मदद के लिए एक तकनीशियन को भी बुलाया गया था।

नौ बजने को आए थे, स्कूल के बैंड की हलचल बढ़ने लगीं थीं शायद मुखिया जी के पहुँचने का कोई संकेत मिल गया होगा ? विद्यालय की प्रबंध समिति के सभी सदस्य अगली पंक्ति में स्थान ग्रहण कर चुके थे। मंच से घोषणा हुई कि मुखिया जी मुख्य द्वार पर पहुँचे गए हैं तो सभी उठकर वहाँ पहुँचे जबकि टीचिंग स्टाफ़ पहले से ही स्वागत के लिए वहाँ तैनात था। मुखिया जी के साथ डॉ भगवत स्वरूप, लाला धनी राम व कई और समिति के सदस्य तशरीफ़ ला रहे थे। मुख्य द्वार पर प्रवेश करते ही पुरज़ोर स्वागत करते हुए समिति के सदस्यों, गणमान्य लोगों व स्टाफ़ सदस्यों ने फूल मालाओं से लाद दिया। कुछ लोगों ने नोटों की माला भी पहनाने की कोशिश की जिसे मुखिया जी ने विनम्रतापूर्वक इंकार कर दिया। मुखिया के नेतृत्व में क़ाफ़िला धीरे - धीरे मंच की ओर बढ़ने लगा था। मंच पर भी माइक से ज़िंदाबाद व अमर रहे के नारों से आसमान गूंज रहा था। मंच पर पहुँचते ही सबने खड़े होकर मुखिया जी का स्वागत किया।

आज मुखिया ब्रज किशोर गुप्ता अपने ही विद्यालय में अतिथि के रूप में पधारे थे इसलिए उनके स्थान ग्रहण करते ही उनके सम्मान में विद्यालय की छात्राओं ने वेलकम सॉन्ग गाया जिसके ख़त्म होने पर उपस्थित जन समूह ने तालियाँ बजा कर उनकी प्रशंसा की। अब मंच से उद्घोषणा हुईं कि श्री प्रेम चंद अग्रवाल, उप आचार्य, मुखिया ब्रज किशोर गुप्ता के सम्मान में दो शब्द कहेंगे।

प्रेम चंद अग्रवाल — श्रद्धा एवं सम्मान के योग्य डॉ भगवत स्वरूप जी, समिति के अध्यक्ष व मेंबर्स, जींद शहर के गणमान्य लोगों ! आज के स्वागत समारोह के नायक आदरणीय श्री ब्रज किशोर गुप्ता जी, प्रिंसिपल

साहब ! स्टाफ़ सदस्यगण व प्यारे बच्चों ! आज विद्यालय के लिए गर्व व ऐतिहासिक दिन है कि राज्य सरकार की स्वीकृति से हमारे मुखिया जी को स्टेट अवार्ड मिला है जो शिक्षा के क्षेत्र में सेवा करने वाले अध्यापकों के लिए राज्य का सर्वोच्च सम्मान है। मुखिया जी ने शिक्षा के क्षेत्र में जो मुक़ाम व उपलब्धियाँ हासिल की हैं, यह सम्मान उनकी परिणति है। मैं भगवान से प्रार्थना करता हूँ कि मुखिया जी स्वस्थ रहकर इसी तरह विद्यालय का नाम रोशन करते रहें। बहुत धन्यवाद !

(छात्र - छात्राओं द्वारा करतल ध्वनि।)

देव बाबू — (मंच पर माइक से) अब मुखिया जी अपने उद्गार आप सभी के सामने व्यक्त करेंगे।

मुखिया जी — (अपनी सीट से माइक की ओर आते हुए) समिति के मैनेजर डॉ भगवत स्वरूप जी, दूसरे साहिबान, शहर की गणमान्य हस्तियाँ, मेरे अपने स्टाफ़ सदस्य व प्रिय छात्र छात्राओं ! आज विद्यालय व हम सबके लिए गर्व का क्षण है। आज आपको अनुभव हो रहा होगा कि ख़ुशी बाँटने से बढ़ती है। हमें आज वर्षों के परिश्रम का मीठा फल प्राप्त हुआ है। मैं डॉ भगवत स्वरूप जी व समिति के सदस्यों का आभार व्यक्त करना चाहूँगा कि इन सब के सहयोग के बिना यह उपलब्धि संभव नहीं थीं। विद्यालय के टीचिंग स्टाफ़ व छात्र छात्राओं का योगदान कोई कम नहीं, हम सब भविष्य में भी और ज़्यादा परिश्रम करेंगे व हर वर्ष एक अध्यापक को राज्य या राष्ट्रीय पुरस्कार के योग्य बनाएंगे। प्रिय स्टूडेंट्स ! आज आपके विश्वास में वृद्धि हुई होगी कि परिश्रम का मीठा फल देर - सवेर मिलता ही है इसलिए फल की चिंता किए बग़ैर कर्म करते रहना चाहिए। गीता में भी कहा गया है कि "कर्मण्येवाधिकारस्ते मा फलेषु कदाचन:" अर्थात् कर्म करते रहो, यही हमारा अधिकार है, फल की चिंता मत करो। अब वाणी को यह कहते हुए विराम

दूँगा कि पूरे शहर के लोगों ने जो मान - सम्मान मुझे दिया है, उसके लिए तहेदिल से आभार प्रकट करता हूँ व प्रभु श्री से प्रार्थना करता हूँ कि मुझे इतनी शक्ति प्रदान करें कि मैं सबके विश्वास पर खरा उतर सकूँ। जय हिंद ! जय भारत !

देव बाबू — अभी आप सभी ने अपने विद्यालय के प्रिंसिपल व राज्य अध्यापक पुरस्कार विजेता हम सब के अज़ीज़ माननीय श्री ब्रज किशोर गुप्ता को सुना। अब मैं समिति के मैनेजर डॉ भगवत स्वरूप जी से निवेदन करूँगा कि वे समारोह को संबोधित करें। (एक छात्र मंच पर कुर्सी लेकर आए ताकि डॉ साहब बैठ कर ही संबोधन दे सके।)

डॉ भगवत स्वरूप — (कुर्सी पर बैठते हुए) सभी साथियों, मुखिया जी, स्टाफ़ व प्रिय स्टूडेंट्स ! आज का दिन विद्यालय के इतिहास में स्वर्ण अक्षरों में दर्ज रहेगा। यह उपलब्धि कोई साधारण नहीं है, राज्य स्तर का पुरस्कार किसी भी क्षेत्र में मिले, सम्मान का प्रतीक होता है।

मुझे वह दिन भी याद है जब मुखिया जी मेरे पास अपना इस्तीफ़ा लेकर आए थे और कहा था कि मैं विद्यालय के हिंदी भाषा के अध्यापक देव बाबू को बी. एड. की ट्रेनिंग के लिए अवकाश देने के पक्ष में नहीं हूँ क्योंकि मैंने निश्चय कर लिया है इसलिए अगर समिति उन्हें अवकाश देगी तो मैं स्वयं को अपमानित महसूस करूँगा। मैंने व बाबू राम कृष्ण जी ने इन्हें समझा - बुझाकर त्याग पत्र वापिस लेने के लिए राजी कर लिया था। आज हम सबने देखा कि देव बाबू व मुखिया में कितना प्यार विस्तृत हो गया है। हमने मुखिया जी को अपने जीवन के अनुभवों के आधार पर यही सलाह मशविरा दिया था कि किसी के भी अहित के लिए ज़िद न करे। संकल्प लेना है तो उत्तम लक्ष्य की प्राप्ति के लिए लें। अध्यापक अगर उच्च शिक्षा के लिए दृढ़ संकल्प है तो यह स्टूडेंट्स के लिए भी फ़ायदेमंद साबित होगा। मुखिया जी

की ताईद (प्रशंसा) करूँगा कि इन्होंने उस समय बेशक मन मसोस कर हमारी राय को सम्मान दिया हो पर आज स्थिति यह है कि मुखिया जी मेरे पास एक दिन क्लीनिक पर बैठे कह रहे थे कि देव बाबू की प्रोमोशन बी. एड. का रिज़ल्ट आते ही कर देना है। (सभी सम्मान पूर्वक हंसते हैं।) अध्यापक की पदोन्नति तो सरकार व समिति के नियमों के अनुसार होगी पर मेरा कहने का मतलब यह है कि मनुष्य को सोच - समझकर कदम उठाना चाहिए। यह तब और महत्वपूर्ण हो जाता है जब आप किसी ज़िम्मेदारी के पद पर आसीन हैं। मुखिया जी ने अपने में परिवर्तन किया, स्वभाव बदला, और आज स्कूल में तनाव का नहीं, प्यार - प्रेम व एक - दूसरे के सम्मान का माहौल बना हुआ है। मैं मुखिया जी की व देव बाबू की प्रशंसा करना चाहूँगा कि दोनों ने अपने को बदला तो विद्यालय का स्वरूप भी बदल गया है।

मुखिया जी सोफे से उठकर डॉ भगवत स्वरूप जी के पास आकर - जो डॉ साहब कह रहे हैं, वह अक्षरशः सत्य है। डॉ भगवत स्वरूप जी, इंसान नहीं देवता हैं।"

(तालियों की गड़गड़ाहट से पंडाल गूंज उठता है।)

हालांकि मैं इनका कोई रिश्तेदार नहीं फिर भी मुझे अपना आशीर्वाद दिए हुए है।

(अपनी सीट पर लौट जाते हैं।)

डॉ भगवत स्वरूप — (अपना संबोधन जारी रखते हुए) संस्था कोई भी हो, एक व्यक्ति से नहीं, सबके साँझा प्रयास से चलती व तरक़्क़ी करती है, किसी का कम या ज़्यादा प्रभाव हो सकता है। बाबू राम कृष्ण जी मंत्री बनने के बाद काम में ज़्यादा व्यस्त रहने लगे हैं वरना इस गौरवशाली अवसर पर अवश्य ही तशरीफ़ लाते। हमें उनका अब भी बहुत सहारा है। विद्यालय के स्टाफ़ ने जो सराहनीय प्रयास व परिश्रम का कार्य किया है

समिति उसका सम्मान उन्हें ज़रूर देगी। (एक कोने में बैठे स्टाफ़ की ओर देखकर) एक एडवांस वेतन वृद्धि काफ़ी होगी ? (स्टाफ़ की तालियों की आवाज़) बड़ी ख़ुशी की बात है, मुझे आपकी स्वीकृति मिल गई है। अब देव बाबू का रिज़ल्ट भी घोषित होने वाला होगा, तभी बैठक कर निर्णय लेंगे।

मुखिया — (अपनी सीट से डॉ साहब के पास आकर) सर, रिज़ल्ट घोषित हो चुका है।

डॉ भगवत स्वरूप — देव बाबू ने मुझसे कोई ज़िक्र नहीं किया ? शायद शादी के बाद सब कुछ हमारी बिटिया से ही साझा करने लगा है।

(पंडाल ठहाकों से गूंज उठता है व देव बाबू डॉ भगवत स्वरूप जी के पास आकर उनके चरण स्पर्श करता है।)

डॉ भगवत स्वरूप — (पुनः अपना संबोधन शुरू करते हुए) देव बाबू, तुम्हारी यही विनम्रता हमें तुम्हारे प्रति सहृदय बनाए हुए है। अब काफ़ी हो गया, सब सुख — शांति से जीवन जिएं।

देव बाबू — आप सभी ने शांत व संतुष्ट रहकर कार्यक्रम को सफल बनाया, बहुत धन्यवाद ! मुख्य द्वार से पहले छोटे लॉन में जहां फ़व्वारा फूट रहा है, लड्डू का एक - एक पैकेट सभी लेकर जाएँगे। एन. सी. सी. व स्काउट्स के स्टूडेंट्स ने अनथक सेवा की है, वे सब प्रशंसा के हक़दार हैं। अब अपने स्थान पर खड़े होकर राष्ट्रगान का गायन करेंगे, स्कूल का बैंड गान के साथ सुर मिलाएगा।

(राष्ट्र — गान के बाद सभी बच्चे, शहर के गणमान्य लोग मुख्य द्वार की ओर बढ़ते हैं व प्रसाद ग्रहण कर अपने घरों की राह लेते हैं।)

***

14.

मित्रों का नदी भ्रमण व राजीव — दिव्या को पुत्र रत्न की प्राप्ति

विद्यालय से समारोह समाप्ति के बाद देव अपने घर आ गया था, देविना भी बिना कुछ काम के बोरियत महसूस कर रही थी।

देविना — (देव को देखकर) तुम कह रहे थे कि प्रोग्राम काफ़ी देर तक चलेगा, फिर क्या हुआ ?

देव — पूरे शहर में जुलूस निकालने का फ़ैसला बदल दिया गया था। सबका विचार था कि आजकल सोशल मीडिया पर ही बहुत प्रचार - प्रसार हो जाता है।

देविना — हाँ, जुलूस तो नेता लोग ही निकालते हैं, उन्हें ही पब्लिसिटी की ज़रूरत रहती है।

देव — तुम बिल्कुल सही कह रही हो, मेरे स्कूल के प्रधान बाबू राम कृष्ण जब मंत्री बन गए, तो उन्होंने पूरे शहर में जुलूस निकाला था।

देविना — मंत्री के ज़िक्र से मुझे याद आया , पापाजी ने फ़ोन किया था और कहा था कि मंत्री जी के संपर्क में रहना, डॉ भगवत स्वरूप जी के दोनों के साथ निकटता के संबंध है।

देव — हाँ, दोनों से संपर्क तो है ही, हम सब भिवानी कॉलेज से पं. शंकर प्रसाद के चुनाव प्रचार के लिए भी गए थे, तुम्हें कुछ ध्यान है ?

देविना — हाँ, जब गुप्ता सर के घर गए थे, तब उनके पास भी मिलकर आए थे।

देव — बिल्कुल, हमें राजीव भाई भी मिले थे। डॉ भगवत स्वरूप व कई मौजिज लोग भी जींद शहर से चुनाव प्रचार के लिए गए थे।

देविना — पापाजी ने एक कोड नंबर भी दिया है और कहा है कि कुछ दिनों में इस कोड का हवाला देकर कोई आपसे बात करेंगे। यह कोड किसी को भी ज़िक्र में नही लाना है।

देव — कोई विशेष घटना हुई मालूम होती है।

देविना — अगर तुम चाहो तो बात कर लेना पापाजी से ?

देव — ओ. के. मुझे लगता है कि सायंकाल तक उन्हीं का फ़ोन आ जाएगा। चलो आज प्रोमोशन की ख़ुशी में लंच के लिए रेस्टोरेन्ट चलते हैं।

देविना — क्या बी. एड. की पोस्ट वाली तरक़्क़ी मिली है ?

देव — मिली नहीं, मिलेगी। अभी रोका हुआ है, शादी नहीं।

देविना — रश्मि भाभी एक बार कह रही थी कि' रोका' ने उसका जीवन ही रोक दिया है। क्या बला है यह' रोका' ? हम दोनों का तो ऐसा कुछ नहीं हुआ था ?

देव — 'रोका' का मतलब है रोकना, लड़की के लिए लड़का व लड़के के लिए लड़की निश्चित करना शादी के लिए। उस शादी के लिए जो प्यार करने से नहीं, माँ - बाप के करने से ही होती है। इसमें लड़का या लड़की माँ — बाप ही निश्चित व पसंद करते हैं।

देविना — रश्मि भाभी व डॉ राकेश के प्यार के चर्चे तो बहुत सुने थे। शिवि जब जींद शहर आईं थीं तब शायद' रोका' हो चुका था।

देव — मैंने ही' रोका' की इजाज़त दी थी।

देविना — तुम क्या डॉ राकेश के माँ - बाप हो ?

देव — हां, मैं ही हूँ उसके लिए दोनों। 'रोका' के बाद सबने सहमति जताई थी कि कोर्स ख़त्म होने के बाद ही शादी की रस्म संपन्न होगी। इस कारण विलंब हो गया। अब तुम लंच के लिए विलंब न करो। तैयार हो जाओ, कौनसे रेस्टोरेन्ट पर चलना होगा ?

देविना — अब तक तो मुझे तनेजा रेस्टोरेन्ट का ही ज्ञान है, वहीं चलते हैं।

देव — तुम आ जाओ तैयार होकर, मैं देखता हूँ शायद अभी कुछ रोज़ पहले एक शाकाहारी रेस्टोरेन्ट खुला है पर हमें ऑटो रिक्शा से जाना पड़ेगा ?

देविना — मैं आ रही हूँ बस दस मिनट में, इतने तक तुम और खोजबीन कर लो।

कोई ख़ास भीड़ जमा नहीं थी' फाका' रेस्टोरेन्ट पर ग्राहकों की, एक तो शाकाहारी व दूसरे दोपहर का समय। सायंकाल में ही सुरा प्रेमी कुछ लोग अपना रंग दिखाते हैं। ऑटो रिक्शा से ड्रॉप कर रेस्तराँ में प्रवेश किया तो काउंटर पर हाय — हैलो हुई।

मैनेजर — (वेटर को बुलाकर) साहब को फ़ैमिली कॉर्नर ले जाओ और ऑर्डर लो। ऑर्डर से पहले पानी टेबुल पर रखो।

वेटर — यस सर ! (देव से) आइए सर ! मेरे साथ आइए।

देव — (कुर्सी पर बैठकर) बताइए क्या। कुछ खाना है ?

वेटर — सर, पहले पानी लेकर आता हूँ।

देव — ऑर्डर लेते जाओ, फिर लेते आना।

वेटर — सर, आप कुछ लेंगे ?

देव — 'कुछ' से तुम्हारा कोई विशेष प्रयोजन है क्या ?

वेटर — सर, कोई वाइन, व्हिस्की, बीयर बगैरह ?

देव — तुम वेटर की नौकरी अभी व पहली बार कर रहे हो शायद?

वेटर — यस सर, एक महिने पहले ही रेस्टोरेन्ट चालू हुआ है, मैं तभी से यहाँ काम कर रहा हूँ।

देव — फ़ैमिली कॉर्नर पर बैठ कर कोई शराब पीता है क्या ?

वेटर — कभी किसी ने लिया तो नहीं सर, पर आप हमारे साहब के कुछ नज़दीक लग रहे थे इसलिए पूछ लिया।

देव — अब पानी लाओ फिर ऑर्डर लेना।

(वेटर जाता है व पानी की बॉटल लेकर लौटता है।)

वेटर — सर, ऑर्डर भी दीजिए। सर रोटी मे - बटर रोटी, नॉन, मिस्सी रोटी, तवा रोटी व सिंपल रोटी और सब्ज़ी में सर - देसी टिंडा, पनीर-मटर,

शाही — पनीर, फ़्राइड - भिंडी, सादा व जीरा - राइस, दाल - मखनी, राजमा, मलाई - कोफ्ता एवं दही - रायता।

देव — (देविना से सलाह कर) राइस सादा एक, बटर रोटी दो, राजमा एक, दही एक व मटर - पनीर एक। सलाद में सिरका प्याज़, खीरा या टमाटर।

वेटर — ओ. के. सर, दस मिनट लगेंगे सर !

देव — सब आइटम ताज़ा व गर्म हो।

वेटर — बिल्कुल सर !

देव — (वेटर के जाने के बाद) देविना, आज मंच से ही डॉ भगवत स्वरूप जी ने घोषणा कर दी, शायद एक या दो महीना लग सकता है।

देविना — इतने समय में तो हो जाए तो पौ बारह हो जाएँगे। अभी तो DMC भी नहीं आईं हैं।

देव — एक दो महीना उसमें भी लगेगा। मेरी प्रोमोशन के बाद हिंदी भाषा के अध्यापक जो पोस्ट ख़ाली होगी, क्या तुम वहाँ काम कर सकती हो?

देविना — तुम्हारी पोस्ट तो Boys Wing में होगी, वहाँ मैं कैसे नियुक्त हो सकती हूँ ?

देव — कहना तो तुम्हारा दुरुस्त है फिर भी मैं डॉ साहब से मुलाक़ात करूँगा। तुम्हें तो कोई दिक़्क़त नहीं होगी पढ़ाने मे ?

देविना — शुरू में छटी से आठवीं तक की क्लास पढ़ा लूँगी फिर

धीरे — धीरे दिल खुल जाएगा।

देव — ठीक है, मैं समय देखकर बात कर लूँगा। अब अगर लंच हो गया है तो चलें घर ?

देविना — हाँ, बातों में पता ही नहीं चला, कब कितना ले लिया ?

(काउंटर पर पेमेंट कर ऑटो रिक्शा से घर पहुँच कर)

देव — तुम इतने तक आराम करो, मैं राकेश के पास नेहा का हाल चाल जानने अस्पताल जा रहा हूँ।

देविना — अब तो शाम को ही आओगे ?

देव — हाँ, नदी की सैर करके मित्रों के साथ।

अस्पताल पहुँचे तो सब नदारद, लंच टाइम जो था और डॉक्टर्ज की लंच की मात्रा कम व समय सीमा ज़्यादा होती है। ग़नीमत रही कि डॉ जैन अपने रूम में किसी पुस्तक के पढ़ने में मस्त थे।

देव — डॉ जैन नमस्कार !

डॉ जैन — अरे देव बाबू ! इतनी दोपहर में ! अब तो घर में ही दिल लगा कर रहा करो।

देव — सर, राकेश से मिलने आया था, नेहा के बारे में पूछने।

डॉ जैन — थोड़ी देर में दोनों आ जाएँगे। तुम्हारा आज का प्रोग्राम कैसा रहा ?

देव — बहुत अच्छा सर, शायद आप ड्यूटी ऑफ नहीं कर सके ?

डॉ जैन — कल का दिन भी चंडीगढ़ जाने में लग गया, रोज़ - रोज़ डॉक्टरों को छुट्टी कौन देगा ?

देव — सर, आप तो मर्ज़ी के मालिक हैं, आप पर कौन प्रश्न खड़ा करेगा ?

डॉ जैन — मैं मालिक तभी तक हूँ जब तक ठीक काम कर रहा हूँ। लापरवाही हुई और दुर्घटना घटी। चाय लोगे ?

देव — सर, अभी लंच लेकर आया था, मैं उधर रखे घड़े से पानी लूँगा। (पानी पीकर लौटते हैं व डॉ जैन को पुस्तक पढ़ते हुए देख) सर, यह बुक तो आपने ही लिखी है।

डॉ जैन — हाँ देव बाबू, मैं भी दांतों के विषय में लिखता ही रहता हूँ। अभी तक दो रिसर्च बुक प्रकाशित हुई हैं।

(डॉ राकेश व रश्मि का आगमन)

राकेश — तीसरी के लिए बहुत दिनों से इंतज़ार कर रहे हैं देव भैया।

देव — मैं अपनी नहीं, डॉ जैन की बात कर रहा था।

राकेश — ओ. के. देव भैया !

देव — रश्मि भाभी नमस्ते !

रश्मि — आज आपके स्कूल में मुखिया जी का सम्मान समारोह आयोजित किया गया था, कैसा रहा सब कुछ ?

देव — अच्छा रहा भाभी, नेहा का सब ठीक चल रहा है ?

रश्मि — हाँ भाई साहब, शुभम को ही ज़िम्मेदारी सौंप दी है, अभी उसके घर में ही हैं। हॉस्टल में संख्या कम है अभी। देविना भाभी को भी ले आते यहाँ ?

देव — अभी अस्पताल में आने में देर लगेगी भाभी।

रश्मि — देव भैया .... !

राकेश — ये हुई ना देवर - भाभी की ठिठोली ?

(सभी धीमे से मुस्कुराते हैं।)

देव — राकेश बाबू, चलो, तनेजा के यहाँ चलते हैं। चाय - कॉफी लेंगे, फिर इवनिंग वॉक पर निकलेंगे। यहाँ तो रश्मि भाभी ही सब संभाल लेंगी।

राकेश — हाँ रश्मि, तुम ड्यूटी करके घर चली जाना व डिनर बगैरह तैयार कर लेना।

रश्मि — हाँ, आप बेशक चले जाएँ।

देव — (रेस्टोरेन्ट में पहुँच कर) कैसे हैं तनेजा सर ?

तनेजा अरे देव बाबू साहब, आज तो मुखिया जी को भरपूर सम्मान मिल गया, कैसा रहा फंक्शन ?

देव — तनेजा सर, आप भी आ जाते ?

तनेजा — हम तो हमेशा दिल से ही स्कूल में रहते हैं।

देव — मैं समझ रहा हूँ आपका संकेत। आज कुछ थकान ज़्यादा ही हो गई है, एक कॉफी मिलेगी ?

तनेजा — राकेश बाबू आप भी लेंगे ?

राकेश — आप प्यार से पिलाएंगे तो पी सकते हैं।

इंकार हम भी नहीं करेंगे भाई साहब - राजीव ने रेस्टोरेन्ट में दाख़िल होते हुए कहा।

राकेश — राजीव भैया, घर से नहीं आए क्या ?

राजीव — घर से ही आया हूँ पर आज दिव्या की तबीयत ज़रा नासाज़ है। कांति भाई नहीं आया अब तक ?

राकेश — उसकी नीलिमा की तबीयत नासाज़ नहीं है।

(तीनों हंसते हैं)

राजीव — (कांति भाई को देखकर) सबसे पहले आने वाला सज्जन अब सबसे बाद में पहुँच रहा है।

कांति — वकील साहब तो अपनी मर्ज़ी से घर आ सकते हैं। हमें तो टाइम के बाद भी जज साहब रोक लेते हैं।

राकेश — कोर्ट वाले जज या घर वाले जज ?

(सब हंसते हैं)

कांति — वाक़ई अब दो जज हो गए। फिर भी कांति की हिम्मत देखो, समय पर पहुँच गया बेशक सबसे पीछे रहा।

देव — कांति भाई, चाय - कॉफी चलेगी ?

कांति — नहीं चलेगी, घर में ही चल जाती है अब तो। देव भैया ! आपका फ़ंक्शन कैसा रहा ?

देव — दो घंटे ही चला, जुलूस बगैरह का कार्यक्रम रद्द कर दिया था। मुझे प्रोमोशन शायद जल्दी ही मिल जाएगा।

कांति — देव भैया, प्रोमोशन से तुम्हें क्या फ़र्क़ पड़ेगा ?

देव — मुझे हिंदी भाषा के पद से अंग्रेज़ी भाषा का टीचर बना दिया जाएगा व वेतन में भी बढ़ोतरी हो जाएगी।

कांति — तुम तो हिंदी भाषा में ही ठीक थे। एम. ए. हिंदी पढ रहे हो व लेखक भी हो।

देव — अब तो पढ़ाई के लिए समय ही नहीं मिलता। कुछ न कुछ चलता ही रहता है। नीलिमा दीदी तो ख़ाली ही रहतीं होंगी ?

कांति — हाँ, घर में अकेले बोर ही होती है। कहीं स्कूल में एडजस्ट हो जाती तो ठीक टाइम निकल जाता।

देव — जज साहब किसी प्राइवेट स्कूल में फ़ोन कर देंगे, उन्हें कौन इंकार करेगा ?

कांति — यह सही रहेगा, मैं कल ही जज साहब के नोटिस में ला दूँगा। अब चलें नदी — मुहाने ?

राकेश — कोई कथा — कहानी पढ़ी है या नहीं ?

कांति — आज का तो जुगाड़ करके ही लाया हूँ, आगे की ज़िम्मेदारी देव भैया वहन करेंगे।

देव — अब कहाँ इतना टाइम मिलेगा ?

राकेश — देव भैया, नदी - भ्रमण हमारी दोस्ती का मूल आधार है, यह सिलसिला तो जारी रखना ही बेहतर रहेगा।

देव   डॉ साहब की आज्ञा का पालन अवश्य होगा। अब चलें सब?

राजीव — हाँ देव भैया ! अब तो घर की ओर ही ध्यान लगा रहता है। कांति भैया जरा कहानी - कथा को संक्षिप्त ही रखना।

कांति — वह तो जितनी है उतनी ही सुनाऊंगा, दिव्या भाभी तुम्हे खाना ना दे तो अपनी नीलिमा भाभी के पास आकर कर लेना।

राजीव — कब तक करूँगा कांतिभाई, आखिर घर में तो लौटना ही पड़ेगा।

(सभी चारों हँसते हुए नदी पर सैर के लिए निकल जाते हैं।)

***

15.

शेखर — शालू प्रसंग

अब कुछ ज़्यादा ही सचेत रहने लगे थे शेखर बाबू, जब भी ऑफिस जाते, शालू को स्पष्ट निर्देश कर जाते कि दरवाज़े की बेल सुनकर ही नहीं बल्कि आगंतुक की पहचान कर ही उससे मिले। किसी के भी बुलाने पर तुरंत उसके साथ जाने से परहेज़ करे व मेरा या एम. गुप्ता परिवार का हवाला देकर कहीं आने - जाने के ऑफर को बिना जाँच किए स्वीकार न करें। बाज़ार जाना अपरिहार्य हो तो मोबाइल फ़ोन हमेशा साथ रखें। ऑफिस से सायंकाल में जब घर लौटे तो शालू ने बताया कि आज दिन में' मैना' घर आईं थीं मिलने के लिए, एक घंटे के क़रीब बैठी रही व कह रही थी कि राजू अपने किए पर बहुत शर्मिंदगी महसूस कर रहा है। अभी कुछ दिनों से परेशान सा चल रहा है।

शेखर — तुम्हें मैना के साथ कहीं मार्केट जाने की ज़रूरत नहीं है।

शालू — हाँ, मुझे भी उसमें कुछ ख़ास नज़र नहीं आया। पहले तो कभी हमारे घर नहीं आई ?

शेखर — लगता है कि राजू को हमारी गतिविधियों की भनक ना लग गई हो ?

शालू — मैं सोचती हूँ कि क्यों न हम शिवि को कुछ दिनों के लिए यहाँ बुला लें ? त्यौहारों के दिन भी नज़दीक लगे हैं, दीपावली यहीं सेलिब्रिट कर लेगी। शुभम बेटा भी आ जाए तो और भी अच्छा रहेगा।

शेखर — तुम शिवि से फ़ोन लगाकर बात कर लेना। उनके आने से मैं भी ऑफिस का काम चिंता मुक्त होकर कर सकूँगा।

शालू — कल सायंकाल ही बता रहीं थीं कि डॉ राकेश की छोटी बहन नेहा का दाख़िला हुआ है लॉ इंस्टीट्यूट में। देविना व देव भैया भी वहाँ उनके घर आए थे। शुभम की बहन (मेरी बड़ी ननद) सपना का दाख़िला भी MBBS कोर्स में हो गया है व शुभम दो दिन पहले ही उसे कॉलेज छोड़कर लौटा है।

शेखर — शिवि को तो दो ननद हैं ना ?

शालू — हाँ, दोनों शादी पर जींद शहर में आईं थीं, अल्पना छोटी अभी मैट्रिक स्टैंडर्ड से निकली हैं। शिवि बता रही थी कि वह प्रोफ़ेसर बनना चाहती है।

शेखर — बहुत लंबा सफ़र तय करना पड़ता है प्रोफ़ेसर बनने के लिए?

शालू — मुझे बता रहे हो ?

शेखर — हाँ, कोशिश तो कर रहा था पर तुमने सफलता की सीढ़ी चढ़ने नहीं दी?

(दोनों खूब खुलकर हंसते हैं)

शालू — शेखर बाबू, शायद मुद्दतें हो गई मुस्कुराए।

शेखर — अब लगता है कि दिन फिरने वाले हैं, तुमने बहुत नर्क झेला है शालू, तुम दया की पात्र हो। पुष्पेंद्र ने भी तुम्हें अभय दान दिया है।

शालू — अब तो उसी पर सब आशाएँ टिकी है, अभी तक शायद कुछ कदम नहीं उठाए हैं ?

शेखर — पुलिस अपने तरीक़े से क़ानून पर कार्य करती है। आज लंच टाइम में एम. गुप्ता से बात हुई थी। बता रहे थे कि राजू (राजा साहब)

कुछ समय के लिए बाहर जाना चाहता है छुट्टी लेकर। अगर छुट्टी नहीं मिली तो नौकरी भी छोड़ सकता है।

शालू — इंटेलिजेंस का आदमी है, सब जानकारी रखता होगा ?

शेखर — पुष्पेंद्र भी शायद डेपुटेशन पर हरियाणा आ रहा है, स्टेशन का अभी कंफर्म नहीं हुआ है।

शालू — क्या एम. गुप्ता बता रहे थे ?

शेखर — नहीं ? भद्र पुरुष (गजेंद्र सिंह) तुम्हारा भाई ऑफिस आया था, वही ज़िक्र कर रहा था। किसी से बताना नहीं है ?

शालू — हाँ आजकल एक्स्ट्रा सावधानी की ज़रूरत है।

शेखर — शायद दीवाली के बाद आएगा पुष्पेंद्र सिंह ? मुझे लगता है कि जींद शहर ही हैड क्वार्टर बनाएगा ?

शालू — कुछ सोच - समझ कर ही निर्णय लिया होगा ?

शेखर — देखते हैं क्या होता है ? अब डिनर लाओ, बातों में ही भूख जाग उठी है।

(दोनों डिनर करके पार्क में घूमने के लिए निकल जाते हैं।)

शेखर — (पार्क के गेट पर) शालू, तुम कौनसी आइसक्रीम लोगी? ड्राई फ्रूट, बनीला, अमूल, ब्लैक करंट, कॉफी, क्रीम वेल्स, क्वालिटी बॉल्स या स्ट्राबरी?

शालू — रिटायरमेंट के बाद यही काम अच्छा रहेगा ?

शेखर — पर तुम तो चली जाओगी, फिर किसके लिए इतना धन इकट्ठा करूँगा?

शालू — टाइम तो आराम से गुजर जाएगा।

शेखर — टाइम तो तुम्हारी यादों में खोकर ही बिता लूँगा शिवानी, अक्सर प्राणी का साया ज़्यादा सहायक बन जाता है उसकी उपस्थिति से भी ?

शालू — आज कुछ ज़्यादा ही प्यार उमड़ रहा है अनजाने हमसफ़र पर ? 'शिवानी' पुकार कर मुझे क्या महसूस करवाना चाहते हो शेखर बाबू ?

शेखर — मैं अभी तक इसी भूल - भुलैया में झूल रहा हूँ कि तुम पराई अमानत हो या मैं ही पराया हूँ ? मैं अपना सब अपनापन लुटा कर भी अनजाना हमसफ़र होने पर विवश हूँ शायद ?

शालू — त्याग व बलिदान से ही मनुष्य शारीरिक एवं मानसिक रूप से शक्तिशाली बनता है। तुम्हारा त्याग समाज के लिए अनूठा उदाहरण बन जाएगा। शेखर बाबू, भावी पीढ़ियाँ तुम्हारा अनुसरण कर कृतार्थ होंगी।

शेखर — शालू, तुम शायद भावनामय होकर बोल रही हो सब। मेरा त्याग व बलिदान इच्छा से नहीं हो रहा है, विवशता का परिणाम है।

शालू — इतने दिनों से अग्नि के पास ईंधन सुरक्षित है, यह विवशता नहीं, मन पर नियंत्रण की पराकाष्ठा है। बड़े - बड़े फिसल जाते हैं औरत को एक पल निहारकर और तुमने कितने ही महीने गुज़ार दिए मुझे सहारा देते हुए। मैंने स्वयं को तुम्हारे पास, तुमहारे घर में, हमेशा सुरक्षित समझा। तुम तो बाढ़ हो शेखर बाबू ! जो खेत को घेर कर भी उसे खाती नहीं बल्कि रक्षा करती है। मैं कही भी रहूँ, जिऊँ या मृत्यु को प्राप्त हो जाऊँ, तुम्हारे त्याग को विस्मृत नहीं कर पाऊँगी। लोग शायद समझें कि मैं अपने पति से बेवफाई कर रही हूँ पर उनको क्या मालूम कि शेखर बाबू ने ही मेरी वफ़ा की रक्षा की है, हिफ़ाज़त की है।

शेखर — तुम्हारे इसी प्रकार के बुद्धिमत्ता एवं शाकाहारी प्रेम के वचनों से मैं अब तक निभाता आ रहा हूँ और तब तक निभाता रहूँगा जब तक मैं तुम्हें अपने लक्ष्य तक न पहुँचा दूँ। हालाँकि लोग मुझसे हमेशा पूछते रहेंगे

'वह कौन थी ?' और मैं मौन रह कर उनकी ओर ताकता रह जाऊँगा। उनके प्रश्न मेरी आँखों में उत्तर तलाश करने का प्रयास करेंगे और मैं तुम्हारे साये में छिप कर स्वयं को तुम्हारी यादों में खो दूँगा।

शालू — तुम्हारा निश्छल प्रेम मुझे कभी भी तुमसे दूर नहीं करेगा शेखर बाबू ? मैंने शुद्ध, सात्विक व क़ुर्बान प्रेम की झलक जो तुम में पाई है, वह ऋषि - मुन्नियों के प्रेम से भी बढ़कर है क्योंकि वे तो अगृहस्थ हैं जबकि मैं तुम्हारे साथ गृहस्थी में मौजूद हूँ।

शेखर — मुझे लगता है शालू कि तुम्हारी विदाई का समय आ गया है। एक पति अपनी पत्नी को उसके असली पति के लिए पिता की तरह विदा कर रहा है। दुनिया को जब हमारी असलियत का पता चलेगा तो पूछेंगे - कौन थी वह, क्या थी वह तुम्हारी ? तब मैं क्या जवाब दूँगा दुनिया को मेरे अनजाने हमसफ़र ?

शालू — आज तक किसी ने पूछा है, हम दोनों के क्या संबंध हैं ?

शेखर — जाने के बाद ही प्रश्न खड़े होते हैं। कौन जन विश्वास करेगा कि हम में इतना शुद्ध व रूहानी प्रेम था।

शालू — दुनिया बहुत समझदार है शेखर बाबू ! अपना फ़र्ज़ निभाते रहो और जो अब तक निभाया है, आगे भी निभाते रहो। दुनिया दर्पण है, जैसे हम हैं, वैसे ही नज़र आएँगे।

शेखर — अभी मुझे एक फ़र्ज़ और निभाना है और उसके लिए मुझे देव व शुभग की ज़रूरत पड़ेगी।

शालू — वह क्या ?

शेखर — दिल्ली अपोलो अस्पताल में तुम्हारी फ़ेस सर्जरी करवाना। मैंने नीलिमा की शादी के समय ही डॉक्टर कोठारी से सब जानकारी प्राप्त कर ली थी और उन्होंने तुम्हारा फ़ेस चैक भी कर लिया था।

शालू — अब बुढ़ापे में कहाँ ब्यूटी पार्लर भेज रहे हो ?

शेखर — यह ब्यूटी का नहीं, इलाज का विषय है। शेखर गुप्ता व नीलिमा बिटिया कैसे पहचान पाएँगे तुम्हें ? उन्हें कैसे विश्वास होगा कि तुम ही उनकी शिवानी हो, 'साधना' हो।

शालू — मैं कल ही शिवि - शुभम को फ़ोन कर बुला लूँगी।

शेखर — और मैं कल ऑफिस में गुप्ता सर से बात करूँगा, वे देव बाबू से विचार — विमर्श कर लेंगे। हमें गजेंद्र भाई साहब को भी बताना होगा, पुष्पेंद्र अभी दिल्ली में ही है, वे भी किसी NGO से मदद दिलवा सकते हैं ?

शालू — अब चलो, ज़रूरी नहीं कि चौकीदार के डंडे की आवाज़ का इंतज़ार करें।

शेखर — चौकीदार का डंडा हमें भगाने के लिए ही बजता है, वरना इस समय तक कोई भी पार्क में नहीं टिकता।

शालू — कौन टिकेगा ? हमारे जैसे अनजाने प्रेमी और कहाँ होंगे ?

शेखर — 'फलाईंग किस' तो सुना था, अब' फलाईंग लव' भी जेनरेट हो गया है। आविष्कार किसने किया? महान लव वैज्ञानिक - शालू व शेखर ने।

(दोनों खिलखिलाते हुए घर के लिए निकल जाते हैं।)

***

16.

मित्रों का नदी भ्रमण व कथा — श्रवण

देव — (सभी मित्रों के साथ नदी पर पहुँच कर) कांति भैया, क्या मस्त पवन बह रहा है और नदी की बहती धारा से ठंडक ग्रहण कर मदहोश सा कर रहा है। आकाश में दर्प से फैले कपासी मेघ मानो पवन की ठंडक चुराने के लिए बेचैन होकर उसे पुकार रहे हों। मदमस्त पवन की दुत्कार सुनकर कपासी मेघ सकुचा से रहे थे। हे कपासी मेघ माला ! मुझे तुमसे नहीं, काले - महा काले उन मेघों से प्यार है जो जग को अपनी चाँदी जैसी फुहारों से आनंदित कर देते हैं। मैं किसी गोरे — काले के भँवर में नहीं झूलती, जो जग का मित्र, वही मेरा साथी। तुम तो एक बूँद भी न टपकाकर ऊपर ही ऊपर उड़ते रहते हो, तुम्हारे अभिमान के समक्ष हम नतमस्तक होने वाले नहीं। कपासी मेघ पवन की नाराज़गी झेलते हुए मानो कह रहे हों - पवन प्रिया, तुम ही हमें अपने झोकों से ऊपर पहुँचाकर घमंडी बनाती हो और हमारे स्थान पर काले - 2 मेघ लाकर उनसे गलबांही करती हो। हमसे तुम्हारी यह बेवफ़ाई संसार के प्राणियों की तरह दुखदायी है।

कांत — देव भैया, तुम भी पवन सम उड़ने लगे, कहीं विराम तो ले लो।

देव — कांति भाई, यही है लेखक मन, प्रकृति को देखकर नाच उठता है और संसार को देखकर मौन होने पर विवश रहता है। प्रकृति ही कवि व लेखक की सहचरी हैं, संगिनी है।

राजीव — देव भैया, आज प्रोमोशन का जादू सिर चढ़ कर बोल रहा है।

देव — नहीं राजीव भाई, प्रकृति ही सिर चढ़कर बोल रही है। कांति भाई, आज सारे दिन की थकान मिट गई, अब अपनी कथा - कहानी का श्री गणेश कीजिए।

राकेश — हाँ कांति भाई, अब हम सब डबल हो चुके हैं, अपनी कथा — कहानी को सिंगल ही रखना।

राजीव — बिल्कुल सही कहा राकेश बाबू, किसी भी समय सायरन बज सकता है। आप सभी ने मेरी कॉल का ध्यान रखना है।

कांति — हंस और हंसिनी अपनी उकताहट मिटाने के लिए सैर को निकल पड़े हमारी तरह और बहुत दूर निकल गए उड़ते - उड़ते। कहीं ठिकाना समझ व नज़र नहीं आ रहा था और जब उड़ते - उड़ते साँसें फूलने लगीं तो एक सूखा सा पेड़ मरुभूमि में नज़र पड़ा।

राकेश — कांति भाई, हंस तो प्राकृतिक सौंदर्य में रचता - बसता है, किस चीज़ की चाहत उन्हें मरुभूमि में ले गई।

कांति — राकेश बाबू, उड़ते - 2 बेहाल हो गए थे, न आगे जाने की हिम्मत व हौंसला और न पीछे लौटने का विश्वास। इसलिए दोनों ने उस ठूंठ पेड़ पर ही रात्रि विश्राम का मन बना लिया।

राजीव — कांति भाई, ठूंठ पेड़ पर हंस युगल का ठहरना अजीब सा लगता है ?

कांति — इसके अतिरिक्त और कोई विकल्प नहीं था। हंसिनी भी बार - बार कह रही थी कि न यहाँ जल है, न हरियाली भरा जंगल, केवल धूल व उमस भरा रेगिस्तान है। हंस ने कहा - एक ही रात की तो बात है, कल प्रातः तो हम अपने देश लौट जाएँगे। हंसिनी विवशता वश मन मसोस कर रह गई व अनमने से सलाह स्वीकार कर ली। अब दोनों विश्राम के लिए तैयार ही हुए थे कि एक उल्लू पेड़ की सूखी डाल पर बैठा हुआ ज़ोर - ज़ोर से आवाज़

करने लगा जिससे दोनों की नींद में ख़लल पड़ने लगा। दोनों भूख - प्यास से पहले ही परेशान थे अब उल्लू की निरर्थक ध्वनि ने उन्हें और भी ज़्यादा परेशान कर दिया।

देव — इसे कहते हैं - 'कोढ में खाज'।

राजीव — इसका क्या मतलब है देव भैया ?

देव — यही कि मुसीबत पर मुसीबत !

कांति — जब दोनों बहुत परेशान हो गए तो हंस बोला - यदि यहाँ उल्लू नहीं बोलते तो यह इलाक़ा इतना सुनसान, निर्जल व नीरस क्यों होता ? हमें एक ही रात बिताना है, जैसे - तैसे बीत जाएगी।

उल्लू को जब ऐसा वार्तालाप सुनाई पड़ा तो वह मन ही मन कुढ़ गया।

राजीव — तो उल्लू ने दोनों को क्या कहा ?

कांति — उल्लू को अपमान तो बहुत लगा पर उस समय मौन ही रहा। जब भोर हुई और हंस - हंसिनी जाने लगे व थोड़ी दूर निकल गए तब उल्लू ने आवाज़ लगाई - हंस भैया ! तुम मेरी पत्नी को कहाँ ले जा रहे हो? हंस रुका व बोला - यह तो मेरी पत्नी हंसिनी है। मै अपनी पत्नी के साथ ही जा रहा हूँ। उल्लू ने फिर कहा - नहीं हंस भैया, यह मेरी पत्नी है।

राकेश — कांति भाई, यह तो मामला गड़बड़ हो गया लगता है, शायद उल्लू अपने अपमान का प्रतिशोध लेने की कोई चाल चल रहा है।

कांति — जब हंस ने उल्लू की बात नहीं मानी तो उल्लू ज़ोर - ज़ोर से चिल्लाने लगा जिससे इलाक़े के लोग एकत्रित हो गए व दोनों से विवाद का कारण पूछा, तब उल्लू ने कहा कि हंस मेरी पत्नी को ले जा रहा है। पूरे इलाक़े के लोगों की पंचायत बुलाई गई व दोनों पक्षों को सुना गया तब

पंचायत के लोगों ने एकांत में विचार किया कि उल्लू तो हमारा साथी है, - सुख - दुख में हिस्सेदार हैं। हमें हंस से क्या लेना - देना, वह तो कुछ समय बाद रो धोकर रह जाएगा। अतः हमें उल्लू के हक़ में फ़ैसला सुनाना चाहिए।

राकेश — राजीव भाई, क्या आपके यहाँ भी भाई - भतीजावाद चलता है ?

राजीव — राकेश भैया, हमारी कोर्ट में तो बाक़ायदा तर्क व साक्ष्यों के आधार पर फ़ैसला लिया जाता है। पक्षपात की कोई गुंजाइश नहीं ?

कांति — योजना अनुसार पंचायत ने फ़ैसला सुनाया कि हंसिनी उल्लू की ही पत्नी है व हंस को यहाँ से तुरंत भगा देना चाहिए। निर्णय सुनकर हंस दहाड़ मार कर रोने लगा और अपनी प्रिय पत्नी हंसिनी को छोड़कर अपने देश जाने लगा।

देव — कांति भाई, मेरा लेखक मन इस बर्बर अन्याय को सहन नहीं कर पा रहा? उल्लू की बात तो भुला भी दें पर पंचायत का फ़रमान दुर्भाग्यपूर्ण, अनैतिक एवं पक्षपात से भरपूर है।

राजीव — वाक़ई, पंचायत का निर्णय निंदनीय है। पंचों में भगवान का वास होता है, कहते भी हैं लोग - जहां पंचायत, वहाँ परमेश्वर !

राकेश — कांति भाई, पंचायत का निर्णय सुनकर हृदय विदीर्ण हो रहा है।

कांति — पंचायत का निर्णय सुनकर हंस रोता - बिलखता अपने देश के लिए निकल पड़ा तो उल्लू ने उसे पुकारा।

हंस ने कहा — अब क्यों पुकार रहे हो उल्लू जी, मेरी पत्नी तो तुमने छीन ली, अब क्या मुझे भी मारना चाहते हो ?

तब उल्लू ने कहा — नहीं हंस भाई, हंसिनी तो तुम्हारी ही पत्नी है।

हंस — क्या कह रहे हो ? सत्य कह रहे हो, फिर से कहो ?

उल्लू — हाँ, हंस भैया, हंसिनी तुम्हारी ही पत्नी है और भविष्य में भी रहेगी।

राजीव — कांति भाई, अब तो कहानी में सस्पेंस आ गया, देखो ऊँट किस करवट बैठेगा ?

देव — उल्लू को अपने किए पर पश्चाताप होने लगा शायद।

राकेश — मुझे लगता है कि उल्लू कुछ दिखाना चाहता है, उसकी हमदर्दी का कुछ न कुछ कारण अवश्य होगा।

कांति — हां राकेश बाबू, ! उल्लू ने कहा - हंस भाई, हंसिनी तो तुम्हारी हुई, बेशक ले जाओ पर मेरी एक बात सुनते जाना।

हंस बोला — तुमने मेरी हंसी मुझे सुपुर्द कर दी है, अब मैं तुम्हारी हर बात सुनने के लिए तैयार हूँ।

उल्लू कहने लगा — अपने वार्तालाप में तुम रात्रि में कह रहे थे कि यह स्थान उल्लुओं के कारण सुनसान एवं निर्जन है, पर मैं तुम्हे बताना चाहता हूँ कि यह वीराना उल्लुओं के कारण नहीं बल्कि इन लोगों के कारण है जो उल्लुओं के हक़ में फ़ैसला सुनाते हैं।

राजीव — (आश्चर्यचकित होकर) उल्लू के मुख से ऐसी विद्वतापूर्ण उक्ति।

देव — वाक़ई, उल्लू के इन शब्दों ने तो कहानी में प्राण फूंक दिए।

राकेश — कहानी का अंत सुखद है।

कांति — हंस - हंसिनी उल्लू का धन्यवाद कर अपने देश लौट आए और सुखपूर्वक जीवन - यापन करने लगे।

राजीव — कहानी का निष्कर्ष क्या होगा देव भैया ?

देव — निष्कर्ष तो उल्लू ने बता ही दिया, हाँ प्रेरणा क्या मिली, यह ध्यातव्य है । मेरी तो यही राय है कि जहां पर भी मान - सम्मान, मित्र - रिश्तेदार न हो, न मान - सम्मान व गुणों की कद्र हो, वह स्थान व देश तुरंत प्रभाव से छोड़ देना चाहिए।

राकेश — अब हमें भी यह स्थान छोड़ देना चाहिए क्योंकि अंधेरा होने वाला है।

(दूर कहीं से कार की आवाज़ सुनाई पड़ती है जो पुल के पास शांत हो जाती है। उसमें से डॉ. दादा व रश्मि नीचे उतरकर सभी के पास आते हैं)

राकेश — डॉ. दादा, सब ठीक है ना ? रश्मि तुम भी कुशल हो ?

डॉ दादा — हाँ बेटा, हम कुशल मंगल से है, ख़ुश है, और तुम सबके लिए ख़ुशी की खबर लेकर आए हैं ।

देव — डॉ. दादा, हम सुनने के लिए बेताब हैं ।

डॉ दादा — दिव्या बिटिया को दर्द शुरू हो गए थे, हमने राजीव बाबू को फ़ोन लगाया पर फ़ोन स्विच ऑफ मिला। अब दिव्या बिटिया को अस्पताल में भर्ती करवाकर राजीव को लेने आए हैं ।

राकेश — रश्मि ! तुम अपने फ़ोन से मुझे सूचित कर देती ?

रश्मि — इतना समय कहाँ था ? राजीव भैया के मम्मी पापा भी घबराने लगे थे और दिव्या दर्द से कूहलने लगीं थीं ।

राजीव — बहुत अच्छा किया भाभी, अब मैं तुम्हारे साथ चलता हूँ। राकेश बाबू, तुम सब लोग वहाँ अस्पताल में ही आ जाना ।

राकेश — ओ. के. तुम डॉ. दादा के साथ जाओ, हम तीनों पैदल ही पहुँच जाएँगे ।

राजीव — (अस्पताल पहुँच कर स्वागत काउंटर पर) सिस्टर, दिव्या कौनसे रूम में है ?

काउंटर सिस्टर — दिव्या W/o राजीव एडवोकेट ?

राजीव — जी सिस्टर !

सिस्टर — अभी डिलीवरी को मात्र आधा घंटा हुआ है, आपको कुछ इतनी देर ही और इंतज़ार करना पड़ेगा। तब तक आप स्वयं को सेनेटाइज कर लें। डिलीवरी सामान्य ही हुई है।

राजीव — ओ. के. सिस्टर ! (आधे घंटे बाद) आओ रश्मि भाभी ! (कुछ दूरी तय कर) सामने ही तो है रूम न. 7 (प्रवेश कर दिव्या से) ठीक हो न दिव्या ?

रश्मि — दिव्या सब कुछ ठीक है ? मुबारक हो तुम्हें, अपनी वरिष्ठता बना कर रखी है।

दिव्या — (हल्की मुस्कान के साथ) प्रकृति की लीला भी बड़ी अद्भुत है रश्मि दीदी, कभी कोई बड़ा तो कभी कोई छोटा।

राजीव — लड़की या लड़का क्या है ?

दिव्या — तुम्हें अपना प्यारा' मेघ' मिल गया है कुरग वाला। याद है हनीमून की वह' कुरग' वाली शरद रात ?

राजीव — क्यों नहीं, उसी रात हमने तय कर लिया था कि लड़का हुआ तो मेघ व लड़की हुई तो मेघा नाम देंगे।

रश्मि — आप दोनों का सपना पूरा हो गया, पुनः मुबारक !

दिव्या — अब हमें मुबारकबाद देने का मौक़ा कब दे रही हो दीदी ?

रश्मि — मेघ आठ महीने का हो जाएगा तब।

दिव्या — तुम तो कश्मीर गईं थीं ना हनीमून पर ?

रश्मि — हाँ दिव्या, चारों मित्र थे वहाँ, बाद में शुभम व शिवि भी पहुँच गए थे।

दिव्या — फिर तो थोक में मुबारकबाद देने का सुनहरी अवसर मिलेगा।

(दोनों मुस्कुराते हुए)

रश्मि — अब मुझे इजाज़त की दरकार है, दादा जी गाड़ी में ही बैठे हुए हैं। मेघ का ख्याल रखना।

(राजीव रश्मि के साथ अस्पताल से बाहर आकर डॉ दादा से मिलकर पुनः अंदर चला जाता है। डॉ दादा रश्मि को उसके घर छोड़कर लौट जाते हैं। सभी तीनों दोस्त अस्पताल पहुँच जाते है।)

कांति — (राजीव को फ़ोन लगाकर।) हैलो राजीव भाई, हम तीनों अस्पताल के बाहर खड़े हुए हैं।

राजीव — मै भी अभी रश्मि भाभी व डॉ दादा को विदा करके आया हूँ व विज़िटर लाउंज में बैठा हूँ जो स्वागत काउंटर के सामने ही है।

(तीनों मित्र अंदर आकर राजीव को बधाई देते हैं।)

देव — राजीव भाई, बहुत दिनों के बाद नई पीढ़ी की शुरूआत हुई है।

राजीव — अब यह हर साल का सिलसिला बन जाना चाहिए।

देव — हाँ राजीव भाई, डिब्बा वालों की रोटियों के दिन लद गए। अब बच्चों की किलकारियाँ भी सुनाई देंगी।

राकेश — राजीव भाई, कोई ड्यूटी हो तो दो।

राजीव — डिनर करके एक बार मम्मी पापा की खबर ले लेना। अगर रात को सोने की कहें तो सो जाना, क्योंकि मुझे तो यहाँ ही सोना पड़ेगा।

राकेश — तुम निश्चिंत रहो, वे जैसा कहेंगे, कर लेंगे। अब हम चलते हैं।

कांति — घर पर जाना है या तनेजा रेस्टोरेन्ट पर ?

राकेश — कुछ दिनों के बाद राजीव भैया के साथ ही चलेंगे। केवल पुरुष नहीं, महिलाएँ भी शामिल होंगी पार्टी मे।

राजीव — दिव्या के घर लौटने के बाद रंगारंग कार्यक्रम होगा। बड़े दिनों बाद शुभ मुहूर्त आया है।

कांति — मिज़ाज रंगीन होगा तभी प्रोग्राम जमेगा।

देव — कांति भाई, हंस — हंसिनी की तरह ख़ुशियों की उड़ान भरेंगे।

कांति — वाह देव भैया, जियो !

***

17.

दीक्षांत समारोह 25 दिसंबर को निश्चित, मित्रों की रंगारंग पार्टी

देव — (तनेजा रेस्टोरेन्ट में प्रवेश कर) अरे कांति भाई, मैं तुमसे ही मिलना चाह रहा था, सौभाग्य से यहीं मिल गए।

कांति — देव भैया, मैं भी तुमसे मिलना चाह रहा था, ऐन वक़्त पर पहुँच गए।

देव — कहो, क्या सेवा है हमारे लिए ?

कांति — पहले तुम बताओ हमें क्यों चाहा ? क्या हमारी रेटिंग में वृद्धि होने लगी है ?

देव — मैं तुम्हें छक्का मारने पर बधाई देना चाहता हूँ।

कांति — देव भैया, मुझे तो क्रिकेट बैट के उलटे - सीधे का भी ज्ञान नहीं है, छक्का कैसे लगा ?

देव — वह छक्का नहीं, नौकरी का छक्का।

कांति — पहेली ना बुझाओ देव भैया, स्पष्ट बताओ क्या माजरा है?

देव — मैं अभी डॉ. दादा से मिलकर आ रहा हूँ। कह रहे थे कि तुम्हारे मित्र कांति की पत्नी नीलिमा को हमने अपनी संस्था में लेक्चरर पद पर नियुक्ति देने का फ़ैसला किया है।

कांति — तुम्हारे मुँह में घी - शक्कर देव भैया, पर मैंने तो जज साहब से टीचर लगवाने की ही प्रार्थना की थी ?

देव — टीचर की पोस्ट वेकेंट नहीं थीं, जब डॉ दादा ने जज साहब को बताया कि लेक्चरर की पोस्ट ख़ाली है तो जज साहब ने कहा - मेरे रीडर की पत्नी है, उच्च शिक्षित व योग्य है। तभी डॉ दादा ने उन्हें समिति की अगली बैठक तक नियुक्त करने का आश्वासन दिया है। मै भी देविना के लिए गया था, मेरी प्रोमोशन के बाद हिंदी भाषा की पोस्ट पर नियुक्त करने के लिए? उसी मीटिंग में सब फ़ैसला लिया जाएगा।

कांति — अभी कोई निश्चित तो नहीं फ़ैसला हुआ, आगामी मीटिंग तक किसी और का दबाव भी पड़ सकता है ?

देव — डॉ दादा जो विश्वास देते है, उसे हर हाल में पूरा करते हैं जी जान से। तुम यह बात पत्थर की लकीर समझो। अब तुम बताओ, मुझे क्या कहना चाहते थे ?

कांति — कल रात में ही नीलिमा के पापाजी का फ़ोन मिला था कि बी. एड. व ओ. टी. दोनों कोर्सों की अंक तालिकाएँ कॉलेज में मिल गईं हैं। देव भैया व साथी अगर चाहें तो ले जा सकते हैं, और सुनो देव भैया ! दीक्षांत समारोह की तिथि 25 दिसंबर निश्चित कर दी गई है।

देव — वाह कांति भाई, दोनों समाचार सुखद है।

कांति — एक सुखद समाचार और भी है ?

देव — वह भी कह डालो ?

कांति — आज राजीव भाई से पार्टी लेंगे, बहुत दिन बीत गए इंतज़ार में, अब और सहन नहीं।

देव — बिल्कुल, अब तो दिव्या भाभी को अस्पताल से छुट्टी पाकर घर आए हुए कई दिन हो गए हैं।

कांति — महा कंजूस है एडवोकेट मित्र, सोचता है कि शादी के समय ही दे दूँगा जन्मदिन की पार्टी।

(दोनों खिलखिला कर हंसते हैं)

देव — कांति भाई, हम तीनों मित्रों के घर ख़ुशी के समाचार पहुँचे हैं पर राकेश बाबू अब तक कुछ नहीं प्राप्त कर पाया है ?

कांति — कल ही दिन में नीलिमा गईं थीं रश्मि को मिलने अस्पताल में, ख़ुश — खबरी बोल रही थी।

देव — क्या कह रहे हो कांति भाई ? विश्वसनीय ख़बर है या अनुमान पर आधारित है ?

कांति — इस मामले में औरतें सही जानकारी जुटाकर ही बोलती हैं।

देव — कांति भाई, फिर तो चारों मित्रों की चार पार्टी हो गई जानो, दीपावली तक मौज मस्ती करो।

राजीव — (रेस्टोरेन्ट में प्रवेश करते हुए) आज फ़ुल मस्ती होगी कांति भाई, तनेजा सर को अपना' ब्रांड' बता देना, राकेश के आने तक अरेंजमेंट कर देंगे।

कांति — हम इतने पियक्कड़ नहीं है, जो मिल जाए, वही नसीब समझो।

राजीव — कांति भाई, तुम्हारी क्षमता तो हम सब से ज़्यादा है।

कांति — तुम भी कुछ कम नहीं हो, झट जाम ख़ाली मिलता है।

राजीव — डॉक्टर ही लिए बैठा सूँघता रहता है। हम तीन पैग उंडेल चुके होंगे जिगर में और वह एक में ही उलझा हुआ बैठा रहेगा। डॉक्टर जो ठहरा ! फल - फ़्रूट पर तो अच्छी पकड़ है।

देव — अभी तक आया नहीं, राजीव भैया, ज़रा फ़ोन तो घुमाओ ?

कांति — हाँ राजीव भैया, गले में कुछ काँटे से उगने लगे हैं। तनेजा सर ! आज ऊपर केबिन में बैठ रहे हैं, तुम भी साथ निभाओगे ना ?

तनेजा — मित्रों की ख़ुशी में शरीक होना ही पड़ेगा।

देव — गुड तनेजा ! जीवन यों ही कमाते - जोड़ते मत जाने दो, खाओ, पिओ करो आनंद। लो, राकेश भैया भी आ गए, अगली पार्टी इन्हीं के नाम लिख दो।

राकेश — आज कौन होस्ट कर रहा है ?

कांति — हमारा एडवोकेट साथी राजीव शर्मा।

राकेश — और मैं किस बात के लिए पार्टी करूँगा ?

कांति — रश्मि भाभी को परेशान करने के लिए ?

राकेश — क्या परेशान करने की पार्टी राजीव ने अरेंज की थी ?

कांति — बिलकुल, इसी तनेजा रेस्टोरेन्ट में।

राकेश — ठीक है पर अभी कंफर्म नहीं सब ?

कांति — अरे, ये डॉक्टर भी मुर्दों सी बात करता है। तुम्हें ही कंफर्म करना है, कभी भी कर लेना ? हमें तो पार्टी चाहिए।

राकेश — ठीक है, शादी की भी इसी में शामिल रहेगी ?

कांति — अच्छा, हमें भी लपेट रहे हो, हम भी शादी की पार्टी देंगे। अब चलो ऊपर केबिन में। तनेजा सर, वेटर को लगा दो सर्विस के लिए।

तनेजा — आप सब चलें, मैं भेज रहा हूँ।

(कांति व सभी मित्र शुरू हो गए थे रंगारंग कार्यक्रम के लिए)

कांति — (जाम से दो घूंट गले में उतारकर) वाह मेध बेटा, यूँ ही अमृत वर्षा करते रहो, जीवन अमर हो जाएगा।

राकेश — राजीव भाई, बेटे का नाम बड़ा आकर्षक लगा। तुम्हारी या दिव्या या मम्मी पापा की पसंद है ?

राजीव — हनीमून की एक रात कुरग (कर्नाटक) में बिताईं थीं, वहीं सुबह उठकर फ़ैसला कर लिया कि लड़की हुई तो मेघा व लड़का हुआ तो मेघ नाम देंगे। तुमने भी कुछ तय किया है क्या ?

राकेश — अभी तक तो कुछ ख्याल मे नहीं है। कश्मीर गए थे हनीमून पर, वहाँ से संबंधित ही कोई नाम चुन लेंगे।

कांति — कुछ भी रखो भैया, अमृत वर्षा होती रहनी चाहिए। हमें तो आम खाने से अभिप्राय है।

देव — राजीव भैया, कितने दिन का हो गया' मेघ' हमारा बच्चा ?

राजीव — इक्कीस दिन का हुआ है कल।

कांति — वाह बेटा, अब तो जवान ही हो गया समझो।

देव — कांति भाई, तुम्हें कुछ नशा सा होता जा रहा है ?

कांति — पीते किस लिए हैं देव भैया ? सब ग़म अतीत की गाथा बन जाते है।

देव — अब तुम्हे क्या ग़म है कांति भाई? एक महीने बाद दीदी लेक्चरर बन जाएगी, तुम्हारी प्रोमोशन भी नज़दीक है, ठाठ से बीत रहा है जीवन तुम्हारा ?

कांति — (दो घूंट और गले में लेकर) यही तो जीवन हैं देव भैया। क्यों डॉक्टर बाबू ? कुछ ज़ायक़ा लिया या हमें पीते देखकर ही नशा आ रहा है ? अगली पार्टी तुम्हारी होगी, ज़रा व्यायाम करके आना।

(तनेजा का आगमन)

तनेजा — सब कुछ ठीक चल रहा है राजीव भाई ?

राजीव — ऑल इज वेल, बैठो तनेजा दोस्तों के साथ, आनंद लो।

तनेजा — (जाम ख़ाली कर) राजीव भाई, मुबारक हो फिर से आपको!

कांति — अभी तो स्मॉल पैग ही अंदर गया है, एक राउंड लगाकर फिर आना ? कदम अपने आप उठने लगेंगे।

तनेजा — ओ . के. सर !

मस्ती का आलम भरपूर था, सभी को अब सरूर सताने लगा था।

देव — कांति भाई, अब दीक्षांत समारोह पर तुम दोनों भी हमारे साथ भिवानी चलोगे।

कांति — हमारा वहाँ क्या मक़सद रहेगा ?

देव — नीलिमा दीदी को काफ़ी दिन हो गए यहाँ, एक फेरा तो बाबुल के घर का बनता ही है और उस दिन तुम्हारी कोर्ट में भी छुट्टी रहेगी।

कांति — बिल्कुल, फिर तो सभी जा सकते हैं, राजीव अपनी ससुराल जा सकता है। राकेश और रश्मि भाभी वैसे ही घूमने निकल चलेंगे।

देव — रश्मि भाभी का भी फ़ंक्शन निश्चित हो सकता है।

कांति — न सही डॉक्टर, हम तो तुम्हारे साथ चलेंगे ही। क्या शुभम व शिवि भी आएँगे ?

देव — सबको आना पड़ेगा, वैसे अब दोनों अंबाला कैंट में ही हैं। मौसीजी ने किसी काम की वजह से दोनों को बुलाया है। कल सायं ही शुभम से बात हुई थी।

कांति — तो वहाँ (फ़रीदाबाद) नेहा बहन का ख्याल कौन रखेगा? क्यों राकेश भैया ?

राकेश — अब तक तो हॉस्टल चालू हो चुका होगा ?

राजीव — सभी की मौज - मस्ती फ़ुल हो गई है तो चलें अपने ठिकानों पर। सभी की इंतज़ार हो रही होगी ?

राकेश — हाँ राजीव भाई, पार्टी आयोजन के लिए धन्यवाद !

राजीव — डॉक्टर भाई, यों हमें ग़ैर महसूस मत करवाओ, अपनों का क्या धन्यवाद होता है ?

राकेश — अब घर जाने के समय विदाई में कुछ तो बोलना पड़ेगा?

राजीव — जिस तरह नदी भ्रमण के बाद लौटते हैं, वैसे ही अब भी लौट चलें।

(सभी मस्ती में झूमते हुए अपने - 2 घर के लिए निकल जाते हैं।)

***

18.

शेखर — शालू प्रकरण

शुभम — शिवि के आने से शेखर व शालू के आत्मविश्वास में स्वाभाविक रूप से वृद्धि हो गई थी। शालू अब निडर होकर मार्केट जाती - आतीं व शेखर बाबू अपना ऑफिस का काम बेफ़िक्र होकर निपटाते व घर आने की तत्परता में भी वे आज़ादी महसूस करने लगे थे। आज ऑफिस में ही गजेंद्र सिंह ने शेखर बाबू को बताया कि पुष्पेंद्र ने जींद शहर में अपना कार्यभार ग्रहण कर लिया है व आते ही देव बाबू के साथ मुलाक़ात कर मंत्री जी से मिलने का प्रोग्राम बनाया है।

शेखर बाबू — यह तो बड़ी अच्छी सूचना है। मंत्री से मुलाक़ात का समय निर्धारित कर लिया हैं क्या ?

गजेंद्र सिंह — मंत्री जी वीकेंड पर ही घर आते हैं, उस समय ही मिल लेंगे। वैसे भी कोई बड़ा अधिकारी कार्यभार ग्रहण करता है तो स्थानीय विधायक व मंत्री जी से मिलता ही है।

(एम. गुप्ता का आगमन व शेखर बाबू का खड़े होकर उनका अभिवादन करना)

शेखर बाबू — आइए सर ! (गजेंद्र सिंह की ओर संकेत कर) इन्हें तो आप पहचानते ही होंगे ?

एम. गुप्ता — पुष्पेंद्र के पिताजी हैं न ?

गजेंद्र सिंह — गुप्ता सर, नमस्कार !

एम. गुप्ता — नमस्कार गजेंद्र सिंह जी, कैसे आए आज ? सब फ़ोन, ब्रॉडबैंड वगैरह दुरुस्त हैं ?

गजेंद्र सिंह — अब कैसे ख़राब होंगे, जब रिश्तेदार ही एक्सचेंज के मालिक हैं। कुछ ख़राबी हुई तो आधी रात में भी ठीक हो जाएगी।

(सभी हंसते हैं)

एम. गुप्ता — सुनाओ क्या हाल हैं सबके ?

गजेंद्र सिंह — मैं अभी शेखर बाबू को बता रहा था कि पुष्पेंद्र ने "आप्रेशन बुलडोज़र" का आग़ाज़ कर दिया है व जींद शहर में पहुँच गए हैं।

एम. गुप्ता — हाँ, दामाद जी ने कल सायं फ़ोन पर ज़िक्र किया था कि वीकेंड पर मंत्री जी से मिलेंगे व डॉ भगवत स्वरूप जी भी साथ रहेंगे। आप शायद डॉ भगवत स्वरूप जी से परिचित नहीं होंगे ? डॉ साहब शहर के मौजिज लोगों में एक हैं व पहले राजनीति में सक्रिय रहे थे। मंत्री पं० शंकर प्रसाद के रिश्तेदार हैं।

गजेंद्र सिंह — पं० शंकर प्रसाद तो भिवानी से विधायक हैं ?

एम. गुप्ता — बिल्कुल, पिछली सरकार में भी मंत्री पद पर थे। मेरे दामाद जी के परम मित्र राजीव एडवोकेट मंत्री जी के दामाद है।

गजेंद्र सिंह — जब दो - दो मंत्रियों से निकट का सम्बन्ध है तो आप्रेशन में क्या प्रॉब्लम हो सकती है ?

एम. गुप्ता — यह तो पुष्पेंद्र बाबू को आपरेट करना है, शायद मंत्री जी से मिलने के बाद कोई योजना बनेगी ?

गजेंद्र सिंह — हम सब एक - दूसरे के संपर्क में रहेंगे। शेखर बाबू, हमारी बहन मोना (शालू) ठीक है, कोई घबराहट या डर तो नहीं महसूस हो रहा ?

शेखर बाबू — लड़की व दामाद जी को बुला लिया था, अब कोई चिंता नहीं। दोनों अपनी मौसी के पास ही रहते हैं।

गजेंद्र सिंह — मौसी, कौन मौसी ? मैं शायद समझा नहीं ?

शेखर बाबू — समझोगे कैसे ? भूल रहे हो, मैंने पूरी कहानी आपको सुनाई तो थी ?

गजेंद्र सिंह — वाक़ई मैं भूल गया था, अब सब कुछ याद आ गया है। दामाद कहाँ से हैं ?

शेखर बाबू — फ़रीदाबाद से है, अच्छा ख़ासा पिता का व्यापार है पर कहते हैं कि अध्यापक बनकर देश की सेवा करूँगा।

गजेंद्र सिंह — अच्छा है, देश - सेवा नौजवान नहीं करेंगे तो कौन करेगा ? क्यों गुप्ता सर ?

एम. गुप्ता — हमारा नौजवान तो पहले ही राष्ट्र सेवा में समर्पित है। कहता है कि मानव को चांद पर पहुँचाकर ही दम लूँगा।

गजेंद्र सिंह — बड़े लक्ष्य ही मनुष्य को बड़ा बनाते हैं। पुष्पेंद्र को भी उसकी दादी माँ ने ऊँचे सपनों में रखा। परिणाम सबके सामने है।

शेखर बाबू — दीपेन्द्र को भी बड़े ही सपने दिखाए हैं क्या ? जो सिविल सर्विस के लिए मेहनत कर रहा है।

गजेंद्र सिंह — वैसे तो हम सब भाग्य में विश्वास रखने वाले लोग हैं फिर भी कोशिश करना प्राणी मात्र का कर्तव्य है। अब इजाज़त चाहूँगा, सायंकाल में टहलते हुए आ जाना रेस्टोरेन्ट पर दीदी के साथ डिनर के लिए।

शेखर बाबू — हां, अवश्य आएँगे। मैं सोच रहा था कि ज़्यादा आवाजाही न रखूँ, कहीं दुश्मन कोई टेढ़ी चाल न चल दे ?

गजेंद्र सिंह — बिल्कुल, सतर्क रहना ज़रूरी है। अगर आप चाहें तो मोना दीदी कुछ दिनों के लिए इधर घर में भी रह सकती है ?

शेखर बाबू — गजेंद्र सिंह ! अब तो मेरा लक्ष्य शालू को उसके पति तक सही सलामत पहुँचाना है । मैंने शालू को एक मित्र की तरह रखा है, बेशक हम दुनिया की निगाह में पति - पत्नी हैं।

गजेंद्र सिंह — शेखर बाबू ! कई बार इंसान ऐसे अनूठे व आश्चर्यजनक काम कर जाता है जिनकी पूर्णता का उसे भी विश्वास नहीं होता। आप उच्च कोटि का उदाहरण पेश कर रहे हैं।

शेखर बाबू — बात - बातों में मुझे ध्यान आया कि आपसे एक आवश्यक मंत्रणा करनी थी।

गजेंद्र सिंह — शेखर बाबू संकोच कैसा ? आप से नज़दीकी अब हमारा कौन है?

शेखर बाबू — नज़दीकी के कारण ही आपसे सलाह कर रहा हूँ वरना गुप्ता जी को भी मैंने इस रहस्य का उद्घाटन नहीं किया लेकिन अब गुप्ता जी भी हम सब के नज़दीक आ गए हैं। हमारे सुख - दुख में शामिल हो गए हैं इसलिए इनके सामने ही खुलासा कर रहा हूँ।

गजेंद्र सिंह — जी फ़रमाइए शेखर बाबू !

शेखर बाबू — फ़ेस बर्न के कारण शालू को न शेखर गुप्ता और न ही नीलिमा पुत्री ने पहचाना, मैं चाहता हूँ कि नीलिमा की तरह शालू का भी फेस - आप्रेशन हो जाए जिससे वह अपने पहले स्वरूप को प्राप्त कर सके और पहचान में कोई परेशानी न हो।

गजेंद्र सिंह — पर इसमें दिक़्क़त क्या व कहाँ है ? पुष्पेंद्र को एक बार ज़िक्र कर देंगे, NGO' s की लाइन लग जाएगी।

शेखर बाबू — इससे हमें दो लाभ मिलेंगे। दामाद जी फ़रीदाबाद से आए हुए हैं, वे सर्जरी के टाइम साथ रह सकते हैं तथा यहाँ की भी फ़िक्र नहीं नहीं रहेगी क्योंकि शिवि बिटिया मौजूद है।

एम. गुप्ता — आइडिया बुरा नहीं है शेखर बाबू ! पर दिल्ली में भी सतर्क रहना होगा ?

गजेंद्र सिंह — गुप्ता सर ने बड़ी बुद्धिमत्ता की बात की है, मैं पुष्पेंद्र को सब कुछ बता दूँगा। एक सप्ताह की ही तो बात है।

शेखर बाबू — हाँ, नीलिमा को एक सप्ताह ही लगा था।

गजेंद्र सिंह — अब आप निश्चिंत रहें, हम सब संभाल लेंगे लेकिन मैं कहना चाह रहा था कि दीपावली के बाद ही कर लें यह काम।

शेखर बाबू — अभी दीपावली के लिए पंद्रह दिन शेष हैं, उससे पहले ही निपट जाए तो अच्छा रहेगा।

गजेंद्र सिंह — मैं पुष्प से बात करूँगा क्योंकि उसे भी दीपावली के बाद ही आना था लेकिन आ गया पहले ही।

शेखर बाबू — शायद पुलिस की रणनीति का एक हिस्सा हो ? जो प्रचारित किया जाता है वह असलियत में नहीं होता। मिशन की गोपनीयता के लिए ऐसा आवश्यक है।

एम. गुप्ता — सर्जरी के लिए अभी समय बहुत अनुकूल है, दीपावली के बाद उत्तर भारत में सर्दी का प्रकोप बढ़ने लगता है।

शेखर बाबू — आप सही कह रहे हैं, ज़्यादा दिन तो दामाद जी व बिटिया रानी भी नहीं रह सकते ?

गजेंद्र सिंह — मुझे आभास हो रहा है कि शायद दोनों आप्रेशन साथ— साथ चलेंगे। दीपावली के बाद दिसम्बर माह में दीपेन्द्र के भी

MAINS के एग्ज़ाम होंगे। अब मुझे इजाज़त दें जो होगा उसकी कृपा से ही संपन्न होगा।

(गजेंद्र सिंह निकल जाते हैं व एम. गुप्ता अपने ऑफिस का रूख करते हैं।)

शेखर बाबू — सर गुप्ता जी, अब मुझे आपकी सलाह व सहायता की क़दम — कदम पर ज़रूरत रहेगी।

एम. गुप्ता — जैसे भी हैं आपके साथ खड़े रहेंगे, अब भी व शालू के जाने के बाद भी।

शेखर बाबू — हाँ गुप्ता सर, शालू ने अपने ग़म भुलाकर मुझे बेग़म किया। साल भर का समय कैसे बीत गया पता ही नहीं चला ? आप शायद हैरान होंगे कि इतने दुख सहने के बाद भी उसमें जीने की चाह शेष है।

एम. गुप्ता — मगर अपने लिए नहीं बल्कि पति व पुत्री के लिए। इंतज़ार में हम लंबा समय गुजार देते हैं और इंतज़ार के बाद शायद टूट कर बिखर जाते हैं।

शेखर बाबू — ये बातें जो आप कह रहे हैं शायद मुझे जीनी पड़ेंगी। बस दिसंबर 25 का इंतज़ार है, जब मैं शालू को उसके पति को सौंप दूँगा और उसके बाद मेरा क्या अंजाम होगा ? शायद मै और आप भी कल्पना नहीं कर सकते। जिस शमां के रोशन होने से जीवन महकने लगता है, उसके बुझ जाने पर अंधकार के गर्त में समा कर अस्तित्व विहीन हो जाता है।

एम. गुप्ता — आप ज़्यादा भावनात्मक हो रहे हैं। जीवन निरंतर है और निरंतर रहेगा, इसमें विश्राम या विराम को जगह नहीं। शिवानी के चले जाने के बाद भी आपको ऐसा ही महसूस हुआ होगा ?

शेखर बाबू — एक शिवानी गई थी तो दूसरी शिवानी ने आकर सहारा दे दिया था। अब शायद ही कोई शिवानी मेरे जीवन - नैया को पार लगाए ?

एम. गुप्ता — शेखर बाबू, आप निराश न हों, , जीवन सरिता में कब कौन छूट जाए और कब कौन कारवाँ में सम्मिलित हो जाए, भविष्य के गर्भ में ही छिपा है अब ऑफिस पर ध्यान केंद्रित कीजिए, मै भी ऑफिस जा रहा हूँ।

शेखर बाबू - ओ. के. सर !

***

19.

मित्रों का मेला व मंत्री जी से मिलने की योजना

देव - देविना की लाइफ़ अब बिल्कुल आनंद से बीत रही थी। उसके परिवार जन शादी व नौकरी से ख़ुश तो थे पर संतुष्ट नहीं क्योंकि जो ठाठ - बाट वैभव व्यापार में निहित है वह नौकरी में कहाँ ? पर फिर भी जीवन ठीक सुख व शांति से गुजर रहा है, यह भी शकुन देने वाली बात है। देव बाबू की प्रोमोशन व उसकी हिंदी भाषा की पोस्ट पर देविना की नियुक्ति की सूचना ने जीवन में ख़ुशियों का संचार कर दिया था। स्कूल के बाद दोनों ने उच्च शिक्षा लेना शुरू कर दिया था जिससे इधर - उधर घूमने का समय कम मिलता था। अभी कुछ दिन पहले अपने ससुर एम. गुप्ता के कहने पर पुष्पेन्द्र सिंह से मुलाक़ात हुई थी ताकि मंत्री जी से मिल सकें। आज वह अवसर आ गया था और पुष्पेंद्र ने देव बाबू को" फाका रेस्टोरेन्ट" पर बुला लिया था।

पुष्पेंद्र — (चाय की चुस्की लेते हुए) देव बाबू, मेरा आपरेशन सेंटर अंबाला कैंट है, फिर भी हम इसे कहीं से भी आप्रेट कर सकते हैं ? आप सब की परिस्थितियों को जानकर सलाह दें कि हम इसे कब अंजाम दें ?

देव — (चाय की प्याली हाथ में थामें) पुष्पेंद्र बाबू, वैसे तो पुलिस आप्रेशन की जानकारी आप लोगों को ही ज़्यादा होती है। फिर भी मैं इसे दीपावली के बाद ही अंजाम देने की सलाह दूँगा।

पुष्पेंद्र सिंह — ऐसा क्यों ?

देव — क्योंकि अभी तक हमें माफिया ग्रुप की आरंभिक जानकारी भी नहीं मिली है। कितना विस्तार, शक्ति व राजनैतिक संरक्षण उन्हें प्राप्त है,

सब का आकलन व विश्लेषण किया जाना आवश्यक है। शृंगाल के शिकार के लिए शेर के शिकार का सामान लेना ही पड़ता है।

पुष्पेंद्र सिंह — माफिया पर हर ओर से नज़र रखी जा रही है व राजनीति के संबंध की जानकारी भी एकत्रित की जा रही है।

देव — आप सतर्क है, अच्छा महसूस हुआ। अब मंत्री जी से हमें शाम को उनके आवास पर मिलना है। मैं आपको डॉ भगवत स्वरूप जी के क्लीनिक पर मिलूँगा, आप को वहाँ समय से पहुँचना होगा ?

पुष्पेंद्र सिंह — मैं आपके पास सात बजे पहुँच सकता हूँ।

देव — ओ. के. सर ! अब मुझे इजाज़त दें।

पुष्पेंद्र सिंह — आप अपनी मर्ज़ी के मालिक है।

देव — इस मामले में नहीं, यह सीरियस घटना है इसलिए आपकी सहमति ज़रूरी है।

रेस्टोरेन्ट से बाहर आकर जो नज़रें पड़ी तो आश्चर्यचकित, कांति भाई, नीलिमा दीदी व राकेश बाबू रश्मि भाभी के साथ इधर ही आ रहे थे। देव बाबू को देख वे सब ठिठके।

राकेश — देव भैया, यहाँ कैसे ? देविना भाभी के बिना अकेले ही ?

देव — मैं तुम्हें सब बातें फिर कभी विश्वास में लेकर ज़िक्र करूँगा। पहले अपनी यहाँ की सैर की जानकारी मुहैया करवाएँ।

राकेश — देव भैया, रविवार का दिन था, बेकार बैठे थे बिना किसी काम के मक्खियाँ मार रहे थे। सोचा कि आज तनेजा के यहाँ चलेंगे पर तनेजा न जाने कहाँ चला गया ?

कांति — मै भी तनेजा के यहाँ ही आ रहा था।, तनेजा तो नहीं मिला, राकेश भैया व रश्मि भाभी मिल गए। बस फिर लंच तो लेना ही था इसलिए इधर आ गए, लेकिन तुम भाभी के बिना कौन सा लंच कर रहे हो ?

देव — मैं अपने एक मित्र से मुलाक़ात करने यहाँ आया था। राजीव भाई कहाँ है ?

कांति — आज राजीव नहीं मिल पाएगा, किसी केस में उलझा हुआ है, साथ ही घर में और बहुत काम करना है। दिव्या भाभी तो मेघ की देखभाल में ही लगी रहती है।

देव — ये दिन तो हमें भी देखने पड़ेंगे जब अपने लिए भी समय नहीं निकाल पाएँगे।

कांति — राकेश बाबू ने तो इसकी शुरुआत कर दी है।

देव — हम भी कब तक बचे रहेंगे ? जब विवाह किया है तो बच्चे तो मिलेंगे ही।

कांति — हाँ देव भैया, मैं तो सदियों से अकेला ही रह रहा था। बच्चों के बिना भी क्या जीना है ? अब गर्दिश के दिन गुजर चुके, शादी के बाद नया जीवन मिला है।

देव — कांति भाई, तुम्हें तो लक्ष्मी मिली है, धन दौलत से घर भर देगी।

कांति — तुम्हें भी कोई देवी से कम नहीं मिली, घर को मंदिर की तरह पवित्र बना देंगी।

देव — और राकेश भैया को चमका देंगी रश्मि भाभी।

राकेश — अब चलो अंदर बैठकर ही गपशप करेंगे। देविना भाभी को भी बुला लो। देव भैया ज़रा फ़ोन तो लगाओ ?

देविना — (फाँका रेस्टोरेन्ट में प्रवेश करते हुए) फ़ोन तो पहले लग चुका, जहां देव, वहाँ देविना।

राकेश — अरे भाभी, तुम भी लेखक हो क्या ? जो ऐसी सुरीली भाषा बोल रही हो ?

देविना — लेखक की पत्नी तो लेखक होगी ही, तुम डॉक्टर हो तो तुम्हारी पत्नी भी डॉक्टरनी होगी।

(सब हंसते हुए लंच के लिए अंदर पहुँचते हैं।)

वेटर — (ठंडे पानी की बॉटल मेज़ पर रखते हुए) सर, लंच में क्या लेना चाहेंगे ?

राकेश — देविना भाभी, आज आर्डर आप देंगी ?

देविना — एक ही जगह आर्डर चलता रहे, वही काफ़ी है। यहाँ तो सब आपका ही आर्डर चलेगा।

राकेश — रश्मि तुम बोलो ?

रश्मि — नीलिमा भाभी से पूछो ?

नीलिमा — देविना भाभी ने ठीक ही कहा है

राकेश कांति भाई, देव भैया, मुझ अनाथ की रक्षा करो, कुछ बताओ?

देव — वेटर, तुम जाओ। हम सलाह करके आर्डर नोट करवाएँगे।

वेटर — जी सर ! यह मेन्यू है, सिर्फ़ शाकाहारी !

देव — ओ. के. देख लेंगे। (वेटर के जाने पर मेन्यू देखते हुए) राकेश भैया, आज संडे मे बुफे सुविधा दी जा रही है केवल पाँच सौ रुपए हर एक के प्रति।

राकेश — इससे अच्छा मौक़ा कहाँ मिलेगा ? हम सब अपनी भूख व पसंद के हिसाब से लंच करेंगे।

कांति — देव भैया, अच्छे से देख लेना, कहीं बाद में लफड़ा न हो जाए ? इन रेस्तराँ वालों की भाषा अनेकार्थी होती है।

देव — मैंने अच्छी तरह देख लिया है। सब लोग निश्चिंत होकर पेट भर कर भोजन करें।

भोजन (लंच) के बाद सब आराम में थे परंतु देव बाबू को नियत समय सात बजे डॉ भगवत स्वरूप जी के क्लीनिक पर पहुँचना था जहां से पुष्पेंद्र सिंह के साथ मंत्री जी से मिलना तय हुआ था। क्यों न कांति व राकेश को भी साथ ले लूँ, शायद कुछ प्रभाव ज़्यादा दिखेगा, इसी विचार शृंखला से ओतप्रोत देव ने दोनों मित्रों को सायं क़रीब छ: बजे क्लीनिक पर पहुँचने का संदेश भेज दिया। निर्धारित समय पर सभी मित्र डॉ भगवत स्वरूप जी के क्लीनिक पर पहुँच गए थे। देव बाबू ने सब बातों का खुलासा किया तो सन्न रह गए थे दोनों कांति व राकेश। कांति विश्वास ही नहीं कर पा रहा था कि नीलिमा की मम्मी अभी भी ज़िंदा है। उसे लगा कि वह क्लीनिक में नहीं किसी थियेटर में बैठा हुआ कोई फ़िल्म देख रहा है।

डॉ भगवत स्वरूप — बहुत गंभीर व संगीन मामला है, माफिया की जड़े बहुत गहराई में मिलती हैं। बिना राजनैतिक कवच के इनका फलना - फूलना संभव नहीं।

देव — इसीलिए हम आपकी अगुवाई में मंत्री जी से मिलना चाहते हैं।

डॉ भगवत स्वरूप — हाँ, कुछ तो उपाय ढूँढना ही पड़ेगा। पुलिस तो हमारा पूरा सहयोग करेगी ही।

देव — बिल्कुल डॉ साहब ! अभी सात बजे पुलिस ऑफ़िसर पुष्पेंद्र सिंह यहाँ पहुँच रहे हैं, वे आपको ज़्यादा कुछ बता सकेंगे।

(ठीक सात बजे पुष्पेंद्र सिंह का आगमन)

पुष्पेंद्र सिंह — सभी उपस्थित साथियों को नमस्कार व डॉ साहब को प्रणाम !

डॉ भगवत स्वरूप — आप कैसे पुलिस ऑफ़िसर है ? इतनी समय की पाबंदी व विनम्रता का व्यवहार ?

(सभी उपस्थित हल्की मुस्कान बिखेरते हैं)

पुष्पेंद्र सिंह — डॉ साहब ! मैं चाहूँगा कि आगे की बातें हम कहीं विशेष व एकांत जगह पर करें।

(सभी डॉ भगवत स्वरूप जी के पीछे - पीछे चलकर एक शांत रूम में पहुँच जाते है।)

देव — पुष्पेंद्र सर, यहाँ ठीक रहेगा ? एकांत व गोपनीय भी है।

पुष्पेंद्र सिंह — बिल्कुल सहीं, डॉ साहब ने पुलिस के संबंध में जो उद्गार व्यक्त किए हैं, वे प्रचलित विचारधारा पर आधारित है। मैं भी शायद ऐसा ही व्यवहार करता अगर शालू बुआ से जुड़ी घटना नहीं होती ?

देव — पुष्पेंद्र बाबू, मैंने सबको सभी बातें, घटनाएँ सभी के साथ साझा कर ली है। अब हमें मंत्री जी से मिलकर उनका समर्थन प्राप्त करना है।

पुष्पेंद्र सिंह — यह काम मुझ पर छोड़ दें, आप लोग केवल मेरे साथ रहेंगे जान — पहचान के लिए। अब आप सभी वहाँ चलिए, मैं अपनी गाड़ी में वहाँ पहुँच जाऊँगा। एक बात और - इस रूम की हवा बाहर नहीं बहनी चाहिए।

देव — आप निश्चिंत रहें, घर तक भी यह बात नहीं पहुँचेगी ?

डॉ भगवत स्वरूप — पुष्पेंद्र बाबू, आप चलिए, हम बाद में आएँगे।

पुष्पेंद्र सिंह — लेकिन बात का खुलासा मैं अपने ही ढंग से करूँगा, आपको केवल मेरा मौन समर्थन करना है।

देव — हमारा हर प्रकार का समर्थन, सहयोग आप के साथ है। आप सुविधा अनुसार जो भी समसामयिक लगे, कीजिए व इस आफ़त के भँवर में फँसी अपनी बुआ जी को मुक्ति दिलवाइए।

(सभी मंत्री जी से मिलने के लिए योजना अनुसार निकलते हैं।)

***

20.

शालू का बर्न — फेस का सफल आप्रेशन

एक तरफ़ पुष्पेंद्र सिंह अपने आप्रेशन में जुटे हुए थे व दूसरी ओर दिल्ली में शालू की 'बर्न - फेस' की सर्जरी चल रही थी। शुभम जी जान से लगा हुआ था मौसी जी की सेवा में। डॉ दीपक कोठारी ने बताया था कि घाव ज़्यादा गहरे नहीं लगे थे इसलिए एक सप्ताह की बजाय तीन दिन ही अस्पताल में रहना होगा। आज छुट्टी का दिन था, शुभम ख़ुश हो रहा था कि उसने मिशन फ़तह कर लिया था। रंजन गुप्ता अपनी पत्नी रंजना के साथ फिर से अस्पताल पहुँचे थे, शायद शेखर बाबू ने उन्हें मिलने के लिए बुलाया था।

शेखर बाबू — आप सभी का योगदान सराहनीय रहा है, शुभम बाबू के बिना तो आप्रेशन की कल्पना भी नहीं कर सकता था।

रंजन गुप्ता — शेखर बाबू, शुभम पर आपका पूरा हक़ है, रिश्तेदार व मित्र दुख — सुख में ही सहयोगी नहीं रहेंगे तो कौन रहेगा ?

शेखर बाबू — रंजन बाबू, मैं आज पिता व पति दोनों का फ़र्ज़ एक साथ निभा रहा हूँ। शालू मेरी पत्नी है और मैं इसे इसके पहले पति तक पहुँचाने के लिए पिता का रूप भी स्वीकार कर चुका हूँ।

रंजन गुप्ता — मैं आपके अभिप्राय को समझा नहीं हूँ ?

शेखर बाबू — गुप्ता जी, जीवन कई बार अजीब से खेल खेलता है, मैं पिता व पति का भ्रम पाले हुए हूँ। असल में मैं न पति हूँ और न ही पिता ? बस समय का चक्र कुछ ऐसा चला कि दोनों का किरदार निभा रहा हूँ।

रंजन गुप्ता — शायद आप भूतकाल की घटनाओं के वशीभूत होकर कुछ कह रहे हैं।

शेखर बाबू — हाँ गुप्ता साहब, भूतकाल में किए कर्मों का फल वर्तमान में भोग रहा हूँ। भविष्य कैसा होगा, नहीं जानता हूँ।

रंजन गुप्ता — भविष्य वर्तमान पर टिका रहता है । आप जैसा आचरण अब करेंगे, वैसा आपका भविष्य निर्धारित होगा।

शेखर बाबू — कोशिश में लगा हूँ कि वर्तमान अच्छा निभाऊँ, यह आपरेशन एक कड़ी है मेरे वर्तमान के कर्मों की।

रंजन गुप्ता — यह तो आपकी ही पत्नी है, सुफल तो परोपकार साधने से ही मिलता है।

शेखर बाबू — अब मैं आपको स्पष्ट कर दूँ कि शालू (शिवानी) शेखर बाबू की नहीं, शेखर गुप्ता की पत्नी हैं और उसे वहाँ तक सुरक्षित पहुँचाना मेरा दायित्व है।

रंजन गुप्ता — यह बार - बार आप क्यों कह रहे हैं कि शालू मेरी पत्नी नहीं और न ही मैं इसका पति।

शेखर बाबू — यही कुछ रहस्योद्घाटन के लिए मैंने आपको यहाँ बुलाया है। गुप्ता साहब ! आपने एक दिन शिवि बिटिया से शादी करने के प्रसंग में शुभम बाबू को कहा था - "बेटा, तुम्हें पत्नी मिल सकती है, ससुराल नहीं।" मैंने बहुत कोशिश की कि आपका कथन असत्य सिद्ध हो जाए पर सत्य के क़रीब पहुँच गया। न पहली शादी का सुख मिला न दूसरी का ? एक भगवान को प्यारी हो गई और दूसरी मेरे लिए किसी की अमानत हो गई। मै अब केवल एक प्रहरी हूँ।

(दोनों का शालू के रूम में प्रवेश, जहां शुभम व उसकी माँ रंजना पहले से ही मौजूद हैं। शालू, रंजन गुप्ता को व रंजना, शेखर बाबू को नमस्कार करती हैं।)

रंजना — (शेखर बाबू से) भाई साहब ! शालू बहन का आप्रेशन कामयाब रहा, आपको बधाई !

शेखर बाबू — मुझे लगता है कि ब्यूटी पार्लर वाला काम निपट गया है, अब दोनों पिता — पुत्री आसानी से पहचान पाएँगे।

रंजन गुप्ता — मैं अभी भी आपको फोलो नहीं कर पाया हूँ।

शेखर बाबू — तो सुनो पूरा व्यथा — कथा। शिवानी की मृत्यु के बाद..................शालू।

रंजन गुप्ता — (पूरी कहानी सुनकर) वाक़ई शेखर बाबू, यह संगीन व गंभीर मामला है, पुलिस व पॉलिटिकल सपोर्ट आपको लेना पड़ेगा ?

शेखर बाबू — प्रयास कर रहे हैं कि सब कुछ प्लान के मुताबिक़ चले व कम से कम हानि भी न होने पाए।

रंजन गुप्ता — हमारे लायक़ कोई सेवा हो तो संकोच न करना।

शेखर बाबू — रिश्तेदार होने के कारण ही सब घटनाओं से अवगत करवाने का अपना दायित्व ही मैंने पूरा किया है।

शुभम — हाँ पिता श्री, मैं भी अपना कर्तव्य निभा रहा हूँ। गुरू माता के प्रति मैंने अपना फ़र्ज़ पूरा किया है। मैं व देव भैया एक बार गुप्ता सर के घर गए थे तब इनकी फ़ोटो पर पुष्प माला देखकर बहुत दुखी हुए थे लेकिन आज इन्हें हुबहू जीवित पाकर हर्ष का अनुभव कर रहा है।

शेखर बाबू — शुभम बेटा, तुम्हारी गुरू पत्नी को तुम्हारे गुरू जी को दीक्षांत समारोह के अवसर पर सुपुर्द करेंगे, तबतक ज़रा मुँह बंद ही रखना है।

शुभम — मैं समझ सकता हूँ पिता श्री ! जब तक दूसरा आपरेशन कामयाब नहीं हो जाता, सभी को संयम बरतना होगा।

रंजन गुप्ता — शेखर बाबू, अब हमें इजाज़त दीजिए और निवेदन करता हूँ कि समय - समय पर घटित घटनाओं से अवगत कराते रहिएगा। कुछ दिनों के बाद ही दीपावली का पर्व है इसलिए शुभम हमारे साथ रहेगा।

शेखर बाबू — हाँ गुप्ता जी, शिवि अपनी मौसी जी की देखभाल के लिए हमारे साथ ही रहेगी। सब कुछ ठीक रहा तो अब दीक्षांत समारोह पर ही मिलेंगे।

(रंजन गुप्ता व शुभम निकलते हैं व डॉक्टर कोठारी रूम में प्रवेश करते हैं।)

डॉ कोठारी — शेखर बाबू, आपकी पत्नी का सफल आपरेशन हुआ है, अब अस्पताल से छुट्टी मिल गई है, आप इन्हें अपने घर ले जा सकते हैं।

शेखर बाबू — डॉ कोठारी, आपका बहुत धन्यवाद ! आपके प्रयत्नों से हमें नव जीवन मिला है।

डॉ कोठारी — हमने तो अपना फ़र्ज़ निभाने का प्रयास किया है।

शेखर बाबू — यस डॉ कोठारी, आप अपने फ़र्ज़ को पूरा करने में सफल हुए, हम क्या कर पाएँगे, देखना होगा ?

डॉ कोठारी — शुद्ध हृदय व नीयत से किया गया कार्य सफलता को प्राप्त करता ही है। आप नीलिमा बिटिया की शादी के समय से ही चिंतित थे।

शेखर बाबू — हाँ डॉ साहब ! आपने मुझे उस दिन काफ़ी हौंसला दिया था और आज भी सफल आपरेशन देकर मुझे धन्य किया है। आपका पुनः धन्यवाद !

(डॉ कोठारी धन्यवाद कहते हुए निकल जाते हैं, शेखर बाबू अपनी शालू को लेकर अस्पताल से बाहर आकर गाड़ी में सवार होकर ड्राइवर को)

शेखर बाबू — ड्राइवर चलो, अब हमें कई घंटे का सफ़र तय करना है।

ड्राइवर — सर, मैंने तो सफ़र तय करते - 2 जीवन तय कर लिया है।

शेखर बाबू — बहुत ठीक कहा, जीवन एक सफ़र ही तो है। इस सफर में कुछ मिलते हैं, कुछ छूट जाते हैं। भावनाएं उदित व तिरोहित होती रहती हैं सागर की लहरों की तरह।

(गाड़ी धीरे — धीरे आगे बढ़ने लगती है।)

शेखर बाबू — (घर पहुँच कर) शिवि बेटी, देखो कौन आए हैं ? दरवाज़ा खोल कर देखो ?

शिवि — आ रही हूँ पापाजी, (दरवाज़ा खोलते हुए) शालू मौसी जी को शिवानी आंटीजी बना लाए पापाजी !

शेखर बाबू — (हैरान होकर) तुम शिवानी आंटी को कैसे जानती हो बेटी ?

शिवि — मैं एक शिवानी को नहीं, दो को जानती हूँ। एक शिवानी मेरी माँ थी जो आपके साथ रहते हुए भी पत्नी का प्यार नहीं पा सकी, और दूसरी शिवानी, नीलिमा की मम्मी जिसे उसके पति' साधना' कहकर पुकारते थे, वह पति का प्यार नहीं पा सकी।

शेखर बाबू — तुम दूसरी शिवानी को कैसे पहचानती हो ?

शिवि — कॉलेज के बाद हम चारों स्टूडेंट्स (भित्ति पत्रिका से जुड़े) अपने मनोविज्ञान के प्रोफ़ेसर डॉ गुप्ता के घर पर गए थे। वहाँ आंटीजी की फ़ोटो पर चर्चा हुई थी। तब से ही फ़ोटो दिमाग़ में समा गई और आज पुनः स्मृति में आ गई।

शेखर बाबू — किसी से तुम्हें जानकारी तो नहीं मिली ?

शिवि — शुभम ने भी फ़ोन पर बताया था व साथ ही कहा था कि किसी को ज़िक्र नहीं करना है।

शेखर बाबू — इस प्रकार 'न बताने की सलाह' देते हुए तो यह चेन बन जाएगी।

शालू — हाँ शिवि बेटी, अभी हमें कुछ और समय मुँह पर पट्टी बांधनी होगी। मै भी मार्केट बगैरह में जाने से परहेज़ करूँगी।

शिवि — यह मामला क्या है मौसीजी ? मुझे कुछ समझ से परे लग रहा है।

शेखर बाबू — अब समझ के नज़दीक आने में ज़्यादा समय नहीं लगेगा। अभी तो दीपावली की ख़ुशियाँ मनाओ और अब की बार चुपके से मत निकल जाना ?

शिवि — कोई तो जाएगा ही, मैं नहीं तो शालू मौसी जाएँगी।

शेखर बाबू — कहाँ जाएँगी शालू मौसी ?

शिवि — पापाजी, माँ - बाप बच्चों के बड़े होने व शादी करने के बाद भी बच्चे ही समझते हैं। आप शालू मौसी की जो फ़ेस सर्जरी करवाकर लाए हो, वह साफ़ संकेत दे रही है कि वे गुप्ता सर के पास पहुँचेगी ही।

शेखर बाबू — वाह ! कितनी सयानी हो गई मेरी रानी बिटिया ! अब कुछ जलपान बगैरह करवाओ, फिर कुछ देर आराम की भी ज़रूरत हो रही है।

शिवि — हाँ पिताजी, डिनर भी लगभग तैयार ही है।

शेखर बाबू — अभी केवल चाय की इच्छा है, बहुत लंबा सफ़र है दिल्ली से यहाँ तक का।

शालू — बहुत रास्ता तय कर लिया आपने जीवन का, अब तो सफलता कदम चूमने को तैयार है।

शेखर बाबू — कितने ही लंबे सफ़र तय करो, बिना मंज़िल मिले सब सारहीन माने जाते हैं। मंज़िल ही दूरी पूरी करने का पैमाना है।

शिवि — (चाय की ट्रे टेबुल पर रखते हुए) पापाजी, मैं साइबर कैफ़े जा रही हूँ। मैंने फिर से कंप्यूटर सीखना शुरू कर दिया है।

शेखर बाबू — अब तुम्हे दिन ही कितने रहना है यहाँ ? इस समय हमारे लिए कंप्यूटर सीखना इतना आवश्यक नहीं, जितना अपने को सुरक्षित रखना।

शिवि — अब सारा दिन घर में भी बंधकर नहीं बैठ सकते पापाजी? मैं अपनी सुरक्षा का पूरा ध्यान रखूँगी।

शेखर बाबू — ओ. के. बिटिया, कैफे से सीधे घर में ही लौटना।

शिवि — यस पापाजी !

(साइबर कैफ़े में जाने के लिए निकल जाती हैं।)

***

21.

दीपावली पर्व मनाना, शिवि का अपहरण

अब घरों, गली — कूचों, दफ़्तरों, प्रतिष्ठानों पर दीवाली के रंग चढ़ने लगे थे। फ़र्नीचर के शोरूम व रंग - रोगन की दुकानों पर भीड़ उमड़ने लगी थी। कुम्हार अपने मिट्टी के दीये व अन्य उत्पाद लेकर गलियों में निकल चुके थे। स्कूल - कॉलेजों के बंद हो जाने से सड़कों पर यातायात सुगम हो गया था व पार्कों तथा सिनेमाघरों में रौनक़ बढ़ने लगी थी। बुजुर्गों व बच्चों ने अपने सर्दी के वस्त्रों को संभालना शुरू कर दिया था। रात्रि में राम लीलाओं का कर्ण प्रिय कोलाहल गूंजने लगा था। जवान, बूढ़े बच्चे महिलाएँ रात्रि में रामलीला देखने निकलते व दिन में अपनी नींद पूरी करते। किसान अपनी धान का एक - एक दाना निकाल कर मंडियों में बिक्री के लिए पहुँचाने में जुटे हुए थे ताकि कुछ रुपया - पैसा प्राप्त कर दीपावली का पर्व हर्षोल्लास से मना सकें। धनतेरस के दिन सर्राफ़ा कारोबारियों की पौ बारह हो रहीं थीं, क्योंकि मार्केट में तिल रखने की भी जगह नहीं बची थी। चांदी के सिक्के पूजा के लिए ख़रीद किए जा रहे थे और ज्वैलरी पर घढाई पर बीस % की छूट ने महिलाओं को दीवाना बना दिया था। हर ओर ख़ुशियों व धूमधाम का वातावरण बना था।

राजीव — दिव्या अपने पुत्र मेघ के साथ दीवाली मना रहे थे। देव, राकेश, कांति अपने परिवार की वृद्धि से खुश थे। एम. गुप्ता अपनी पत्नी मेधा के साथ पुत्री देविना की शादी कर संतुष्ट हो दीवाली मना रहे थे। शेखर बाबू व शालू अपने - अपने लक्ष्यों के निकट पहुँचने की आशा में हर्षित महसूस कर रहे थे। तान्या - समीर से अभी ख़ुशी की कोई खबर नहीं मिली थी। तनेजा परिवार लक्ष्मी बिटिया पर आशा लगाए हुए था कि कब आँगन में किलकारियाँ गूंजे। श्रेया की इंटर्नशिप भी दिल्ली में ही चल रही थी, अब

धीरे - धीरे वह श्रेयस को भूलने लगी थी। डॉ गुप्ता पुत्री नीलिमा की शादी कर गंगा नहाए महसूस कर रहे थे पर अकेलेपन के कारण निराश से रहने लगे थे। शुभम अपने पिताजी के साथ व्यापार में हाथ बँटाने लगे थे। आज छोटी दीवाली पर शिवि से फ़ोन पर बातचीत की व बधाई दी। अपनी पहली ही दीवाली अलग - अलग मनाने के लिए विवश थे। डॉ जैन व डॉ भगवत स्वरूप जी अब बढ़ती उम्र के चलते कुछ कमजोरी सी अनुभव करने लगे थे पर अपने वंश को बढ़ते देख संतुष्ट थे। सब अपने - अपने कारणों से दीपावली का सेलिब्रेशन करने में आनंद महसूस कर रहे थे।

शिवि रोज़ की तरह साइबर कैफ़े से ट्रेनिंग ख़त्म कर घर लौट रही थी कि अचानक राजू से भेंट हो गई।

राजू — हैलो शिवि ! कहाँ से आ रही हो ?

शिवि — तुम राजू हो न ? जो कभी हमारे घर रहता था पागल बनकर।

राजू — ठीक पहचाना, मैं वही पागल राजू हूँ और मेरा पागलपन अभी तक ठीक नहीं हुआ है।

शिवि — राजू मुझे घर जाना है, मौसी इंतज़ार में होगी ?

राजू — सुना है कि शादी कर ली और हमें एक लड्डू तक नहीं मिला खाने को।

शिवि — सब कुछ बहुत जल्दी में हुआ, किसी को भी नहीं बुला सके।

राजू — लेकिन हम तो बिना बुलाए मेहमान हैं, कुछ खा पीकर ही जाने देंगे।

शिवि — कल दीपावली के दिन पापाजी के साथ तुम्हारे घर मिठाई लेकर आऊँगी।

राजू — क्या तुम्हें मेरे घर की जानकारी है कि कहाँ है ?

शिवि — मैना आंटी को मैं अच्छी तरह जानती हूँ, मौसी जी के साथ ही आ जाऊँगी।

राजू — नहीं शिवि, मैना आंटी के घर तो मैं तुम्हारे घर की तरह रहता था, अब मेरा घर दूर है, तुम्हें आज अपना घर दिखाऊँगा।

शिवि — मुझे पहले ही देर हो चुकी है, त्यौहार का दिन है, पापाजी भी परेशान हो रहे होंगे ?

राजू — उनकी क़िस्मत में तो परेशानी लिखी ही है, शालू मौसी चली जाएँगी, तब भी तो परेशान होंगे ही और हमारी आमदनी भी कम हो जाएगी। घाटा पूरा करने के लिए तुम्हें मेरे साथ चलना होगा। (गाड़ी की ओर इशारा करता है और गाड़ी तुरंत दोनों के पास आकर रुक जाती है।) बैठो शिवि ! मेरा घर देखोगी ना ?

शिवि — (घबराहट महसूस करते हुए) मुझे जाने दो राजू, मुझे कुछ बेचैनी सी होने लगी है।

राजू — गाड़ी में बैठते ही सब बेचैनी दूर हो जाएगी।

(शिवि इधर - उधर टहलने की कोशिश करती है मगर गाड़ी से निकले दो मुछैल यमदूत बनकर उसका मुँह दबाकर गाड़ी में डाल लेते हैं।)

काफ़ी देर तक शिवि के घर न पहुँचने पर शालू मौसी ने शेखर बाबू से चिंता व्यक्त की तो शेखर ने कहा - कहीं रास्ते में कोई सहेली मिल गई होगी, थोड़ी देर इंतज़ार करो, आ जाएगी।

शालू — मुझे कुछ अजीब सा लग रहा है, आज त्यौहार का दिन है, कहीं पिछली बार की तरह कोई अनहोनी न हो जाए ?

शेखर — अब क्या अनहोनी होगी ? हमने शिवि की शादी तो कर ही दी।

शालू — एक बार भाई साहब (भद्र पुरुष - गजेंद्र सिंह) को तो फ़ोन पर सूचना भेज दो।

शेखर — पहले डिनर कर लें, तब तक तो शिवि बिटिया आ ही जाएगी।

शालू — मैं शिवि के साथ ही कुछ खा सकूँगी ? आप कैसे पिता है? जाकर साइबर कैफ़े से मालूम करो।

शेखर — हाँ मुझे भी लगने लगा है कि विलंब कुछ ज़्यादा हो गया है। मैं कैफ़े जाकर पता लगाता हूँ। (कैफ़े जाकर कुछ देर बाद लौट कर) कैफे तो बंद है शालू, अब क्या होगा ? मै भाई साहब को फ़ोन कर सूचित करता हूँ।

शालू — मै भी पुष्पेंद्र से बात करती हूँ।

शेखर — (फ़ोन मिलाकर) हैलो ! गजेंद्र भाई साहब, अनर्थ हो गया?

गजेंद्र सिंह — (कुछ चिंतित स्वर में) क्या हुआ शेखर बाबू ?

शेखर बाबू — हमारी शिवि बिटिया फ़रीदाबाद में शादीशुदा है व कुछ दिनों के लिए यहाँ आई हुई थी।

गजेंद्र सिंह — यह तो अच्छा ही कदम था क्योंकि शालू के आप्रेशन के बाद घर में एक महिला का होना ज़रूरी था।

शेखर — रोज़ की तरह आज भी कंप्यूटर सीखने साइबर सेल गईं थीं लेकिन तीन घंटे बीत गए, लौटकर नहीं आई है। साइबर कैफ़े भी बंद हो चुका है।

गजेंद्र सिंह — मैं पुष्पेंद्र से बात करता हूँ, आपसे थोड़ी देर बाद में फ़ोन करता हूँ।

शेखर — हाँ भाई साहब, मैं इंतज़ार में रहूँगा।

शालू — (शेखर बाबू से) पुष्पेंद्र का फ़ोन लग ही नहीं रहा, कई बार ट्राई कर लिया।

शेखर बाबू — तुम रहने दो, मैंने गजेंद्र भाई साहब से बात कर ली है। वे ही पुष्पेंद्र से जानकारी प्राप्त कर कुछ बताएँगे।

शालू — मुझे तो बहुत चिंता हो रही है। कुछ अवांछित हो गया तो शुभम को क्या जवाब देंगे ?

शेखर — शिवि ने फिर से साइबर जाने के लिए किससे पूछा था ?

शालू — मुझे नहीं मालूम।

शेखर — मुझे भी नहीं मालूम। फिर कैसे हुआ ? क्या शिवि ने अपने आप से ही शुरू कर दिया। (फ़ोन की रिंग बजती है)

गजेंद्र सिंह — हैलो, शेखर बाबू, आप ही हैं न ?

शेखर — हाँ भाई साहब ! मैं ही बोल रहा हूँ। क्या खबर है ?

गजेंद्र सिंह — ऐसा है कि मैंने पुष्प से बात की है, आधे या एक घंटे तक हमारी शिवि बिटिया सकुशल घर लौट आएगी। गली - मुहल्ले में या कहीं रिश्तेदारी में हो हल्ला मचाने की ज़रूरत नहीं है। इत्मीनान से घर में बैठकर इंतज़ार करो।

शेखर बाबू — ओ. के. भाई साहब ! यह सब आप पुष्पेंद्र बाबू के कहने पर ही कह रहे हैं ?

गजेंद्र सिंह — बिल्कुल, बस इतना ही कहा था उसने, मैंने आपको ज्यों का त्यों भेज दिया है।

(दरवाज़े पर बेल बजती है।)

शेखर — (दरवाज़ा खोलने पर शिवि व सिपाही को देखकर) आओ बेटी, तुम बिना सूचना दिए कहाँ चलीं गई थी ?

सिपाही — आप ही शेखर बाबू हैं ? शिवि बेटी, मैं अब जाऊँ ?

शिवि — यस अंकल ! (सिपाही निकल जाता है व खुद घर के अंदर आ जाती है)

शालू — (शिवि को गले लगा कर) बेटी, कहीं के नहीं रहते, अगर तुम्हें कुछ हो जाता ?

शेखर — अगर अब मुझे डिनर नहीं मिला तो ज़रूर कुछ न कुछ हो जाएगा।

(शालू टेबुल पर डिनर लगाती है व तीनों प्रेम पूर्वक डिनर का आनंद लेते हैं।)

22.

मित्रों का रेस्टोरेन्ट पर मिलना, देव की पदोन्नति, देविना व नीलिमा को नौकरी

हर्षोल्लास से दीपावली का पर्व मनाकर सब संतुष्ट थे। सब मित्रों ने धूमधाम व ख़ुशी से पर्व का आनंद लिया, केवल शेखर बाबू व शालू को कुछ देर के लिए परेशानी अवश्य हुई लेकिन यह परेशानी गत वर्ष की परेशानी से कम थी। शेखर - शालू ने भविष्य में साइबर कैफ़े न जाने व राजू से बचकर रहने की नसीहत दी। रंगारंग दीपावली मना कर नेहा आज भाई - भाभी से विदाई लेकर अपने इंस्टीट्यूट पहुँच गई थी। दो दिन पूर्व उसने खूब पटाखे, फुलझड़ियाँ, व अनार फोड़कर दीपावली का भरपूर आनंद लिया। नीतिका तनेजा से मिलकर भी वह बहुत खुश थीं। भाभी रश्मि की ख़ुशी का जब से उसे पता चला तो झूमने लगीं थीं कि आख़िर इतने दिनों से परिवार में पसरा सूनापन दूर होने जा रहा है। देव - देविना दोनों अपने एम. ए. हिंदी विषय की परीक्षा की तैयारी में जुटे थे, दोनों संगीत का भी अभ्यास करते जिसके लिए उन्होंने एक हारमोनियम ख़रीद लिया था। कांति भाई का अधिकांश समय कोर्ट में ही व्यतीत होता और नीलिमा घर के कामों में ही व्यस्त रहतीं। कभी - कभार रश्मि, दिव्या व देविना के पास पहुँच जाती, कई बार देविना को अपने यहाँ बुला लेतीं। नेहा के जाने के बाद राकेश - रश्मि का पुराना रूटीन फिर शुरू हो गया था। दोनों सुबह - सायं अस्पताल में ड्यूटी करते, डिनर के बाद घूमने निकलते। राजीव - दिव्या मेघ के साथ ही खुश थे। दादा-दादी की गोदी में झूलकर वह बड़ा हो रहा था।

आज सभी मित्र सायं में तनेजा के यहाँ रेस्टोरेन्ट पर मिलने जा रहे थे क्योंकि देव ने कांति भाई को बताया कि आज सायंकाल में सवा चार बजे

विद्यालय की समिति की बैठक होने जा रही है जिसमें नीलिमा की लेक्चरर पद पर नियुक्ति का मामला व मेरी प्रोमोशन पर विचार हो सकता है इसीलिए कांति भाई ने जज साहब को भी मामला संज्ञान में ला दिया था। कोर्ट से राजीव व कांति, अस्पताल से डॉ राकेश व अपने घर से देव बाबू तनेजा के यहाँ पहुँच कर चाय का आनंद लेते हुए गपशप कर रहे थे व प्रबंध समिति की बैठक में लिए फ़ैसलों की इंतज़ार में भी थे।

देव — तनेजा सर, आज हमारी बातें निर्णायक होंगी। पहली बात आपसे ही संबंध रखती है।

तनेजा — मुझे ख़ुशी व गर्व है कि आप लोग मुझे इतने सम्मान के काबिल समझ रहे हैं।

राकेश — तनेजा सर, सम्मान तो आपका हम आरंभ से ही कर रहे हैं पर हमें अफ़सोस है कि यह सम्मान तो बरकरार रहेगा पर अब हम सभी के आपके पास आने के अवसर कम व संक्षिप्त होने जा रहे हैं।

तनेजा — मैं यह स्थिति अच्छी तरह समझता हूँ, शादी के बाद परिस्थितियाँ बदल ही जाती है पर मेरा अनुरोध आप सब से यही है कि अवसर बेशक कम हो जाएं पर प्यार में में कमी ना करना ? हम सब मित्र एक— दूसरे के लिए अमूल्य है।

राजीव — तनेजा सर, हमने आपके साथ का बड़ा आनंद लिया, हर ख़ुशी रेस्टोरेन्ट पर मनाई, आगे भी जारी रहेगी पर अब नियमित आवागमन नहीं होगा ?

तनेजा — आप सब के साथ मेरे घनिष्ठ संबंध बन गए हैं, हम घर, स्कूल, अस्पताल व कोर्ट में कही पर भी मिल सकते हैं। हम तन से बेशक पर मन से जुदा नहीं रहेंगे। क्या आज कोई पार्टी का प्रोग्राम है ?

देव — अब नया क्रम शुरू होगा, हम अब डॉ भगवत स्वरूप जी के क्लीनिक पर जा रहे हैं मीटिंग की कार्यवाही का ब्योरा जानने।

कांति — बिल्कुल, छः बजने वाले हैं, अंधेरा होना शुरू हो गया है। डॉ भगवत स्वरूप जी क्लीनिक पर ही मिलेंगे। क्यों राकेश बाबू ?

राकेश — हां, सब चलेंगे।

राजीव — मैं कोर्ट से सीधे ही यहाँ चला आया था इसलिए मुझे कुछ समय रहते लौटना होगा।

देव — वहाँ जाने पर ही समय पर विचार होगा, आज हमारी यह दूसरी निर्णायक बात होगी।

राजीव — देव भैया, आप जैसा कहेंगे, हमें मंज़ूर होगा।

सभी चारों मित्र क्लीनिक पहुँच कर डॉ भगवत स्वरूप जी को प्रणाम कर सामने पड़ी कुर्सियों पर बैठ गए थे।

डॉ भगवत स्वरूप — आप सब को देखकर मन बड़ा प्रसन्न हुआ। आलोक बेटा, सभी के लिए चाय - कॉफी का कुछ इंतज़ाम करो। बहुत दिनों के बाद मित्र — मंडली के इकट्ठे में दर्शन मिले हैं।

देव — डॉ साहब ! हम सब तनेजा के यहाँ से चाय बगैरह लेकर ही आए हैं, आप कृपया तकल्लुफ़ न करें।

डॉ भगवत स्वरूप — आप सभी मुझे अपने परिवार के सदस्यों जैसे लगने लगे हैं। मुझे वह दिन स्मृति में है जब आप तीनों देव बाबू को अवकाश की प्रार्थना लेकर आए थे।

राजीव — यह संयोग ही है कि आज भी देव बाबू के लिए ही आए हैं।

डॉ भगवत स्वरूप — सबसे पहले तो मैं कांति को मुबारकबाद दूँगा कि नीलिमा बिटिया की लेक्चरर अंग्रेज़ी के पद पर नियुक्ति को स्वीकृति प्रदान कर दी गई है। (कांति डॉ भगवत स्वरूप के चरण स्पर्श कर आशीर्वाद लेता है) दूसरे, देव बाबू की प्रोमोशन का मामला रिक्त व स्वीकृत पोस्ट न होने के कारण अधर में लटक गया था पर मुखिया ने कहा कि वे खुद व्यवस्था कर लेंगे, प्रोमोशन नियत सरकारी तिथि से लागू होगी। देविना बिटिया को भी हिंदी भाषा के टीचर पद पर मंज़ूरी दे दी है।

राजीव — डॉ साहब ! हम उस दिन भी ख़ाली हाथ नहीं गए थे और आज भी आपने हमारी झोलियाँ भर दी हैं। आप इंसान नहीं देवता हैं।

डॉ भगवत स्वरूप — आप सब हमारे बच्चे हैं, खूब परिश्रम करो और नाम कमाओ। दिव्या बिटिया व मेघ कैसे हैं ? अब तो दादा - दादी का भी दिल लगता होगा घर में ?

राजीव — बहुत खुश हैं, मेघ को देखकर खिल जाते हैं।

डॉ भगवत स्वरूप — देव बाबू ! देविना बिटिया भी आगे पढ़ाई कर रही है तुम्हारे साथ ही ?

देव — हाँ जी डॉ साहब, हम दोनों एम. ए. हिंदी के लिए तैयारी कर रहे हैं।

डॉ भगवत स्वरूप — कांति भाई, नीलिमा बिटिया तो अब बिल्कुल स्वस्थ हैं ? कभी डॉ गुप्ता जींद आएँ तो मिलवाना ?

कांति — हाँ सर ! नीलिमा अब बिल्कुल स्वस्थ है। हम देव भैया के दीक्षांत समारोह के समय पर भिवानी जाएँगे सब फ्रेंड, तभी डॉ गुप्ता जी से मिलेंगे व आपकी इच्छा को भी उनके सामने व्यक्त कर दूँगा।

डॉ भगवत स्वरूप — राकेश बेटा, नेहा तो चली गई होगी, कैसी चल रही है उसकी पढ़ाई ? हॉस्टल बगैरह में कोई परेशानी तो नहीं ?

राकेश — दीपावली से अगले दिन ही चलीं गई थी नेहा, उसका सब कुछ ठीक चल रहा है। शुभम बहुत अच्छे से ख़्याल रखता है।

डॉ भगवत स्वरूप — रश्मि बिटिया का भी ध्यान रखना। कुछ दिन पहले अंजना बेटी कुछ खुसर - फुसर कर रही थी आलोक के साथ, दो शब्द मेरे कानों में भी पड़ गए थे।

राकेश — हाँ डॉ दादा, टेस्ट पॉज़िटिव ही आया है।

राजीव — डॉ साहब, अब हमें इजाज़त है ? कोर्ट से सीधे ही तनेजा से चाय लेकर यहाँ पर आ गए थे। दिव्या इंतज़ार कर रही होंगी ?

डॉ भगवत स्वरूप — सभी मौज मस्ती से जीवन बिताओ व निश्चिंत रहो।

(सभी डॉ भगवत स्वरूप जी को प्रणाम कर निकल जाते हैं।)

राजीव — (बाहर सड़क पर आकर) कांति भैया ! बहुत - बहुत बधाई ! अब नीलिमा भाभी को टाइम पास करने की दिक़्क़त नहीं होगी। देव भैया, आपको भी प्रोमोशन व देविना भाभी की नियुक्ति की मुबारकबाद !

कांति — राजीव भाई, आज मुझे लगा कि मित्रता मानव मात्र के लिए मूल्यवान है। सच्चे मित्रों से जीवन उन्नत होता है।

देव — कांति भाई बिल्कुल सही कह रहे हैं। आप सभी मित्रों के कारण मेरा भी जीवन बदल गया है। छुट्टियों मिलने से बी. एड. कोर्स हो गया, देविना को नौकरी मिल गई।

राकेश — मैं समझता हूँ कि मित्रता के ये सब बाह्य आयाम हैं। जो सुख, शांति व संतुष्टि मित्र भाव में छुपी है, वह असीम व अनुपम है।

देव — राजीव भाई, आज तो डॉ साहब दार्शनिक हुए जा रहे हैं।

राजीव — बहुत सुंदर बातें कही हैं डॉ भैया ने। मित्रता के अभाव में जीवन सूना ही समझो। आदमी भीड़ में अकेला ही रह जाता है।

देव — दार्शनिक संख्या दो, कांति भाई तीन तक गिनूँ ?

कांति — मैंने ही शुरू किया था भाषण, मेरा नंबर तो प्रथम है।

देव — कांति भाई, आज की सैर ?

कांति — कभी फिर मिलेंगे तो सैर भी करेंगे। अब तक हमने बहुत सैर कर ली है।

(सभी हंसते हुए अपने - अपने घर की राह लेते हैं।)

***

23.

शेखर - शालू प्रकरण

दिन बीतते गए और सभी आनंद पूर्वक जीवनयापन कर रहे थे। कांति - नीलिमा, राजीव - दिव्या, देव - देविना व राकेश - रश्मि चारों युगल अपने - अपने कार्यों में व्यस्त हो गए थे। कांति कोर्ट जाता तो नीलिमा स्कूल में ड्यूटी निभातीं, राकेश - रश्मि दोनों अस्पताल में रोगियों का इलाज करते। देव - देविना भी बहुत व्यस्त रहने लगे थे। दिन में स्कूल में बच्चों को पढ़ाते व घर आकर खुद भी पढ़ाई करते। हारमोनियम बजाकर संगीत में मस्त हो जाते व कभी छुट्टी - सप्ताहांत पर मित्रों से मुलाक़ात करते। शिवि घटना के बाद से कुछ भय खाने लगी थी इसलिए वह फ़रीदाबाद चली गई थी। अब शेखर व शालू किसी परिणाम की इंतज़ार में थे। एक दिन सायंकाल में डिनर के लिए' राका' पर चले गए थे जहाँ गजेंद्र भैया से शालू ने ढेरों बातें की। गजेंद्र सिंह ने पुष्पेंद्र की कार्य प्रगति पर दोनों से अनभिज्ञता प्रकट की व कहा कि हमने सब बातें उसको बता दी थी व मंत्री जी से भी एम. गुप्ता के दामाद ने मिलवा दिया था, अब वही करेगा, जैसे भी करेगा। मुझे इतना विश्वास अवश्य है कि पुष्प जो ज़िम्मेदारी लेता है, उसे निभाता भी है।

शेखर बाबू — भाई साहब, मैं सोच रहा था कि पच्चीस दिसंबर को बच्चों का दीक्षांत समारोह है भिवानी ट्रेनिंग कॉलेज में, उसी दिन तुम्हारी जीजी को भी तुम्हारे जीजा जी को सौंप कर निहाल हो जाता ?

गजेंद्र सिंह — शेखर बाबू, आपके विचार बड़े नेक हैं पर हथेली पर तो सरसों नहीं उगता, समय आने पर ही सब काम सिद्ध होते हैं। आप दोनों इत्मीनान से डिनर कीजिए व घर जाकर चैन की नींद सो जाइए।

शेखर बाबू — जब तक मिशन पूरा नहीं होता मुझे नींद कहाँ ?

गजेंद्र सिंह — ज़्यादा चिंता मत करो। मुझे लगता है कि दीक्षांत समारोह से पहले ही निपट जाएगा। शालू बहन ! डिनर करो, पुष्प सब अच्छा ही करेगा।

शालू — काम की कुछ प्रोग्रेस का पता चल जाता तो थोड़ी तसल्ली हो जाती मन को।

गजेंद्र सिंह — अविश्वास का कोई आधार नहीं है। यह मिशन कदम दर कदम का नहीं बल्कि आर - पार का है। जितना ऊपर से सरल दिखता है शायद अंदर से उतना ही दुष्कर हो सकता है। हम सब तुम्हारे दुख - दर्द को समझते हैं।

शालू — पुष्पेंद्र को मैंने भी फ़ोन मिलाने की कोशिश की थी लेकिन लगा नहीं।

गजेंद्र सिंह — इनके संपर्क के अलग तरीक़े व नंबर होते हैं और बातचीत रिकॉर्ड भी हो सकती है। अच्छा हुआ कि फ़ोन मिला नहीं।

शालू — अब डिनर ले लो आप भी, घर लौटना है, देर रात में कोई वारदात भी हो सकती है ?

शेखर — हाँ, अभी तो पहली घटना से ही नहीं उबर पाए हैं।

(डिनर लेकर दोनों ऑटो रिक्शा से घर पहुँचते हैं।)

पच्चीस दिसंबर जैसे तूफ़ान बनकर नज़दीक फटक रहा था, शेखर - शालू की चिंता बढ़ने लगी थी कि कहीं सारे प्रयास सिरे न चढ़े तो कुछ भी मुसीबत हो सकती है। अभी सायं का भोजन लेकर नींद के लिए जानेको तैयार थे कि दरवाज़े पर लगी बेल गूंजने लगी।

शेखर — मैं देखता हूँ, कोई परिचित ही होगा ? ऐसे रात में कौन किसी के घर की घंटी क्यों बजाएगा ? (दरवाजा खोलकर हैरानी से) गजेंद्र भाई साहब आप ! और पुष्पेंद्र जी भी !

गजेंद्र सिंह — कुछ समय पहले ही पुष्प आया था, सुबह फिर लौटना है ड्यूटी पर।

शेखर बाबू — पहले अंदर आइए, आने - जाने की बात बाद में करेंगे।

(गजेंद्र सिंह व पुष्पेंद्र सिंह सर्वेंटस के साथ अंदर पहुँचते हैं।)

पुष्पेंद्र सिंह — सारा सामान इधर टेबुल पर रख कर चले जाओ और जब फ़ोन की रिंग सुनाई पड़े, हमें लेने आ जाना। (सर्वेंटस सामान रखकर निकल जाते हैं)

शेखर — गजेंद्र भाई साहब ! ये सब मिठाई बॉक्स, फल और कपड़े किस लिए?

गजेंद्र सिंह — मैं अपनी बहन के घर पहली बार ही आया हूँ। हमारे संस्कार हैं कि हम बहन के घर ख़ाली हाथ नहीं जाते ?

शेखर बाबू — (हल्के से अंदाज़ में) तुम्हें कंफर्म है कि यह तुम्हारी बहन का घर है ?

गजेंद्र सिंह — जहां बहन, वहीं घर ! कल भिवानी चली जाएगी तो वहाँ घर।

शेखर बाबू — सब मुझे भूल जाएँगे, मेरा कोई नहीं रहेगा ?

गजेंद्र सिंह — हमारी बहन से जो जुड़ा है, वही हमसे जुड़ेगा । अब भी तो हम अपने असली जीजा जी से दूर हैं व आपके नज़दीक हैं। कुछ दिनों में सब उल्टा हो जाएगा।

शालू — भाई साहब, बैठो आप सभी, मैं कुछ ठंडा - गर्म लेकर आती हूँ।

(दरवाज़े पर फिर बेल बजने की ध्वनि सुनाई पड़ती है)

शेखर — अब कौन हो सकता है ?

गजेंद्र सिंह — एम. गुप्ता जी हो सकते हैं ? मैंने घर से निकलते समय उन्हें फ़ोन से बुला लिया था।

शेखर — (दरवाज़ा खोलते हुए) आइए गुप्ता सर, नमस्कार ! मैडम गुप्ता — आपको भी नमस्कार !

(दोनों नमस्कार स्वीकार करते हुए अंदर पहुँचते हैं तथा गजेंद्र सिंह व पुष्पेंद्र जी से हाय — हैलो करते हैं।)

गजेंद्र सिंह — बहुत जल्दी पहुँच गए गुप्ता सर !

एम. गुप्ता — जब दिल पास आ जाएँ तो दूरियाँ मिट जाती हैं। आपकी प्यार भरी कॉल मिलीं और हम चले आए। वैसे शेखर बाबू भी हमसे ज़्यादा दूर नहीं है।

शेखर बाबू — हमें एम. गुप्ता जी का बड़ा सहारा है, इनके दामाद देव बाबू सज्जन व बड़े लोगों के संपर्क में हैं।

पुष्पेंद्र सिंह — सही कहा आपने, देव बाबू की जींद शहर में अपनी एक जगह है। राज्य के वित्त मंत्री तक उन्हें पहचानते व भाव देते हैं। मंत्री जी से मिलने के बाद मेरा मिशन पूर्णता को प्राप्त कर लेगा ? ऐसा मुझे विश्वास हो गया था।

शालू — (चाय — कॉफी की ट्रे लिए) अभी सर्दी शुरू हो गई है, सब गर्म चाय का आनंद लें।

पुष्पेंद्र — हाँ बुआ जी, दीपावली के बाद अपने यहाँ सर्दी का आग़ाज़ हो जाता है। (बुआ जी से ट्रे लेकर सबको सर्व करता है)

गजेंद्र सिंह — बहुत समझदार हो गया मेरा बेटा ! माँ बाप की छाती चौड़ी हो जाती है ऐसे बच्चे पाकर।

शेखर बाबू — केवल परिश्रम से नहीं, दुआओं से भी अच्छा पद व सम्मान मिलता है।

गजेंद्र सिंह — बच्चों को देखकर ही जीने की अभिलाषा बढ़ती है।

पुष्पेंद्र सिंह — पिताजी, अब ये दार्शनिक विचारों की चर्चा बंद करें व जिस उद्देश्य से आए हैं, शुरू कीजिए।

गजेंद्र सिंह — सबसे पहले तो मैं आप सभी से क्षमायाचना करूँगा कि मिशन के आरंभ व अंत तक मैं पुष्प से संपर्क में रहा पर आप लोगों को संकेत तक नहीं दिया। ऐसा पुष्प की इच्छा व मिशन की निश्चित सफलता के लिए आवश्यक रूप से करना पड़ा।

शालू — हाँ भैया, उस दिन रेस्टोरेन्ट में जब लंच के लिए हम आए थे तब तुमने कुछ संकेत किया था। तब मुझे कुछ आशंका हुई थी पर विश्वास के अभाव में मैं शांत रही।

पुष्पेंद्र सिंह — ज़्यादा विलंब न करते हुए अब हम जिस मक़सद से यहाँ पहुँचे है, उसका खुलासा करने जा रहा हूँ। पिनड्रॉप शांति में बोलते हुए— आप सबको हार्दिक प्रसन्नता होगी कि हमारा मिशन दीपावली से पहले आरंभ हुआ और दीपावली के बाद पूरा हुआ, सफल हुआ।

(सब राहत की दीर्घ निःश्वास छोड़ते हुए)

शेखर बाबू — आप हमें आदि से अंत तक का घटनाक्रम बताइए? कैसे कब क्या रहा ?

पुष्पेंद्र सिंह — हमने अपना "आप्रेशन बुलडोज़र" दो स्थानों से आपरेट किया। जींद शहर में 'फाका रेस्टोरेन्ट' व अंबाला कैंट में 'राका रेस्टोरेन्ट'। जींद शहर में एम. गुप्ता के दामाद जी ने बहुत सहायता की व राजनैतिक सक्रियता बनाए रखी जिससे पता चला कि वर्तमान सरकार के भय से माफिया अपना अड्डा कहीं और शिफ़्ट कर चुका है। कुछ समय से खनन क्षेत्र में कोई अवैध गतिविधि की सूचना नहीं मिली है।

शेखर बाबू — आप बिल्कुल सही फ़रमा रहे हैं पर जो महिलाओं को चुराने वाला कोई गिरोह है, वह अब भी सक्रिय है।

पुष्पेंद्र सिंह — आप लोगों ने राजू की ओर कुछ संकेत किया था, हमने वहीं से स्टार्ट किया। राजू को हमारी तैयारी की कुछ भनक लग गई थी और हमें भी यह बात जानकारी में आ गई थी। हमें अंदेशा था कि राजू बुआ जी से संपर्क करने की फ़िराक़ में है लेकिन बुआ जी फ़ेस के आपरेशन के लिए दिल्ली चली गई थी। उसने शिवि को सॉफ़्ट टार्गेट समझा व उसकी इंतज़ार में रहता लेकिन शिवि भी चौकन्नी हो चुकी थी। हमें राजू की गतिविधियों की जानकारी तो रहती थी पर इतनी विश्वसनीय तरीक़े से नहीं। हमने एक प्लान बनाया और शिवि को उसकी रूचि जानकर साइबर कैफ़े में कंप्यूटर सीखना शुरू करवाया और पूरी निगरानी रखी।

शेखर — हम भी हैरान थे कि शिवि ने हम दोनों से पूछे बिना कैफे क्यों जाना शुरू किया ?

पुष्पेंद्र सिंह — मैंने भी आपसे गुप्त रखा पर शिवि पर पूरी नज़र रखी और एक दिन राजू शिवि को बहला - फुसला कर अपने घर (अड्डे) पर ले जाने के लिए तैयार हुआ। हमारी नज़र उसी पर थीं और हमने पुल पर नाका लगा दिया था। उसे व उसके दो साथियों को हमने रंगे हाथों पकड़ लिया। शिवि को हमने आपके पास सिपाही के साथ भेज दिया था व राजू को उसके अड्डे पर चलने को कहा।

शेखर बाबू — शिवि के गुमने से हम बहुत परेशान हो गए थे। गजेंद्र भाई साहब को फ़ोन से सूचित किया और तब जाकर कुछ चैन मिला जब भाई साहब ने आधे घंटे तक शिवि के लौट आने का भरोसा जताया।

पुष्पेंद्र सिंह — हम हैरान थे कि राजू अपने अड्डे पर ले जाने के लिए एक दम तैयार हो गया और जब हम वहाँ पहुँचे तो अड्डे पर नोटिस बोर्ड

लगा था - 'महिलाओं के लिए सिलाई - कढ़ाई की ट्रेनिंग का केंद्र'। हम राजू व उसके साथियों को पुलिस स्टेशन पर ले आए व रात्रि में सख़्ती से पूछताछ की। सभी से अलग - अलग पूछताछ की गई।

शालू — पुष्पेंद्र बेटा, सिलाई - कढ़ाई तो नाम है सिर्फ़, अंदर दो टॉर्चर रूम बने हैं। वहीं सब अत्याचार व ज़ोर - जबरदस्ती करते हैं।

पुष्पेंद्र सिंह — बिल्कुल, राजू व साथियों ने जो कुछ बताया वह आश्चर्यचकित करने वाला था। ये लोग बस स्टैंड, अस्पताल, रेलवे स्टेशन व मॉल आदि से महिलाओं को चुराते व टॉर्चर रूम में उनसे काम करने के लिए हाँ करवाते, जिससे उनको पैसे मिलते रहते थे और उन्हें खूब भयभीत रखते थे ताकि कोई भेद न उगल दे। ज़्यादातर महिलाओं को ये शातिर उन लोगों के पास भेजते जो अमीर व विधुर होते थे ताकि ज़्यादा पैसा मिल सके बुआ जी की तरह।

शालू — बिल्कुल ऐसा ही है। मैं हर महीने पाँच हज़ार रुपए देती व मुँह बंद रखती थी।

पुष्पेंद्र सिंह — कुछ महिलाओं को जो अशिक्षित होती थी, घरों में सफ़ाई - बर्तनों के लिए भेज देते थे जिनसे दो हज़ार रुपए प्रति मास वसूल करते थे। धीरे - धीरे इनका जाल फैलता जा रहा था कि बुआ जी के खुलासे से इनका भांडा फूट गया। आप सब हैरान होंगे कि ये ग्रुप कोई पेशेवर अपराधी नहीं बल्कि सरकारी दफतरों में राजू की तरह छोटे - छोटे पदों पर नियुक्त कर्मचारी ही हैं। पहले इन लोगों ने एक वेटर ग्रुप बनाया और शादी - ब्याह में होटलों से जुड़े हुए थे। इनका धंधा चोखा चल निकला था पर महत्वाकांक्षा के चलते व रईस लोगों का अनुकरण करके ये भी वैसे ही बनने की होड़ में यहाँ तक पहुँच गए। जो महिला विरोध करती, उसे बुआ जी की

तरह प्रताड़ित करते व उसकी सुंदरता पर ग्रहण लगाते ताकि वह घर वापिसी की कल्पना भी न कर सके।

शेखर बाबू — अगर हमें भी गजेंद्र भाई साहब नहीं मिलते तो हमारा भी कहाँ इतना साहस होता ?

पुष्पेंद्र सिंह — हम शेर के शिकार का सामान लेकर गए थे पर सब गीदड़ ही निकले। राजू अपने ऑफिस मैं चपरासी है लेकिन नाजायज दबाव बनाकर विजीलैंस ऑफ़िसर बन गया । अब सारी उम्र जेल में चककी चलाएगा।

एम. गुप्ता — पुष्पेंद्र भाई साहब, आपके प्रयासों से बहन शालू व और बहुतों के कष्ट दूर हो जाएँगे।

शालू — पुष्पेंद्र बेटा, अब तो चैन की साँस लेकर जीवन बिता पाएँगे?

पुष्पेंद्र — हाँ बुआ जी, 25 दिसंबर को हम सब तुम्हें जीजाजी के पास छोड़कर आएँगे।

शालू — (भावुक होकर पुष्प को गले लगाते हुए) बेटा, तूने हमें नया जीवन दिया है।

गजेंद्र सिंह — (थोड़ा मुस्कुराते हुए) बहन शालू, तुम भी इसके लिए एक सुंदर सी कन्या लाकर इसे नया जीवन दे देना।

(सभी हंसते हैं व संतुष्ट तथा निडर महसूस कर अपने ठिकानों के लिए रुखसत हो जाते है।)

***

24.

दिसंबर 25 दीक्षांत समारोह

बहुत दिनों के बाद आज डॉ गुप्ता के चेहरे पर संतोष एवं सुख की मुस्कान थी। पुत्री नीलिमा व दामाद कांति को देख कर मानो उन्हें तीनों लोकों का राज्य मिल गया हो। साधना के जाने के बाद इस विशाल ब्रह्मांड में नीलिमा बिटिया के सिवाय उनका कौन शेष बचा था। शादी के बाद एक बार ही घर आईं थीं जब देव - शुभम रिज़ल्ट कार्ड लेने आए थे। आज उन्हीं के साथ दोनों ऑफिस में छुट्टी के चलते आ गए थे। जब देव भैया ने डॉ गुप्ता को नीलिमा के लेक्चरर बनने की खबर साझा की तो डॉ आर्य व डॉ गुप्ता की आँखों में ख़ुशी के आंसू छलकने लगे थे।

डॉ गुप्ता — देव बाबू, और कितना ऋण का बोझ डालोगे मुझ पर ? तुमने मेरे जीवन की धारा बदल दी है। देव बाबू, मैंने अपने इतने लंबे जीवन सफ़र में तुम जैसा शिष्य तो क्या इंसान भी नहीं मिला देखने को ?

देव — सर, मैं कुछ नहीं कर रहा हूँ, सब कुछ अपने आप से ही हो रहा है। नीलिमा दीदी की लेक्चरर पद पर नियुक्ति जज साहब के कहने पर हुईं हैं।

डॉ गुप्ता — मुझे नीलिमा बिटिया ने सब कुछ बता दिया है कि तुमने देविना को केवल टीचर व नीलिमा दीदी को लेक्चरर बनवाया है। तुम जो छिपा रहे हो, वह कैसे छिपेगा ?

देव — गुप्ता सर ! मैं आपके दामन को ख़ुशियों से भर पूर कर देना चाहता हूँ, इससे मुझे ही अपार हार्दिक ख़ुशी मिलती है। आज आप मुझे ट्रेनिंग की डिग्री देने वाले हैं, मैं कोशिश करूँगा कि मैं कुछ थोड़ा सा आपके लिए कर पाऊँ।

डॉ आर्य — देव बाबू, एकलव्य के बाद शायद लोग तुम्हें याद किया करेंगे। ऐसी निःस्वार्थ भावना से कर्तव्य की पूर्ति एवं उपकार की वृत्ति देखने — सुनने को नहीं मिलती।

डॉ गुप्ता — मैं मैडम प्रिंसिपल से तुम्हें कोई बड़ा पुरस्कार देने की गुज़ारिश करूँगा।

देव — सर, कोई भी पुरस्कार व सम्मान पाने की मेरी इच्छा नहीं है। मैं किसी इनाम या सम्मान के लिए नहीं बल्कि स्वभावत: यह सब करता हूँ, इससे मुझे असीम आंतरिक संतोष व आनंद प्राप्त होता है। इनाम या पुरस्कार केवल मेरी ख़ुशी को सीमा में बाँध देंगे। मैं आपको यह सब विचार कर ही फ़ायदा पहुँचाने की कोशिश करता और इंसानियत के नाते से ही कर रहा हूँ जिसके समक्ष हर पुरस्कार व सम्मान बौना व गौण है व ख़ुशी का भाव प्रमुख। अतः आप मेरी ख़ुशी को गौण न करने की कृपा करें। यह मेरी विनम्र प्रार्थना है।

डॉ गुप्ता — आर्य सर, आपको आश्चर्य हो रहा होगा कि देव जन केवल स्वर्ग में ही नहीं, भूलोक को भी सुशोभित कर रहे हैं। देविना बेटी, तुम सौभाग्यशाली हो, जो तुम्हें देव जैसा हीरा मिला।

देविना — सर, आप जैसे गुरूजनों का ही आशीर्वाद है सब। अगर ट्रेनिंग के लिए यहाँ नहीं आते तो कैसे सब होता ?

डॉ गुप्ता — यह सब नियति से ही होता है, किसी के प्रयास या कृपा से नहीं ?

देव — गुप्ता सर, जो मैंने पहले कहा था आप उसी का समर्थन कर रहे हैं।

डॉ गुप्ता — देव बाबू, मेरा मतलब इतना भर है कि जो भी घटित होता है वह नियति से ही होता है। पर किसी के सहारे की ज़रूरत तो होती ही है, कोई तो निमित्त बनेगा ही ?

देव — सर, जो आप कह रहे हैं, वही मेरे दिल में था। सर, अब हमें इजाज़त दे, बाहर साथियों से मुलाक़ात कर ले, मिलजुल लें। मैं शुभम व शिवि की इंतज़ार में हूँ। (दोनों मनोविज्ञान कक्ष से निकलकर बाहर आते हैं।) देविना, आओ हम भित्ति - पत्रिका की ओर चलते हैं, गुप्ता सर से तो इस संबंध में कोई बातचीत नहीं हुई।

देविना — सैशन को शुरू हुए क़रीब छ: महीने हो गए हैं, अब तक तो कई अंक निकल चुके होंगे ?

देव — मुझे नहीं लगता कि इतने अंक प्रकाशित हुए होंगे ?

देविना — चलो उसी तरफ़, सब मालूम हो जाएगा। (भित्ति - पत्रिका के पास पहुँच कर)

देव — देविना — शायद आज ही लगा है तीसरा अंक।

देविना — (सब देख व पढ़कर) बिल्कुल तुम ठीक कह रहे हो। शायद संपादक मंडल यहीं — कहीं हो सकता है।

देव — आज के दीक्षांत समारोह की खबर (सूचना) बड़े अक्षरों में लगी है। सूबे के गवर्नर सभी सफल स्टूडेंट्स को डिग्री प्रदान करेंगे।

देविना — ओ. टी. हिंदी भाषा के तो पचास स्टूडेंट्स ही हैं।

देव — हाँ बिल्कुल, अब तो इनका एडमिशन भी ग्रेजुएशन के बाद ही मिलता है। शुभम — शिवि अभी तक क्यों नहीं पहुँचे ?

देविना — काफ़ी लंबा सफ़र है पर आज तो छुट्टी का दिन है, भीड़— भाड़ कम ही होगी ?

देव — कहीं सीधे ही नीलिमा दीदी से मिलने गुप्ता सर के घर तो नहीं चले गए ?

देविना — चलो हम लाइब्रेरी चलते हैं, शायद वहाँ आ गए हों ?

देव — चलो !

(दोनों लाइब्रेरी में पहुँचते हैं व वहाँ शुभम - शिवि को देखकर)

शुभम — देव भैया, देविना भाभी, दोनों को नमस्कार !

शिवि — भैया — दीदी, दोनों को मेरी ओर से भी नमस्ते !

देव — शुभम — शिवि ! तुम कब आए हो ?

शुभम — अभी आधा घंटा ही शायद हुआ होगा। गुप्ता सर के कक्ष में गए थे, वहीं थोड़ा सामान रख छोड़ा है।

देव — ऐसा क्या सामान है, डिग्री लेने आए हो या व्यापार करने ?

शिवि — वो क्या है देव भैया, मम्मी जी ने नीलिमा दीदी के लिए देसी घी व ड्राई फ्रूटस के लड्डू बनाकर भेजे हैं, वही वहाँ रखकर आए हैं। गुप्ता सर ने आप दोनों के बारे में बताया था।

देविना — हम दोनों भित्ति - पत्रिका के सामने खड़े हुए थे, आज ही तीसरा अंक लगा है।

शुभम — देव भैया, हम भी वहाँ चलेंगे। कुछ किताबें शिवि ने ट्रेनिंग के दौरान मार्केट से खरीदी थीं, वे ही लाइब्रेरी में जमा करवाने के लिए आए थे वरना उनको उठाए - 2 घूमते - फिरते रहते।

शिवि — हो गई सब, अब बोलो कहाँ चलना है ?

शुभम — भित्ति — पत्रिका देखते हैं, फिर शायद फ़ंक्शन का टाइम भी क़रीब आ रहा है। लंच तो गुप्ता सर के यहाँ है ही ?

देव — एक बार तो घर जाएँगे ही, लंच का प्रबंध कहीं रेस्टोरेन्ट में भी किया हो सकता है। नीलिमा दीदी व कांति भाई भी तशरीफ़ लाए हैं, वे सर के घर में ही हैं। राजीव व दिव्या अपने पापा मंत्री के घर में है।

शुभम — राकेश व रश्मि भाभी नहीं आए क्या ?

देव — कह रहे थे कि अगर ड्यूटी से फ़्री रहे तो कल डॉ दादा के साथ आएँगे। नेहा कैसी है ?

शुभम — बिल्कुल ठीक है, पढ रही है। हॉस्टल में ही रहती है, कभी — कभार ही घर आती है अल्पना से मिलने के लिए। माइक से आवाज़ सुनाई पड़ रहा है, शायद फ़ंक्शन शुरू हो गया है। आओ वहीं चलते हैं।

(पंडाल में जाकर सभी कुर्सियों पर आसीन हो जाते है।)

गुप्ता सर ने मंच संभाल लिया था और आर्य सर उनका साथ दे रहे थे। कॉलेज के मुख्य द्वार पर प्रिंसिपल डॉ मनोरमा सूद, स्टाफ़, भिवानी शहर के मौजिज लोग, अन्य कॉलेजों के प्रिंसिपल साहब व अभिभावक, मुख्य अतिथि के स्वागत के लिए प्रतीक्षा में खड़े हुए थे। पंडाल की सब कुर्सियाँ अब अपने मेहमानों से सजी हुई थी रंग - बिरंगे परिधानों में सजे स्टूडेंट अपनी पुरानी व नई यादें बाँट रहे थे। किसी को नौकरी मिल गई, किसी ने अपना स्कूल स्थापित कर लिया, कोई अपने पिताजी के साथ बिजीनेस से जुड़ गया व कोई बेरोज़गारी से तंग आकर धरना प्रदर्शन में ज़ोर आज़माइश कर रहा था। किसी ने शादी कर ली, कोई अभी सगाई पर अटका हुआ है, किसी को अपना पार्टनर पसंद न आने पर मायूसी हुई। सात - आठ महीने के इस अंतराल में किसने क्या किया, साथियों के संग बांट रहे थे।

गवर्नर साहब रेस्ट हाउस से जलपान कर ठीक एक बजे कॉलेज के मुख्य द्वार पर पहुँच गए थे जहाँ से पूरे आदर व सम्मान के साथ उन्हें पंडाल में

मंच पर लाया गया। सभी स्टूडेंट्स व स्टाफ़ ने मुख्य अतिथि का खड़े होकर स्वागत किया।

डॉ गुप्ता — हमारे आदरणीय मुख्य अतिथि गवर्नर साहब जो एक महान शिक्षा — शास्त्री भी हैं, मंच पर तशरीफ़ ला चुके हैं। मैं मैडम प्रिंसिपल से निवेदन करूँगा कि वे माननीय महोदय का कॉलेज प्रांगण में पहुँचने पर स्वागत करें।

प्रिंसिपल — भिवानी शहर के गणमान्य लोग, स्थानीय कॉलेजों के प्रिंसिपल साहिबान, टीचिंग स्टाफ़ एवं प्रिय स्टूडेंट्स ! मैं गवर्नर साहब का धन्यवाद व स्वागत करती हूँ जो अपना अमूल्य समय हमें दिया। यह कॉलेज अपने दस वर्ष के अल्प कार्यकाल में इतना लोकप्रियता को प्राप्त हुआ है कि प्रदेश ही नहीं बल्कि पड़ोसी राज्यों के विद्यार्थी भी यहाँ एडमिशन के लिए प्रयत्नशील रहते हैं। कॉलेज का अनुशासन, शिक्षण - व्यवस्था, वातावरण व परंपराएं सब उच्च कोटि के हैं।

ज़्यादा समय न लेते हुए आपसे अनुरोध करूँगी कि Pass - out स्टूडेंट्स को अपने कर - कमलों से डिग्रियाँ प्रदान करें।

गवर्नर महोदय ने चोग़ा धारण किया व डिग्री वितरण का सिलसिला शुरू हो गया। डॉ गुप्ता मंच से नाम पुकारते व देव - देविना डिग्री डॉक्यूमेंट प्रिंसिपल सर के माध्यम से मुख्य अतिथि तक पहुँचाते व डिग्री प्राप्तकर्ता स्टूडेंट फ़ोटो क्लिक करवा कर अपनी सीट पर आ बैठता। इसी क्रम से क़रीब एक घंटे में सभी को डिग्रियाँ वितरित हो गईं थीं। अब मुख्य अतिथि ने अपना संबोधन आरंभ किया तो सभी गणमान्य शांतचित हो उन्हें सुनने को उत्सुक थे।

मुख्य अतिथि — मैंने सुना है कि इस कॉलेज में किसी राजनैतिक नेता या व्यक्ति को आमंत्रित नहीं किया जाता, पर मेरा सौभाग्य है कि मैंने दो

अक्षर पढ लिए थे जो आज वे काम आ गए और शिक्षा - शास्त्री हो जाने से यहाँ आने का निमंत्रण मिल गया।

(पंडाल में हल्की मुस्कान की हल्की आवाज़ सुनाई पड़ती हैं।)

गवर्नर साहब — प्रिंसिपल साहिबान व टीचर्स (वर्तमान व भावी) मुझे अपने ख्याति प्राप्त कॉलेज में आमंत्रित कर डिग्रियाँ प्रदान करने का सुअवसर दिया, इसके लिए बहुत धन्यवाद ! (पंडाल से करतल ध्वनि) मै भी काफ़ी समय तक शिक्षा जगत से संबद्ध रहा। पाँच वर्ष तक यूनिवर्सिटी में प्रोफ़ेसर व कुछ वर्ष कुलपति भी रहा और अब गवर्नर के पद पर होने से प्रदेश की सभी यूनिवर्सिटीज का कुलाधिपति भी हूँ। आपको आश्चर्य होगा कि मैं सरकार का स्वामी होते हुए भी राजनीति से दूर हूँ। गवर्नर का पद राजनीति से परे है। मैं और आप संविधान की शपथ, राष्ट्र के प्रति निष्ठा एवं सेवा के लिए ग्रहण करते हैं जबकि एक राजनेता संवैधानिक ढंग से पद की शपथ ग्रहण करता है। संवैधानिक पद पर आसीन व्यक्ति को कोई पदच्युत नहीं कर सकता, बशर्ते कि उसने कोई अनैतिक कार्य न किया हो लेकिन गैर संवैधानिक पद पर पल में संकट के बादल मंडराने लगते हैं और वह अस्तित्व विहीन भी हो सकता है।

उपस्थित नागरिक वृंद ! अब आइए शिक्षा व समाज के संबंध में। शिक्षा व्यक्ति का चहुंमुखी विकास तो करती ही है, सभ्य समाज निर्माण में भी उसका कम महत्व नहीं। भावी शिक्षक गण ! आप शिक्षा क्षेत्र में उतरेंगे, छोटे बच्चों से आपका संबंध बनेगा और आप अपना कर्तव्य निष्ठा से करेंगे। आपका कर्तव्य क्या है ? आपके प्रोफ़ेसर्स ने सिखाया होगा आपको ? ये डिग्री उसी शिक्षण का परिणाम है। एक आदमी, कर्मचारी, सिपाही, अगर मद्यपान या कोई अनैतिक कार्य में लीन होता है तो शायद ही कोई ध्यान रखे परंतु एक टीचर अगर मद्यपान करता है तो सबकी निगाहें उसपर टिक जाती हैं।

भाव यह है कि समाज चाहता है कि टीचर आदर्श व चरित्रवान हो, क्योंकि उसका सीधा प्रभाव युवा पीढ़ी पर पड़ता है चरित्र से मेरा अभिप्राय संपूर्ण नैतिक आचरण से है जिसका प्रमाण पत्र हम स्टूडेंट्स को विद्यालय छोड़ने के बाद देते हैं। मैं समझता हूँ कि आप सब ज़िम्मेदारी के क्षेत्र में प्रवेश कर रहे हैं। सजग रहकर समाज व राष्ट्र के प्रति अपना फ़र्ज़ निभाएँ। आपके प्रिंसिपल साहब ने संस्थान के देव नामक स्टूडेंट की भूरि - भूरि प्रशंसा मेरे समक्ष की, मैं चाहता हूँ कि ऐसा स्टूडेंट मुझे यहाँ मंच पर आकर मिले।

प्रिंसिपल साहब — सर, जो दो स्टूडेंट्स डिग्री डॉक्यूमेंट्स मेरे से लेकर आपको दे रहे थे, वही देव बाबू व छात्रा देविना है, जिसने देव बाबू से शादी कर ली है।

(देव - देविना गवर्नर साहब के पास जाकर करबद्ध प्रणाम करते हैं।)

मुख्य अतिथि — कॉलेज की ओर से इन्हें पुरस्कार देने की घोषणा हुई है जो मैं हर्षित होकर इन्हें सुपुर्द कर रहा हूँ।

(दोनों को एक - एक सरस्वती माँ कीं कांस्य प्रतिमा प्रदान करते हैं)

प्रिंसिपल साहब — इन दोनों के साथ ही दो अन्य स्टूडेंट्स ने भी कॉलेज की नेकनामी में वृद्धि की है, उन्हें भी पुरस्कार दिया जा रहा है। शुभम व शिवि, अपना पुरस्कार प्राप्त करें।

गवर्नर साहब उन दोनों को भी सरस्वती की कांस्य प्रतिमा प्रदान करते हैं। संस्थान की अन्य गतिविधियों में भाग लेने वाले स्टूडेंट्स को भी गवर्नर महोदय द्वारा पुरस्कृत किया जाता है।

डॉ गुप्ता — (मंच पर आकर) आप सभी ने धैर्य व शांतिपूर्ण ढंग से समारोह का सफ़ल आयोजन किया, प्रसन्नता की बात है। सभी मेहमानों से निवेदन है कि कृपया लंच अवश्य लेकर जाएं। प्रिंसिपल मैडम मनोरमा सूद जी से प्रार्थना करूँगा कि वे मुख्य अतिथि का धन्यवाद करें।

प्रिंसिपल मैडम — मैं कॉलेज के संपूर्ण परिवार की ओर से गवर्नर महोदय का आभार व्यक्त करती हूँ कि अपना अमूल्य समय व सीख हमें प्रदान की। मैं विश्वास दिलाती हूँ कि हमारे संस्थान से प्रशिक्षित स्टूडेंट्स अपनी ज़िम्मेदारी बख़ूबी निभा कर समाज व राष्ट्र के विकास में अपना योगदान करेंगे। शहर के गणमान्य लोगों का भी मैं धन्यवाद करती हूँ जो हर समय संस्थान की भलाई करने में अग्रणी रहते हैं। बहुत धन्यवाद !

***

25.

दीक्षांत समारोह के बाद स्टूडेंट्स का डॉ गुप्ता के घर पहुँचना

समारोह से लंच लेकर मुख्य अतिथि, टीचिंग स्टाफ़ व स्टूडेंट्स अपनी - अपनी मंज़िल की ओर निकल गए थे। शुभम - शिवि भी डॉ गुप्ता के रूम से अपना रखा हुआ सामान लेकर उन्हीं के साथ गाड़ी में सवार होकर घर पहुँच गए थे व देव - देविना डॉ आर्य की गाड़ी में सवार थे। सभी डॉ गुप्ता के घर चले आए थे।

डॉ गुप्ता — नीलिमा बेटी ! देखो कौन आए हैं ?

नीलिमा — (बाहर आकर आश्चर्य से) शुभम भैया, शिवि भाभी ! बहुत दिनों के बाद देख पा रही हूँ।

शुभम — हाँ दीदी, फ़रीदाबाद बिल्कुल एक कोने में है, तुम्हारे जींद शहर की तरह से प्रदेश की सीमाओं के केंद्र में नहीं है।

नीलिमा — तुम दोनों भी जींद शहर आ जाओ, देव भैया मेरी तरह तुम्हे भी सर्विस पर लगा देंगे।

शुभम — अच्छा दीदी, तुम तो लेक्चरर बन गई हो ?

शिवि — नीलिमा दीदी, यह सब देव भैया के प्रयत्नों का परिणाम है।

डॉ गुप्ता वाक़ई ! देव बाबू प्रशंसा के पात्र हैं। आज कॉलेज में दीक्षांत समारोह पर गवर्नर साहब ने उसे सम्मानित भी किया है।

देव — सर, यह सब आप द्वारा दी गई उत्तम शिक्षा का फल है जिससे सिर्फ़ मुझे नहीं बल्कि शुभम - शिवि के जीवन में भी क्रांतिकारी बदलाव आए हैं।

डॉ आर्य — तुम चारों स्टूडेंट्स को देखकर हमें अपने शिक्षक होने पर गर्व महसूस हो रहा है। हमारी शिक्षाओं से तुम्हारा ही नहीं बल्कि हमारे स्वयं के जीवन में भी परिवर्तन आया है। हमें शिक्षा के सकारात्मक परिणाम देखने को मिले हैं।

डॉ गुप्ता — जिस तरह के अध्यापकों की कल्पना समाज करता है, हमें नाज़ है कि वे आप चारों हैं।

देव — सर, हम तो अपने कर्तव्य की पूर्ति में ही लगे रहते हैं, इससे सभी का हित अनायास ही हो जाता है।

डॉ आर्य — देव बाबू ! निःस्वार्थ भाव से किया गया कर्तव्य सब के लिए फलदायक होता है, वह ही तुम चारों स्टूडेंट्स ने किया है।

देव — शुभम ! तुम नीलिमा दीदी के लिए क्या लाए हो अपने घर से?

शुभम — अरे भाई साहब ! अच्छा याद दिलाया, वह सब तो गाड़ी में ही पड़ा हुआ है। गुप्ता सर ! गाड़ी की चाबी देना, कुछ सामान वहाँ छूट गया है।

डॉ गुप्ता — तुम्हारा सामान तो शामू काका ले आया था घर में, मैं उससे पूछता हूँ कहाँ रखा हुआ है ? शामू ! मेरी गाड़ी में जो बॉक्स लाए थे, वह कहाँ है ?

शामू — सर, वह तो लॉबी में रखा है, अभी लेकर आता हूँ।

(बॉक्स लाकर शुभम को सुपुर्द करता है)

शुभम — नीलिमा दीदी, कहाँ हैं आप ?

नीलिमा — हम तीनों (शिवि व देविना) यहाँ मम्मी जी वाले रूम में बैठे हुए हैं। कुछ काम है क्या ?

शुभम — हाँ दीदी, मम्मी जी ने तुम्हारे लिए ख़ास देसी घी व ड्राई फ्रूट्स के लड्डू बनाकर भिजवाए हैं।

नीलिमा — वाह शुभम भैया ! तुमने ही कहकर बनवाए होंगे मम्मी जी से ?

शुभम — हाँ दीदी, मम्मी कह रही थी कि मुझे अपनी माँ समझकर लड्डू खाएगी तो ताक़त मिलेगी।

नीलिमा — हाँ शुभम भैया, मांएँ तो अमृत की खान होती हैं। नारी का माँ का स्वरूप वंदनीय होता है। शुभम भैया, इसमें दो पैकेट है, एक देविना भाभी के लिए होगा ?

शुभम — शिवि को इस बारे में ज़्यादा जानकारी है। शिवि बताओ, मम्मी जी ने क्या कहा था ?

शिवि — नीलिमा दीदी ठीक कह रही है, एक पैकेट देविना दीदी के लिए भी है।

देविना — वाह, आँटी हो तो ऐसी ! एक बार ही गई थी फ़रीदाबाद, बहुत स्वादिष्ट भोजन पकाया था सपना व अल्पना दोनों बहनों ने ?

शुभम — सब मम्मी जी ने ही सिखाया है उन्हें। मम्मी बेशक ज़्यादा पढी - लिखी नहीं है पर ऐसे कामों में पढ़े लिखों को भी मात देती है।

(नीलिमा दीवार पर टंगी मां की प्रतिमा को देखकर कुछ रूआंसी सी होने लगी थी)

देविना — शुभम भैया, हमें अब लड्डू खाने के लिए चाय की भी ज़रूरत होगी।

नीलिमा — मैं शामू काका को बोलती हूँ भाभी, सबके लिए चाय बनाकर ले आए।

(सभी रूम से बाहर आकर लिविंग रूम में बैठते हैं जहां पहले से ही डॉ गुप्ता, डॉ आर्य व देव बाबू मौजूद हैं।)

शुभम — देव भैया, कांति भाई नहीं दिखाई दिए ?

देव — कांति भाई की ज़िम्मेदारी अब नीलिमा दीदी को सौंप दी है, उन्हीं से पूछो ?

शुभम — ओ. के. देव भैया, (शिवि से) तुम किचन में जाकर नीलिमा दीदी से पूछो कि कांति भाई कहाँ हैं ?

शिवि — (किचन में जाकर) नीलिमा दीदी, सब पूछ रहे हैं कांति भाई के बारे में?

नीलिमा — शिवि भाभी, तुमने अच्छा याद दिलाया, वे तो मंत्री जी के यहाँ राजीव - दिव्या से मिलने गए थे दो घंटे पहले और कह रहे थे कि जब सब लोग आ जाएं अपनी - अपनी डिग्रियाँ लेकर तब मुझे फ़ोन कर बुला लेना। मैं दोनों के साथ आ जाऊँगा।

शिवि — ठीक है मै देव भैया को बताती हूँ सब (वापिस लिविंग रूम में आकर) देव भैया, कांति भाई, राजीव - दिव्या से मिलने मंत्री जी के यहाँ गए हैं, काफ़ी देर हो गई, उन्हें आप फ़ोन करके बुला लो।

कांति — (राजीव - दिव्या के साथ घर में प्रवेश करते हुए) देव भैया क्या बुलाएँगे? हम अपनी ससुराल में कभी भी आ - जा सकते हैं। मंत्री जी के पड़ोस में है हमारी ससुराल ? क्यों राजीव भाई ?

राजीव — मंत्री जी तो गवर्नर साहब के साथ निकल गए चंडीगढ़, भला हो ट्रेनिंग कॉलेज का कि राजनैतिक लोगों को नहीं बुलाते, वरना कहाँ मुलाक़ात होती मंत्री जी से ?

डॉ गुप्ता — (खड़े होकर) आओ दामाद जी ! (हंसते हुए से) आपने बिल्कुल सही कहा कि अपनी ससुराल में कभी आऊँ व कभी जाऊँ। ससुराल तो रौब दिखाने की जगह होती ही है।

कांति — मैं आप दोनों को प्रणाम करता हूँ। यह बात मैंने आपको नहीं, अपने मित्रों के लिए कही थी।

डॉ गुप्ता — कांति बेटा, अब इस तरह की बातें अच्छी लगती हैं।

बहुत गुमसुम रहकर ज़िंदगी के क़ीमती लम्हे अँधेरों में ही गुम गए, अब कुछ प्रकाश की किरणें दिखाई पड़ी हैं। (दिव्या की गोद से बच्चा लेकर) क्या नाम है तुम्हारा बेटा ?

दिव्या — मेघ रखा है अंकल, इन्हीं की पसंद है।

राजीव — हनीमून पर ही फ़ैसला हो गया था अंकल, लड़की हुई तो' मेघा' और लड़का हुआ तो' मेघ'।

डॉ गुप्ता — अरे ले ले ले ! क्या बनेगा बड़ा होकर ?

बच्चे की कल्पित आवाज़ — अंकल, वकील बनूँगा।

डॉ गुप्ता — वकील तो तुम्हारे पापाजी हैं ही ?

बच्चा — तो जज बन सकता हूँ। पापाजी मेरे सामने खड़े होकर केस की पैरवी करते हुए मुझे कहेंगे - 'जज साहब !' इजाज़त है केस पर बहस करने की ? तब मैं इजाज़त दूँगा। पापाजी मेरे को डाँटते हैं, जज बन जाऊँगा तो सारी अकड़ निकाल दूँगा पापा व इनके साथियों की। गुप्ता अंकल, (ओह

सॉरी) बड़े अंकल, आज मामा जी ने मुझसे बहुत प्यार किया, खूब खिलौने दिए व मम्मी जी को कहा — मेघ का खूब ख्याल रखना है।

डॉ गुप्ता बच्चे के साथ इसी तरह बतियाते रहते अगर शामू काका चाय लेकर नहीं आता। बच्चे को दिव्या बेटी को सुपुर्द कर चाय की चुस्की लेने लगे थे। सभी पुरुष लिविंग रूम में ही व महिलाएँ नीलिमा के साथ बैठकर चाय का आनंद ले रही थी। नीलिमा, देविना, शिवि सब बच्चे को गोद में लेकर प्यार कर रही थी।

शिवि — दिव्या भाभी, किस पर गया है मेघ ?

दिव्या — अभी छोटा है ना, रंग - रूप बदलता ही रहता है। अभी दो महीने का ही हुआ है। कभी लगता है कि मामा पर गया है तो कभी इन पर।

देविना — मुझे लगता है कि मेघ तुम्हारे पर गया है। हर समय माँ की गोद में जो रहता है।

शिवि — बच्चे के लिए तो माँ की गोद किसी स्वर्ग से कम नहीं, तीनों लोकों का सुख माँ की गोद में बसता है।

देविना — तुम ज़्यादा मत बोलो, फिर रोने लगोगी।

शिवि — अब तो आँसू सूख चुके दीदी, माँ को याद कर आँसुओं के दरिया भर गए थे।

नीलिमा — शिवि भाभी, माँ के लिए कभी आँसू नहीं सूखते, मांएँ तो दिल में रहती हैं। जब दिल टूटता है माँ का साया छूट जाने पर, तो वह रोता है, क्रंदन करता है, तब वह क्रंदन आँखों के अश्रु बनकर बहने लगता है।

(शिवि के गले लगकर रोने लगती है व आवाज़ सुनकर सब नीलिमा के पास आते हैं)

डॉ गुप्ता — नीलिमा बेटी, क्या हुआ ?

नीलिमा — (रोते हुए) पापाजी, मुझे माँ की याद आ रही है, मुझे माँ चाहिए। माँ के बिना नहीं रहा जाता ?

डॉ गुप्ता — काश ! माँ कोई खिलौना होतीं और मैं तुम्हें बाज़ार से ख़रीद कर ला देता ? नीलिमा बेटी, 'साधना' ने हमें मझधार में छोड़ दिया, न इधर के ही रहे, न उधर के। रोओ मत बेटी ! रोने से मृतात्मा अकुलाती है।

नीलिमा — (रोते हुए ही) मैं क्या करूँ पापाजी ? माँ को कैसे भुलाऊँ जितना कोशिश करती हूँ उतनी ज़्यादा याद आने लगती है।

डॉ आर्य — नीलिमा बेटी, तुम्हारे रोने से तुम्हारे पापाजी की भी तबीयत बिगड़ जाती है। अब सहन करने की शक्ति ज़्यादा नहीं रह गई है।

नीलिमा — यस अंकल, मुझे जींद शहर जाकर भी पापाजी की बहुत चिंता रहती है।

डॉ आर्य — अब तो अच्छे दिन शुरू हो गए हैं, प्रभु की कृपा रही तो साल भर में तुम्हारी गोद में किलकारियाँ गूंजने लगेंगी, तब सब ग़म भूल में आ जाएँगे। गुप्ता सर भी नन्हें चुन - मुन को गोद में लेकर मानो चार - धाम की यात्रा का पुण्य प्राप्त कर लेंगे। अब रोना - धोना बंद करो व अपनी ससुराल जाने की तैयारी करो। अब तो तुम भी मम्मी की तरह प्रोफ़ेसर बन गई हो, ज़िम्मेदारी से सब पूरा करो।

देव — नीलिमा दीदी, शिवि को देखो, कितनी स्ट्रांग हो गई है ?

नीलिमा — देव भैया, शिवि के घर में दो ननद, सास - ससुर जो हमेशा हाथों से छाया रखते हैं, कैसे न होगी स्ट्रांग ?

शुभम — नीलिमा दीदी, तुम्हारे साथ हम कितने भाई - बहनें, भाभियाँ, अंकल जुड़े हुए हैं, बेशक सगे न हों पर सगों से भी ज़्यादा प्यार - दुलार मिलता है। हम सब चौबीसों घंटे तुम्हारी फ़िक्र करते हैं।

डॉ गुप्ता — हां बेटी, अब तुम्हें कोई कमी नहीं है, बस वह कमी तो रहेगी ही ? उसे इंसान तो क्या देवता भी पूर्ण नहीं कर सकते ?

नीलिमा — हाँ पापाजी, जो चले गए, वे लौटकर कब आए हैं ?

शुभम — गुप्ता सर, जो गए ही नहीं, वे तो लौट सकते हैं न ?

डॉ गुप्ता — शुभम, आप जो कह रहे हैं, उसका अर्थ व अभिप्राय भी समझ रहे होंगे ?

शुभम — यस सर ! मै पहले से ही सोच - समझकर बोल रहा हूँ।

डॉ आर्य — शुभम, तुमने हमारी जिज्ञासा बढ़ा दी है। अब स्पष्ट तौर पर कहो कि कौन — कहाँ नहीं गया ?

शुभम — देव भैया, सब कहने - बोलने का समय आ गया लगता है। आप कहें तो खुलासा होने दें।

(देव भैया मोबाइल फ़ोन पर उंगली घुमाते हैं और सभी उत्सुकतावश कभी शुभम व कभी देव भैया के चेहरे पर नज़रें टिका देते हैं।)

***

26.

शेखर शालू प्रकरण

24 दिसंबर की साँझ में ही गजेंद्र सिंह ने फ़ोन पर बहन शालू व शेखर बाबू को भिवानी चलने के लिए तैयार रहने को कह दिया था। उसी समय से शालू अपनी तैयारियों में जुट गई थी व जो कुछ भी सामान अपना था, संभाला व सूटकेस में रख लिया। क़रीब एक साल तक शालू इस घर में रही व प्रत्येक कोने से उसका लगाव हो गया था। आज यह बेगाना घर उसे अपना लगने लगा था व छोड़ने की पीड़ा का अनुभव होने लगा था।

शालू — शेखर बाबू, आपने मुझे एक हमसफ़र की तरह अपने घर में जगह दी व हर दुख - सुख में हिस्सेदारी की, आज आपको छोड़ कर जाते हुए बड़ा दुख लग रहा है।

शेखर बाबू — हाँ शालू, अब तुम मेरी शालू नहीं रही, शेखर गुप्ता की साधना हो गई हो, नीलिमा बिटिया की मम्मी हो गई हो और शिवि की मौसी नहीं, आंटीजी बन गई हो।

शालू — स्थान व समय के बदलने से रिश्ते भी बदल जाते हैं। आपसे भी एक वर्ष पहले कोई रिश्ता नहीं था और कल के बाद शायद कोई रिश्ता न रहे। हम आजतक के पति - पत्नी हैं। कल मैं अपने बिछुड़े पति के पास में हूँगी।

शेखर बाबू — मुझे ख़ुशी होगी शालू, मैं खुद को वीरान कर अनेकों को गुलज़ार कर रहा हूँ। जो काम जानते हुए नहीं होते वे अनजाने में भी हो जाते है।

शालू — क़िस्मत के खेल कितने निराले हैं शेखर बाबू ! पति के होते हुए भी पराए पुरुष की पत्नी बनी रही और खुद की बेटी की शादी में छुपती रही और शिवि की शादी ताम - झाम से निभाई।

शेखर बाबू — हाँ शालू, मैं पत्नी के लिए और तुम पति के लिए तरसती रही, अब भगवान ने तुम्हारी मुराद तो पूरी कर दी, हमारा क्या होगा, कौन जाने ?

शालू — मेरे आने से पहले भी तुम अकेले ही थे ..

शेखर बाबू — (बीच में ही) और आगे भी अकेला ही रहूँगा। कुदरत के इस करिश्मे को याद करके जीता रहूँगा। पहले भी तुम्हे चाहा था, डॉक्टर दादा तुम्हारे पिताजी के पास तुम्हारा हाथ माँगने गए थे, तब भी तुम मुझे नहीं मिली, और अब मिली थी तब भी साथ नहीं रह पाए ?

शालू — इतने समय का ही साथ था हमारा, अनजान हमसफ़र ही बनीं रही पर मित्र तो रही। तुमने भी अपनी मित्रता खूब निभाई शेखर बाबू।

शेखर बाबू — चलो हम आज आख़िरी बार पार्क तो चलें, बहुत दिनों से आइसक्रीम का स्वाद नहीं चखा और किसी अनहोनी की आशंका से घर में ही घुसे रहे।

शालू — हां, घर में तो घुटन सी होने लगी है, मन दोनों तरफ़ हो रहा है, जाने की ख़ुशी भी और ग़म भी।

(दोनों पैदल ही पार्क के के लिए निकल जाते हैं।)

शेखर बाबू — (पार्क पहुँच कर) आइसक्रीम कौन सी लोगी ?

शालू — आज तो आपकी पसंद ही चलेगी।

शेखर बाबू — (अफ़ग़ान ड्राई फ्रूट के दो पैक लेकर) चलो, वहीं हमेशा वाले कोने में बैठ कर खाएँगे व बातें करेंगे।

शालू — (पार्क के कोने में बैठ कर आइसक्रीम का लुत्फ़ लेते व बतियाते हुए) शेखर बाबू, दुनिया में जितने रिश्ते - नाते मौजूद हैं, उन सबसे अनोखा रिश्ता बना है हमारा। क्या कोई कल्पना कर सकता है कि पति के रहते किसी और मर्द को पति मान कर उसके साथ रहा जाए और पहले पति की चाह भी बरकरार रहे।

शेखर बाबू — शालू तुमने जिस साहस व बहादुरी का परिचय दिया है, वह अनुपम व अद्वितीय है, सामने पति व पुत्री हो और तुम दिल में भय का पहाड़ लिए खड़ी रही, ज़रा भी विचलित नहीं।

शालू — समय ही इंसान को कमजोर व पुरज़ोर बनाता है शेखर बाबू, तुमने एक अच्छे व नेक इंसान का परिचय देते हुए मुझे हर परिस्थिति में साथ दिया। पिताजी ने तो शादी से इन्कार कर तुमसे मिलने नहीं दिया लेकिन प्रकृति को शायद मंजूर था हम मिलें व साथ रहें।

शेखर बाबू — शालू, मेरा तुमसे एक निवेदन है कि कल के बाद मुझे भूल जाना, सोच लेना कि कोई अनजाना हमसफ़र ज़िंदगी की राह में मिल गया था जिसने अपना रास्ता भटक कर एक भटके हुए को राह दिखाई। तुम अपने घर में ख़ुशी से रहोगी तो मुझे भी राहत मिलेगी, मंज़िल मिलेगी।

शालू — मंज़िल तो तुमने छू ली शेखर बाबू, तुम्हारा त्याग व बलिदानी प्रेम जब दुनिया जानेंगी तो दांतों तले उँगली दबा लेगी।

शेखर बाबू — यही विचार अब मेरे जीवन का संबल बनकर मुझे सहारा देगा, प्राणवान रखेगा। अब चलो घर कल सुबह दस बजे निकलना भी है।

शालू — आज चौकीदार की लाठी की खड़कने की आवाज़ नहीं सुनाई पड़ी ?

शेखर बाबू — वियोग में समय बिताए नहीं बीतता, लाठी की आवाज़ तुम मेरे लिए छोड़ दो, मैं सायंकाल पार्क में आकर वह आवाज़ सुनकर तुम्हें याद करूँगा। यह आवाज़ मुझे तुमसे जोड़ कर रखेगी, जिसे मैं दिल से जोड़ लूँगा।

शालू — अब ज़्यादा नहीं सही जाता, पर नींद भी कहाँ आएगी, ख़ुशी — ग़म के हिचकोलों में रात यूँही बीत जाएगी।

शेखर बाबू — (महुआ चौराहे पर पहुँच कर) शालू, अब तुम कहाँ खाना बनाती फिरोगी, हम यहीं कुछ न कुछ खा लेते हैं। हीरा लाल, सामने वाले कॉर्नर पर खड़ा है, आज उसी से पाव भाजी खाएँगे, एकदम कड़क पाव व तरी वाली सब्ज़ी बनाता है।

शालू — मुझे खाना बनाने में कोई परेशानी नहीं है, दो जनों के खाना बनाने में कितना समय लगेगा ?

शेखर बाबू — अब खाना बनाने का मूड भी नहीं रहा होगा, कहीं नमक ज़्यादा, कहीं रोटी कच्ची रहेगी। यहीं से सब निपट कर चलते हैं।

(दोनों पति पत्नी हीरालाल के पास से पाव भाजी खाकर अपने घर पहुँचते हैं।)

शेखर बाबू — अब कोशिश करो कि नींद आ जाए। कल चार - पाँच घंटे बैठकर ही सफ़र करना होगा।

शालू — गाड़ी बगैरह का इंतज़ाम हो गया होगा ?

शेखर बाबू — अभी इस संबंध में तो कोई चर्चा नहीं हुई, फिर भी अगर तुरंत ज़रूरत पड़ी तो एम. गुप्ता जी के साथ चलेंगे।

शालू — एम. गुप्ता व मेधा जी भी जा रही हैं क्या ?

शेखर बाबू — बिल्कुल, हमारे लिए भी आवश्यक है व अपनी बेटी व दामाद से भी मिल लेंगे।

शालू - शुभम - शिवि भी पहुँचेंगे डिग्री लेने ?

शेखर बाबू — हाँ, उन सब के लिए ही तो यह समारोह आयोजित किया गया है।

शालू — शुभम बाबू ने दिल्ली आप्रेशन के दौरान बहुत ख्याल रखा, बहुत शरीफ़ लड़का खोज लिया है हमारी शिवि ने।

शेखर बाबू — सब नसीब की बात है, किसी की मूर्खता या चतुरता काम नहीं आती। गुप्ता जी को भी तो दमदार दामाद मिला है।

शालू — भानू के बारे में क्या विचार कर रहे हैं एम. गुप्ता ? अब तो उसका मिशन — मून चल रहा होगा ?

शेखर बाबू — भानू अभी शादी के मूड में नहीं है। वैज्ञानिक होकर शादी के झंझट से दूर ही रहते हैं ये लोग ? अब सो जाओ, काफ़ी देर से बातें कर रहे हैं हम।

शालू — आज ही की रात बची है बातों के लिए, कल इस समय तक तो हम अजनबी हो जाएँगे।

शेखर बाबू — हाँ शालू, अजनबी, अनजाने हमसफ़र ! कैसा रहा शालू हमारा मिलन ?

शालू — न यह मन का मिलन था, न यह तन का मिलन था, बस विवशताओं का मेल था। अब जो वह विवशता थीं, दूर हो गई, यह मिलन फिर वियोग बन जाएगा, बिना मिलन का वियोग !

शेखर बाबू — तुमने भी खूब निभाया शालू और मुझे भी निभाने को विवश किया। तुम आज की सीता हो, जो इतने कष्ट सहकर अपने राम को पाने में सफल रही।

शालू — मेरे राम ने भी मेरा ख़ूब इंतज़ार किया व अपने दिल के एक कोने में मुझे संजोए रखा।

शेखर बाबू — बिल्कुल शालू, शेखर गुप्ता ने अपने प्यार की तौहीन नहीं की और अपनी 'साधना' के लिए सब आनंद मौज मस्ती का त्याग कर दिया।

शालू — बेशक हमने प्रेम - विवाह किया है, फिर भी हमने इसे उसी ढंग से निभाया है जैसे कोई सामाजिक तरीक़े से हुई शादी हो।

शेखर बाबू — शालू, अगर कभी तुमसे मिलने को दिल करे तो कैसे होगा ? हम क़रीब एक वर्ष तक साथ रहे, कभ दिल बेचैन भी हो सकता है मिलने के लिए।

शालू — शेखर बाबू, आप बुद्धिमान है, समाज इस प्रकार के मिलन को मान्यता नहीं देता और न ही हमारे सुखद भविष्य के लिए स्वस्थ होगा। फिर भी कोई विचार मस्तिष्क में उभर कर आया तो मैं तुमसे साझा कर लूँगी।

शेखर बाबू — हाँ शालू, किसी के साथ कुछ समय बिताएं तो उसकी स्मृति दिमाग़ में बनी रहती है, फिर हमने तो काफ़ी समय साथ रहकर जीवन जीया है।

शालू — मुझे भी जब इन लम्हों की याद आएगी तो बेचैनी तो मुझे भी होगी पर भावी जीवन की सलामती के लिए कलेजे पर पत्थर रखना होगा।

शेखर बाबू — शालू, अब रात गहरा गई है, सोने का प्रयास करो। जैसा प्रकृति ने अब तक किया है, आगे भी स्वीकार करना होगा ?

शालू — हाँ शेखर बाबू, इस घर में यह मेरी आख़िरी रात है, गुड नाइट!

शेखर बाबू — शायद हम दोनों के मिलन की आख़िरी रात है, गुड नाइट !!

***

27.

शेखर व शालू का चिंतन

नींद कोई ऐसी घटना नहीं जिसके लिए प्रयास करना पड़े, यह शांत, निश्चिंत व थके दिमाग़ में तुरंत व बेहिचक समा जाती है। शालू जितना प्रयास करतीं, नींद उतना ही दूर भागती। नींद के अभाव में तरह - तरह के विचार मस्तिष्क में भ्रमण करते हैं। शालू, तुम शेखर बाबू को किसके सहारे छोड़ कर जा रही हो। जिस व्यक्ति ने तुम्हें इतने वक़्त तक अपने पास पवित्रता से रखा, आज उसी को असहाय बनाकर जा रही हो। कितना निर्दोष व निरीह है शेखर बाबू, हमेशा मेरी ख़ुशी के लिए प्रयत्न करता, मुझे पूरा सम्मान देता और कहता - शालू, तुम कोई साधारण महिला नहीं हो, बहुत बुद्धिमत्ती एवं शिक्षित लगती हो। पिताजी जीवित रहते तो शायद डॉक्टर दादा (शेखर बाबू के दादा जी) की बात मानकर एम. ए. करने के बाद मेरी शादी इन्हीं के साथ कर देते। पर शालू कहते हैं कि शादियाँ स्वर्ग से बनकर निकलती हैं, तो क्या ये एक वर्ष की शादी भी स्वर्ग से ही निकली थी। शेखर गुप्ता ने मेरी पढ़ाई Ph.D में बड़ा योगदान किया, जिसके कारण ही प्रोफ़ेसर बन पाई। गुप्ता जी भी कोई कमी या न्यून व्यक्तित्व के मालिक नहीं हैं बल्कि हालात के साथ सामंजस्य स्थापित करने वाले उत्साही व्यक्ति हैं। मेरे बिना भी नीलिमा बिटिया का सब कुछ अच्छे से किया, कभी दूसरी शादी का विचार मन तक नहीं लाया। नीलिमा के ससुराल जाने के बाद भी विचलित नहीं हुए। भगवान ने चारों भित्ति पत्रिका के स्टूडेंट्स को ऐसा जोड़ा कि वे सब अपने सर के सहयोगी बन गए। नीलिमा का आप्रेशन करवाया तो शुभम ने बहुत मदद की। पूरा एक सप्ताह अपना घर छोड़कर दिल्ली में अस्पताल में रहकर बिताया व नीलिमा बिटिया की पूरी संभाल रखी। अब शुभम भी, शिवि भी सब दूर हो जाएँगे, उनसे मौसी का रिश्ता तो समाप्त ही समझो, बस यही एक रिश्ता है जो आदमी पर

आधारित नहीं होता। शिवि ने अपने स्वभाव से मौसी के रिश्ते को माँ में बदल दिया। मैं तो राजू व मैना की चालों में उलझ गई थी पर शिवि ने घर से भागकर मुझे गर्त में जाने से बचा लिया वरना शिवि अगर राजू की रखैल बन जाती तो जीवन भर तड़पती व मुझे भी चैन की साँस नहीं मिलती। राजू ने भी हमारा जीना हराम कर दिया था और मैना, जिसको मैंने बहन की तरह मान लिया था, वह भी मेरी तरह राजू को हर महीने कुछ रुपए पहुँचाती थीं। अब इन दोनों से भी नाता ख़त्म हो जाएगा।

शेखर बाबू – (कुछ खांसी करते हुए) शालू, तुम सोई नहीं क्या ?

शालू — मैं अभी पानी पीकर आई हूँ, पाव भाजी खाने के बाद एक बार भी पानी नहीं पीया।

शेखर बाबू — तुम्हारे उठने व पानी पीने की आवाज़ से ही शायद मेरी नींद खुल गई।

शालू — मुझे तो एक क्षण के लिए भी नींद के दर्शन नहीं हुए ?

शेखर बाबू — कैसे होंगे जब आँखें खुली रखोगी ? नींद के दर्शन तो आँखें बंद करने से ही होते हैं।

शालू — तुम्हें भी पानी दूँ क्या या कुछ चाय की इच्छा हो तो बना दूँगी।

शेखर बाबू — फिर तो तुम्हारी तरह मेरी नींद भी काफ़ूर हो जाएगी। तुम क्या सोच रही हो जो अब तक सोई नहीं ?

शालू — भूतकाल की स्मृतियाँ, घटनाएँ ही घेर लेती हैं मन - मस्तिष्क को, कितना स्वर्णिम भूतकाल था शेखर बाबू हमारा, ऐसा शाप लगा किसी का कि सब तहस - नहस हो गया। गति कहीं, पत्नी कहीं व दुहिता

कहीं? शेखर बाबू! मैं सीता नहीं बल्कि तारावती (राजा हरिश्चंद्र की पत्नी) हो गई।

शेखर बाबू — अब पुनर्मिलन होगा तो जीवन भूतकाल के उसी स्वर्णिम युग में लौट आएगा, फिर परिवार में ख़ुशियों के पुष्प खिलेंगे।

शालू — मुझे जब तुम्हारे अकेलेपन की कल्पना होती है तो मैं बेबस हो जाती हूँ, कुछ कर नहीं पाती हूँ।

शेखर बाबू — शालू तुम्हें क्या ? यह तो मुझे ही कुछ संभलना होगा। अब तुम मेरी चिंता छोड़कर सो जाओ। सुबह तैयार रहना है, नौ बजे गजेंद्र भाई साहब गाड़ी से सबको साथ ले चलेंगे।

शालू — तुम भी सो जाओ, मै भी सो रही हूँ। (स्वयं से) शालू, आधी रात निकल गईं चिंतन मे, अब नींद लेना भी ज़रूरी है। कितना ही चिंतन करो, जो घटित होनेवाला है, उसे रोका नहीं जा सकता। शेखर गुप्ता क्या मुझे देखकर आँखों व मन पर विश्वास कर पाएँगे कि दो साल पहले मृत्यु को प्राप्त हुई उनकी' साधना' ज़िंदा है। उनकी ख़ुशी का कोई ठिकाना नहीं रहेगा जब गजेंद्र सिंह के पूरे परिवार से मिलेंगे और मेरे उनके साथ बने रिश्तों को जानेंगे। नीलिमा अपनी माँ को पुनः पाकर हर्ष से भरपूर होंगी। सब मित्र रिश्तेदार, कॉलेज - स्टाफ़ हैरान रह जाएँगे जब मुझे अपने मध्य पाएँगे। मैं अपनी नौकरी फिर से शुरू कर पाऊँगी ? प्रिंसिपल मनोरमा जी, बड़ी दयालु एवं मिलनसार है, अवश्य ही कोई रास्ता खोज लेंगी मुझे फिर से नौकरी पर लेने के लिए। आर्य सर भी अपने परम मित्र को खुश देखकर प्रसन्न होंगे। अब मुझे पहचानने में किसी को कोई परेशानी नहीं होगी, चेहरा - मोहरा सब पहले की तरह बन गया है। भला हो गजेंद्र भाई साहब व पुष्पेंद्र बेटे का, जिनके "आप्रेशन बुलडोज़र" से बिखरा परिवार फिर एक साथ दिखेगा। जीवन सुख - दुख की छाया में ही बीतता है शायद अब दुखों का अंत हो गया

है और सुख — शांति का वातावरण निर्मित हो रहा है, हो रहा.... है, हो ... र... हा.... है।

(चिंतन करते - करते शालू की आँखें लग गईं थीं)

शेखर बाबू — शालू, तुम जाग रही हो या सो गई ? (कोई जवाब नहीं मिलने पर) शायद सो गई है, जितनी पढी - लिखी है, उससे भी ज़्यादा भोली है। एक साल से मेरे साथ घर में रह रही है, कभी कोई डिमांड नहीं की, जो मिला, खा पी लिया, पहन लिया। कोई ज़िद नहीं की कहीं आने - जाने की, किसी सिनेगा, थियेटर, पार्टी बगैरह की। क्या कोई इतनी पढी - लिखी महिला इतनी शरीफ, ईमानदार, संतोषी, सरल व मिलनसार हो सकती है ? भगवान भी शायद भोले को ही सताते हैं। शेखर गुप्ता का जीवन धन्य हैं जो ऐसी पत्नी मिली थी और अब फिर धन्य हो जाएगा। मेरे डॉक्टर दादा ने पुलिस ऑफ़िसर पर ज़ोर नहीं डाला वरना शिवानी (शालू) आज मेरी पत्नी होकर मेरा जीवन धन्य करती। बचपन व कॉलेज टाइम में कितनी चुलबुली थीं कि एक कमेंट से ही बिफर गई और पापाजी को सब कुछ बता दिया जिसके कारण मुझे कॉलेज से ग़ैर हाज़िर होकर चाचा जी के पास मुम्बई भागना पड़ा। वह तो शुक्र है कि डॉ दादा का पुलिस ऑफ़िसर से अच्छा तालमेल था, नहीं तो भाई साहब को लेने के देने पड़ जाते। पिता की निर्मम हत्या के बाद न जाने कहाँ चली गई, मैंने भी गफ़लत की व अपनी J E. की नौकरी के ग़रूर में किसी को कुछ नहीं समझा और घमंड चूर करने के लिए संबंध जुड़ गए धनाढ्य बाला से, जिसने आमरण नाक में दम रखा। शेखर बाबू, सुख - चेन पैसे व घमंड से नहीं मिलता, प्रेम - प्यार से मिलता है। एक मेरी शिवानी थीं और एक शिवानी यह है, दोनों में नदी के तटों का फ़ासला है। अब क्या फ़ायदा शेखर बाबू, तुमसे तो दोनों चली गईं। एक बेबसी में चलीं गई और दूसरी को इच्छा से रूखसत कर रहा हूँ। कल दोपहर तक मेरी शालू शेखर गुप्ता की 'साधना' बन जाएगी।

मैं ख़ुशी — ख़ुशी लौट आऊँगा अपने घर किसी और का घर रोशन करके। जो मज़ा व आनंद मिल रहा है, वह दूसरों को ख़ुशी देने में ही मिलता है। आओ शालू ! गाड़ी आ गई, तुम बैठो इसमें, (तंद्रा में ही खिड़की खोलने लगता है तो हाथ इधर - उधर घूमने से होश में आकर) शेखर बाबू, कहाँ है गाड़ी ? शायद शालू को तो नींद आ गई और उसका चिंतन मेरे पल्ले आ पड़ा। अब सोने की कोशिश करता हूँ। (पानी पीकर सोने जाता है, बाहर' जागते रहो' की आवाज़ सुनकर) चार बज गए शेखर बाबू, नौ बजे निकलना है पर दस तो बज ही जाएँगे इंडियन टाइम के हिसाब से। दो घंटे भी नींद आ जाए तो छः बजे जागकर भी तैयार हुआ जा सकता है।

(चैन की नींद सोने लगता है)

***

28.

गजेंद्र सिंह के साथ सभी का भिवानी आना व डॉ. गुप्ता से मिलना

गवर्नर साहब के राजधानी लौट जाने के बाद उनकी सुरक्षा दस्ते की अगुवाई में तैनात पुष्पेंद्र सिंह अब फ़ुरसत पाकर 'राका रेस्टोरेन्ट' भिवानी पर आ गए थे। अंबाला कैंट से गजेंद्र सिंह, शेखर - शालू, व एम. गुप्ता एवं मेधा गुप्ता व जींद शहर से डॉ भगवत स्वरूप, राकेश व रश्मि को लेकर पहले ही' राका' पर पहुँच चुके थे। गजेंद्र सिंह ने अपने जींद' राका रेस्टोरेन्ट' का ज़िम्मा आज छोटे लड़के दीपेन्द्र को सौंप दिया था। दिन में कोई ख़ास ग्राहक उसके पास नहीं था सो वह अपनी पढ़ाई करता रहा। कुछ घंटे आराम कर सायं लगभग पाँच बजे फिर रेस्टोरेन्ट पर ड्यूटी संभाल ली थी और लगभग इसी समय भिवानी में जुटे परिवारजन व मित्र इंतज़ार में थे कि कब कोई सूचना मिले।

गजेंद्र सिंह — पुष्प बेटा, अब तुम अपनी सरकारी ड्रेस बदलकर आम जन के वस्त्र पहन लो। अब तक तो डॉ शेखर गुप्ता फंक्शन के बाद कॉलेज से घर लौट आए होंगे ?

पुष्पेंद्र — हाँ पिताजी, मै भी फ़ंक्शन के बाद गवर्नर साहब के चले जाने के बाद ही आया हूँ। फिर भी कुछ फ़ोन बगैरह उधर से आए तब तक हम चाय ले सकते हैं। डॉ दादा, आप चाय लेंगे या कॉफी ?

डॉ दादा — जो मिल जाए, वही ले लेंगे।

(सब चायपान करते हैं, पुष्पेंद्र सिंह के फ़ोन की घंटी बजती है व बंद हो जाती है)

शेखर बाबू — (पुष्पेंद्र से) कोई सरकारी कॉल हो सकती है ?

शालू — सरकारी आदमी को सरकारी कॉल ही आएगी।

पुष्पेंद्र सिंह — बुआ जी, ये आपके घर लौट आने का देव बाबू का मैसेज आया है। अब हम सब शेखर गुप्ता जी के घर चलेंगे। आपको जैसा कहा गया था वैसा ही हल्के दुपट्टे से मुँह ढक लेना है।

शालू — मुझे ध्यान है बेटा, आदत सी नहीं है, कभी पर्दा तो क्या सिर पर चुनरिया भी नहीं डाली पर यह तो कुछ पलों का ही मामला है, निभाना ही पड़ेगा।

दोनों गाड़ियाँ जब अर्बन स्टेट स्थित डॉ शेखर गुप्ता के घर पहुँची तो देव व शुभम बाहर आए व सभी को यथायोग्य प्रणाम व नमस्कार कर घर के अंदर ले आए। लिविंग रूम में बैठे लोगों से देव व शुभम ने इस तरह परिचय करवाया।

देव — पहले से ही उपस्थित सज्जन वृंद, (डॉ भगवत स्वरूप जी की तरफ़ इशारा कर) ये महानुभाव किसी परिचय के मोहताज नहीं हैं। इन्हें हम सब जानते हैं, पूरा जींद शहर जानता है, हरियाणा राज्य के बहुत लोग इन्हें पहचानते हैं। (डॉ भगवत स्वरूप कर बद्ध सभी को विनम्रता से अभिवादन करते हैं) इनके साथ बैठे युवा दम्पति डॉ राकेश व डॉ रश्मि, इन्हीं के पुत्र के दामाद है। (सभी उपस्थित उन्हें नमस्कार करते हैं) और अब गजेंद्र सिंह व उनके पुत्र पुष्पेंद्र सिंह व बहन आपके लिए शायद पूर्व परिचित नहीं हैं। हम कुछ बातें करेंगे तो इनका परिचय मिल जाएगा।

शुभम — और आख़िर में मेरे पिता श्री है, शिवि के पापा शेखर बाबू।

डॉ शेखर गुप्ता — आप सभी का मैं अपने निवास स्थान पर तहेदिल से स्वागत करता हूँ।

डॉ आर्य — हमें खुशी है कि देव बाबू ने आपको किसी महान् लक्ष्य के लिए बुलाया है।

देव — अब इस ओर का परिचय भी दे दूँ। डॉ गुप्ता सर से तो आप परिचित हो गए, मनोविज्ञान के प्रोफ़ेसर हैं ट्रेनिंग कॉलेज में, डॉ आर्य भी इन्हीं के साथ प्रोफ़ेसर हैं। शेष लोग दोनों पक्षों से पूर्व परिचित है। शायद दिव्या व नीलिमा दीदी से कम परिचित होंगे। दिव्या, मंत्री शंकर प्रसाद जी की इकलौती संतान अपने पति एडवोकेट राजीव के साथ व नीलिमा दीदी डॉ शेखर गुप्ता की प्रिय पुत्री, कांति बाबू से विवाहित हैं।

शुभम — मुझे क्षमा करेंगे एक युगल अभी परिचय के लिए शेष है, श्री एम. एम. गुप्ता व उनकी भार्या मेधा गुप्ता, इनका एक पुत्र जो अंतरिक्ष वैज्ञानिक है और चाँद पर उड़ने की तैयारी में जुटा है। गुप्ता जी की एक पुत्री देविना जो हमारे बड़े भैया देव बाबू के साथ विवाह में हैं। एम. गुप्ता जी खुद दूरसंचार विभाग में ज़िलाधिकारी हैं व मेरे पिता श्री इन्हीं के विभाग में SDO हैं। अब पिता श्री ही सब बात की शुरुआत करेंगे कि कब - कहाँ - क्या हुआ?

शेखर बाबू — मैं चाहूँगा कि पुष्पेंद्र सिंह ही सब बात कहे ?

पुष्पेंद्र सिंह — फूफा जी, मैं अपने समय की बात तो कह सकता हूँ, मगर आप के कालखंड की तो आप ही जानें।

डॉ आर्य — शेखर बाबू, आप ही कहे, कुछ रहस्य की बातें है शायद?

शेखर बाबू — गोपनीयता ही तो प्रकट करने सभी को साथ लेकर आए हैं। सभी ध्यान से सुनें - बात या वाक्यांश समाप्त होने पर ही प्रतिक्रिया दें अन्यथा जिसको संबोधित कर संवाद होगा, वही जवाब देगा व प्रश्न भी

करेगा। शेखर गुप्ता जी, सर ! आपकी पत्नी शिवानी का देहांत कब व कैसे हुआ ?

डॉ शेखर गुप्ता — शेखर बाबू, जो चला गया उसे लौट कर तो आना नहीं, बेकार गढ़े मुर्दे उखाड़ने से क्या फ़ायदा मिलेगा ? जो नियति को मंजूर था, हमने स्वीकार कर लिया है।

शेखर बाबू — डॉ गुप्ता सर ! जो गए ही नहीं, वह तो लौट सकता है न?

डॉ आर्य — शेखर बाबू, यही बात आपके दामाद शुभम बाबू ने कुछ समय पहले कहीं थी और देव बाबू ने भी मौन स्वीकृति दी थी। असलियत क्या है ? कृपया जिज्ञासा {रहस्य} का समाधान करें ?

शेखर बाबू — आपके प्रश्न - उत्तरों में ही जिज्ञासा का समाधान होगा। हम पर विश्वास करके ही बातचीत करें। हम इतने लोग जो आए है, इसी विश्वास में वृद्धि करने को आए हैं आप हमारे संवाद पर भरोसा कर विश्वसनीय जवाब दें व जहाँ शंका हो, वहाँ प्रश्न करें। क्यों डॉ भगवत स्वरूप जी ?

डॉ भगवत स्वरूप — मुझे विश्वास है कि इतने सबके समक्ष किसी असत्य बात का संभाषण नहीं होगा और मैं इस पक्ष में हूँ कि सब संवाद आपसी विश्वास से लबालब, तर्क पूर्ण व सत्य पर आधारित हो।

देव — डॉ गुप्ता सर, ये सब लोग जो दो पक्षों में कहे जा रहे हैं, वास्तव में एक ही पक्ष है और आज हम एक महत्वपूर्ण विषय पर समाधान प्रस्तुत करने का प्रयास करेंगे।

डॉ आर्य — डॉ गुप्ता, अब आप निर्भीक होकर सत्य कथन करें।

डॉ शेखर गुप्ता — मि० शेखर बाबू, मेरी पत्नी शिवानी कोविड - 19 महामारी से पीड़ित हो गई थी, जिसे ज़्यादा बीमारी बढ़ने के कारण स्थानीय अस्पताल से बड़े अस्पताल मे शिफ्ट कर दिया गया। हमें केवल दूर से देखने की इजाज़त थी, मिलने व बात करने की नहीं। कुछ दिनों के बाद मुझे सूचना मिली कि आपकी पत्नी शिवानी ने रात्रि बारह बजे दम तोड़ दिया व अंतिम संस्कार नगर निगम की ओर से सुबह किया जाएगा। आप शव को दूर से देख सकते हैं, पास से नहीं।

शेखर बाबू — क्या आप अपनी पत्नी के दर्शन कर पाए ?

डॉ शेखर गुप्ता — मैं दोपहर तक ही पहुँच सका और नगर निगम ने औरों के साथ ही मेरी शिवानी, मेरी साधना को सुपुर्द - ए - ख़ाक कर दिया था। मैं रो धोकर ख़ाली हाथ घर लौट आया। (आँखों से आँसू गिरने लगते हैं)

डॉ आर्य — डॉ गुप्ता, आप अपने को सँभालें, नीलिमा बिटिया ने आँसू देख लिया तो आंसुओं का समुद्र बहने लगेगा।

डॉ गुप्ता — आर्य सर, मैं नहीं रो रहा, मेरा दिल रो रहा है, मेरा प्यार रो रहा है।

शेखर बाबू — डॉ गुप्ता, अब मैं आपसे जो कहूँगा, शायद आप फिर न विश्वास करें ? आप धैर्य रख कर सत्य सुनिए - मेरी पत्नी शिवानी भी कोविड - 19 महामारी से पीड़ित थी व उसी अस्पताल के उसी रूम में दाख़िल थीं जिसमें आपकी शिवानी दाखिल थी। एक रात में मेरी पत्नी को ज़बरदस्त बेचैनी हुई और 'बचा लो, शिवानी बहन बचा लो, 'पुकारती हुई तुम्हारी शिवानी के बेड पर आ गई और कुछ देर बाद अचेत होकर उसी बेड पर गिर गई और फिर कभी नहीं उठी। तुम्हारी शिवानी उसे अपने बेड पर मृत छोड़ उसके बेड पर चलीं गई। अब मृत्यु हुई मेरी शिवानी की और बेड था

तुम्हारी शिवानी का, और हम दोनों के नाम भी एक ही होने के कारण आपको अपनी पत्नी की मृत्यु का मैसेज मिला। भयंकर बीमारी की वजह से न पत्नी को देख पाए और न ही वार्ड में जा सके। (एकदम सन्नाटा पसर जाता है)

डॉ गुप्ता — (गंभीर होकर) मेरी शिवानी ज़िंदा है ! शेखर बाबू, आप सत्य संभाषण कर रहे हैं न ?

शेखर बाबू — अविश्वास का कोई कारण नहीं है। कुछ दिनों के बाद मुझे अस्पताल से संदेश मिला कि आपकी पत्नी शिवानी ने महामारी को हरा कर स्वास्थ्य लाभ प्राप्त कर लिया है, आप उसे सायंकाल में नीचे स्वागत कक्ष के सामने से ले सकते हैं। मैं जब अस्पताल पहुँचा और काउंटर पर पूछताछ की तो बताया गया कि आपकी पत्नी शिवानी तो पहले ही किसी के साथ गाड़ी में सवार होकर चली गई है। मैं सिर पकड़ कर बैठ गया और आजतक पकड़े बैठा हुआ हूँ।

डॉ शेखर गुप्ता — जब आपको पता चल गया था कि यह शिवानी कोई और थीं, आपकी पत्नी नहीं तो आपको दुख क्यों हुआ ?

शेखर बाबू — मैंने अब तक जो कुछ भी कहा है वह तुम्हारी शिवानी ने ही मुझे बताया था।

डॉ शेखर गुप्ता — मेरी शिवानी ज़िंदा है ! नीलिमा बेटी, तुम्हारी मम्मी ज़िंदा है, पर कहाँ है शेखर बाबू ? कहाँ है मेरी शिवानी, मेरी' साधना'?

शेखर बाबू — अस्पताल से तुम्हारी शिवानी का किसी माफिया गेंग ने अपहरण कर लिया था। ये लोग ऐसी महिलाओं को घरों में किसी भी छोटे-मोटे काम पर नियुक्त कर महीना दर महीना इन से पैसे वसूलने व रहस्य खोलने पर ज़बरदस्ती करते व हड्डी तोड़ पिटाई करते थे।

डॉ शेखर गुप्ता — नीलिमा बेटी, तुम्हारी मम्मी न जाने कहाँ व किस हाल में होंगी ?' साधना' तुम जहाँ कहीं भी हो, मुझे ख़बर दो, मैं तुम्हें लेने आ जाऊँगा।

शेखर बाबू — आपकी शिवानी आपसे व नीलिमा बिटिया से एक— दो बार मिल भी चुकी हैं, पर आप दोनों उसे पहचान नहीं पाए ?

डॉ शेखर गुप्ता — शेखर बाबू ! जले पर नमक मत डालो ! हम अपनी' साधना' को क्यों नहीं पहचानेंगे ?

शेखर बाबू — इसमें आपका कोई दोष नहीं, अपहरणकर्ताओं ने आपकी शिवानी पर बड़े ज़ुल्म किए व ज़ोर ज़बरदस्ती करनी चाहीं, पर मुझे उस महिला पर नाज है जिसने अपनी अस्मत को लुटने से साहसपूर्वक मुक़ाबला कर सुरक्षित बचा लिया।

डॉ शेखर गुप्ता — शिवानी, तुम धन्य हो, तुमने मेरी व अपनी आबरू को क़ायम रखा, पर तुम जहाँ हो, अब आ जाओ। हम सब की सहनशक्ति अब समाप्त हो चुकी है।

शेखर बाबू — नीलिमा की शादी में जिस औरत ने नीलिमा बिटिया को सोने की बालियाँ (कान में पहनने का गहना) गिफ़्ट की थी, वही तुम्हारी 'साधना' थीं, वही नीलिमा बिटिया की मम्मी शिवानी थीं।

नीलिमा — (खड़े होकर गले में अटके थूक को निगलते हुए) मुझे उस समय थोड़ा संदेह तो हुआ था पर उनका चेहरा तो मेरी तरह एसिड से जला हुआ था।

शेखर बाबू — हाँ बेटी, वही तुम्हारी माँ शिवानी थी, ऐसे कौन इतने क़ीमती सोने के आभूषण बिना परिचय के गिफ़्ट करेगा ?

नीलिमा — अंकल, मम्मी तो उस समय आपके साथ थीं, यह सब क्या हो रहा है अंकल ? आप शीघ्र सब बातों का खुलासा करें ? क्या मेरी मम्मी जी अभी भी ज़िंदा हैं ?

शेखर बाबू — नीलिमा बेटी, तुम्हारी शादी में मिलने के बाद भी शिवानी ज़िंदा हैं। क्या तुम अपनी मम्मी को पहचान लोगी ?

नीलिमा — यस अंकल ! क्या मम्मी जी आपके संरक्षण में हैं ?

डॉ शेखर गुप्ता — जवाब दो शेखर बाबू ? हम बेताब हैं, बेचैन है शिवानी को पाने के लिए। मैं समझ नहीं पा रहा हूँ कि जब नीलिमा बिटिया की शादी में शिवानी आई थी तो उसने अपनी पहचान छिपा कर क्यों रखी ?

शेखर बाबू — जब शिवानी ने ज़ोर ज़बरदस्ती नहीं होने दी तो उन निर्दय अत्याचारियों ने शिवानी की सुंदरता पर एसिड से ग्रहण लगा दिया ताकि वापिस घर लौटने या किसी को बताने की जूरत न कर सके। आप पिता— पुत्री भी इसीलिए नहीं पहचान पाए ? जहां तक पहचान छिपाने की बात है, इसका रहस्योद्घाटन आगे बातचीत में खुद - ब - खुद हो जाएगा।

डॉ आर्य — शेखर बाबू, आपको शिवानी भाभी कहाँ व कैसे मिली और अब कहाँ है ?

शेखर बाबू — मुझे मेरी शिवानी न मिलने से मेरा जीवन अंधकारमय हो गया। मेरी बेटी शिवि की पढ़ाई भी अवरुद्ध हो गई, विवश होकर मुझे दूसरा विवाह करना पड़ा। पर इसे भाग्य कहें या दुर्भाग्य तुम्हारी शिवानी किसी शादी एजेंट के माध्यम से उन दुराचारियों ने मेरे घर भिजवा दी और हमारा घर ठीक चलने लगा। इसी बीच शिवानी ने एक दिन कहा कि दुनिया की नज़रों में बेशक हम पति - पत्नी हैं पर मैं आपके घर में केवल आपकी हमसफ़र (मित्र) बनकर रह सकती हूँ। जब मैने कारण जानना चाहा तो शिवानी ने डर के मारे मुझे उस समय कुछ नहीं बताया।

(शेखर बाबू की बातें सुनकर पूरे घर में निस्तब्ता व सन्नाटा छा गया था।
सभी आगे ही आगे सुनने को उत्सुक थे।)

***

29.

शिवानी (शालू) को डॉ गुप्ता को सौंपना

डॉ शेखर गुप्ता — नीलिमा बेटी, शामू काका को बोलो कि पहले सभी को पानी पिलाए व फिर कॉफी तैयार करके लाए।

शेखर बाबू — धीरे - धीरे हमारा आपसी विश्वास बढ़ता गया व मुझे आभास होना शुरू हो गया था कि शिवानी एक अच्छे घर की अच्छी व पढी - लिखी महिला है और मैंने उसकी प्रशंसा कर सब कुछ जान लिया, वही सब कुछ आप सभी को बता रहा हूँ। जब शिवि का कोर्स पूरा हुआ तो हम लगभग रोज़ ही सायंकाल में पार्क जाते व शिवानी मुझे अपनी दुख भरी दास्तान सुनातीं। माफिया के डर से न शिवानी और न ही मैने किसी को कुछ बताया लेकिन मैंने ठान लिया था कि शिवानी जिस किसी की भी अमानत है (मुझे आपके बारे में शिवानी ने बता दिया था) उसको सौंपकर चैन लूँगा।

डॉ आर्य — हम सब आपके नेक इरादे की ताईद करते हैं व जानना चाहते हैं कि आपके प्रयास सफल हुए या अधूरे ही रह गए ?

डॉ शेखर गुप्ता — शेखर बाबू, हमारा धैर्य ख़त्म होता जा रहा है, हम शिवानी को लेकर चिंतित हैं।

शेखर बाबू — एक सायं हम दोनों जब डिनर के लिए 'राका रेस्टोरेन्ट' पहुँचे तो वहाँ गजेंद्र सिंह से मुलाक़ात हुई।

गजेंद्र सिंह — (हाथ उठाकर) यस सर, शेखर बाबू के स्वभाव से मैं बहुत प्रभावित हुआ।

शेखर बाबू — उस दिन के बाद हमारी मुलाक़ात का वॉल्यूम बढता गया। गजेंद्र सिंह टेलिफोन एक्सचेंज आते अपने फ़ोन की शिकायत लेकर और हम इनके रेस्टोरेन्ट पर जाते भूख मिटाने के लिए भोजन की इच्छा लेकर।

गजेंद्र सिंह — एक बार जब छोटे लड़के के लिए ब्राड बैंड की प्रार्थना लेकर गया तो इन्होंने सब खाना पूर्ति कर एक घंटे में कनेक्शन चालू कर दिया। तब मैने भी इन्हें किसी काम की सेवा के लिए अवसर देने का अनुरोध किया। काफ़ी दिनों के बाद शेखर बाबू ने आपकी शिवानी की (जो इनके साथ रहती थी) दुख की कथा सुनाई। मैंने अपने लड़के (पुष्पेंद्र की ओर संकेत करते हुए) को जब बताया कि पता नहीं क्यों मेरी शेखर बाबू व शालू की प्रॉब्लम दूर करने के लिए दिल चाहता है तो पुष्पेंद्र ने कहा - पापाजी, रेस्टोरेन्ट की मित्रता रेस्टोरेन्ट तक ही सीमित रखा करो, आजकल लोग छोटा सा अहसान करके बड़े हित साधना चाहते हैं।

डॉ आर्य — पुष्पेंद्र बाबू ने अपने अनुभव के आधार पर ही ऐसा कहा होगा जो बिलकुल उचित व तर्क संगत प्रतीत होता है।

गजेंद्र सिंह — आर्य सर ! मुझे न जाने क्या हो रहा था, शायद कोई अदृश्य शक्ति मुझे दोनों की सहायता करने के लिए प्रेरित कर रही थी।

डॉ भगवत स्वरूप — आपने सही दिशा में कदमों को आगे बढ़ाया गजेंद्र सिंह जी, तभी आपके बच्चे इतने बड़े ऑफ़िसर बन पाए हैं।

डॉ आर्य — आपका सुपुत्र पुष्पेंद्र बाबू क्या काम करता है गजेंद्र सिंह जी ? इसे और भी कोई भाई — बहन है ?

गजेंद्र सिंह — आर्य सर, मुझ पर प्रभु की असीम कृपा रही है। बचपन में कुछ दिक़्क़तें रहीं पर अब मौज - बहार है। छोटा लड़का सिविल सर्विस की तैयारी कर रहा है व बड़ा पुष्पेंद्र IPS है, दिल्ली कॉडर में लगा है। अब आगे शेखर बाबू ही बताएँगे कि क्या कैसे रहा ?

शेखर बाबू — (कॉफी का ख़ाली मग टेबुल पर रखते हुए) और एक सायं (शायद पंद्रह अगस्त को) पिताजी की इच्छा को पूरा करने के इरादे से पुष्पेंद्र ने हम दोनों को अपनी पूरी व्यथा - कथा सुनाने के लिए अपने घर बुला लिया। उस दिन मेरे बॉस एम. एम. गुप्ता भी वहाँ उपस्थित थे। पुष्पेंद्र जी ने जब अपने दादाजी शैलेंद्र सिंह राठौड़ की माफिया द्वारा नृशंस हत्या का ज़िक्र किया तो शिवानी फ़ोटो देखकर अचेत हो गई और होश में आने पर बताया कि ये तो मेरे पिताजी थे।

(मोबाइल फ़ोन में क़ैद शिवानी के पिताजी की फ़ोटो दिखाते हुए) डॉ गुप्ता! क्या आप इस फ़ोटो मे दर्शित व्यक्ति की पहचान कर सकते हैं ?

डॉ शेखर गुप्ता — (मोबाइल फ़ोन अपने पास लेकर) अपने ससुर जी को कौन नहीं पहचानेगा ? कुँवर शैलेंद्र सिंह राठौड़ जाँबाज़ पुलिस ऑफ़िसर।

गजेंद्र सिंह — (हस्तक्षेप करने के लिए क्षमा चाहता हूँ शेखर बाबू) डॉ शेखर गुप्ता, कुँवर शैलेंद्र सिंह राठौड़ मेरे पिता थे, मैं उनकी पहली ब्याहता (पत्नी) से उत्पन्न हूँ, जिसे उन्होंने अशिक्षित होने के कारण तलाक़ कर दिया था और दूसरी शादी कर ली थी जिससे मोना (बचपन का नाम) शालू का जन्म हुआ, अर्थात् मैं और शिवानी एक पिता व दो अलग - अलग माँओं की संतान हैं। शेखर बाबू, आगे आप बताएँ ?

शेखर बाबू — रिश्तेदारी का मामला जुड़ जाने पर पुष्पेंद्र जी जान से इस मामले को सुलझाने में लग गया। अब आगे पुष्पेंद्र बाबू ही बताएँगे।

डॉ शेखर गुप्ता — गजेंद्र सिंह जी आप अंबाला कैंट कब से है ?

गजेंद्र सिंह — पुष्पेंद्र की दिल्ली में पोस्टिंग के पहले से ही राजस्थान से यहाँ आए। मेरा बचपन माँ के साथ ननिहाल में ही बीता। मेरी मां (पुष्पेंद्र व दीपेन्द्र की दादी मां) ने दोनों बच्चों को मज़बूती की प्रेरणा दी।

पुष्पेंद्र सिंह — "आप्रेशन बुलडोज़र" से पता चला कि दादाजी की हत्या करने वाला माफिया गैंग नई सरकार के आने से दूसरे राज्य मे शिफ्ट कर गया है और महिलाओं को अपहरण करने वाला गिरोह अभी भी सक्रिय है। श्री एम.एम. गुप्ता जी के दामाद देव बाबू व डॉ भगवत स्वरूप जी की सहायता से राजनैतिक रसूख़ तैयार किया, तब जाकर दो महीने में महिला अपहरण गैंग का सफ़ाया किया व बहुत सी महिलाओं को उनके चंगुल से मुक्ति दिलवाई।

डॉ आर्य — (जो काफ़ी देर से शांत बैठे हुए थे) आपने अपने दादा जी के नक़्शे कदम पर चलते हुए समाज व राष्ट्र के हित का कार्य किया है, पर हमारे डॉ गुप्ता जी अभी भी संशय में डूबे हैं।

पुष्पेंद्र सिंह — बुआ जी, अब आप अपना पर्दा हटाइए व फूफा जी के पास जाइए।

शिवानी — पुष्पेंद्र बेटा ! हम भारतीय नारी है, उस पर और राजस्थान से जो अपने पति के लिए जीतीं व मरती हैं। आज डॉ शेखर गुप्ता अपनी' साधना' का पर्दा खुद उठा कर उसे अपने चरणों में स्थान देंगे।

डॉ शेखर गुप्ता — (अपने स्थान से खड़े होकर आगे बढ़ते हुए) हमें नाज है अपनी भारतीय वीरांगनाओं पर जो अपनी जान देकर भी विधर्मियों से अपनी अस्मिता को अक्षुण्ण बनाए रखने में पीछे नहीं हटती हैं। (पर्दा उठा कर अपनी' साधना' को गले से चिपका लेते हैं व सभी उपस्थित बंधु - बांधव तालियाँ बजा कर पुनर्मिलन का स्वागत करते हैं।)

नीलिमा (ज़ोरों से रोते हुए) मम्मी जी, तुम हमें क्यों छोड़ कर चलीं गई थी ? (ज़ोर व जोश से गले लगती है)

डॉ आर्य — (बड़ी प्रसन्नता से) शिवानी भाभी नमस्कार करता हूँ।

शिवानी — डॉ आर्य नमस्कार करती हूँ आपको भी। भाभी जी स्वस्थ हैं, आपका लेखन कैसा चल रहा है ?

डॉ आर्य — शिवानी भाभी, अब और प्रमाण की आवश्यकता नहीं है। आप ही हमारी शिवानी भाभी है।

शेखर बाबू — (सभी को संबोधित करते हुए) मैं स्वयं को खुशनसीब समझता हूँ कि मैं अपना संकल्प पूरा कर सका और एक उजड़े से घर को फिर से रोशन कर पाया।

डॉ शेखर गुप्ता — शेखर बाबू ! आपकी हिम्मत व दरियादिली की दाद देता हूँ व दो प्रश्नों के उत्तर चाहता हूँ ? एक - आपने बताया था कि शिवानी का फ़ेस निर्मम व अत्याचारियों ने एसिड से ग्रहण लगा दिया था जबकि अब तो पहले की तरह बिल्कुल साफ़ व सुंदर है। दूसरा - इतनी लंबी भूमिका बनाने की बजाय आते ही शिवानी को सबके सामने मुझे सौंप देते ?

शेखर बाबू — आप सही कह रहे हैं, मै शायद यह प्रसंग ज़िक्र में नहीं ला पाया। मैं आपको बताना चाहूँगा कि शिवानी का फ़ेस - आप्रेशन उसी डॉक्टर दीपक कोठारी ने किया है जिसने नीलिमा बिटिया का किया था। डॉ कोठारी नीलिमा बिटिया की शादी में शामिल हुए थे और उन्होंने ही उस समय चैक करके बताया था कि चेहरे पर घाव ज़्यादा गहरे नहीं हैं। दीपावली से कुछ दिन पहले मैंने शालू की स्वीकृति लेकर व गजेंद्र सिंह से सलाह कर अपोलो अस्पताल दिल्ली से सफल आपरेशन डॉ कोठारी ने किया। मेरा दामाद शुभम वहाँ देख - भाल करने के लिए कई दिन तक अस्पताल में रहा। शिवि बिटिया के ससुर रंजन गुप्ता भी एक बार कुशल - क्षेम पूछने अस्पताल आए थे।

आपके दूसरे प्रश्न के संदर्भ में कहना चाहूँगा कि जो कुछ भी घटित हुआ, उसकी जानकारी देकर आपका विश्वास पाना व किसी भी शंका के

समाधान के लिए आवश्यक था। गजेंद्र सिंह के परिवार से आप अपरिचित व अनभिज्ञ थे, अब रिश्तेदारी का मालूम हो गया। आपकी कोई और शंका या जिज्ञासा अगर शेष है तो उसका भी पूरी ज़िम्मेदारी से समाधान दूँगा।

डॉ शेखर गुप्ता — शेखर बाबू, ये मेरी शंकाएँ नहीं, जिज्ञासाएँ थीं, आपके सटीक जवाबों से मैं अति संतुष्ट हूँ। आपका किन शब्दों में धन्यवाद करूँ, शायद यह पूरा प्रकरण शब्द - बंधन से परे है।

डॉ भगवत स्वरूप — हमें आपको संतुष्ट पाकर बड़ी ख़ुशी हुई है। हमारे दो युवा बच्चों ने हम बड़ों को संभाल कर अपना उत्तरदायित्व बख़ूबी निभाया है, दोनों (देव बाबू व पुष्पेंद्र सिंह) बधाई व प्रशंसा के पात्र हैं। अब हम जाना चाहेंगे, मंत्री जी से मिलना ज़रूरी है वरना कहेंगे कि भिवानी आकर बिना मिले ही चले गए।

डॉ शेखर गुप्ता — वैसे तो आप अपनी मर्ज़ी के मालिक हैं फिर भी निवेदन करूँगा कि आप मंत्री जी से मिल लें, उसके बाद सभी लोग रिश्तेदार व मित्र ख़ुशी के अवसर को सेलिब्रिट करने' राका होटल व रेस्टोरेंट' सायं आठ बजे से ग्यारह बजे तक एक साथ रहेंगे। आप भी हमें वहाँ पहुँच कर आशीर्वाद प्रदान करें। उसके बाद ही सब अपनी मंज़िल के लिए निकलेंगे लेकिन फ़रीदाबाद व अंबाला कैंट से आए महानुभाव रात्रि विश्राम के बाद ही निकलेंगे।

डॉ आर्य — बिल्कुल, यह ख़ुशी जरूर मनाएँगे। शिवानी भाभी बहुत दिनों के बाद हमें मिली है।

राजीव — दिव्या व डॉ भगवत स्वरूप जी मंत्री जी की कोठी पर जाने के लिए निकल जाते हैं व डॉ आर्य' राका' में तैयारी के लिए।)

देव — डॉ गुप्ता सर ! बी. एड. में एडमिशन से अब तक कोई भूल हुई है तो उसके लिए हम चारों स्टूडेंट्स क्षमायाचना करते हैं।

डॉ शेखर गुप्ता — देव बाबू ! तुम मेरे स्टूडेंट्स नहीं, पुत्र सम हो गए हो, मुझे तुम सब पर गर्व है।

शुभम — शिवानी आंटीजी, एक बार हम सब के साथ अपने रूम में चलिए।

शिवानी — हाँ शुभम, चलो बेटा सभी, नीलिमा बेटी आओ।

शुभम व सभी लोग रूम में आकर शिवानी की दीवाल पर लटकी फ़ोटो पर से फूलों की माला हटाकर रोशनी के लिए स्विच ऑन कर ख़ुशी से झूमते व नृत्य कर धमाल मचाते हैं।

***

30.

पुनर्मिलन समारोह का आयोजन

डॉ आर्य इंतज़ामों को अंजाम देने व कॉलेज स्टाफ़ को आमंत्रित करने के लक्ष्य से डॉ गुप्ता से संक्षिप्त गुफ्तगू करके निकल गए थे। अभी ज़्यादा समय नहीं हुआ था लेकिन सर्दी के कोमल दिन मुरझाए फूलों की तरह सिकुड़े से होते हैं इसीलिए कुछ काँपता सा सूरज पाँच बजते ही अपने आवास की ओर कूच करने लगा था और अंधकार ने ठंडक की ओर दोस्ती का हाथ बढा दिया था। अब तक मंत्री जी के निवास पर प्रशंसकों, समर्थकों व किसी अपने काम के लिए उपस्थित लोगों की भीड़ जमा थी। कई लोग तो ठंड की परवाह न करते हुए अपने निजी काम के लिए बहुत देर से डेरा डाले हुए थे। मंत्री जी भी संडे (वीकेंड) या अवकाश का भरपूर लाभ उठाने का भरसक प्रयत्न करते व हर हाल में आठ बजे तक निवास पर पहुँच जाते। आज 25 दिसंबर को के.एम. कॉलेज के बी. एड. ट्रेनिंग कर रहे छात्र - छात्राओं ने हर बार की तरह क्रिसमस दिवस मनाने का निर्णय लिया था व मंत्री जी को भी कार्यक्रम में शामिल होने के लिए आमंत्रित किया था। बाहर गाँवों से टूर कर लौटे मंत्री जी ने अपने आवास पर न जाकर सीधे ही कॉलेज जाने का मन बनाया। प्राचार्य, कॉलेज टीचिंग स्टाफ़ व छात्र छात्राओं ने मंत्री महोदय का हार्दिक अभिनंदन किया। मंत्री जी प्राचार्य एवं अन्यों के साथ पवित्र क्रिसमस ट्री (वृक्ष) सज़ा - धजा देखकर दंग रह गए। शहर के चर्च के पादरी ने मंत्री जी को पवित्र बुक' बाइबिल' भेंट की। कुछ समय छात्र छात्राओं के साथ रहकर व उन्हें प्रेम - भाई चारे का संदेश देकर मंत्री जी प्राचार्य के ऑफिस में आ गए थे, जहां प्राचार्य से कॉलेज की गतिविधियों की जानकारी हासिल की व नए बने हॉस्टल भवन के बारे में पूछताछ की। दस मिनट के प्राचार्य संवाद के बाद मंत्री जी अपने आवास पर लौट आए थे, जहां उपस्थित भीड़ से रूबरू हुए व एक - एक कर यथा संभव सभी को संतुष्ट कर लॉन में ही डेरा डाल लिया पर ठंड का प्रकोप बढ़ने से वे कुछ देर बाद अंदर आ गए थे।

डॉ गुप्ता ने देव बाबू व डॉ भगवत स्वरूप जी की सलाह मानते हुए सभी मित्रों व रिश्तेदारों के साथ मंत्री शंकर प्रसाद जी से उनके आवास पर मिलने का मन बना लिया था इसलिए राजीव - दिव्या को भी डॉ भगवत स्वरूप जी के साथ ही वहाँ जाने दिया था ताकि मंत्री जी के आवास पर पहुँचने की सूचना उन्हें प्रेषित कर सके। मंत्री जी के कॉलेज से लौटते ही राजीव ने देव भैया को सूचना भेज दी थी, तभी डॉ गुप्ता के घर एकत्रित हुए सब लोगों ने मंत्री जी की कोठी की और पैदल ही कूच किया व दस मिनट में ही आवास पर पहुँच गए थे। सर्दी के प्रकोप को देखते हुए मंत्री जी ने सभी को हॉल में बुला लिया था व सभी के लिए एक प्याली चाय लाने के आदेश दे दिए थे। डॉ भगवत स्वरूप अपने साथ डॉ गुप्ता व शिवानी को लेकर मंत्री जी के पास पहुँचे व' आप्रेशन बुलडोज़र' में पूरी मदद करने के लिए तहेदिल से उनका धन्यवाद किया व डिनर के लिए' राका होटल' में आमंत्रित भी किया।

मंत्री जी — मुझे ख़ुशी है कि हम सबके संयुक्त प्रयास से एक परिवार पुनः आबाद व खुशियों से सराबोर हो गया।

डॉ शेखर गुप्ता — यस सर ! डॉ भगवत स्वरूप जी ने खुद रूचि लेकर आप्रेशन को संभाला व वित्त मंत्री बाबू राम कृष्ण जी की सहायता भी प्राप्त की।

मंत्री जी — डॉ भगवत स्वरूप जी का जीवन इतिहास रहा है मुसीबत में फंसे लोगों की सहायता करने का।

देव — हाँ सर ! जब मुझे अपने स्कूल से ट्रेनिंग के लिए अवकाश नहीं मिल पा रहे थे तो इन्होंने प्रयास कर, मुखिया को समझा कर व बाबू राम कृष्ण जी के सहयोग से मुझे छुट्टी दिलवाई।

मंत्री जी — तुम शायद सरकारी कॉलेज के वही छात्र हो जो हमारे कॉलेज के हॉस्टल में दाख़िला लेने आए थे ?

देव — यस सर ! आपने खूब पहचाना इतने दिनों के बीत जाने पर भी।

मंत्री जी — हम नेता किए गए काम भूल गए तो हमें नेता कौन कहेगा ? तुम्हारे और साथी भी है क्या यहाँ ?

देव — हाँ सर, सब हैं। (देविना, शुभम, शिवि कुर्सी पर बैठे हुए हाथ ऊपर करते हैं) इन सभी ने भी बहुत मदद की है।

डॉ शेखर गुप्ता — और सबसे ज़्यादा त्याग व मदद किया शेखर बाबू ने ? इन्होंने मुसीबत में शिवानी को अपने पास रखा व पता लगने पर विश्वास पूर्वक यहाँ मेरे पास ले आए।

शिवानी — हाँ सर, शेखर बाबू ने मुझे बड़ा सहारा दिया बिना किसी स्वार्थ के और मुझे मेरे मायके व ससुराल दोनों पक्षों से मिलवा दिया।

मंत्री जी — आपके मायके की ओर से कौन है ?

शिवानी — सर, मेरी मौसी जी का लड़का गजेंद्र सिंह और इनका बेटा पुष्पेंद्र सिंह।

मंत्री जी — इन नामों से अंदाज़ा लग रहा है कि राजस्थान की बैक— ग्राउंड है।

पुष्पेंद्र सिंह — यस सर। मेरे दादा जी कुँवर शैलेंद्र सिंह राठौड़ राजस्थान से ही संबंध रखते थे।

मंत्री जी — और शायद जहां तक मुझे स्मरण है कि रेत व खनन माफिया ने उनकी हत्या कर दी थी।

पुष्पेंद्र सिंह — सर आप दादा जी से परिचित हैं ?

मंत्री जी — शायद डॉ भगवत स्वरूप जी को भी मालूम न हो, हमारा परिवार भी राजस्थान से ही है। शैलेंद्र सिंह मेरे साथ 'शेखावत यूनिवर्सिटी' में बी. ए. तक पढे। हम दोनों की दोस्ती कॉलेज में मिसाल थी।

पिछली सरकार की अकर्मण्यता के कारण माफिया ने उनका कत्ल कर दिया था।

उनकी एक लड़की थी' मोना', अब तक उसका कुछ अता - पता नहीं है पर मैंने सरकार में आने के बाद शैलेंद्र सिंह को कई पदक व सम्मान दिलवाए तथा रेत व खनन माफिया का सफ़ाया करवाया। 'मोना' को सरकारी नौकरी दिलवाने की कोशिश की।

पुष्पेंद्र सिंह — सर ! बचपन की 'मोना' ही आज मेरी शिवानी बुआ हैं और आपकी कृपा से ही सरकार ने इन्हें लेक्चरर पद पर नियुक्त कर दिया था।

मंत्री जी — तुम्हारी बुआ कैसे हुई ? शैलेंद्र सिंह को तो एक ही 'मोना' बिटिया थीं।

पुष्पेंद्र सिंह — सर, (गजेंद्र सिंह की ओर संकेत कर) ये मेरे पिताजी हैं व शैलेंद्र दादा के पुत्र।

गजेंद्र सिंह — हाँ सर, माँ अनपढ थीं व बचपन में ही शादी हुई थी, इसलिए मेरे जन्म के बाद पिताजी ने दूसरी शादी कर ली व मोना का जन्म हुआ।

मंत्री जी — बिल्कुल, मुझे शैलेंद्र सिंह ज़िक्र करते थे व कई बार परेशान भी होते थे। (डॉ गुप्ता से) आपके दादा जी डॉक्टर थे क्या ?

डॉ शेखर गुप्ता — नहीं सर, मेरे ख़ानदान में तो सब व्यापारी ही रहे हैं।

मंत्री जी — एक बार शैलेंद्र सिंह बता रहे थे कि एक डॉक्टर रिश्ते के लिए आए थे अपने पौत्र के लिए पर क्योंकि मोना का एम. ए. करने का विचार बना था इसलिए उन्होंने इंकार कर दिया था।

शेखर बाबू — सर वे मेरे दादा जी थे, शैलेंद्र सिंह जी के परम मित्र।

मंत्री जी — तो आप है शेखर बाबू ? डॉ गुप्ता आपका नाम क्या है?

डॉ गुप्ता — सर, मुझे भी शेखर ही कहते हैं।

मंत्री जी — अब ये नाम से ही भ्रम हो गया। ख़ैर ! अब सब सही है, ठाठ से रहो बेटी शिवानी, कभी कोई परेशानी हो तो हम हैं तुम्हारे अंकल पं० शंकर प्रसाद।

शिवानी — यस अंकल ! किसी ने ठीक ही कहा है कि जब खुदा देता है तो छप्पर फाड़ कर देता है। मुझे मेरा पति, भाई - भतीजा, अंकल, बेटी सब मिल गए।

मंत्री जी — तुम्हारा भतीजा क्या करता है ?

पुष्पेंद्र सिंह — सर मैं दिल्ली पुलिस मे ACP हूँ व इससे पहले बैच का IPS हूँ।

मंत्री जी — बहुत ख़ूब, कभी ज़रूरत पड़े तो हमें याद करना।

डॉ शेखर गुप्ता — सर, हमने राका रेस्टोरेन्ट में ख़ुशी सेलिब्रिट करने के लिए प्रोग्राम रखा हुआ है, आप भी शामिल हो जाते तो .....।

मंत्री जी — अब आप लोग करो मौज मस्ती। मैं डॉ भगवत स्वरूप जी से बातचीत करूँगा, बहुत दिनों के बाद फ़ुरसत मिली है।

(सभी जाने को होते हैं)

मंत्री जी — दिव्या बेटी, तुम भी जा रही हो ?

दिव्या — हाँ पिता जी ! पर डर भी लग रहा है कि कहीं मेघ को ठंड न लग जाए ?

मंत्री जी — बेटी फिर तो यहीं रहो। यहां कुछ ठंडक भी ज़्यादा ही रहती है।

डॉ. भगवत स्वरूप — डॉ गुप्ता, आप राजीव व दिव्या को यहीं रहने दें, आप सब खूब मौज - मस्ती करो।

(सभी राका के लिए निकल जाते हैं)

देव — (वापिस मुड़कर देखते हुए) राजीव भाई, तुम्हें तो ठंड नहीं लग रही होगी? चलो हमारे साथ, दिव्या भाभी बेशक यहीं रहे मेघ के साथ।

डॉ भगवत स्वरूप — यह भी अच्छा है, जब शहर से उठ कर यहाँ तक पहुँच गए तो मित्रों के साथ मौज - मस्ती करो।

राजीव — आपकी इजाज़त है तो मैं भी तैयार हूँ। चलो देव भैया, आज धमाल मचाने का वक़्त आ गया है। (सभी निकल जाते हैं)

डॉ आर्य ने सब इंतज़ाम अच्छे से पूरे कर लिए थे। डिनर व डांस दोनों प्रोग्रामों का इंतज़ाम एक ही हॉल में कर लिया गया था। अपने कॉलेज के स्टाफ़ के कई सदस्य व प्रिंसिपल डॉ मनोरमा जी सूद खेल प्रशिक्षक अरूण सिंह तेवतिया ऑफिस सुपरिंटैडैंट श्री शर्मा आमंत्रित मेहमानों में शामिल थे। डांस के लिए एक ड्रम वादक व दो शहनाई वादक भी बुला लिए गए थे। डॉ गुप्ता व निकट संबंधियों के पहुँच जाने से होटल में ख़ुशी व रौनक़ का माहौल बन गया था। डॉक्टर गुप्ता व उनकी पत्नी शिवानी को फूल मालाओं से लाद दिया था व मंच पर आसीन कर दिया था। प्रिंसिपल डॉ सूद ने डॉ गुप्ता को मुबारकबाद दी व कहा कि वे विभाग को प्रार्थना पत्र भेजेंगी कि डॉ शिवानी गुप्ता की अनुपस्थिति को अवैतनिक अवकाश में गिनती कर पुनः सरकारी सेवा में बहाल करें। इससे दोनों पति पत्नी उत्साहित नज़र आ रहे थे।

डॉ आर्य ने मंच संभाल कर उपस्थित मेहमानों व कॉलेज स्टाफ़ को डॉ शिवानी गुप्ता की वापसी की घटना को संक्षेप में बताया तो प्रिंसिपल मनोरमा सूद ने भित्ति पत्रिका के चारों संपादक एटूटेंट्स को मंच पर आहूत किया व कहा - देव बाबू व साथियों ने यह दुष्कर कार्य पूरा करके इंसानियत की एक अनूठी मिसाल पेश की है। हालाँकि डॉ गुप्ता इनके कोई निजी रिश्तेदार नहीं हैं, फिर भी इन चारों युवाओं ने डॉ गुप्ता की मुसीबत के समय में

जो मदद की वह अनुपम, अतुलनीय तो है ही, श्लाघनीय भी है। ऐसे लोग ही समाज व राष्ट्र के विकास की नींव मज़बूत करते हैं। शिक्षा जगत् इन सब को पाकर धन्य होगा।

डॉ गुप्ता — सम्मानित अतिथि गण ! वाक़ई इंसानियत की पराकाष्ठा है। इन होनहार स्टूडेंट्स ने मेरी बेटी नीलिमा की फ़ेस बर्न की सर्जरी करवाई जिससे उसे नया जीवन मिला व इन्हीं के प्रयासों से नीलिमा बिटिया की शादी संपन्न हुई। मेरी पत्नी शिवानी जो लगभग दो साल से गुमशुदा थीं और मैं उसे मृत समझ रहा था, इन सबके प्रयत्नों से वह जीवित घर लौट आई और मुझे पुनः जीने का सहारा मिल गया। ये चारों स्टूडेंट्स महान व्यक्तित्व के धनी तो हैं ही, देव तुल्य शक्तियाँ भी है। शुभम के पिताश्री शेखर बाबू भी प्रशंसा के पात्र हैं जिन्होंने मेरी पत्नी को सुरक्षित रखा व पूर्ण पहचान व जानकारी मिलने पर मेरे पास लाकर अपनी नैतिकता व त्याग का परिचय दिया।

(सभी उपस्थित जन तालियाँ बजा कर शेखर बाबू का स्वागत करते हैं)

डॉ आर्य - अब सभी अपनी - अपनी ज़िम्मेदारी निभाएं व अवसर को रंगीन बनाएं। संकेत मिलते ही नाच - गाने व शहनाई वादन आरंभ हो गया था। देव, शुभम, राजीव, कांति, नीलिमा सबने डांस कर माहौल ख़ुशनुमा बना दिया था। एक तरफ़ नृत्य की धूम व दूसरी ओर डिनर सेवा भी शुरू हो गई थी। शहनाई की मधुर व सुरीली आवाज़ कानों में रस घोल रही थी तो वहीं डांस में ढोल नगाड़ों की आवाज़ कानों में गूंज रही थी। निर्धारित समय ग्यारह बजे सभी ने अपने को तैयार किया व डॉ गुप्ता को पुनः बधाई देकअपनीमंज़िल की ओर कूच किया।

***

31.

मंत्री शंकर प्रसाद व डॉ भगवत स्वरूप की बातचीत

राजीव के 'राका' में चले जाने के बाद डॉ भगवत स्वरूप व शंकर प्रसाद डाईनिग टेबुल पर बैठ गए थे। दिव्या ने अपना दूध पिलाकर मेघ को सुला दिया था व पिताजी से डिनर के लिए पूछा।

दिव्या — पिता जी, डिनर अभी लेंगे या कुछ देर बाद ?

शंकर प्रसाद — क्या मेघ सो गया बेटी ?

दिव्या — हाँ पिताजी, दूध पीता - 2 रोशनी की तरफ़ देखता रहा, कुछ देर बाद आँख बंद कर सो गया। अभी दो महीने का ही हुआ है।

शंकर प्रसाद — भगवान उम्र लगाए बेटी, बड़ा हंसमुख सा है। कोई बात कहो तो बड़े ध्यान से (टकटकी बाँध कर) सुनता है।

दिव्या — हाँ पिताजी, मुझे भी बिल्कुल परेशान नहीं करता, अठारह — बीस घंटे तो सोया ही रहता है।

शंकर प्रसाद — अगर पक्की नींद सो गया हो तो डिनर तैयार करवा सकती हो बेटी, आज एकदम बढ़िया व उच्च्च कोटि का बनवाना, मौसाजी (उमा बहन के ससुर) कब - कब आएं यहाँ ?

डॉ भगवत स्वरूप — हाँ शंकर प्रसाद, अब उम्र नहीं रही ज़्यादा घूमने - फिरने की, शरीर में कुछ कमजोरी भी आ जाती है उम्र के साथ।

शंकर प्रसाद — फिर भी आपका स्वास्थ्य अच्छा है, बी. पी. व शूगर से तो बचे हुए हैं न ?

डॉ भगवत स्वरूप — सक्रिय बने रहने व सामाजिक तथा अन्य जनोपयोगी सेवा में लगे रहने से इन सबसे छुटकारा मिला हुआ है।

शंकर प्रसाद — हां मौसाजी, आपने जीवन भर परिश्रम व संघर्ष किया है। अनेक प्रकार के अनुभव प्राप्त किए हैं।

डॉ भगवत स्वरूप — आज जो अनुभव मिला है, एकदम अनोखा है।

शंकर प्रसाद — आप डॉ गुप्ता के संदर्भ में कह रहे हैं शायद ? अच्छा ही हुआ जो एक परिवार की ख़ुशियाँ लौट आई।

डॉ भगवत स्वरूप — आप लोगों की मदद से ही सब संभव हुआ। आज राजनीति के बिना कुछ हासिल नहीं।

शंकर प्रसाद — आप तो अब राजनीति से बिल्कुल किनारा कर गए?

डॉ भगवत स्वरूप — अब वह राजनीति ही नहीं रही, अब तो मुफ़्त व झूठ की महिमा है। आप पता नहीं एक ईमानदार व इतना पढ़े लिखे होने पर भी राजनीति में कैसे टिके हुए हो ?

शंकर प्रसाद — जो बन पड़ता है, लोगों के लिए कर देता हूँ, अपने लिए कुछ इच्छा रही नहीं।

डॉ भगवत स्वरूप — तो आप तो राजनीतिक संत हो गए।

शंकर प्रसाद — घर से भी पहले से ही संत हैं।

डॉ भगवत स्वरूप — हम भी अब तो तुम्हारे जैसे ही हो गए हैं। दोनों लड़के अपने - अपने परिवार का पालन - पोषण करने में सक्षम हो गए हैं। मुझे कोई चिंता - फ़िक्र नहीं रहा है।

शंकर प्रसाद — आप क़िस्मत के धनी हैं मौसा जी, अच्छे बच्चे और अच्छे घरों में ही शादी - शुदा हो गए। रश्मि बिटिया का कोर्स तो पूरा हो गया होगा?

डॉ भगवत स्वरूप — हाँ, अब तो एक साल की इंटर्नशिप भी पूरी होने वाली है। राकेश बाबू वाले अस्पताल में ही ड्यूटी है। बहुत शरीफ़ व ईमानदार लड़का है बिल्कुल तुम्हारी तरह।

शंकर प्रसाद — रश्मि की वह छोटी ननद, नेहा नाम है शायद, क्या कर रही है?

डॉ भगवत स्वरूप — हां नेहा, किसी लॉ कॉलेज फ़रीदाबाद में कोर्स कर रही है। जज बनना चाहती है।

शंकर प्रसाद — दोनों भाई — बहन का जीवन कठिनाइयों में ही बीता है। माँ — बाप के बिना व आमदनी का ज़रिया न होने से वह खुद भी आगे पढ़ाई नहीं कर सका। आजकल बिना PG के भाव कम ही मिलता है।

डॉ भगवत स्वरूप — दिव्या बिटिया का परिवार कैसा लगा ?

शंकर प्रसाद — दिव्या बचपन में जितनी चंचल थीं, अब उतनी ही शांत स्वभाव की हो गई है। ख़ुश है अपने परिवार मे, माँ - बाप को इससे ज़्यादा क्या चाहिए।

डॉ भगवत स्वरूप — माँ के पास कभी आती - जाती है क्या ?

शंकर प्रसाद — उमा बहन जब यहाँ आई थी, वह तो जाने की कह रही थी पर मैंने ही इग्नोर कर दिया था। मौसा जी, अब दबाव सहन नहीं होता?

डॉ भगवत स्वरूप — परिवार में रहते हुए अनेक उतार - चढ़ावों से रूबरू होना पड़ता है। आज दुनिया में बिना किसी अभिप्राय के कोई किसी को नहीं पूछता।

शंकर प्रसाद — यही स्थिति राजनीति की हो रखी है। किसी परिवार के दस काम कर दिए व ग्यारहवाँ नहीं हुआ तो पिछले सब साफ़ समझो। काम होने जाने पर भी लोग वोट मनमर्ज़ी से या मुफ्त की रेवड़ियाँ बाँटने वाले को ही करते हैं।

डॉ भगवत स्वरूप — यही सब कुछ मैंने पहले बताया था तुम्हें, विश्वास की डोर टूट चुकी है, सर्वत्र धोखा, फरेब व झूठ पनप रहा है। (गेट पर नौकर को देख कर) डिनर के लिए पूछ रहे हो क्या ?

नौकर टिक्कू — हाँ सर, दस बजने को आए हैं, डिनर तैयार है।

शंकर प्रसाद — हां, लगा दो डाइनिंग टेबल पर, मौसा जी आपको कोई दिक़्क़त तो नहीं होगी ?

डॉ भगवत स्वरूप — अभी तक तो हाथ - पाँव सब कुछ ठीक चल रहा है।

शंकर प्रसाद — (डिनर शुरू करते हुए) डॉ शेखर गुप्ता की सहायता करके आपने बहुत बड़ा उपकार किया है। अब दिव्या बिटिया का भी पूरा ध्यान रखना।

डॉ भगवत स्वरूप — भगवान ने दिव्या बिटिया की गोद भर दी है, भाग्य से ही संतान प्राप्ति व संतान — सुख मिलता है।

शंकर प्रसाद — (दीर्घ निःश्वास लेकर) हाँ मौसा जी ! हम इसी फ़ील्ड में ही पीछे रह गए और संकल्प कर बैठे भविष्य में शादी - ब्याह न करने का ? अब जीवन कुछ नीरस सा लगने लगा है। यद्यपि सब सुख - सुविधाएँ उपलब्ध हैं, नाम व शोहरत भी बहुत हैं फिर भी कुछ ख़ालीपन का अहसास मन को घेरे रहता है।

डॉ भगवत स्वरूप — बिना परिवार व स्वजनों के इंसान जंगल में हरे - भरे पेड़ों के बीच ठूंठ के समान है जिस का अस्तित्व तो असंदिग्ध है पर आसक्ति किसी से नहीं । बग़ैर आसक्ति (प्रेम) के संसार में सूनापन ही है । तुम्हारी मौसी के जाने के बाद मैं भी ख़ालीपन (रिक्तता) का शिकार हुआ था, सांसारिक कामों में लगा तब जीवन सरल हुआ ।

शंकर प्रसाद — आपका तो भरा - पूरा परिवार है, मुझे तो एक ही सहारा था जो हमेशा के लिए छूट गया ।

डॉ भगवत स्वरूप — शंकर बाबू, दुखी ना हो, जिसकी क़िस्मत में जो लिखा है, उसे वहीं मिलता है । अब शेखर बाबू को ही लो, घर पर रिश्ता मांगने गए डॉ दादा पर बिना क़िस्मत कैसे मिलता ? लगभग तीस सालों के बाद किस रूप में मिली और वह भी एक साल बाद खुद ही सुपुर्द करनी पड़ीं । अब तुम अनुमान लगाओ, सब भाग्य का ही खेल होता है । एक अनपढ़ माँ का पौत्र IPS बन गया और तुम भी तो मंत्री बन गए हो ?

शंकर प्रसाद — मौसा जी, जब कुछ बिगाड़ हो जाए तो भाग्य, बन जाए तो भाग्य, फिर कर्म करने की क्या ज़रूरत है ।

डॉ भगवत स्वरूप — इस ब्रह्मांड में मानव ही ऐसा प्राणी है जो कर्म कर सकता है, बाक़ी सभी अपने कर्मों का फल भोगते हैं, कर्म के द्वारा मानव - मात्र अपना भाग्य भी बदल सकता है। ख़ैर छोड़ो इस विषय पर चर्चा तो मनीषियों, चिंतकों, विद्वानों का ही हक़ है ।

शंकर प्रसाद — (डिनर ख़त्म कर) आओ मौसा जी, थोड़ा बाहर लॉन में टहलते हैं, खाना हज़म हो जाएगा ।

दोनों अच्छे ऊनी कपड़े पहनकर बाहर लॉन में घूमने लगते हैं । मेन गेट पर से कुछ लोगों के आने की पदचाप व बातचीत की आवाज़ सुनकर दोनों उधर ही आते हैं व राजीव के साथ सभी लोगों को देख कर

डॉ भगवत स्वरूप — कैसा रहा आप लोगों का प्रोग्राम ?

राजीव — बहुत मज़ा आया डॉ दादा, सभी अपनी पूरी मस्ती में थे।

डॉ भगवत स्वरूप — सभी के रात्रि विश्राम का इंतज़ाम यहीं कर दिया है, सुबह नाश्ता किए बगैर ही निकलेंगे।

शंकर प्रसाद — यह नहीं हो सकता मौसा जी, जिस समय भी कहोगे, उसी समय पर गर्म पानी व गर्म नाश्ता मिलेगा।

राजीव — ओ. के. पिता श्री ! अब हमें आराम की ज़रूरत है। दिव्या व मेघ तो सो गए होंगे ?

शंकर प्रसाद — हां, मेघ को सुला कर दिव्या भी क़रीब दस बजे सो गई थी। अब आप सब भी विश्राम करें। डॉ गुप्ता तो पत्नी व बेटी - दामाद के साथ घर चले गए होंगे ?

राजीव — हाँ पिता श्री, एम. गुप्ता व शेखर बाबू भी उन्हीं के साथ निकले हैं। ओ. के. पिता श्री, गुड नाइट !

शंकर प्रसाद — यस बेटा, गुड नाइट !

***

32.

शेखर बाबू व अन्य मेहमानों की स्वागत पूर्ण विदाई

प्रात पाँच बजे जाग कर व आवश्यक कार्यों से निवृत्त होकर नाश्ते के लिए टेबुल पर आ गए थे सब मेहमान। शुभम - शिवि, कांति व देव भैया ने विचार किया कि डॉ गुप्ता से मिलकर ही अपने घर के लिए प्रस्थान करेंगे, वैसे कांति को तो नीलिमा को भी लेना ही था। नाश्ता निपटाकर सब लोग मंत्री जी को नमस्कार कर डॉ गुप्ता के घर आ गए थे। मंत्री जी को भी आज राजधानी के लिए निकलना था, नाश्ता लेकर वे भी अपने गंतव्य के लिए निकल गए थे।

देव — गुप्ता सर, अब हमें इजाज़त दें व जीवन में कभी आपसे मिलना हुआ तो स्वयं को सौभाग्यशाली समझेंगे।

डॉ गुप्ता — देव बाबू, एकलव्य से भी बढ़कर जो गुरू दक्षिणा तुमने मुझे दी है, उसका कोई सानी नहीं हो सकता और न ही कोई प्रतिकार, फिर भी मेरी आत्मा तुम्हें आशीर्वाद देती है कि जीवन में जब कभी भी सच्चे दिल से परम पिता परमेश्वर से किसी भी इच्छा पूर्ति के लिए प्रार्थना करोगे, वह अवश्य फलीभूत होगी।

देव — सर, बहुत भारी आशीर्वाद दे दिया आपने, जीवन भर आपकी याद रहेगी मुझे। आपके लिए तुच्छ सा प्रयास करके स्वयं को गौरवान्वित महसूस कर रहा हूँ। आप मुझे यह भी आशीर्वाद दें कि भविष्य में भी लोक कल्याण में लगा रहूँ व अपने कर्तव्य की पूर्ति करता रहूँ।

डॉ गुप्ता — मेरी आत्मा से तुम्हें हर आशीर्वाद है। इतना अवश्य कहना चाहूँगा कि अब तक जो किया है, आगे भी नीलिमा बिटिया का ध्यान रखना।

देव — हाँ सर, नीलिमा दीदी बहुत समझदार है व कांति भाई भी। आप निश्चिंत रहें। भगवान ने चाहा तो अगले साल के मध्य तक आप नाना— नानी बन जाएंगे।

शिवानी — देव बेटा, तुम सबके घर खुशियां एक साथ आएँगी और हम उन्हें सेलिब्रिट करने जींद शहर जरूर आएँगे।

देव — आंटीजी, आपने जो नरक झेला है, अब वे कल की बात हो गई है। आपको सर जी का पूरा संसार खुशियों से भरपूर कर देना है, बहुत तरसे है आपके वियोग में।

डॉ गुप्ता — देव बाबू, अब आप लोग प्रस्थान करें ताकि समय पर पहुँच कर अपनी ड्यूटी कर सको ?

(देव — देविना, कांति — नीलिमा, मम्मी पापा से आशीर्वाद लेकर शुभम — शिवि व शेखर बाबू से विदाई ग्रहण करते हैं।)

डॉ गुप्ता — शेखर बाबू, आप तो एम. गुप्ता जी के साथ ही जाएँगे ?

शेखर बाबू — जाने से पहले एक बात कहना चाहूँगा, जो अब तक नहीं कही गई। डॉ गुप्ता ! शिवानी के प्रति कभी दुर्भाव मन में मत लाना, मेरे साथ रहते हुए भी वह गंगा जल की तरह पवित्र है। दुनिया कुछ भी कहें लेकिन हम दोनों एक छत के नीचे भी अनजाने हमसफ़र रहे। शिवानी मुझे जैसी मिली थी, वैसी ही आपको सौंप दी है।

डॉ गुप्ता — शेखर बाबू ! दुनिया ने तो माता सीता पर भी आक्षेप मढ़ दिए थे लेकिन मुझे अपनी' साधना' पर पूर्ण विश्वास है कि वह कीचड़ में रही होगी तो शुद्ध व निर्मल कमल की तरह ही खिली रही होगी। औरत जब तक न चाहे उसकी मर्यादा को कोई तार - तार नहीं कर सकता ?

शेखर बाबू — अब हमें इजाज़त दे, कभी किसी मोड़ पर मिलना हो जाए तो मुख मत मोड़ना। शिवानी जी किसी भी भूल के लिए क्षमा चाहता हूँ।

शिवानी — लगभग एक साल तक आपके पास शालू बनकर रही, विदा होते हुए मुझे एक बार 'शालू' कहकर पुकारोगे ?

शेखर बाबू — नहीं शिवानी जी, अब मेरा वह हक़ समाप्त हो गया है। मैंने तुम्हें हमेशा सम्मान की दृष्टि से देखा है।

शिवानी — शेखर बाबू, तुम इंसान नहीं देवता हो। अपना संसार वीरान कर मेरी दुनिया देदीप्यमान कर दी। पति व पुत्री से साक्षात् करवा दिया। भगवान तुम्हारी हमेशा मदद करे।

शेखर बाबू — भगवान ने मुझसे न्याय तो करवाया है पर मेरे साथ न्याय नहीं किया।

डॉ शेखर गुप्ता — निराश मत बनो शेखर बाबू ! संतुष्टि से महान् कोई तृप्ति नहीं। तुमने जो मिसाल पेश की है, वह बेनजीर है, अनुपम है।

शेखर बाबू — (आँखों में अश्रुकण रोकने की कोशिश करते हुए) अब नमस्कार! (पीछे मुड़कर) शिवि - शुभम बेटा, ख़ुश रहो ! गुप्ता सर, अब मुझे चलना चाहिए, ड्यूटी भी करना है।

एम. एम. गुप्ता — शेखर बाबू, आपको कोई शायद समझ पाए ? आज मुझे इल्म हुआ कि तुम छिपे रुस्तम हो। इंसानियत, मानवता, नैतिकता क्या होती है, तुमने सबकी परिभाषाएँ समझा दी हैं।

डॉ भगवत स्वरूप — हाँ शेखर बाबू, इस पूरे घटना क्रम में तुम्हारा नाम सर्वोपरि व सम्मान के साथ ज़िंदा रहेगा, तुम्हारा त्याग पूजनीय है शेखर बाबू। अब प्रस्थान करें, सभी ख़ुश रहें।

शिवानी — नीलिमा बेटी, हम एक दिन के लिए भी पूरी तरह से मिल नहीं पाए

नीलिमा — माँ, तुम हमें मिल गई, मुझे दुनिया की सारी ख़ुशियाँ नसीब हो गई। अब पापाजी को संभालने व चिंता करने की मेरी ज़िम्मेदारी ख़त्म हो गई है।

शिवानी — हाँ बेटी, तुम अपना घर संभालो, मैं अपना। थोड़ा बहुत योग अभ्यास व घूमते — फिरते रहना बच्चे के जन्म के लिए उपयोगी रहता है।

नीलिमा — (थोड़ा संकोच से) माँ, मैं माँ बन पाऊँगी एक दिन तुम्हारी तरह ? मेरे आँगन में भी किलकारियाँ गूंजने लगेंगी माँ ?

शिवानी — क्यों नहीं बेटी, माँ बनना हर औरत का सुखद स्वप्न होता है। जब तुम माँ बन जाओगी तब अपनी माँ को भी भूल जाओगी।

नीलिमा — तुम जैसी माँ को कैसे भुला पाऊँगी ?

शिवानी — (कांति के सिर पर हाथ रखकर) सदा सुखी रहो बेटा ! दोनों मिल जुलकर रहो व जीवन में तरक़्क़ी करो।

कांति — हाँ मम्मी जी, आपका आशीर्वाद हमारे साथ है, आपको व पापा श्री को प्रणाम !

डॉ गुप्ता — दोनों सदा ख़ुश रहो व फलो - फूलो।

(सब लोग अपने गंतव्यों के लिए निकल जाते हैं।)

***

33.

एम. एम. गुप्ता — शेखर संवाद व शेखर बाबू का चिंतन

भिवानी में डॉ गुप्ता के घर से छ: बजे निकल कर दस बजे के क़रीब अंबाला कैंट पहुँच गए थे। अब सूने घर में जाने की बजाय सीधे ही ऑफिस में चले गए थे शेखर बाबू जबकि एम गुप्ता अपनी पत्नी मेधा के साथ घर चले आए थे व कुछ देर बाद ऑफिस में आ गए थे। बेल पुश की तो एक अनजान सा चेहरा प्रकट हुआ। सर ! मैं रोशन हूँ, आपका नया सेवक। राजू कई दिनों से अवकाश पर हैं, उसी ने मुझे यहाँ नियुक्त किया है।

एम. गुप्ता — राजू यहाँ किस हैसियत में काम कर रहा था ? तुम्हें मालूम है या मैं बताऊँ।

रोशन — सर, वह कह रहा था कि मैं कुछ दिनों के लिए छुट्टी पर जा रहा हूँ, तुम ऑफिस का काम संभाल लेना। सर ! यदि आप को कोई एतराज़ है तो मैं अपने घर चला जाऊँगा व राजू को भी कह दूँगा कि गुप्ता सर ने मुझे नौकरी से निकाल दिया है।

एम. गुप्ता — हाँ, तुरंत जाओ और राजू अगर तुम्हें मिले, उसे यहाँ भेज देना, वैसे तुम्हें नौकरी पर रखा किसने है ?

रोशन — विजीलैंस के इंस्पेक्टर राजा साहब ने, सर मैने आपको पहले ही बता दिया था फिर आप दोबारा क्यों पूछ रहे हैं ?

एम. गुप्ता — ताकि तुम अपनी कहे हुए शब्दों से मुकर ना जाओ। तुम्हारा विजीलैंस इंस्पेक्टर जेल में है, तुम्हें भी जेल जाना है तो फ़ोन करूँ पुलिस स्टेशन पर ?

रोशन — सर, मैं अपने घर ही चला जाऊँगा। राजू से अपने पैसे भी वापस ले लूँगा।

एम. गुप्ता — कितने पैसे दिए थे तुमने राजू को नौकरी पर लगने के लिए ?

रोशन — सर, एक महीने के लिए पाँच हज़ार, आधा - आधा बांट लिया था हमने एक माह का वेतन।

एम. गुप्ता — विजीलैंस इंस्पेक्टर का एक महीने का वेतन केवल दस हज़ार ही होता है ?

रोशन — सर, उसने दो आदमी और भी माली के पद पर लगा रखे हैं, उनको भी वेतन में से ही पे करता है। सर, अब मैं ड्यूटी करूँ या घर जाऊँ ?

एम. गुप्ता — अपने घर जाओ, फिर यहाँ आने की भूल मत करना, वरना जेल भी जा सकते हो राजू की तरह।

रोशन — सर, मुझे क्षमा करें। (निकल जाता है)

एम. गुप्ता अपनी सीट पर लौटे ही थे कि शेखर बाबू जी यह कहते हुए ऑफिस में आ गए कि बिना किसी काम के ही आया हूँ।

एम. गुप्ता — शेखर बाबू, मैं तुम्हारी मनोदशा समझ सकता हूँ। तुम्हारा घर व मन दोनों सूने हो गए हैं। बैठो, चाय लेंगे।

शेखर बाबू — गुप्ता सर, मैं रो भी नहीं सकता और रोए बिना भी नहीं रह सकता? मुझे कुछ भी अच्छा नहीं लग रहा है, मन में बेचैनी व उदासी का आलम छाया हुआ है।

एम. गुप्ता — ताज़ा घाव है, कुछ दिन तो लगेंगे ही ठीक होने में ? समय सब घाव भर देता है।

शेखर बाबू — समय यह घाव नहीं भर पाएगा गुप्ता सर ? बचपन से अब तक मैंने खोया ही है, कुछ पाया नहीं।

एम. गुप्ता — ऐसी स्थिति में नकारात्मक विचार ही हावी रहते हैं मन - मस्तिष्क पर। शहर व विभाग मे आपकी एक ईमानदार व कर्मठ अधिकारी की इमेज बनी हुई है। काम में मन लगाओगे तो सब कुछ ठीक हो जाएगा।

शेखर बाबू — आज तक तो कुछ भी ठीक नहीं हुआ, शालू को कॉलेज के समय से ही चाहा था, बुढ़ापे में आकर मिली थी, अब वह भी नहीं रही ?

एम. गुप्ता — दुनिया अस्थायी व्यवस्था है शेखर बाबू, यहाँ स्थायी ठिकाना किसी का नहीं। कुछ समय बाद जीवन को उस पार जाना ही होता है।

एम. गुप्ता — लीजिए चाय और अपने काम में मन लगाएं।

शेखर बाबू — (चाय की प्याली ख़ाली कर) ओ. के. गुप्ता जी, आपकी सलाह ही कारगर प्रतीत होती है।

सायंकाल में' राका' रेस्टोरेन्ट से डिनर लेकर घर लौट गए थे शेखर बाबू, थकावट के बावजूद विचारों से घिरा मन नींद को रोके हुए था और लेटे हुए ही मंथन चल रहा था। शेखर बाबू (खुद से ही) तुमने जीवन में क्या खोया, क्या पाया है ? खोया सब कुछ है, परिवार नहीं रहा। एक लड़की थी, शादी के बाद वह चली गई अपनी ससुराल। शालू जीवन में कुछ समय के लिए दाख़िल हुई वह भी लौट गई अपनी ससुराल। अब क्या शेष बचा है जीवन में निराशा व अकेलापन मात्र। अब मैं सहायता के लिए किसे पुकारूं? जीवन चौपट हो गया लगता है। जंगल मे ठूंठ की तरह दुनिया में एकाकी रह गया हूँ मैं। शेखर बाबू, क्यों हताश हो, संसार में सब लोग अकेले ही तो हैं।

शेखर गुप्ता भी मेरी तरह लड़की नीलिमा की शादी करके एकाकी ही तो रह गए थे, उन्होंने तो किसी प्रकार का विलाप नहीं किया तुम्हारी तरह ? उठो, तुम भी' नर हो, न निराश करो मन को' । जोश में भर कर करवट बदली ही थी कि दीवार पर लगी शालू की फ़ोटो पर नज़र पड़ीं तो गौर से देखने लगे । शालू, तुम्हें फूलों का हार पहनाऊँ या ऐसे ही रहने दूँ । तुम मेरे लिए मर चुकी हो, तुम्हें फूलों का हार ही पहनना होगा । तुम्हें अपनी मंज़िल तक पहुँचाकर बेशक मैं संतुष्ट हूँ पर मेरी मंज़िल अब मुझे धुंधली नज़र आ रही है । तुम्हारे साथ जीवन के शेष बचे पल बिताने के मंसूबे ध्वस्त हो गए मेरे, शायद ही कभी मिल पाऊँगा तुम्हें ?

शालू, शुरू में तुम्हारा मेरे व शिवि के प्रति व्यवहार अटपटा रहा लेकिन मैं जानता हूँ कि वह सब राजू के दबाव की वजह से ही था । अब कुछ सुख की फुहारें बरसने लगी थी तुम्हारे आँचल से, अब वे भी रेगिस्तान में पड़ीं बूँदों की तरह धूल - धूसरित हो गई हैं । मैं एकदम आकाश से पाताल लोक पहुँच गय हूँ । शिवि बेटी, तुम्हारे पापा की एक ही दिन में क्या हालत हो गई ? मेरे कारण तुम्हें दुख उठाना पड़ा, मैं अपने पिता होने का दायित्व पूरी निष्ठा से नहीं निभा सका । लेकिन मैंने शालू को उसके शौहर के पास पहुँचाकर इंसानियत का धर्म तो निभाया है । शालू कितनी समझदार थी, कितने दुःख सहे पर अपनी अस्मिता पर दाग नहीं लगने दिया बेशक चेहरे पर दाग खा लिए हो । शेखर बाबू, जब एक औरत अपने पति व पुत्री से बिछुड़ कर अत्याचारियों के चंगुल में फँसकर भी हिम्मत से अपने को सुरक्षित एवं पवित्र रख सकती है तो तुम मर्द होकर भी निरर्थक चिंतन क्यों कर रहे हो । तुम खुद आँसू बहाओगे तो दुनिया तुम्हें रोती हुई मिलेगी, हंसोगे तो दुनिया खिलखिलाते हुए मिलेगी । अपने को संभालो, हाँ शेखर बाबू, अपने पर नियंत्रण पाना ही सबसे बड़ी विजय है । शालू सत्य ही कह रही थी कि जो मैंने

जिया है, उसे तुम सुन भी नहीं सकते ? कितने फ़ौलादी इरादों की मालिकन थी शालू !

(बाहर से चौकीदार के डंडे की आवाज़ के साथ डोरबेल की गूंज भी सुनाई पड़ती है।)

शेखर बाबू — शायद चौकीदार ने ही बेल बजाई है, पर इतनी रात गये? (दरवाज़ा खोल कर) क्या बात है चौकीदार ?

चौकीदार — सर, आपके दरवाज़े पर लगी लाईट ऑन रह गई है जिससे और लोगों की नींद में ख़लल पैदा हो रहा है।

शेखर बाबू — (लाईट बंद करके) अगर भविष्य में कभी ऑन मिले तो बग़ैर घंटी बजाए ही यहाँ से बंद कर देना।

चौकीदार — ठीक है सर ! मैं सब संभाल लूँगा। (कुछ ध्यान से देखते हुए)

शेखर बाबू — ऐसे गौर से कुछ - क्यों देख रहे हो चौकीदार ?

चौकीदार — सर, आप वही हैं न जो पार्क के कोने में अपनी मैडम के साथ देर तक बैठे रहते थे ?

शेखर बाबू — तुमसे किसने कहा है ?

चौकीदार — किसी ने नहीं सर ! मैं ही वह चौकीदार हूँ जिसकी लाठी की आवाज़ सुनकर आप दोनों चलने को तैयार होते थे। आज यहाँ का चौकीदार अवकाश पर था, मेरी ड्यूटी यहाँ पड़ गई।

शेखर बाबू — हाँ हम वहीं हैं लेकिन तुम्हारी मैडम चली गई।

चौकीदार — बड़े दुख की बात है सर, आप शायद अकेले रह गए? प्रभु की इच्छा ही सर्वोपरि है सर ! क्या उनको कोई बीमारी थी सर ?

शेखर बाबू — वो बात नहीं, वह अपने पति के साथ चली गई।

चौकीदार — (हैरान होकर) सर, आप उनके पति नहीं थे क्या ?

शेखर बाबू — दुनिया की नज़रों में, , वह किसी और की अमानत थी। मैं केवल उसका एक हमसफ़र था, अनजाना हमसफ़र !

चौकीदार — सर, ऐसा हमसफ़र हमने तो कभी सुनी नहीं ? औरत के लिए तो जी जान के दुश्मन हो जाते हैं लोग और आपने खुद ही उन्हें, उनके पति के पास पहुँचा दिया।

शेखर बाबू — इंसानियत भी कोई ताक़त है दुनिया मे, जिसकी पूजा भी करते हैं लोग।

चौकीदार — आप इंसान नहीं देवता हैं सर, अब अपनी ड्यूटी कर लूँ सर ! कल कोई शिकायत पहुँचा देगा तो नौकरी के लाले पड़ जाएँगे ?

शेखर बाबू — हाँ करो जब तक यहाँ की ड्यूटी है, बेशक मुझे आवाज़ दे लिया करो।

चौकीदार — सर, मैडम जी कभी यहाँ आएं तो मुझे मिलवाना, मैं उनको जयहिंद बोलूँगा।

शेखर बाबू — अब तो शायद ही आए मैडम ? तुम्हारी ड्यूटी तो केवल आज तक के लिए ही है।

चौकीदार — सर, वे कभी आएं तो आप पार्क में ही आ जाना, मैं आप दोनों के लिए आइसक्रीम लेकर आऊँगा।

शेखर बाबू — तुम हमारे लिए ऐसा क्यों करोगे ? हम कोई तुम्हारे परिचित थोड़े ही हैं। अनजाने लोगों की सेवा करने से तुम्हें क्या मिलेगा ?

चौकीदार — सर, अच्छे लोगों की सेवा - सहायता कर मुझे ख़ुशी व संतुष्टि मिलती है, चाहे वे जानकर हो या अनजाने ?

शेखर बाबू — बड़ा अच्छा स्वभाव है तुम्हारा। जब भी मैडम आएँगी, मैं तुम्हे ज़रूर मिलवाऊँगा।

चौकीदार — धन्यवाद सर ! एक बजने को आया है, अब आप भी आराम करें सर !

शेखर बाबू को चौकीदार से बात कर कुछ राहत सी महसूस हुई व मन भी दूसरी दिशा में परिवर्तित हो गया था। अंदर आकर थोड़ा पानी पीया व बिस्तर पर लेट गए। अब विचार - मंथन ने नहीं, निद्रा रानी ने उसे घेर लिया था।

***

34.

शेखर - शिवानी संवाद

कल सुबह से शाम तक घर में जो मेला लगा था, वह अब बिछुड़ गया था। गजेंद्र सिंह व पुष्पेंद्र जी बीती रात ही प्रस्थान कर गए थे क्योंकि उन्हें अपना रेस्टोरेन्ट भी संभालना था व पुष्पेंद्र को दिल्ली पहुँच कर ड्यूटी करना था। सुबह में देव - देविना, कांति - नीलिमा व डॉ भगवत स्वरूप तथा एम. गुप्ता व शेखर बाबू भी निकल गए थे। डॉ आर्य रात्रि में ही फ़ंक्शन के बाद अपने घर चले गए थे। आज शेखर गुप्ता को भी कॉलेज जाना था लेकिन थकावट की बजह से आकस्मिक अवकाश ग्रहण कर लिया था। शुभम - शिवि अभी तैयारी में लगे थे जाने की, डॉ गुप्ता सर से मिलकर जाने की इजाज़त चाही।

डॉ गुप्ता — शुभम बंधु, अभी सर्दी है, बस में ठंडी हवा लगने से शिवि की तबीयत बिगड़ सकती है इसलिए अच्छी धूप निकलने पर ही प्रस्थान करना।

शुभम — आपने सही कहा सर ! आपरेशन के दौरान जब मैं दिल्ली अस्पताल में आंटीजी के साथ था, उस समय भी सर्दी का कुछ प्रभाव दिखने लगा था। वैसे भी हमें कौनसा कहीं ड्यूटी पर जाना है ? दस बजे के आसपास निकल जाएँगे।

डॉ गुप्ता — शुभम, तुमने नीलिमा व आंटीजी के आपरेशन के समय जो मदद व त्याग किया, वह प्रशंसा के काबिल है।

शुभम — सर ! इस प्रसंग में मेरी कई बार तारीफ़ हो चुकी है, हालाँकि यह मेरा केवल इंसानियत के प्रति कर्तव्य ही था।

डॉ गुप्ता — इसीलिए ज़्यादा तारीफ़ मिल रही है। तुमने अपना कर्तव्य बिना स्वार्थ व लोभ - लालच के पूर्ण किया। तुम सबने अपनी गुरू -

दक्षिणा उत्तम कवालिटी में अर्पित की है। जिस समाज, विद्यालय में तुम जैसे शिक्षक रहेंगे, वह स्वयं को धन्य समझेगा।

शिवि — सर ट्रेनिंग के दौरान हम से हुई भूल आप क्षमा करेंगे।

डॉ गुप्ता — शिवि, तुम अपने में एक आदर्श अध्यापिका के गुण समाहित किए हुए हो। देव बाबू से मिलकर तुम कहीं नौकरी पा सकती हो ?

शुभम — सर देव भैया ने कई बार ऑफर भेजा है मुझे पर जींद शहर में जाएं तो घर में माता - पिता अकेलापन महसूस करेंगे। मैं सोचता हूँ कि किसी प्राइवेट स्कूल में ही दोनों सर्विस कर लें ?

डॉ गुप्ता — वह सर्विस नहीं, नौकरी होगी। प्राइवेट संस्थानों में आप अपने दिमाग़ से नहीं, दिशा निर्देश से काम करने पर विवश होते हैं।

शुभम — हाँ सर ! इन संस्थानों में काम भी ज़्यादा करना पड़ता है व सुविधाएं कम मिलती हैं। जिस तरह देव भैया को ट्रेनिंग के लिए छुट्टियों के लिए एड़ी चोटी का ज़ोर लगाना पड़ा ?

डॉ गुप्ता — बिल्कुल सही कहा शुभम ! अब तो देव बाबू का प्रभुत्व बढ गया है डॉ भगवत स्वरूप जी के कारण। नीलिमा दीदी की नियुक्ति में देव बाबू की मुख्य भूमिका रही, हालाँकि इसका श्रेय जज साहब को दिया गया।

शिवि — हाँ सर ! देव भैया बहुत शरीफ़ व ईमानदार इंसान हैं। बिना किसी स्वार्थ व लालच के परोपकार में ही लगे रहते हैं। सर, देव भैया न होते तो न जाने आज हम किस हाल मे होते ? सही मुसीबत के समय हमें सहारा देव भैया ने ही दिया।

शुभम — सर, अब धूप निकल गई है, यदि आप हमें इजाज़त दें तो यात्रा का श्री गणेश करें ?

डॉ गुप्ता — शायद ही अब कभी मुलाक़ात हो, तुम्हारा फ़रीदाबाद बहुत दूर है फिर भी शिवि कुछ समय बाद कोई ख़ुशख़बरी सुनाए तो हम साधना के साथ फ़रीदाबाद जरूर आएँगे। शामू काका, तुम दोनों को कार से बस स्टैंड तक छोड़ कर आओ ?

शामू काका — सर, मुझे गाड़ी चलाने में अभी इतना विश्वास नहीं जमा है, मैं ऑटो रिक्शा ले आता हूँ।

शुभम — सर, हम खुद चले जाएँगे, आप फ़िक्र न करें।

(दोनों, दोनों को प्रणाम कर निकल जाते हैं)

शामू काका — सर मै भी बाज़ार जा रहा हूँ घर व किचन का सामान लेने ? एक दो घंटे लग सकते हैं।

डॉ गुप्ता — ठीक है, तुम घर की चाबी ले जाओ, हम भी कहीं जा सकते हैं ?

शिवानी — हम कहाँ जा रहे हैं ? अभी तो मार्केट भी नहीं खुली होगी ? होटल व रेस्टोरेंट भी ग्यारह बजे के बाद ही काम - काज शुरू करते हैं।

शेखर गुप्ता — साधना में मार्केट नहीं आराम करने शयनकक्ष में जा रहा हूँ, रात व कल की थकान चढी हुई है। तुम दो कप कॉफी के बनाकर वहीं ले आना। तुम्हें किचन में सब सामान मिल जाएगा न ?

शिवानी — मेरी कोई यादाशत थोड़े ही गई है, आप चलो मैं कॉफी बनाकर ले आऊँगी।

(दस मिनट बाद दोनों कॉफी का आनंद लेते हुए बातों में भी लगे हुए हैं)

शेखर गुप्ता – साधना ! मैंने पिछले कुछ साल तुम्हारे बिना बहुत कष्ट में बिताए हैं। पल - पल तुम्हें याद करता और नीलिमा की शादी में तो मैं

बिल्कुल असहाय हो गया था। हमेशा दिमाग़ में यही बात घूमती कि मेरी शिवानी, मेरी साधना हमसे क्यों रूठ गई ?

शिवानी — बहुत कष्ट में बीते मेरे भी ये दिन। ज़ुबान पर ताले लगे हुए थे, चेहरे की सूरत बिगड़ी हुई थी। भला हो उस शेखर बाबू का, जिसके सहारे अच्छा समय निकल गया और तुमसे भी मिलवा दिया। नीलिमा बिटिया की शादी में मैं स्वयं को किसी अज्ञात भय से प्रकट नहीं कर सकी और तुम भी बिगड़ी सूरत में कैसे पहचान पाते ?

शेखर गुप्ता — नीलिमा बिटिया के लिए लड़का देव बाबू ने ही बताया था व सारा उत्तरदायित्व संभाल कर शादी को सुखद अंजाम दिया था। मुझे तुम्हारे जीवित होने का पता होता तो हम समय आने पर धूमधाम से शादी की रस्म निभाते।

शिवानी — जो हुआ, ठीक हुआ। अच्छा लड़का है व नीलिमा की नौकरी भी लग गई। भगवान दोनों को ख़ुश रखें।

शेखर गुप्ता — देव बाबू व शुभम ने हमारा जीवन बदल दिया साधना, ऐसे स्टूडेंट्स हमने अपने जीवन में पहली बार देखें है।

शिवानी — देव बाबू तो देवता हैं। सच के सिवाय कुछ बोलना नहीं, परोपकार के बिना कुछ करना नहीं और अपने किए की कोई क़ीमत माँगना नहीं। अब भी बड़ी सहृदयता से सभी को जोड़ - तोड़ कर मुझे अपराध की दुनिया से मुक्त करवा ही दिया। यह कोई साधारण काम नहीं था। देव बाबू ने हमें नया व ख़ुशी का जीवन लौटाया है।

शेखर गुप्ता — (शिवानी को गले लगाकर प्यार करते हुए) साधना! हम तुम्हारे बिना अधूरे नहीं बल्कि शून्य हो गए थे। घर घर नहीं रहा था, सराय की तरह लगने लगा था। नीलिमा बिटिया के जाने के बाद तो बिल्कुल

तिमिर छा गया था जीवन में। तुमने ऐन वक़्त पर आकर मुझे उजालो से संवार दिया।

शिवानी — बहुत नर्क झेला है इस दौरान, शायद किसी अनुचित या पूर्व जन्म के कर्मों का फल भुगत रहे थे हम।

शेखर गुप्ता — कोई भी कारण हो सकता है। अब भी हमारा पुनर्मिलन एक अजूबे से कम नहीं, लगता है कि तुम स्वर्ग से अप्सरा बनकर आई हो अपना घर स्वर्ग बनाने, मेरा जीवन रोशन करने।

शिवानी — अब लगता है कि सुख के वही दिन लौट आए हैं, हम अपना जीवन आनंद व संतोष से बिताएँगे व एक - दूसरे के लिए जिएँगे। लगभग दो वर्ष का यह कटुकाल दो युगों की तरह ख़त्म होकर हमारे लिए नया संसार लाया है।

शेखर गुप्ता — अब मैं तुम्हें कहीं नहीं जाने दूँगा, हमने बहुत वियोग सहा है। (साधना को फिर गले लगाकर प्यार से चूमते हैं)

शिवानी — अब आप आराम कर लें, शामू काका भी बाज़ार से आने वाला ही होगा।

शेखर गुप्ता — तुम्हारे जाने के बाद इस कक्ष में कभी दाखिल नहीं हुआ, बस एक बार स्टूडेंट्स को तुम्हारी फ़ोटो दिखाई थी।

शिवानी — संयोग में जो कुछ भी अच्छा लगता है, वियोग में वही संताप का कारण बन जाता है।

शामू काका — (घर में प्रवेश करते हुए) अब अपनी मालकिन के लिए पसंदीदा भोजन तैयार करूँगा। बहुत कष्ट झेलें हैं दोनों ने ?

शिवानी — क्या बुदबुदाता आ रहा है शामू ? बाज़ार से जल्दी आ गए।

शामू काका — हाँ मालकिन, जब सुख के दिन लौटते हैं, समय संक्षिप्त हो जाता है। जो कभी काटे से भी नहीं कटता था, आज दौड़ रहा है।

शिवानी — तुमने अपने सर व नीलिमा को परेशान तो नहीं किया?

शामू काका — मालकिन, आप के न रहने से मै भी व नीलिमा बिटिया व गुप्ता सर सभी परेशान थे। घर में प्रकाश फैला रहता लेकिन दिलों के दीपक बुझे रहते।

शिवानी — नीलिमा बिटिया के आपरेशन के समय तुम अपने घर क्यों चले गए थे ? क्या घर में सब कुछ ठीक नहीं चल रहा है ?

शामू काका — नहीं मालकिन ! सब ठीक है, मेरी बिटिया ने लड़के को जन्म दिया है, उसके लिए लेन - देन में ही छुट्टियाँ निकल गई।

शिवानी — शामू, अब मैं आ गई हूँ, गुप्ता सर की अब हमें दिल लगाकर सेवा करनी है।

शामू काका — मैं बाज़ार से ख़ुशी के मारे बहुत सामान ख़रीद लाया हूँ, आप जैसा कहती रहेंगी, करता रहूँगा।

शिवानी — कल हम दोनों कॉलेज जाएँगे, नाश्ते के लिए भी कुछ लाए हो क्या ?

शामू काका — मालकिन ! गुप्ता जी अब सर्दी का मौसम होने के कारण आलू — प्याज़ व पनीर से बनें पराठे बहुत पसंद करने लगे हैं।

शिवानी — पहले वाला रूटीन फिर से अपनाओ, हर रोज़ अलग व स्वादिष्ट नाश्ता तैयार करो।

शामू काका — ठीक है मालकिन, मैं पहले की तरह ही सब शुरू कर दूँगा। मालकिन, आपकी नौकरी भी ठीक हो गई है ना ? उस दिन "राका" होटल में प्रिंसिपल जी कह रही थी कि मैं सब कुछ ठीक कर दूँगी।

शिवानी — कल जब सुबह में कॉलेज जाएँगे तभी जानकारी मिलेगी। शामू काका, अब गुप्ता सर आराम कर रहे हैं, मैं भी कुछ देर के लिए आराम करने की ज़रूरत में हूँ, तुम जब लंच तैयार कर लोगे तब तक हम जाग जाएँगे।

शामू काका — हाँ मालकिन, कल देर रात तक व दिन में किसी को आराम नहीं मिला। मैं सब अच्छी तरह से कर लूँगा।

शिवानी — शामू काका, इस महीने से तुम्हारी पगार हम विचार करके बढ़ाएँगे।

शामू काका — हां मालकिन, परिवार में संवृद्धि के कारण मेरी ज़रूरतें व खर्चे बढ़ गए हैं। आपने बहुत अच्छा विचार किया है।

शिवानी — पाँच सौ रुपए महीना बढ़ाएँगे यदि मेरी नौकरी बहाल हो गई तो ?

शामू काका — मैं भगवान से प्रार्थना करूँगा कि जिस तरह आपको नया जीवन मिला है, उसी तरह नौकरी भी मिले।

***

35.

भिवानी से वापिसी के बाद मित्रों की तनेजा रेस्टोरेन्ट में बातचीत, तनेजा बने नाना

भिवानी डॉ गुप्ता के घर से सम्मान पूर्वक विदा होकर सब लोग अपनी - अपनी मंज़िल पर पहुँच गए थे। डॉ भगवत स्वरूप गर्म जल से स्नान कर अब घर के आँगन में सर्दी की नरम धूप का सेवन कर रहे थे व कुछ देर बाद आलस्य आने पर वहीं नींद में चले गए थे। अंजना नाश्ता निपटाकर, बर्तन बगैरह कर कपड़ों की वॉशिंग मशीन से धुलाई के काम में लगी थी। आलोक बाबू नित्य प्रति की तरह अपने क्लीनिक पर चले गए थे। देव - देविना ने स्कूल में अपनी ड्यूटी संभाल ली थी। दिसंबर मास में बच्चों के घरेलू एग्ज़ाम समाप्त होने की कगार पर थे इसलिए काम का बोझ बढ़ने लगा था। पेपर के समय तीन घंटे की ड्यूटी करते व उसके बाद पेपर जांचने का काम करते। राकेश - रश्मि ने भी अपनी ड्यूटी संभाल ली थी। रोगियों की बढ़ती तादाद देखकर हैरान हो रहे थे दोनों तो डॉ जैन ने बताया कि कि इस मौसम में दांतों में ठंडा - गर्म लगने की संभावना बढ़ जाती है इसलिए यह भीड़ बढ़ गई है। डॉ रश्मि का काम अब डॉक्टर की देखरेख के साथ - साथ स्वतंत्र रूप से भी रोगियों की चिकित्सा करने का हो गया था। आज की भीड़ को निपटाने के लिए तीनों डॉक्टर जुटे हुए थे।

कांति भाई अपनी पत्नी नीलिमा को घर में छोड़ कर कोर्ट में पहुँच कर अपनी ड्यूटी बख़ूबी निभा रहे थे। जज साहब ने कांति को कहा था कि सायंकाल कोर्ट समय के बाद मुझे आकर मिलें। इस बात से कांति अनेक प्रकार से कयास लगा रहा था। आख़िर उसे ध्यान आया कि शायद नीलिमा की नियुक्ति से संबंधित कोई जानकारी हो सकती है। राजीव भी कोर्ट पहुँच

गया था हालाँकि कोर्ट में छुट्टियाँ चल रही थी फिर भी कुछ गपशप व समय बिताने के मक़सद से यहाँ चला आया था। दिव्या ने मेघ को गुनगुने पानी से स्नान देकर धूप में आंगन के एक कोने में सुला दिया था व मम्मी पापा को बता दिया था कि वह काम के कारण किचन में रहेगी इसलिए मेघ का पूरा ध्यान रखें।

सायंकाल पाँच बजे के क़रीब अपने - अपने काम से मुक्त हो कर तनेजा रेस्टोरेन्ट पर पहुँच गए थे सभी मित्र। विचार किया कि आज शाम को डॉ भगवत स्वरूप जी से मुलाक़ात कर उनका धन्यवाद करेंगे। उनकी कृपा व गहरे संबंधों के कारण शालू मौसी को अपराधियों से मुक्त करवाया जा सका था।

देव — क्यों कांति भाई, उन्हीं की कृपा से नीलिमा को नौकरी मिलने की भी पूरी संभावना बनी है।

कांति — आज सुबह कोर्ट पहुँचते ही जज साहब ने मुझे मिलकर जाने को कहा था, मैं सोच रहा था कि नीलिमा की नौकरी का मामला हो सकता है।

देव — फिर क्या रहा ? अभी मिलकर आए हो या फिर जाना है ?

कांति — जज साहब ने कहा है कि सायं सात बजे से पहले डॉ भगवत स्वरूप जी से क्लीनिक पर मिल लेना। नीलिमा की नौकरी के लिए नियुक्ति पत्र मिल जाएगा।

सभी मित्र — (समवेत स्वर में) वाह कांति भैया ! आज तो नदियाँ बहा दो गंगाजल की। तनेजा! फ़िलहाल तो कॉफी ही चलेगी क्योंकि क्लीनिक पर जाना है।

कांति — जज साहब कह रहे थे कि लेक्चरर का ही पद मिलेगा।

राकेश — कांति भाई, बड़ी अच्छी क़िस्मत पाई है। प्रभु की फ़ुल कृपा बरस रही है।

राजीव — छोकरी भी और नौकरी भी ! कांति भाई, आज शाम को नहीं छोड़ेंगे तुम्हें ? तनेजा सर ! ऊपर की केबिन आज रिज़र्व रखना मित्रों के लिए।

तनेजा — यह पूरा ही रेस्टोरेन्ट मित्रों के लिए है। कहीं बैठो, कभी तक बैठो और कैसे भी बैठो ?

राजीव — वाह तनेजा ! ये हुई न मर्दों की सी बात ! तनेजा सर ! आप कुछ चिंतित से नज़र आ रहे हैं ?

राज तनेजा — हाँ, दिल्ली से फ़ोन मिला है, लक्ष्मी बिटिया अस्पताल में भर्ती है, अभी पूरे महीने नहीं हुए हैं। सुबह ग्यारह बजे से पेट दर्द की शिकायत है।

राजीव — तनेजा सर ! आप ख़ुशक़िस्मत हैं, शायद बिटिया को नॉर्मल डिलीवरी होगी।

तनेजा — मुझे घबराहट व चिंता हो रही है।

राजीव — मैं भी दिव्या के चक्कर बगैरह आने पर परेशान हो जाता था, फिर मम्मी ने एक दिन कहा कि जाओ दोस्तों को पार्टी खिलाओ, तुम पापा बन रहे हो।

कांति — तनेजा भाग्यशाली है, इन्हें तो दोस्तों को इकट्ठा भी नहीं करना पड़ेगा, सब पहले ही मौजूद हैं।

राकेश — मुझे लगता है कि अब तक कुछ परिणाम मिल चुका होगा?

(लता तनेजा का रेस्टोरेन्ट में प्रवेश व राज तनेजा का मुँह मीठा करवाते हुए)

लता तनेजा — लड़के के नाना बन गए हो ? बधाई हो आपको।

राज तनेजा — (मिठाई का बॉक्स लेकर लता को खिलाकर) तुम्हें भी नानी बनने पर बधाई।

(सभी मित्रों को भी मिठाई खिलाते हैं)

कांति — आज दो पार्टियाँ एक साथ होंगी ? सब अपने - अपने घर मैसेज कर दो कि आज रात में घर देर से पहुँच होगी।

राकेश — (फ़ोन मिलाकर) हैलो ! डॉक्टर तरुण गुप्ता !

तरुण गुप्ता — जी बोल रहा हूँ। आप की तारीफ़ ?

डॉ राकेश — अभी हमारी इतनी तारीफ़ है नहीं, बंदे को डॉक्टर राकेश कहते हैं?

तरुण गुप्ता — अरे भाई साहब, आपके तो डॉ भगवत स्वरूप जी के कारण दूर — दूर तक चर्चे हैं। कहो, कैसे याद किया ?

डॉ राकेश — अगर आप खुद नहीं बताएँगे तो क्या हम अनजान व अनभिज्ञ ही रह जाएँगे ? पिता बनने की शुभकामनाएँ व हार्दिक बधाई !

तरुण गुप्ता — बहुत धन्यवाद डॉ राकेश शर्मा, डिलीवरी नॉर्मल हुई है, अभी एक घंटा पहले पिता बना हूँ।

डॉ राकेश — इस युग में नॉर्मल ? चमत्कार ही समझो।

तरुण गुप्ता — भगवान की कृपा से ही सब कुछ ठीक होता है।

डॉ राकेश — डॉक्टर की कृपा भी आवश्यक है। ओ. के. सर, पुनः बधाई !

तरुण गुप्ता — आपका बहुत शुक्रिया डॉ राकेश शर्मा।

(फ़ोन रखता है)

कांति — देव भैया, यह डॉक्टर नहीं सुधरेगा ? फ़ोन करने को कहा था कहाँ के लिए और किया कहाँ ?

देव — वहाँ भी ज़रूरी था कांति भाई, सामाजिकता निभाना भी ज़रूरी है। अब अगर कॉफी ख़त्म कर ली हो तो चलें क्लीनिक ?

कांति — मैं तो कभी का कप ख़ाली कर चुका हूँ।

देव — डॉ साहब व वकील साहब भी तैयार है।

दोनों — हाँ बिल्कुल !

राकेश — डॉ तरुण गुप्ता से बातें करने में मेरी कॉफी तो पानी हो गई। वापसी में पी लेंगे, अब चलो।

देव — तनेजा सर ! डॉ साहब के लिए एक कड़क कॉफी हो जाए ? शूगर लेवल जरा डाउन रखना, डॉक्टर है न ? माप - तोलकर खाते - पीते हैं।

तनेजा — साथ देने के लिए आप भी लेंगे क्या ?

देव — पहले कप से ही काफ़ी ऊर्जा मिल गई है, कांति भाई को पिलाओ।

तनेजा — हाँ, कांति भाई को ज़्यादा कॉफी पीने की आदत भी है।

कांति — मेरी आदत तो जब केबिन में बैठेंगे, तब पता चलेगा तनेजा सर ! मैं कोई डॉ राकेश नहीं हूँ जो ढक्कन सूंघ कर ही नशे में पाँव लड़खड़ाने लगेंगे। जब तक बॉटल का तल नहीं दिखाई देगा, चैन नहीं लेने वाला।

राजीव — कांति भाई, अब ये शेखी बघारना छोड़ दो, मैंने भी अपनी मात्रा काफ़ी सीमित कर दी है।

कांति — क्या राजीव भाई, तुमने मात्रा सीमित कर जीवन ही सीमित कर लिया है। खुल कर जिओ, दिल से पिओ।

राकेश — कांति भाई, जब घर जाओगे तो पता चलेगा दिल कहाँ गया ? नीलिमा दीदी की जब फटकार पड़ेगी तो घर का कोई कोना नहीं मिलेगा छिपने के लिए ?

कांति — आज तो हम उसी की नौकरी लगने का जश्न मनाएँगे, फिर क्यों छिपेंगे कहीं ? आओ पहले डॉ भगवत स्वरूप जी से मिल लें फिर होगा मौज — मस्ती का दौर शुरू।

***

36.

सभी मित्रों की डॉ. भगवत स्वरूप जी से मुलाक़ात

अभी छः बजे है, शायद कुछ मिनट शेष है। चारों मित्र पैदल ही निकल पड़े थे क्लीनिक के लिए। डॉ भगवत स्वरूप जी भी कांति की प्रतीक्षा में ही थे क्योंकि दिन छिपने पर सर्दी का प्रकोप बढ़ जाना था।

राजीव — (क्लीनिक के पास पहुँच कर) डॉ साहब बैठे हुए दिखाई नहीं पड़ रहे हैं, कहीं ठंड की वजह से घर न चले गए हो ?

राकेश — असंभव ! जब जज साहब ने सात बजे का टाईम दिया है तो अवश्य मिलेंगे। ठंड से राहत पाने के लिए शायद अंदर बैठ गए होंगे। हमें क्लीनिक पर पहुँचकर ही सही स्थिति का पता चलेगा।

देव — दिसंबर मास में मैं कई बार मिला हूँ डॉ साहब से, लगभग बाहर ही मिलते थे। पर हाँ, तक़रीबन दिन में ही मिलता था।

राजीव — (क्लीनिक पर पहुँच कर आलोक बाबू से) डॉ साहब से मिलने के लिए आए हैं हम सब।

आलोक शर्मा — कुछ देर पहले ही अंदर आए हैं, शायद बाहर कुछ ठंड बढ़ गई है। कांति भाई को याद कर रहे थे।

कांति — यस डॉ आलोक शर्मा, हम मिलने के लिए आ गए हैं। जज साहब ने मुझे मिलने के लिए कहा था कि सात बजे से पहले मिल लेना।

(सभी चारों मित्र अंदर रूम में जाकर डॉ भगवत स्वरूप जी को प्रणाम करते हैं व राकेश बाबू चरण स्पर्श करते हैं।)

डॉ भगवत स्वरूप — आओ, मेरे प्यारे - 2 बच्चों ! मुझे इल्म था कि कांति को अकेले नहीं आने दोगे ? ऐसे ही मित्रता व साथ - संग बनाए रखो हमेशा।

देव बाबू — आपका आशीर्वाद हम सब के साथ है तो हमें क्या फ़िक्र है ?

डॉ भगवत स्वरूप — कांति बाबू, आज प्रबंध समिति की बैठक में सर्व सम्मति से पारित प्रस्ताव में नीलिमा बिटिया की नियुक्ति पत्र जारी कर दिया गया है। तुम्हें व सभी तुम्हारे साथियों को बधाई।

कांति — आपका आशीर्वाद ही हमारे लिए बधाई है, जो हमेशा हम पर बना रहे।

डॉ भगवत स्वरूप — नियुक्ति पत्र जज साहब तक पहुँचाने की ज़िम्मेदारी मुझे सौंपी गई है। अभी यह लिफ़ाफ़े में बंद है, जज साहब को कल बंद लिफ़ाफ़ा ही सौंप देना ताकि वे स्वयं को सम्मानित महसूस करे।

कांति — जी डॉ साहब ! कल कोर्ट खुलते ही उन्हें अविलंब सौंप दूँगा।

डॉ भगवत स्वरूप — तुम्हें मौखिक भी बता दूँ, एक जनवरी, नव वर्ष में ड्यूटी संभाल करना है। नीलिमा बिटिया स्वस्थ हैं न ?

कांति — हाँ डॉ साहब, भिवानी माँ से मिलने के बाद कुछ हौंसले में है। अब उसे पिताजी की भी चिंता नहीं रही।

डॉ भगवत स्वरूप — माँ बाप तो संतान के लिए ऐसा ख़ज़ाना हैं जिसमें अमूल्य जड़ी बूटियों का भंडार छिपा हुआ है व हर रोग का इलाज है।

कांति — यस सर ! माता श्री के आने से सभी को मज़बूती मिली है व जीवन सरल हो गया है।

डॉ भगवत स्वरूप — देव बाबू, अब क्या कुछ लेखन - पाठन चल रहा है ?

देव बाबू — सर, अब टाईम बहुत कम मिलता है। स्कूल की ड्यूटी काफ़ी लंबी चलती है। मैं अपनी एम. ए. हिंदी भाषा के लिए भी तैयारी कर रहा हूँ व लेखन कार्य भी चलता रहता है।

डॉ भगवत स्वरूप — पाँच - सात उपन्यास तो लिख डाले होंगे ?

देव बाबू — हाँ सर, परंतु पब्लिश तीन ही हुए हैं। प्रकाशक भी ज़्यादा समय बर्बाद कर देते हैं। रूपए - पैसे के लालच में प्रशिक्षित स्टाफ़ नहीं रखते, जिससे अनायास ही बिलंब हो जाता है व माथापच्ची भी बहुत करना पड़ता है।

डॉ भगवत स्वरूप - लेखक व प्रकाशक का यह संघर्ष तो युगों से चला आ रहा है। फिर भी हिम्मत करके लगे रहो, कुछ समय के बाद तुम्हें भी स्टेट — अवार्ड से सम्मानित करवाने की कोशिश करेंगे।

देव बाबू — सर डॉ साहब ! मीटिंग में मेरे बारे में कुछ फ़ैसला हुआ?

डॉ भगवत स्वरूप — हम किस लिए बैठे हैं ? तुम्हारी प्रोमोशन को मंज़ूरी मिल गई व देविना बिटिया की नियुक्ति को। ये सब भी एक जनवरी (नव वर्ष) से ही मान्य होगा।

देव बाबू — (डॉ भगवत स्वरूप के चरण स्पर्श करते हुए) आप ने हमारा जीवन बदल दिया है डॉ साहब ! "एक दिन वह था जब विद्यालय की प्रबंध समिति की बैठक के बाद निराशा हाथ लगी थी और एक दिन आज है जब झोली भर कर लौट रहा हूँ।"

डॉ भगवत स्वरूप — तुमने अपने संयमित व्यवहार से सबका दिल जीत लिया है देव बाबू ! इस प्रोमोशन को तुम पुरस्कार के रूप में ग्रहण करो।

मुखिया जी ने काफ़ी ज़ोर लगाया व कहा कि नया पद Date Of Passing से ही मिलना चाहिए।

देव बाबू — हक़ तो यही बनता है, फिर भी जो समिति मंज़ूर करेगी, वह मुझे मंज़ूर होगा ?

डॉ भगवत स्वरूप — आमतौर पर हर क्षेत्र में रूपए - पैसे का ही सवाल खड़ा होता है। इसलिए समिति ने मंजूर किया है कि पद पर नियुक्ति तो एग्ज़ाम पास करने की तिथि से मानी जाएगी पर नक़द राशि की अदायगी नए साल से प्रभावी होगी।

देव बाबू — यह भी निर्णय अच्छा लिया गया है। ज़्यादा नहीं केवल छः महीने की बढ़ी हुई सेलेरी का ही फ़ायदा होगा।

डॉ भगवत स्वरूप — देव बाबू, इससे तुम्हें और क्या लाभ - हानि होंगे?

कांति — डॉ साहब, मैं बता रहा हूँ, देव बाबू नए साल से हिंदी भाषा की जगह अंग्रेज़ी भाषा व सोशल - साईंस पढ़ाएँगे। दूसरा परिवर्तन यह होगा कि एम. ए. हिंदी भाषा की परीक्षा उत्तीर्ण करने पर अगने ही विद्यालय में हिंदी भाषा के लेक्चरर बन सकते हैं।

डॉ भगवत स्वरूप — कांति बाबू, नीलिमा बिटिया के लेक्चरर बनने की खबर से तुम्हें सब एजुकेशन का ज्ञान हो गया।

(सब मित्र डॉ दादा के कथन पर हल्की हँसी हँसते हैं।)

देव बाबू — डॉ साहब, अपने छोटे मुँह से कैसे आपका धन्यवाद करूँ ?

डॉ भगवत स्वरूप - तुम सब हमारे बच्चे हो, तुम्हें धन्यवाद की कोई ज़रूरत नहीं है। बस जब भी कोई परेशानी अनुभव करो तो मुझे बताओ। अपनों का धन्यवाद करने की ज़रूरत नहीं होती।

देव बाबू — आप महान् है, हमारा सौभाग्य है कि हम सभी मित्र एक बहुत विस्तृत व छायादार पेड़ की छाया में बैठे हुए हैं।

डॉ भगवत स्वरूप — देव बाबू, तुमने सभी को जीवन का मक़सद व जीना सिखाया है। तुम्हारा जीवन अनुकरणीय व अनुसरणीय है। तुम एक अच्छे इंसान के साथ - साथ एक आदर्श अध्यापक भी हो। हमें तुम पर गर्व है।

राकेश — डॉ दादा, देव भैया ने स्वयं कष्ट सहन कर दूसरों के कष्टों का निवारण किया है।

देव — राकेश बाबू, यह सब डॉ साहब की कृपा का परिणाम है। मैं आपसे प्रार्थना करूँगा कि आप अपना वरद हस्त हम पर बनाए रखें।

डॉ भगवत स्वरूप — कैसी प्रार्थना, तुम सब मेरे अपने ही तो हो। न किसी प्रार्थना व न किसी धन्यवाद की आवश्यकता है। फलो - फूलो व मौज - मस्ती करो।

(सभी प्रणाम कर नदी भ्रमण के लिए निकल जाते हैं।)

***

37.

मित्रों का नदी भ्रमण

अंधकार गहराता जा रहा था, तारों की झिलमिल में पक्षी अपना नीड़ ढूँढने हेतु इधर - उधर भटक रहे थे मानो उन्हें राकापति के पूर्ण प्रकाश का इंतज़ार हो। पूरे दिन से भूखे प्यासे बच्चे अपने पक्षी माता - पिता का बेसब्री से इंतज़ार कर रहे थे कि कब वे आकर स्नेहिल पंखों की सुरक्षा प्रदान करेंगे व पेटपूजा के लिए खाद्य सामग्री की गठरी उनके सामने खोलेंगे और वे अपनी नन्ही तथा विकसित होती चोंच से उसका सेवन करेंगे । नदी तट पर अपनी भेड़ - बकरियों को आकंठ तृप्त करके गडरिए घर लौट रहे थे । कौशल विज्ञ कारीगर व उनके साथ काम पर जुटे मज़दूर व दिहाड़ीदार अपना काम निपटा कर घर की ओर लौटते हुए हर्षित नज़र पड़ रहे थे । नदी की अविरल धारा अब मनभावन गीत गुनगुनाने लगी थी और उसके मधुर संगीत को सुनने के लिए किनारे पर डेरा डाल लिया था चार मित्रों ने ।

देव — कांति भाई, लगता है कि आज हमारी ख़ुशी बहुगुणित होकर प्रकृति में समा गई हैं । नदी का जल मधुर संगीत की तान छेड़े हुए है, निशापति आसमान से हमें मुबारकबाद देने के लिए जैसे अवनि की ओर बढ कर चमकती चाँदनी से हमारा भव्य स्वागत करने आ रहा हो और हमें संदेह की दृष्टि से देख कर मानो नदी के नीर में अठखेलियाँ करने लगा हो ।

कांति — देव भैया,अगर मैं बीच में नहीं बोलूँगा तो लगता है कि तुम पूरे आसमान को ही पृथ्वी पर ले आओगे ।

(सभी मित्र कांति की बात सुनकर खिलखिला कर हंसते हैं ।)

राजीव — ठीक किया कांति भाई, ये लेखक या कवि कहें, चौबीसों घंटे कल्पना के आसमान में उड़ान भरते रहते हैं । भूमि पर रहते हुए इन्हें भूमि

का जरा भी ध्यान नहीं होता, और सुनो कांति भाई ! पशु - पक्षियों, चांद - सूरज - सितारों, पेड़ - पौधों, नदी - नालों, पहाड़ - वादियों, फूल- कांटों पर लिखेंगे तो प्रकृति प्रेमी कवि और इंसान की भूख - प्यास, गरीबी - भूखमरी, दुख - दरिद्र, पीड़ा - कलेष पर लिखेंगे तो क्रांतिकारी। कांति भाई, इन्हें मानव प्रेमी नहीं कह सकते क्या, प्रकृति प्रेमी की तरह।

कांति — हाँ राजीव भाई, ये कवि - लेखक अनेक धाराओं में बंटे हुए हैं। यथा - प्रयोगवादी, प्रगतिवादी, रहस्यवादी, यथार्थवादी, प्रकृतिवादी और न जाने कितने समूहों में विभाजित है, नदी की धारा के समान एक सुर - ताल में गाएँ तो इनका भी पूरा सम्मान हो, विभाजित हुओं की कौन परवाह करेगा? क्यों देव भैया ? हमारा विश्लेषण तर्क संगत व सही दिशा में है न ?

देव — लेखक व कवि जो कुछ भी आसपास, समाज व वातावरण में देखता है, उसे ही परिष्कृत रूप देकर समाज को लौटा देता है। अब उन भावनाओं पर ठप्पा लगाना समाज का काम है। निराशावादी, पलायनवादी कवि व लेखक भी समाज ने ही घोषित किए हैं।

राकेश — कांति भाई, किस चक्कर में उलझे हो, अपना दिमाग़ कुरेदो और कोई कहानी — क़िस्सा सुनाओ।

कांति — राकेश भैया, अब मैं इतने समय से आप सभी को क़िस्से, कहानी, घटनाएँ सुना रहा हूँ तो क्या मैं भी कोई' वादी' बना हूँ या नहीं।

देव — कहानीकार रहेगा तुम्हारा नाम ?

कांति — देव भैया, जो व्यक्ति कहानी लिखता है, उसे ही कहानीकार या उपन्यासकार कहते हैं, मैं तो उनके द्वारा लिखी गई कहानियाँ सुनाता भर हूँ।

राजीव — कांति भाई, तुम हुए कथावाचक, कोर्ट में भी वाचक (रीडर) और नदी पर भी वाचक । अब अपनी कथा - कहानी का श्री गणेश करो।

राकेश — हाँ कांति भाई, तनेजा भी याद कर रहा होगा हमें।

कांति — सभी कह रहे हैं तो सुनो। देवराज इंद्र के दरबार में एक सभा का आयोजन हो रहा था जिसमें भूलोक से ब्रह्मर्षि वाशिष्ठ, महर्षि विश्वामित्र भी उपस्थित थे।

राजीव — कांति भाई, प्राचीन इतिहास खोल बैठे हो, कोई नए जमाने की कहानी — क़िस्सा सुनाओ ?

कांति — कुछ कहानियाँ व क़िस्से युगों - युगों तक इतिहास पर अपना प्रभाव छोड़ते है, आज की सत्य कथा उसी कड़ी का एक अंग है। ध्यान से सुनोगे तो अंत में वाह ! वाह ! ! करोगे। देवराज इन्द्र ने सिंहासन से खड़े होकर कहा - इस सभा में तत्ववेत्ता, ब्रह्मर्षि, महर्षि दार्शनिक जन विद्यमान हैं। आप मेरी इस शंका का समाधान करें ? वह क्या है सृष्टि में जिसका मूल्यांकन नहीं हो सकता, जो बहुमूल्य है ? न्याय, भक्ति, आनंद, अनेक उतर मिले परंतु ब्रह्मर्षि वाशिष्ठ ने सत्य को बहुमूल्य एवं मूल्यांकन से परे बताया। जिसका महर्षि विश्वामित्र ने यह कह कर विरोध किया कि सत्य की मर्यादा का पालन संभव नहीं। ब्रह्मर्षि वाशिष्ठ ने सूर्यवंशी राजा सत्यव्रत के पुत्र हरिश्चंद्र का नाम लिया व कहा कि हरिश्चंद्र सत्यवादी एवं दानी है, उसे कोई विचलित नहीं कर सकता ? सपने में भी माँगी गई वस्तु वा धन वह यात्त्री को उपलब्ध करवाता है। महर्षि विश्वामित्र ने तब राजा हरिश्चंद्र की परीक्षा लेने का व्रत लिया।

राजीव — हाँ, हमने सत्यवादी व दानी राजा हरिश्चंद्र का नाम सुना है, जिसने सत्यता की मिशाल रखी।

राकेश — कांति भाई, क्यों सत्य के पीछे पड़े हो, आज कौन सत्य की बात कहना — सुनना या करना चाहता है ?

कांति — सत्य के कारण ही संसार टिका है। महर्षि विश्वामित्र सपने में ब्राह्मण के रूप में हरिश्चंद्र के समक्ष पेश हुए व समस्त राज्य के दान की माँग कर डाली? राजा जब सुबह नींद से खुले तो रानी तारावती से इस संदर्भ में चर्चा हुई तो पत्नी ने कहा कि यह स्वप्न निराधार व तुम्हारे मस्तिष्क का भ्रम है, इससे परेशान होने की आवश्यकता नहीं। अवसर पाकर महर्षि विश्वामित्र ब्राह्मण रूप में प्रकट हुए व स्वप्न की याद दिलवाई तो राजा हरिश्चंद्र ने अपना पूरा साम्राज्य ब्राह्मण को दान में दे दिया। ब्राह्मण ने जब दान के साथ दक्षिणा भी माँगी तो राजा ने मंत्री को राज्य के ख़ज़ाने से कुछ स्वर्ण - मुद्राएँ लाने को कहा तो ब्राह्मण ने राजा हरिश्चंद्र को स्मरण करवाया कि ख़ज़ाना तो राज्य के साथ ही उन्होंने दान कर दिया है। इस पर अब उसका अधिकार है।

देव — कांति भैया, ब्राह्मण का कथन उचित ही प्रतीत होता है क्योंकि राजा ने खुद ही पूरा राज्य दान कर दिया था।

कांति — अब राजा ने मेहनत - मज़दूरी करके एक महीने की समयावधि में दक्षिणा अर्पित करने का निवेदन किया जिसे ब्राह्मण ने स्वीकार कर लिया था। एक महीना बीत गया लेकिन राजा हरिश्चंद्र दक्षिणा जुटाने में असमर्थ रहे इसलिए अपने दिए गए वचन अनुसार महीने के अंतिम दिन में स्वयं को चांडाल के हाथों व पत्नी तारावती को एक ब्राह्मण के घर में काम के लिए बेच दिया व दक्षिणा चुकता की।

राजीव — अब क्या होगा कांति भाई ? सब राजपाट चला गया, राजा - रानी दास - दासी हो गए और एक - 2 पैसे व रोटी के टुकड़े के लिए मोहताज हो गए।

देव — राजीव भाई, इंसान पर कब व कैसा समय आ जाए, कोई नहीं जानता? एक पल में राजा से रंक हो गए।

कांति — राजा हरिश्चंद्र चांडाल के घर काम करता, उसी के घर भोजन करता व मरघट की रखवाली करता, जहां कोई बग़ैर कर दिये अपने शव का अंतिम संस्कार नहीं कर सकता था। हरिश्चंद्र पूरी ईमानदारी व सत्यता से अपनी ड्यूटी निभाता व बिना शोक - संताप के जीवन व्यतीत कर रहा था। एक समय एक स्त्री अपने मृत बच्चे को दफन के लिए शमशान घाट लेकर आई जिसकी सर्प दंश से जीवन लीला समाप्त हो गई थी। शमशान घाट के चौकीदार हरिश्चंद्र ने दफन के लिए कर माँगा तो निर्धन स्त्री रोते हुए प्रार्थना करने लगी कि उसके पास कर चुकाने के लिए कुछ भी नहीं है। हरिश्चंद्र ने अपनी पत्नी तारावती को पहचान लिया था व पुत्र रोहित की सर्प दंश से मृत्यु पर द्रवित होने के बावजूद कर से छूट नहीं दी, तब तारावती ने अपनी साड़ी फाड़ कर कर चुकाने का निश्चय किया।

राकेश — कांति भाई, जब मुसीबत आना शुरू हो जातीं हैं, तब इंसान को चारों ओर से घेर लेती हैं।

राजीव — हरिश्चंद्र भी अपने नियम पर दृढ रहा और पत्नी - पुत्र की दुर्दशा पर भी टस से मस नहीं हुआ।

कांति — द्रवित तो हुआ पर नियम - क़ानून में कोई रियायत नहीं दी। विवश होकर जब तारावती अपनी साड़ी आधी फाड़ने लगी तभी आकाशवाणी हुई व महर्षि विश्वामित्र प्रकट हुए और बोले - राजन् ! आपकी सत्यता की परीक्षा पूर्ण हुई। मेरा यह 'असंभव' शब्द का जाल टूट गया जो ब्रह्मर्षि वाशिष्ठ ने मेरा अंहकार कहा था। आप अपना राज्य पुनः स्वीकार व स्थापित करें। मैं विश्वामित्र अपनी भूल स्वीकार करता हूँ और उन्होंने बच्चे पर भी जल का छींटा देकर पुनर्जीवित कर दिया।

देव — वाह कांति भाई ! बड़ी दर्द भरीं कथा सुनाई है, शमशान घाट की घटना पर तो साँस ही अटक गई थी। सत्य के लिए राजा हरिश्चंद्र ने इतने दुख सहे व राजपाट खोया। अब देवराज इंद्र की इस शंका का समाधान हो गया था कि सृष्टि में मूल्यांकन से परे और बहुमूल्य क्या है। ब्रह्मर्षि वाशिष्ठ से क्षमायाचना करते हुए महर्षि विश्वामित्र ने अपनी भूल स्वीकार की और बताया कि उन की यह परीक्षा यह सिद्ध करने के लिए थी कि मनुष्य भी देवताओं से बढ़कर कुछ कर सकता है।

राजीव — देव भैया, आज के संदर्भ में इस सत्यकथा का क्या प्रयोजन है ?

देव — राजीव भाई, मैं तो इतना ही समझ पाया हूँ कि हमें भी राजा हरिश्चंद्र की तरह काम की प्रकृति न देखते हुए अपना कर्तव्य पूरी निष्ठा व ईमानदारी से निभाना चाहिए।

राकेश — बिल्कुल सही कहा देव भैया ! अब आपको देविना भाभी जी को व नीलिमा दीदी को जो ज़िम्मेदारी मिल रही है, उसे सब पूरी ईमानदारी व निष्ठा पूर्वक पूरा करने की कोशिश करना।

देव — राकेश भैया, हम तीनों ही नहीं, हम सभी को व हर जन को अपनी ज़िम्मेदारी निष्ठा एवं ईमानदारी से ही निभाना चाहिए। यह कहानी सब लोगों के लिए मार्ग दर्शिका है।

राजीव — अब चलें कांति भाई, विदाई का समय आ गया है।

कांति — विदाई से पहले तनेजा रेस्टोरेन्ट में रंगारंग मस्ती भरी महफ़िल का आयोजन होगा।

देव — हां, तनेजा भी हम सबका इंतज़ार कर रहा होगा ? कांति भाई, राजा हरिश्चंद्र को लोग सत्यवादी होने के रूप में युगों - युगों तक याद करेंगे और हमें अपनी प्रेम पूर्ण मित्रता के लिए।

राजीव — वाह देव भैया ! क्या तालमेल बनाया है शब्दों व घटनाओं का, वाक़ई हमारी मित्रता अनुकरणीय है। दोस्ती हो या प्रेम, कर्तव्य हो या उत्तरदायित्व, सब त्याग एवं परिश्रम ही चाहते हैं।

देव — सही कहा राजीव भाई, परिश्रम, त्याग ईमानदारी य सत्यता ही जीवन में सफलता की सीढ़ी हैं। शायद आठ बज गए होंगे, सर्दी बढ़ने लगी है।

कांति — सर्दी की दवा तनेजा के यहाँ मिलेगी। अब हमें बिना देरी के चल पड़ना चाहिए।

(सभी चारों मित्र ठंडक सी महसूस करते हुए रेस्टोरेन्ट के लिए निकल जाते हैं।)

***

38.

कांति व नीलिमा को मिला खुशियों का ख़ज़ाना

तनेजा रेस्टोरेन्ट पर पूरी मस्ती कर सब मित्र अपने - अपने घरों के लिए निकल गए थे। रात्रि में गहरी नींद लेकर अगले दिन तैयार होकर कांति भाई कोर्ट के लिए रवाना हो गए थे और डॉ भगवत स्वरूप जी ने जो लिफ़ाफ़ा जज साहब को देने के लिए कहा था, साथ में ही ले लिया था। जज साहब जब अपनी चेयर पर आसीन हुए तब कांति ने एक फाइल में लिफ़ाफ़ा रख कर उनकी टेबुल पर रख दिया था।

जज साहब — कहो कांति, कैसा चल रहा है ?

कांति — सर, अब मैं मज़े में हूँ। कल सायंकाल में डॉ भगवत स्वरूप जी से हम सभी मित्र मिले थे। उन्होंने आपके लिए एक लिफ़ाफ़ा दिया है जो आपकी टेबुल पर रख दिया है।

जज साहब — इसमें लिफ़ाफ़े में कुछ Urgent हैं क्या ?

कांति — सर, मेरी प्रार्थना पर आपने डॉ भगवत स्वरूप जी से सिफ़ारिश की होगी, यह उसी से संबंधित हो सकता है ? उन्होंने मुझे बंद लिफ़ाफ़ा ही आपको देने के लिए कहा था।

जज साहब — (लिफ़ाफ़ा खोल कर देखते हुए ख़ुशी से) कांति, तुम्हारे लिए बहुत अच्छी सूचना है। नीलिमा बिटिया को लेक्चरर पद पर नियुक्ति का पत्र मिल गया है। तुम्हें बहुत मुबारक हो।

कांति — सर, आपका मैं किन शब्दों में शुक्रिया अदा करूं, आपने जिस तत्परता से नियुक्ति दिलवाई है, मैं आपको विश्वास दिलाता हूँ कि वैसी ही तन्मयता से काम भी होगा।

जज साहब — अब शायद कोर्ट का टाइम हो गया है, अपना आज का काम शुरू करो। कुछ बातें शायद रह गई हैं, उन पर सायंकाल में विचार करेंगे।

कांति आज के मुक़दमों की सूची निकाल कर Crier (उद् घोषक) को देकर एक — एक कर बुलाने को कहता है। किसी को अगली तारीख़ व कोई बहस के लिए निर्धारित करता है। दो केस गवाहों के बयान दर्ज करने संबंधी आज दोपहर (लंच) बाद सूचीबद्ध किए। लंच टाइम में एक चाय व समोसा लेकर ही निर्वाह किया। गवाहों के बयान दर्ज करने में काफ़ी मशक़्क़त करनी पड़ी। दोनों वकीलों की क्रॉस प्रश्नावली से गवाह बग़लें झांकने लगते हैं।

जज साहब — (कोर्ट की कार्यवाही (Proceedings) ख़त्म होने के बाद) मि. कांति ! अब हम इत्मीनान से बातचीत कर सकते हैं।

कांति — हां सर, जिस दिन कोई काम पड़ जाए तो दूसरे काम भी आकर अकड़ने लगते हैं।

जज साहब — यही तो परीक्षा की घड़ी होती है आदमी के धैर्य की। अनुकूल परिस्थितियों में तो सभी निभा लेते हैं। अब Crier को चाय के लिए बोलो, हम लॉन में बैठकर ही बातचीत करेंगे।

(दोनों बाहर आकर कुर्सियों पर बैठते हैं।)

कांति — सर, नीलिमा की नौकरी लग जाने से मुझे भी बड़ी राहत मिलेगी। मुझे यहाँ कोर्ट में बैठे हुए यही दिमाग़ में रहता था कि नीलिमा घर में बोर हो रही होगी।

जज साहब — लेकिन मैं आपसे नाराज़ हूँ।

कांति — सर, मुझसे अनजाने में कोई गलती हुई है तो क्षमा चाहता हूँ।

जज साहब — कोर्ट में क्षमा नहीं, न्याय मिलता है। कल से ही मैं तुम्हें इस सीट पर देखना पसंद नहीं करूँगा, लो यह नोटिस यहाँ से जाने का ?

(जज साहब एक बंद लिफ़ाफ़ा कांति भाई को देते हैं, जिसे खोलकर व पढ कर कांति फूले नहीं समा रहा था व बार - बार जज साहब का शुक्रिया अदा कर रहा था।)

कांति — सर, आप इंसान नहीं भगवान हैं। एक दिन में दो - दो खुशियां ! मैं अपने को संभाल नहीं पा रहा हूँ सर !

जज साहब — नए साल में तुम सैशन कोर्ट में काम करोगे। मैं कहना चाहूँगा कि जिस उमंग व उत्साह से मेरे पास काम कर रहे हो, वैसे ही सैशन कोर्ट में करना।

कांति — सर, आप का विश्वास मैं क़ायम रखूँगा व पूरी ईमानदारी व मेहनत से काम को अंजाम दूँगा। सर, हम चारों मित्र एक - दूसरे को गंदगी के गर्त में डूबने से बचाते हैं। जब कभी कोई कमजोर पड़ता है, सभी सहायता मुहैया करवाने के लिए तत्पर रहते हैं। देव भैया तो नैतिकता के भंडार हैं।

जज साहब — अच्छा मित्र मिल जाए तो जीवन सफल समझो। कांति बेटा ! मुझे वह दिन याद है जब शांति लाल को कुछ बदमाशों ने गोलियों से छलनी कर दिया था और मैं बेबस ही रह गया था।

कांति — (आश्चर्यचकित एवं भावुक हो कर) सर, आप मेरे पिताजी को जानते हैं ?

जज साहब — हाँ कांति बेटा ! मैं उसी कोर्ट में सब सीनियर जज के रूप में कार्यरत था व शांति लाल सैशन जज थे। एकदम ईमानदार व न्यायप्रिय, ऐसा व्यक्ति किसी का दबाव सहन नहीं करता।

कांति — सर, आज के युग में ऐसे व्यक्ति को कौन पूछता है, जो न खाए और न खाने दे ?

जज साहब — कांति बेटा, वैसे तो मै जज के नाते मान नहीं सकता फिर भी जो होना होता है, वह होकर ही रहता है।

कांति — सर, जो भी हुआ था, बहुत जघन्य हुआ था। पिताजी के साथ ही माँ ने भी दम तोड़ दिया था। मैं कॉलेज में उस समय जीवन के अल्हड़पन के दौर में था, हर और अंधकार नज़र आ रहा था।

जज साहब — मैंने ही तुम्हें अपनी अदालत में रीडर के पद पर नियुक्त किया था।

कांति — सर, आजतक मुझे यह खुलासा नहीं मिला था ?

जज साहब — क्या करते खुलासा पाकर, मुझे डर था कि कहीं तुम मेरे होने का नाजायज फ़ायदा उठाना न शुरू कर दो ? आज तुम्हें तरक़्क़ी दिलवाकर मैंने शांति लाल के प्रति अपना फ़र्ज़ निभाया है। मैंने तुम्हारी गतिविधियों पर नज़र रखीं ताकि तुम ग़लत रास्ते पर न निकल जाओ।

कांति — सर, आज से मैं अपने आप को अनाथ नहीं मानूँगा।

जज साहब — हाँ कांति बेटा ! जब भी मेरी ज़रूरत पड़े, मुझे याद कर लेना। मैं तुम्हें बताना चाहता हूँ कि तुम्हारी यह प्रोमोशन देय नहीं थी, कुछ विशेष प्रावधान कर यह प्रोमोशन दिया गया है। अब तुम्हें दिल लगाकर काम करना है व अनावश्यक मुझसे मिलने से परहेज़ करना है।

कांति — ओ. के. सर !

जज साहब — अब शायद अंधेरा होने लगा है, हमें चले जाना चाहिए।

(दोनों निकल जाते हैं।)

कांति — (घर पहुँच कर) नीलिमा ! देखो, आज मैं तुम्हारे व अपने लिए क्या लाया हूँ ?

नीलिमा — सारा दिन घर में पड़े रहने से अब कुछ भी अच्छा नहीं लगता है। चाय ले लो फिर मार्केट चलेंगे।

कांति — आज मार्केट नहीं जाएँगे, यह देखो क्या है इस लिफ़ाफ़े में?

नीलिमा — (लिफ़ाफ़ा खोल कर देखते हुए) मुझे अपनी आँखों पर विश्वास नहीं हो रहा है, क्या सचमुच ही मैं लेक्चरर बन गई हूँ ?

कांति — जज साहब ने खुद ही लिफ़ाफ़ा खोलकर मुझे बताया कि नीलिमा की लेक्चरर पद पर नियुक्ति हो गई है व नए साल के शुभ अवसर पर कार्यभार ग्रहण करना है।

नीलिमा — यह दूसरे लिफ़ाफ़े में क्या है ?

कांति — तुम बताओ, क्या हो सकता है ?

नीलिमा — देविना भाभी का नियुक्ति पत्र हो सकता है ?

कांति — देविना भाभी का पत्र तो डॉ दादा ने कल देव भैया को ही दे दिया था। कुछ और सोच कर बताओ ?

नीलिमा — तुम्हारी कोई इंक्रीमेंट लगने के बारे में होगा?

कांति — इंक्रीमेंट तो हर कर्मचारी की वार्षिक आधार पर लगती ही है, इसके लिए कोई आर्डर बगैरह नहीं होता ?

नीलिमा — क्या तुम्हें भी कोई नियुक्ति या प्रोमोशन मिल गई है ?

कांति — वाह नीलिमा ! जज साहब ने यह लिफ़ाफ़ा सौंपते हुए कहा था कि नए साल से तुम सैशन कोर्ट के रीडर बन गए हो। जिस लगन व

परिश्रम से यहाँ काम कर रहे थे, नई ज़िम्मेदारी भी ईमानदारी व चाव से निभाना ?

नीलिमा — क्या हम दोनों एक साथ ही नई ज़िम्मेदारी सँभालेंगे ?

कांति — हाँ नीलू, भगवान ने हम पर बड़ी कृपा की है। खुदा जब देता है, छप्पर फाड़ कर देता है।

***

39.

देव, देविना व नीलिमा की ज्वाइनिंग रिपोर्ट व देव बाबू का लेक्चर

देव बाबू अपनी पत्नी देविना के साथ स्कूल मे मुखिया जी के ऑफिस पहुँचे जहां नीलिमा दोनों का इंतज़ार कर रही थी। दोनों ने मुखिया जी को प्रणाम किया व नीलिमा से हाल - चाल जाना।

मुखिया — आप सभी को अपने नियुक्ति आदेश मिल गए होंगे ?

देव — यस सर ! मुझे प्रोमोशन व इन दोनों को नई नियुक्ति के पत्र मिल चुके हैं। सर, आपने हमारे प्रति जो सहृदयता दिखाई है, उसके लिए हृदय से आभार प्रकट करता हूँ व भविष्य में संस्था के हित में आपको भरपूर सहयोग देने का विश्वास दिलाता हूँ।

मुखिया — देव बाबू, इंसान अनुभव से बहुत कुछ सीखता है और सीखने की कोई उम्र नहीं होती। डॉ भगवत स्वरूप जी, समिति के मैनेजर मनुष्य नहीं, देवता हैं। उन्हीं की कृपा से मुझ अकिंचन का उद्धार हुआ व सद् बुद्धि मिली, उनकी जरा सी सख़्ती ने मेरा जीवन आसान बना दिया।

देव बाबू — डॉ भगवत स्वरूप जी तो पूरे इलाक़े में पूजनीय हैं। वे बिना किसी भेदभाव के सभी की सहायता के लिए तत्पर रहते हैं। आज इस समय उनकी प्रशंसा का कुछ अभिप्राय ज़रूर होगा ?

मुखिया — मेरा आपको भी इतना भर कहना है कि हम अक्सर किसी बात, घटना, विचार के पक्ष या विपक्ष में डट जाते हैं व टस से मस नहीं होते। मेरा मानना हो गया है कि उस समय हमें विवेक से फ़ैसला लेना चाहिए।

देव बाबू — सर, हठ के कारण विवेक शून्य हो जाता है इंसान, कुछ समय या दिन फ़ैसला टाल दिया जाए तो अच्छा रहता है।

मुखिया — बिल्कुल सही कहा आपने पर विवेक लौट आने पर अहंकार मार्ग अवरुद्ध कर देता है।

देव बाबू — अहंकार ताकतवर के समक्ष हथियार डाल देता है या फिर शक्तिहीन की प्रशंसा से भी अहंकार तिरोहित हो जाता है।

मुखिया — देव बाबू, तुम्हारा ज्ञान अनुभव वाला लगता है। भविष्य में मैं तुम्हारी हर मदद के लिए तैयार रहूँगा।

देव बाबू — सर, आपने अपने व्यक्तित्व में बदलाव कर चमत्कार दिखाया है। अकड़न तो ठूंठ की प्रकृति है।

मुखिया — अब आप सभी क्लर्क के पास जाकर अपनी ज्वाइनिंग रिपोर्ट प्रस्तुत करें व कल नववर्ष में कार्य का श्री गणेश करें।

तीनों कार्यालय जाकर ज्वाइनिंग रिपोर्ट प्रस्तुत करते हैं। देव बाबू अपनी कक्षा में जाकर अपना लेक्चर शुरू करते हैं व दोनों लेडीज़ गर्ल्स विंग में इंचार्ज प्रिंसिपल हेमा चौधरी से मिलकर घर लौट जाती हैं।

देव टीचर — प्रिय स्टूडेंट्स ! आज हम' अपठित गद्यांश' के बारे में जानेंगे जो अक्सर कठिन प्रश्न जाना जाता है।

स्टूडेंट्स — यस सर, ऐसे गद्यांश का शीर्षक देना बड़ा कठिन लगता है व समय भी ज़्यादा खर्च होता है।

देव टीचर — प्रिय छात्र - छात्राओ, ऐसे गद्य खंड जो हमने पहले न पढे व देखे हो, अपठित गद्यांश (Unseen Passage) कहलाते हैं। परीक्षा में हर बार एक ऐसा गद्यांश दिया जाता है जिसके आधार पर ही नीचे दिए गए प्रश्नों के उत्तर देने होते हैं। आमतौर पर अपठित गद्यांश प्रश्न - पत्र का सबसे

अंतिम प्रश्न होता है और विद्यार्थी भी उसे अंत में ही Attempt करते हैं। इसे व्याकरण के अन्य भागों के बाद व निवंध रचना से पहले हल करना चाहिए।

एक छात्र — सर, इसका शीर्षक देने का कोई आसान तरीक़ा बताइए ताकि प्रश्न — पत्र के और दूसरे प्रश्न न छूट पाएं।

देव टीचर — गद्य खंड को दो - तीन बार पढ़ना चाहिए ताकि उसका मुख्य भाव समझ में आ जाए। यदि शीर्षक लिखना है तो उस मुख्य भाव से संबंधित व दो - तीन - चार शब्दों में ही लिखें। शीर्षक आमतौर पर गद्यांश के आरंभ या अंतिम पंक्तियों में मिल जाता है।

एक छात्रा — सर, क्या हम अपने शब्दों मे शीर्षक लिख सकते हैं ?

देव टीचर — बिल्कुल, हमें अपने शब्दों में ही लिखना चाहिए लेकिन भाव गद्य खंड पर आधारित हो। जो स्टूडेंट् शीर्षक ठीक लिखता है, वह गद्यांश के अंत में पूछे गए सवालों के जवाब भी सही दे पाता है।

एक छात्र — सर, क्या हम इस प्रश्न को छोड़ नहीं सकते ?

देव टीचर — यह प्रश्न Optional नहीं होता, ज़रूरी करना होता है। इससे विद्यार्थियों की रचनात्मक क्षमताओं का पता चलता है। मैं कुछ और तरीक़े बता रहा हूँ जिससे यह हल करना आसान हो जाएगा।

प्रिय स्टूडेंट्स ! गद्यांश के अंत में दिए प्रश्नों के उत्तर गद्यांश के आधार पर ही अपने शब्दों में देने चाहिएं। भाषा अपनी हो और भाव गद्य खंड से हों। हू ब हू गद्यांश की पंक्ति उठा कर नहीं रखना चाहिए। उत्तर सरल शब्दों में व संक्षिप्त भी हो। यदि गद्यांश का सार पूछा गया है तो मुख्य बातें गद्यांश के एक तिहाई के लगभग होना चाहिए। जिस काल (Tense) में प्रश्न पूछा गया है, उसी काल में उत्तर दें। उत्तर संक्षिप्त हों व जितना पूछा गया है, उतना ही उत्तर दे, व्यर्थ में विस्तार न करें। सबसे जरूरी बात यह है कि हमें प्रश्नों के क्रमांक ठीक डालने चाहिए।

देव टीचर एक गद्य खंड सभी स्टूडेंट्स को बोल कर लिखवाते हैं व उसे हल करने को कहते हैं। घर में जाकर भी व्याकरण की पुस्तक से अभ्यास करने के लिए कहा।

शुभम व शिवि अभी तक नौकरी नहीं पा सके थे। शिवि के आशामेध होने के कारण वे कहीं बाहर दूसरे शहर में नहीं जा सकते थे व फ़रीदाबाद में वेतन में न्यूनता के कारण शुभम की कोई रूचि नहीं थी। अब वह अपने पिताजी के साथ व्यापार में मददगार बना हुआ था। नेहा बहन कभी - कभार ही शिवि के पास वीकेंड पर आती व दोपहर बाद ही निकल जाती। शिवि ने नेहा को जब डिग्री लेने आने के समय (दीक्षांत समारोह) की पूरी जानकारी दी तो नेहा दंग रह गई और कहने लगीं कि इतने वर्षों के बाद भी कोई जीवित मिल जाता है। नीलिमा भी मम्मी को पाकर बहुत खुश हो रहीं थीं व डॉ गुप्ता भी अपने जीवन में लौट आए थे। राकेश बाबू व रश्मि भाभी भी इस अवसर पर मौजूद थे।

राजीव — दिव्या की अपनी ही अलग दुनिया बनीं हुईं थीं। मेघ के साथ दिव्या को टाइम का पता ही नहीं चलता था। माता - पिता भी मेघ को देख कर फूले नहीं समाते। राजीव जब भी कोर्ट जाता तो मेघ का मस्तक चूम कर ही निकलता। कांति को सैशन कोर्ट में देख कर अपनी आँखों पर विश्वास नहीं कर पाया राजीव और लंच टाइम में पूछा - किसी काम से आए थे क्या सैशन कोर्ट ?

कांति — किसी काम से नहीं, अब कल नव वर्ष से यहीं से काम होगा। मुझे प्रोमोशन मिला है, जवाइनिंग रिपोर्ट देने आया था।

राजीव — वाक़ई, खुदा जब देता है तो छप्पर फाड़ कर ही देता है। अब तो दिन में कई बार मिलना - जुलना होगा।

कांति — शायद ज़्यादा काम व ज़्यादा ज़िम्मेदारी होगी प्रोमोशन के बाद।

राजीव — यह तुम्हें ईमानदारी व परिश्रम का फल मिला है वरना इस पद पर तुम्हारी सीधी तरक़्क़ी नहीं हो सकती ?

कांति — मेरी क़िस्मत खुल गई राजीव भाई साहब, शायद नीलिमा के आने के बाद।

राजीव — अब देव भैया के गुण गाओ, नौकरी व छोकरी दोनों मिल गई।

कांति — भगवान ने देव भैया को हम सब के कल्याण के लिए ही शायद भूमि पर अवतरित किया है। राकेश का' रोका' देव भैया ने खुद ही फ़ाइनल कर दिया था।

राजीव — देव भैया पर हम सब बहुत विश्वास करते हैं और वह भी हम पर जान छिड़कते हैं।

कांति — राजीव भाई साहब, शायद लंच टाइम समाप्त होने को है, हमें ड्यूटी के लिए चलना चाहिए। फिर मिलेंगे, मिलते ही रहेंगे।

शेखर बाबू इस विशाल ब्रह्मांड में शायद अब अकेले रह गए थे। सुबह तैयार हो कर ऑफिस निकल जाते व सायं को घर लौट कर डिनर के लिए' राका' पर चले जाते। कई दिनों के बाद आज गजेंद्र सिंह से बातचीत हो रही थी तो उन्होंने शेखर बाबू को "राका" में काम करने का न्योता दिया।

गजेंद्र सिंह — शेखर बाबू ! आप अकेले हैं, मैं भी अकेला ही हूँ राका पर। क्यों न हम पार्टनर बन जाएं ?

शेखर बाबू — मेरा इस लाइन में कोई तजुर्बा नहीं है और न ही इतना टाइम मिलता है। हाँ, तुम कहो तो कुछ पूँजी डाल सकता हूँ।

गजेंद्र सिंह — पूँजी की ज़रूरत नहीं, प्रेजेंस की ज़रूरत है। मैं अकेला दोनों टाइम थक कर चूर हो जाता हूँ। आप सायंकाल में संभाल लें तो मुझे भी आराम मिल जाएगा।

शेखर बाबू — मैं सायंकाल में थोड़ा समय निकाल सकता हूँ।

गजेंद्र सिंह — दोनों मिल जुलकर काम करेंगे तो आमदनी भी बढ़ेगी।

शेखर बाबू — गजेंद्र बाबू, अब रूपए - पैसे में इतनी आसक्ति नहीं रहीं। जीवन में बहुत पैसा देखा व कमाया है पर पैसे से कुछ चैन - सुख नहीं मिला।

गजेंद्र सिंह — रूपए - पैसे बिना क्या ज़िंदगी है शेखर बाबू ! मैंने बहुत पापड़ बेले हैं। एक - एक पैसा बचाकर पुष्प को पढ़ाया है।

शेखर बाबू — मुझे लगता है कि मुझको पैसे ने ही परेशान किया है। शिवानी (मेरी पूर्व पत्नी का नाम भी शिवानी था) और मैं दोनों धन - संपत्ति के घमंड में अपना पूरा जीवन बर्बाद कर बैठे। मै तो एम. गुप्ता जी के दामाद देव बाबू की प्रशंसा करूँगा कि सब धन - दौलत को ठोकर मारकर ईमानदारी व मेहनत से काम कर रहे हैं।

गजेंद्र सिंह — हां शेखर बाबू, देव बाबू बहुत नेक इंसान हैं। न कोई लालच और न कोई इच्छा ? बस परोपकार ही मन में समाया हुआ है। ऐसा आदमी देवता ही होता है।

शेखर बाबू - जो सुख - चैन वे पा रहे हैं, वह अनुपम व अद्वितीय है और बग़ैर धन - संपत्ति के। मैंने धन पाकर चैन - सुख खोया है और देव बाबू ने धन खोकर चैन - सुख पाया है।

गजेंद्र सिंह — मै भी आपको धन के लालच से पार्टनर नहीं बना रहा बल्कि टाइम पास करने में सुविधा के लिए साथ ले रहा हूँ।

शेखर बाबू — हाँ, इस दृष्टिकोण से कुछ ठीक हो सकता है।

गजेंद्र सिंह — नए साल से ही शुभ काम शुरू कर दो।

शेखर बाबू — ओ. के. गजेंद्र भाई साहब ! रिश्तेदारी तो ख़त्म हो ही गई, दोस्ती तो बरकरार रहेगी ही।

***

40.

मित्रों का नदी भ्रमण

ऑफिस टाइम ख़त्म कर सब उतावले हो रहे थे घर जाकर कुछ नया समाचार पाने व बताने को। राजीव अपना कोर्ट का काम समाप्त कर घर क़रीब चार बजे ही पहुँच गया था और घर में प्रवेश करते ही मेघ को गोद में लेने की इच्छा, दिव्या भी समझने लगी थी यह बात और वह चाय बनाने के बहाने मेघ को उसे दे देती। पिता के साथ खेलते हुए देखकर दादा - दादी भी प्रभु का धन्यवाद करते व मन ही मन आह्लादित होते। आज चायपान कर तनेजा रेस्टोरेन्ट में पहुँच गया था राजीव सब मित्रों से मिलने व समाचार जानने। कांति जब घर पहुँचा तो नीलिमा ने अपनी ज्वाइनिंग रिपोर्ट प्रस्तुत कर देने की बात कही व बताया कि कल सुबह आठ बजे ही स्कूल पहुँचना है ड्यूटी पर।

कांति — पर सर्दी में तो स्कूल नौ बजे खुलने का समय रहता है, फिर आठ बजे क्यों ?

नीलिमा — कल पहला ही दिन है व नव वर्ष भी है। प्रातःकाल की सभा में कुछ प्रोग्राम होंगे, इसलिए आधा घटा पहले स्कूल की घंटी बजेगी। मुझे कुछ समय ड्यूटी संभालने में भी लगेगा।

कांति — क्या रहा सब ? ड्यूटी के लिए ज्वाइनिंग में या कोई दिक़्क़त तो नहीं हुई ?

नीलिमा — देव भैया व देविना भाभी भी पहुँच गए थे ऑफिस, देव भैया की प्रोमोशन व भाभी को हिंदी भाषा टीचर की नियुक्ति मिली है।

कांति — परसों ही डॉ साहब ने तुम्हारे नियुक्ति पत्र के लिफ़ाफ़े के साथ उनकी नियुक्ति व प्रोमोशन के पत्र भी दिए थे।

नीलिमा — अब क्या बन गए आप ?

कांति — बना तो कुछ नहीं, पहले भी रीडर था, अब भी रीडर ही रहूँगा पर कोर्ट बदल गई । मैं कल नए साल में सैशन कोर्ट का रीडर हो जाऊँगा।

नीलिमा — क्या तुम भी सुबह आठ बजे जाओगे कोर्ट ?

कांति — मेरा कोर्ट टाइम नौ बजे रहेगा । पंद्रह मिनट पहले ही घर से निकलूँगा। (चाय की प्याली ख़ाली कर) मैं अब तनेजा के यहाँ जा रहा हूँ, सभी फ्रैंड वहाँ पहुँच रहे हैं ।

नीलिमा — मै भी कल सुबह अपनी ड्यूटी के लिए तैयारी कर रही हूँ।

राजीव पहले ही इंतज़ार में था । कांति भाई के आ जाने से दोनों गुफ्तगू में लग गए थे । राकेश व देव भैया भी अपनी ड्यूटी पूरी कर रेस्टोरेन्ट पर पहुँच गए थे। सर्दी के दिन पंख लगाकर उड़ने को तैयार रहते हैं, ऑफिस की छुट्टी होते ही अंधेरा छाने लगता है पर आज बेशक बाहर अंधकार की चादर बिछी हुई हो, मन में सभी के खुशियों का अभूतपूर्व प्रकाश जगमग कर रहा था ।

तनेजा — आप सब चाय लेंगे या कॉफी ?

राजीव — मुझे कोई इच्छा नहीं, घर से पीकर ही निकला था ।

कांति — मैं भी कोई बिना पिए नहीं निकला हूँ ।

देव — दोनों ने स्कूल से आते ही चाय ली, उसके बाद ही यहाँ पहुँचा हूँ ।

राकेश — मुझे ज़रूरत रहेगी तनेजा, बिना या कम शक्कर की कॉफी चलेगी । देव भैया, तुम्हें मुबारक हो नई नियुक्तियाँ, ज्वाइनिंग रिपोर्ट हो गई होगी आज ?

देव — हाँ राकेश भैया, हम दोनों ने ज्वाइनिंग रिपोर्ट प्रस्तुत कर दी है व कल नव वर्ष में नई ड्यूटी सँभालेंगे।

राकेश — वैरी गुड ! आप दोनों को पुनः बधाई !

कांति — मुझे कब व कौन बधाई देगा ?

राकेश — तुम्हें किस बात की बधाई ? अभी एक साल इंतज़ार करो।

कांति — राजीव भाई, अब क्या मैं अपनी प्रशंसा खुद करूँगा, तुम्हीं बता दो इस डॉक्टर को कि हम क्या थे और क्या हो गए ?

राजीव — तनेजा, तुम भी यहाँ आकर सुन लो। कांति बाबू कल से सैशन कोर्ट में रीडर बन गए हैं।

तनेजा — कांति भाई बधाई हो आपको, चारों ओर से खुशियां बरस रही हैं।

राकेश — कांति भाई, छुपे रुस्तम निकले। कभी कोई ज़िक्र नहीं हुआ प्रोमोशन का ?

कांति — हम तो 'झट मंगनी पट ब्याह' में विश्वास रखते हैं डॉ साहब।

राकेश — कांति भाई, यह साल तुम्हारे लिए भरपूर खुशियां लाया है। सब मित्रों — साथियों कीं संगति का परिणाम है।

देव — हाँ राकेश भैया, यह वर्ष हम सबके जीवन में महत्वपूर्ण वर्ष रहा। हम चार से आठ हो गए। राजीव भाई तो और भी आगे निकल गए। सब की शादियाँ, शिक्षा, नौकरी, प्रोमोशन और सबसे बड़ी ख़ुशी की बात नीलिमा दीदी की मम्मी का जीवित घर लौट आना। सब काम निर्विघ्न संपन्न हो गए।

राकेश — (कॉफी ख़त्म कर) अब सरिता - सैर भी संपन्न कर लें।

राजीव — हाँ सब चलें। आज पूर्णिमा का चाँद भी देखने योग्य होगा।

(सभी सैर के लिए निकल जाते हैं।)

राजीव — (नदी किनारे पहुँच कर) कांति भाई, आज क्या है तुम्हारे पिटारे मे? हम सब मित्रों के भाग्य चमक रहे हैं, कुछ इसी पर सुनाओ कोई क़िस्सा — कहानी।

कांति — वातावरण बड़ा शांत है, मंद व शीतल पवन बह रहा है। क्यों देव भैया?

देव — प्रकृति हमेशा अपने पथ पर अग्रसर रहती है। उसकी गतिविधियाँ निरंतर चलती रहती हैं, बेशक हमें दिखाई न पड़ें। जिस तरह मनुष्य का भाग्य, उसके कर्म भी अनदेखे रह जाते हैं लेकिन उनका प्रभाव जब पड़ता है, तब हमें पता चलता है। समय की गति को हम पकड़ नहीं सकते, हम सब खिलौने मात्र हैं प्रकृति की इन क्रियाओं - प्रतिक्रियाओं के।

कांति — देव भैया, इसी तरह की कुछ है आज की मेरी कहानी।

राकेश — कांति भाई, श्री गणेश करो, ऐसा न हो कि ज़्यादा ठंड हमें अस्वस्थ बना दे ?

कांति — डॉक्टर जो ठहरे, हर पल स्वास्थ्य की चिंता में डूबे रहते हो।

राकेश — अब तुम भी कथा - सागर में डूब जाओ।

कांति — मध्य प्रदेश के मालवा में राजा भोज राज्य करते थे, बड़े न्यायप्रिय, प्रजापालक, विद्वान, कलाप्रेमी थे राजा व अपनी प्रजा के सुख-दुख का पूरा ध्यान रखते थे। प्रजावत्सल राजा भोज अपनी प्रजा की असली अवस्था व सुख - दुख जानने के लिए वेशभूषा बदलकर रात्रि में नगर- भ्रमण करते थे। एक बार रात्रि में भ्रमण करते हुए वे एक गरीब व्यक्ति की झोंपड़ी के

पास से गुजरे तो वहाँ से कुछ हल्की व दबी सी आवाज़ सुनकर ठिठके। आवाज़ एक गरीब ब्राह्मण की थी जो अपनी पत्नी को कह रहा था कि अब मैं बूढ़ा हो गया हूँ, काम - काज करने में असमर्थ हो गया हूँ। घर में सब राशन - पानी ख़त्म हो गया है, मैं कल राजदरबार में जाकर राजा से कुछ धन - धान्य माँग कर लाऊँगा जिससे भूखों मरने से बच सकें। राजा भोज बड़े दयालु व उदार हृदय हैं, वे हमारी मदद ज़रूर करेंगे।

राजीव — कांति भैया, क्या गरीब ब्राह्मण को कोई संतान नहीं थी ? जो उनके बुढ़ापे की लाठी बन सके।

कांति — संतान बड़ी क़िस्मत से मिलती है। हमारे गरीब ब्राह्मण रूपए - पैसे के साथ - साथ संतान की ओर से भी अभागे थे। राजा भोज ने सब कुछ सुन लिया था और अगले दिन जब गरीब ब्राह्मण राजदरबार में आकर मदद की गुहार लगाने लगा तो राजा ने अपने कोषाध्यक्ष को आदेश दिया कि गरीब ब्राह्मण को सौ सोने की अशर्फ़ी दे दी जाएं, जिन्हें लेकर ब्राह्मण ख़ुशी — ख़ुशी अपने घर लौट आया।

राजीव — इतनी ज़्यादा धन — राशि का ब्राह्मण क्या करेगा ? दोनों पति पत्नी को कितना चाहिए ?

कांति — राजा भोज अपनी प्रजा के प्रति बड़े दयावान थे, दोनों का जीवन आराम से बीत जाए इसलिए इतनी स्वर्ण - मुद्राएँ दान दी थी। दोनों पति - पत्नी भरपेट भोजन कर संतुष्ट होकर रात्रि विश्राम पर चले गए। सुबह जगे तो बॉक्स संभाला तो भौंचक्के, सब अशर्फ़ियाँ नदारद। गरीब ब्राह्मण ने राजदरबार में जाकर चोरी की घटना का खुलासा किया और राजा से मदद की गुहार लगाई। राजा भोज ने अपने खचांची को सौ स्वर्ण मुद्राएँ गरीब ब्राह्मण को देने का फिर आदेश दिया और ब्राह्मण ख़ुशी - ख़ुशी घर लौट आया।

राकेश — कांति भाई, राजा भोज ने विश्वास कर लिया कि वाक़ई चोरी हुई है। ब्राह्मण ग़रीबी वश असत्य कथन भी कर सकता है ?

कांति — राजा भोज के राज्य में शांति व सत्य का तथा विश्वास का वातावरण था, कोई भी राजा के सामने असत्य नहीं कह सकता था। राजा भोज को चाटुकारिता, व खुशामद बिल्कुल भी पसंद नहीं थी इसलिए उनके दरबार में धर्म परायण व सत्य प्रिय लोगों को ही स्थान मिलता था। ब्राह्मण घर आकर स्वर्ण - मुद्राएँ फिर छुपाकर सुरक्षित समझ चैन की नींद सो गए। रात्रि में जब ब्राह्मण गहरी नींद में सोया हुआ था तब उसे एक स्वप्न आया कि राज्य में अकाल की स्थिति पैदा हो गई है और राजा भोज स्वयं ब्राह्मण के पास स्वर्ण - मुद्राएँ माँगने के लिए पहुँचे।

और गरीब ब्राह्मण ने सारी मुद्राएँ राजा को दे दी। सुबह उठकर देखा तो बॉक्स फिर ख़ाली मिला व स्वर्ण मुद्राएँ ग़ायब थीं। ब्राह्मण ने स्वप्न की बात अपनी पत्नी को बताई व दोनों हैरान - परेशान हो गए थे। ब्राह्मण अगले दिन फिर राजदरबार पहुंचा व राजा को पूरी घटना का ज़िक्र किया। राजा भोज भी हैरान लेकिन ब्राह्मण को फिर से सौ मुद्राएँ देने का आदेश दिया।

देव — कांति भाई, इस तरह राजा ब्राह्मण को कब तक स्वर्ण - मुद्राएँ देता रहेगा?

कांति — अब राजा भोज ने निश्चय कर लिया था कि वह स्वयं जाकर व छिपकर देखेंगे कि माजरा क्या है ? इसीलिए आज रात्रि में ब्राह्मण की झोंपड़ी के पास पहुँच गए व चोर का इंतज़ार करने लगे। रात्रि में तीसरे पहर राजा ने देखा कि उसका हमशक्ल कोई व्यक्ति ब्राह्मण के घर चोरी करने जा रहा है। राजा ने उसे रोक कर पूछा कि तुम ऐसा क्यों कर रहे हो ? मेरा हमशक्ल बनकर मेरा नाम बदनाम कर रहे हो। मैं राजा भोज हूँ, तुम कौन हो जो गरीब ब्राह्मण के घर चोरी करने निकले हो ? हमशक्ल यह कहकर अंतर्ध्यान हो गया कि महाराज ! यह गरीब ब्राह्मण अपने कर्मों का फल भोग रहा है। आप द्वारा दी गई स्वर्ण - मुद्राएँ इसके उपयोग में नहीं आएँगी ? आपको व सब को अपने कर्मों का फल भोगना पड़ता है।

देव — कांति भाई, यह तो कोई दैवीय आत्मा प्रतीत होती है। इस तरह अंतर्ध्यान होना साधारण मानव के बस की बात नहीं है।

कांति — एक बार राजा शिकार के लिए निकला व चलते - 2 अपने सैनिकों से बिछुड़ कर बहुत दूर चले गए व घोड़े की तेज रफ़्तार से एक पहाड़ी के ऊपर से गिरकर घायल व मूर्छित हो गए। उनका मुकुट भी कहीं इधर - उधर गिर गया था। यह स्थल किसी दूसरे राजा के क्षेत्र में था और वहाँ के सैनिकों ने राजा को बेहोश पाकर उठा लिया व कई बार पूछताछ की पर कोई जवाब नहीं मिलने पर उन्होंने राजा को अधमरा कर शहर से बाहर फैंक दिया।

राकेश — राजा की यह स्थिति दयनीय है, क्या राजा बोल नहीं सकता था कांति भाई ?

कांति — राजा बोलने में असमर्थ हो गया था। अब वह घायल व बेहोश निर्जन स्थान पर पड़ा था कि अचानक गंगू तेली का उधर आना हुआ। उसने जब एक नौजवान को घायल व बेहोश अवस्था में देखा तो उसे अपने घर ले आया।

राजीव — कांति भाई, यह तो अच्छा हुआ, शायद गंगू तेली उसका इलाज बगैरह करें व राजा स्वस्थ हो जाए।

कांति — गंगू तेली की कोशिशों के फलस्वरूप नौजवान एक महीने में पूर्ण स्वस्थ हो गया और वह गंगू तेली के साथ ही कोल्हू में जुतकर तेल निकालने का काम करता व साथ ही गीत गाता रहता। उसके गीत सुनकर गंगू तेली के पास आने वाले ग्राहक बड़े ख़ुश होते व नवयुवक की प्रशंसा करते।

राकेश — संगीत में बड़ी ताक़त होती है जिससे लोगों को तनाव बगैरह से मुक्ति मिलती है।

कांति — यहाँ के राजा सिद्ध देव ने एक बार अपने दरबार में संगीत प्रतियोगिता का आयोजन किया। जब गंगू तेली को यह मालूम हुआ तो वह अपने दास नवयुवक को दरबार में ले आया और उसने जो गायन किया, सब आश्चर्यचकित हो रहे थे। राजकुमारी वसुंधरा उस नवयुवक पर लट्टू हो गई थी और उसे पाने को उतावली हो गई थी। राजा सिद्ध देव ने अपनी पुत्री को समझाया कि जिसकी जाति - वंश का नाम भी ज्ञात न हो उससे विवाह - प्रस्ताव उचित नहीं। हम अपने दरबारियों से सलाह मशविरा कर ही कोई फ़ैसला लेंगे। तब राजा सिद्ध देव ने अपने दरबार से धर्म, कर्म, तप व पुण्य मर्मज्ञ विद्वानों को बुलाकर पूछा तो सभी ने राजा भोज को इन गुणों का भंडार बताया और उसी से अपनी पुत्री का विवाह करने का मशविरा दिया। राजा ने अपनी पुत्री कीं अभद्रता पर क्षमा याचना की व कहा कि वह अपनी पुत्री का विवाह राजा भोज से ही करेंगे, तब उस युवक ने कहा कि आपके दरबारियों ने जिन चार गुणों को सर्वोपरि माना है, उनसे भी बड़ी है" होनी" । इस पर उपस्थित दरबारी ठहाका लगाकर हंसने लगे पर नवयुवक विचलित नहीं हुआ और बोला - होनी होकर ही रहती है, हम कितना ही प्रयास करें, उसे टाल नहीं सकते ?

देव — बिल्कुल कांति भाई, होनी अवश्यंभावी एवं अपरिहार्य होती है, राजा — महाराजा कोई भी उसे टाल नहीं सकता।

कांति — राजा ने उस युवक से पूछा, कैसे ? नवयुवक ने अपने साथ घटी गरीब ब्राह्मण, शिकार व गंगू तेली का दास बनने की घटनाओं का ज़िक्र किया और कहा कि राजा भोज की होनी की वजह से यह हालत हो गई है। राजा सिद्ध देव ने पूछा कि तुम ही राजा भोज हो ? तो युवक ने हा में जवाब दिया। अब सभी को मालूम हो गया था कि गंगू तेली का वह दास और कोई नहीं बल्कि स्वयं राजा भोज हैं। राजा सिद्ध देव ने अपनी पुत्री को वरमाला

डालने की इजाज़त दी व धूमधाम से विवाह कर विदा किया। राजा भोज के राज्य में लौट आने पर लोगों ने राहत की साँस ली।

राजीव — कांति भाई, अब ठंड बहुत बढ़ गई है, तुमने बहुत लंबा क़िस्सा सुनाया है। अब हमें भी राजा भोज की तरह घर लौट जाना चाहिए।

(सभी चारों मित्र अपने - अपने घरों को लौटने के लिए उद्यत होते है।)

राकेश — (रास्ते मे) देव भैया ! क्या' होनी' सबके साथ ही होती है?

देव भैया। — बिल्कुल, राजा हो या रंक, गरीब हो या निर्धन, मूर्ख हो या ज्ञानी सबको अपने कर्मों का फल भुगतना पड़ता है जिसे ही होनी कहते हैं।

राकेश — देव भैया, जैसे आपके प्रोफ़ेसर डॉ गुप्ता के साथ हुआ ?

देव भैया — बिल्कुल सही कहा, होनी के कारण कितना कष्ट व दुख सहन करना पड़ा। पत्नी शिवानी रोग ग्रस्त हुई, पुत्री पर एसिड अटैक हुआ, मृत पत्नी समझकर आंसू बहते रहे पर जब होनी ने करवट ली तब पूरी बगिया पुष्पों से आच्छादित हो गयी।

राकेश देव भैया, डॉ. गुप्ता भाग्यशाली रहे जो राजभोज की तरह अंत में सबकुछ पाने में सफल रहे पत्नी और पुत्री दोनों स्वस्थ व पवित्र रूप में मिल गयी

राजीव — देव भैया, मैं तो यही गुनगुनाऊँगा

होनी तो होके रहे अन्होनी ना होए।

जाको राखे साईंयाँ मार सके न कोए।।

कांति — देव भैया, आपने जो सब कुछ किया वह होनी की देन है वरना शायद हम कुवारें ही जीवन यात्रा पूर्ण कर लेते।

देव भैया — सबकी अपनी किस्मत है, उसी अनुसार वह फल पाता है तुम्हारी शादी तो तय थी मैं नहीं तो अन्य कोई भी माध्यम बनता।

***

41.

शिवानी की नौकरी में वापसी

डॉ. शेखर गुप्ता पहले की तरह ही कॉलेज जाने लगे थे, सब साथियों से हँसी - ख़ुशी मिलते व सुख - दुख का हाल जानते। दूसरे प्रोफ़ेसर्स भी उनसे शिवानी व नीलिमा की कुशल - क्षेम जानना चाहते तो गुप्ता जी बड़े संतोष से जवाब देते 'सब उस परवरदिगार की कृपा का फल है। मुझे लगता है कि केवल शिवानी को ही नहीं, मुझे व नीलिमा बिटिया को भी पुनर्जन्म मिला है। मेरा परिवार जो दो साल पहले बिखर गया था, आज पुनः एकत्रित हो गया है।' अन्य प्रोफ़ेसर्स भी इसे किसी चमत्कार से कम नहीं आंकते थे। अभी डॉ. गुप्ता कक्षा में Lecture deliver कर अपने रूम पर बैठे ही थे कि रिक्ता व मोहित गेट पर आकर - "सर, हम अंदर आ सकते हैं?" बोला तो डॉ. गुप्ता ने यस कहा।

डॉ. गुप्ता — आइए ! मैंने आप दोनों को इसलिए बुलाया है कि भित्ति पत्रिका का ताज़ा अंक कैसा व क्या प्रतिक्रिया है स्टूडेंट्स की ?

मोहित — सर हमने आज प्रातः ही नव वर्ष के लिए चतुर्थ अंक प्रकाशित किया है।

डॉ. गुप्ता — इससे पहले कब लगा था ?

मोहित — सर, बीस दिसंबर में लगाया था व पच्चीस दिसंबर को फ़ंक्शन के कारण कुछ नया भी जोड़ा था। गवर्नर साहब से संबंधित भी कुछ आइटम लगाए गए थे।

रिक्ता — हाँ सर, अब नव वर्ष विशेषांक प्रकाशित किया है, हम इसकी प्रतिक्रिया के इंतज़ार में हैं।

मोहित — सर एक निवेदन है।

डॉ. गुप्ता — निःसंकोच कहिए।

मोहित — सर, भित्ति पत्रिका के लिए हम दो ही मेंबर काम कर रहे हैं, हमें एक मेंबर ओ. टी. कक्षा से भी चाहिए।

डॉ. गुप्ता — अभी तक तो सब ठीक चल रहा था?

मोहित — हाँ सर ! शुरू के दो तीन महीने कुछ पढ़ाई - लिखाई का दबाव ज़्यादा नहीं रहता इसलिए टाइम ज़्यादा मिल जाता है लेकिन अब सभी पढ़ाई में समय ज़्यादा बिताने लगे हैं और आर्टिकल उनको बार - बार याद दिलाने पड़ते हैं।

डॉ. गुप्ता — तुम दोनों को भित्ति पत्रिका का संपादन करते हुए 4 - 5 महीने हो गए, छात्र — छात्राओं में साहित्यिक अभिरुचि वालों की पहचान मिल गई होगी।

मोहित — सर आप कह रहे हैं कि हम दोनों ही किसी छात्र - छात्रा को भित्ति पत्रिका के संपादक मंडल में शामिल कर ले।

डॉ.गुप्ता — यस, मुझे कुछ परेशानी नहीं। तुम चुनकर मेरे पास ले आओ, मेरी यस होने पर उसे साथ ले लो।

मोहित — ओ. के. सर ! हम आज से ही खोजबीन शुरू कर दे रहे हैं।

डॉ. गुप्ता — मैं उम्मीद करता हूँ कि मार्च अंत तक चार अंक और प्रकाशित हो जाएँगे, एक मास में एक की तो औसत होना ही चाहिए।

मोहित — सर हम मेहनत कर रहे हैं व आगे भी प्रयास जारी रखेंगे ताकि आपके कथन को अमलीजामा पहना सकें।

(घंटी की टन - टन टन की आवाज़ सुनाई पड़ती है, छात्र - छात्राएँ कक्षा से बाहर आने लगते हैं)

डॉ. गुप्ता — अब आप दोनों जाइए, मुझे भी अपना पीरियड अटैंड करना है।

सभी निकलते हैं, प्राचार्या के ऑफिस की बेल सुनाई पड़ती है, पीयोन शारदा ऑफिस में जाकर — यस मैडम !

प्राचार्या — डॉ. गुप्ता अगर अपने रूम पर मौजूद हों तो उन्हें एक बार ऑफिस में आने के लिए बोलो, अगर कक्षा में लेक्चर पर हैं तो उसके बाद मुझसे मिल लेंगे।

शारदा पीयोन — यस मैडम !

डॉ. गुप्ता के मनोविज्ञान कक्ष की ओर प्रस्थान करती है व वहाँ पड़े लॉक को देख कर कक्षाओं की ओर जाती है व B. ED. Section A, Room के सामने रुक गई थी।

डॉ. गुप्ता (पीयोन शारदा को देखकर बाहर आकर) क्या है शारदा?

शारदा — सर जी ! आपको बड़ी मैडम ने बुलाया है।

डॉ. गुप्ता — अभी या पीरियड के बाद ?

शारदा — सर, पीरियड के बाद ही कहा है।

डॉ. गुप्ता — ओ. के . मै घंटी बजते ही आ जाऊँगा।

शारदा — हाँ सर मैं जाकर कह देती हूँ।

(चली जाती है व थोड़ी देर में घंटी बजने पर डॉ. गुप्ता ऑफिस में प्रवेश कर)

डॉ. गुप्ता — यस मैडम, आपने मुझे बुलाया है ?

प्राचार्या — यस डॉ. गुप्ता, आपसे बात करने का मन हो रहा था।

डॉ. गुप्ता — यह तो मेरा अहोभाग्य है कि मैं आपकी निगाहों में इतना महत्वपूर्ण हूँ।

प्राचार्या — अरे ! डॉ. गुप्ता ऐसी कोई बात नहीं, हम दोनों एक ही विषय 'मनोविज्ञान 'से जुड़े हुए हैं इसलिए ख़ाली समय बिताने के लिए ही आपको याद किया है।

डॉ.गुप्ता — मैडम क्षमा चाहूँगा कि आप बिना किसी प्रयोजन या कॉलेज के किसी काम के बिना शायद ही किसी को याद करें । अवश्य ही कुछ विषय आपके समक्ष होगा और जहां तक मुझे स्मरण है आपने एक दिन कक्षा में फिलॉसिफी विषय पर लेक्चर डिलीवर किया था।

प्राचार्या — दोनों ही मेरे प्रिय विषय है, दोनों में ही लेक्चर भी कर लेती हूँ। अब आपका जीवन कैसा चल रहा है ?

डॉ. गुप्ता — (मैडम की आँखों में जलकण देखकर) शायद आप भावुक हो रही है , क्या आपकी भावुकता का मैं ही हेतु हूँ या कुछ और कारण हो सकता है।

प्राचार्या — डॉ. गुप्ता आपने नोटिस कर लिया, मै कई बार अकारण ही अश्रुपूरित हो जाती हूँ।

डॉ. गुप्ता — शायद कोई अवांछित घटना या इच्छा दिलोदिमाग़ में दबी हुई हैं जो कुछ सामयिक सानिध्य पाकर प्रस्फुटित हो उठती है।

प्राचार्या — हां मुझे भी मन पर कुछ दबाव सा महसूस हो रहा है।

डॉ. गुप्ता — आप अपने मन की कोई भी बात मुझसे कह सकती है, शायद इससे वेदना विभाजित हो जाए।

प्राचार्या — गुप्ता जी, आपकी पत्नी की कोविड - 19 से सुरक्षित वापसी से मुझे अपने बच्चों की याद सताने लगी है। जो चमत्कार आपके साथ हुआ है, क्या मेरे बच्चों के साथ भी हो सकता है? मुझे यहाँ आए ज़्यादा समय नहीं हुआ है और मैंने अपना दुख - दर्द किसी से भी साझा नहीं किया है।

डॉ. गुप्ता — मैं आपके दुख - दर्द को साझा कर सकता हूँ व शक्ति तथा सामर्थ्य के अनुसार मददगार भी हो सकता हूँ।

प्राचार्या — गुप्ता जी, मेरा एक लड़का जिसकी शादी को कुछ ही दिन बीते थे, कोविड — 19 की दूसरी लहर की चपेट में आ गया था।

डॉ गुप्ता — मैडम मैंने तो आपको अविवाहित ही सुना था फिर बच्चे कहाँ से कैसे ?

प्राचार्या — आपने ठीक सुना था, यह लड़का मैंने अपनी बहन से लिया हुआ था ताकि बुढ़ापे की लाठी बन सके पर महामारी में अपनी जान गँवा बैठा, उसकी पत्नी भी सेवा करते - करते महामारी के आग़ोश में समा गई।

डॉ. गुप्ता — हाँ मैडम जी, दूसरी लहर ने बहुत घरों को वीरान कर दिया था, लोग भयभीत हो गए थे कि अब क्या होगा ?

प्राचार्या — मेरा तो पूरा संसार ही सूना हो गया था गुप्ता जी ! भगवान ने मुझे फिर एकाकी कर दिया।

डॉ. गुप्ता — आपको यह सब कुछ कैसे ज़हन में उतरा ?

प्राचार्या — (अपने को संयत कर) ये लिफ़ाफ़ा लीजिए व ध्यान से पढ़िए।

डॉ गुप्ता — (लिफ़ाफ़ा लेकर पत्र खोलकर पढ़ते व आनंदित होते हुए) यह तो शिवानी को पुनः सर्विस में लेने के आर्डर हैं, इससे ही आपकी भावुकता जुड़ी है क्या ?

प्राचार्या — इस पत्र को पढ़कर मुझे इतनी ख़ुशी हुई कि मैं ख़ुशी के मारे रोने लगी व इसी क्रम में बच्चों की याद ज़हन में ताज़ा हो गई थी।

डॉ. गुप्ता — पुनर्मिलन समारोह में आपने पुनः सर्विस में लेने का पत्र लिखने की बात कही थी, इतना जल्दी कैसे हो गया सब कुछ जबकि हेड क्लर्क कई दिनों से कॉलेज में नहीं दिखाई दिए।

प्राचार्या — हेड क्लर्क को मैंने ही यह सब काम करने के लिए विभाग के हेड ऑफिस भेजा था और वे कल देर रात तक ही घर पहुँचे थे लेकिन नियुक्ति के आर्डर मेरे पास सुबह ही पहुँचा दिए थे। इस ख़ुशी में ही अपने बच्चों की याद कर भावुक हो गई।

डॉ. गुप्ता — हाँ मैडम जी, ऐसे ही सुख - दुख, गमी - ख़ुशी के अवसरों पर बिछुड़े प्रियजनों की यादें स्मृति पटल पर उभर आती है और एकांत में तो दिलोदिमाग़ पर छा जाती है।

प्राचार्या — आपको मुबारक हो गुप्ता जी, भगवान ने आपके सब दुख समेट लिए हैं व सुखों का विस्तार कर दिया है।

डॉ. गुप्ता — यह सब आपकी सहृदयता का परिणाम है, यह वर्ष मेरे लिए ख़ुशियाँ लेकर आया है।

प्राचार्या — शिवानी जी को बुलवाइए और आज नव वर्ष पर ही ड्यूटी Join करने के लिए कहें।

डॉ. गुप्ता — मैं किन शब्दों में आपका शुक्रिया करूँ, मैं यह सब ख़ुशी संभाल नहीं पा रहा हूँ।

प्राचार्या — हाँ डॉ. गुप्ता, आपने बहुत कष्ट सहन किए है, दिल कमजोर हो जाता है लगातार दुख सहन करते करते। आप रहने दीजिए, मैं ही बुलातीं हूँ शिवानी बहन को ड्यूटी Join करने के लिए।

डॉ. गुप्ता ख़ुशी के आँसुओं से चेहरा तर कर रहे थे, मध्यांतर के लिए टन - टन - टन कर घंटी बज गई थी, डॉ. गुप्ता ऑफिस से निकलकर अपने रूम की ओर चलने लगे थे।

***

42.

शेखर गुप्ता व शिवानी, शेखर बाबू के घर मेहमान

शेखर बाबू अपने जीवन के बचे - खुचे दिन गिन - गिन कर काट रहे थे। सुबह नहा धोकर ऑफिस के लिए निकल जाते ताकि कैंटीन से नाश्ता ले सकें। दोपहर का भोजन भी कैंटीन पर ही होने लगा था लेकिन सारे दिन की कमी पूरी होती 'राका 'पर पहुँच कर। ऑफिस से घर जाने की बजाय सीधे ही रेस्टोरेन्ट पर चले आते व कुछ नाश्ता - चाय लेकर अपनी ड्यूटी पर तैनात हो जाते। हालाँकि अभी उनका ज़्यादा अनुभव नहीं हुआ था फिर भी समय बिताने के लिए काम में जुटे रहते व टेलीफोन की तरह ग्राहकों की संतुष्टि का पूरा ख़्याल रखते। आज न जाने क्यों मन नहीं लग रहा था रेस्टोरेन्ट पर, थोड़ा बहुत डिनर लिया व गजेंद्र सिंह को ज़िम्मेदारी सौंप निकल गए घर की ओर।

अब घर में सोने के सिवाय कोई काम नहीं था, लेटे तो नींद का झोंका सा आया और चला गया और छोड़ गया दिमाग़ में चिंतन - शेखर बाबू, क्या मिला तुम्हें जीवन में, पिता, अंकल, दादाजी जो दिल से तुम्हें प्यार करते थे, कहाँ गए सब ? तू रह गया अकेला इस दुनिया में, शिवानी भी ग़रूर की भेंट चढ़ गई, ले देकर एक गुड़िया (शिवि) दे गई तुम्हें ज़िम्मेदारी के लिए। मैंने यह सब निभा दिया शिवानी, तुम्हारी शिवि को अच्छा घर - वर मिल गया। सब ज़िम्मेदारियाँ निभा कर भी तुम्हारा शेखर अकेला है। शालू, तुम तो मेरी हमसफ़र थी, क्या बस एक - दो साल के लिए ही था हमारा सफ़र। तुम अपने 'अनजाना हमसफ़र' को हमेशा के लिए रास्ते में भटकने के लिए छोड़ कर अपनी मंज़िल को पा गई और मैं जिसको अपनी मंज़िल का इल्म नहीं, अब कहाँ जाऊँ ? तुम मुझे सहारा दो शालू, मैं कब तक इस वीरान संसार में जी पाऊँगा, शालू तुम मुझे पुकारो, मुझे याद करो , मेरे सपनों में आकर

मुझसे बात करो। मैंने तुम्हारे सपने पूरे किए अब तुम मेरे सपनों को रंगीन कर दो।

शेखर बाबू, क्यों परेशान हो, तुम ख़ुद ही शालू को उसके असली पति के घर पहुँचा कर आए हो, अब बार - बार शालू - शालू पुकार रहे हो। तुम्हारा जीवन तो ऐसे ही वीरान रहेगा, दो - दो शादियाँ की व अवशेष एक का भी नहीं रहा। अब उन्हें भी क्यों पुकारने लगे हो वीरान होने के लिए। तुम्हें संतुष्टि है कि तुमने महान् त्याग किया है, जीवन में इतना बड़ा परोपकार कर पाए तो अब किसी के ऊपर दोष मढना छोड़ दो। कौन पुकारेगा तुम्हें, किसे तुम्हारी ज़रूरत है। मुझे नहीं लगता कि मेरा यही जीवन है, मेरी शालू बहुत समझदार महिला है, एक दिन अवश्य ही मुझे याद करेंगी, मुझे आकर पुकारेंगी। (दरवाज़े पर घंटी बजती है) कौन होगा इतनी सर्दी में मुझे पुकारने वाला ? बिस्तर से उठ कर दरवाज़े की ओर कदम बढ़ाते हुए (फिर से घंटी बजती है)

शेखर — (अंदर से दरवाज़ा खोला तो शेखर गुप्ता व शिवानी को देखकर) क्या मैं जो देख रहा हूँ, आप वही हैं ?

शेखर गुप्ता — पहले हमारा परिचय व पहचान बताइए तभी हम सुनिश्चित करेंगे कि हम वही हैं जो आप देख रहे हैं।

शेखर बाबू — मेरा परिचय तो आपको प्राप्त है और आपका परिचय भी मुझसे भिन्न नहीं है।

शेखर गुप्ता — सही पहचाना, अपनी शालू को नहीं पहचानोगे ? तुमसे मिलने आई है भिवानी से।

शेखर बाबू — गुप्ता सर, औरत की पहचान तो उसका पति है, आज तुम उसके पति हो और वह तुम्हारी शिवानी है। मेरे लिए तो शिवानी - शालू दोनों बेगानी हो गई।

शिवानी (शालू) — (गुप्ता जी से) मैंने आपसे कहा था न कि अब शेखर बाबू मुझे कभी 'शालू 'कहकर नहीं पुकारेंगे।

शेखर बाबू — जब कोई शालू है ही नहीं तो पुकारूँ किसे ? तुम शिवानी हो, गुप्ता जी की 'साधना '। शेखर बाबू की तो ना शालू रही और शिवानी तो बहुत पहले ही चली गई थी।

शिवानी (शालू) — अपने घर के दरवाज़े पर बाहर लाइट लगी थी, वह क्यों नहीं जल रहीं ?

(अचानक ही चौकीदार का आगमन)

चौकीदार — सर जी ! जब मेहमान आएँ तब तो लाइट ऑन कर लिया करो, लो मैं ही कर देता हूँ।

शेखर बाबू — चौकीदार आज फिर तुम्हारा साथी छुट्टी पर गया है?

चौकीदार — यस सर, बूढा हो गया है, सर्दी सहन नहीं होती। साहब, अब तो मैं ही यहाँ पक्के तौर पर रहूँगा आपकी सेवा के लिए। जब आपकी 'वो' आ जायें तो मुझसे मिलवाना, सर मैंने उस दिन भी कहा था आपको उनसे मिलवाने के लिए जिनको आपने अपनी पत्नी कहने से रोक दिया था।

शेखर बाबू — चौकीदार, तुम चोर उचक्कों को ही पहचानते हो, शरीफ लोगों को नहीं।

चौकीदार — सर मैं आपकी बात समझ गया। (शालू को गौर से देख कर) मैडम जी, "जयहिंद"।

शिवानी (शालू) — जयहिंद चौकीदार, अब तुम्हारी ड्यूटी यहाँ निश्चित हो गई है तो बाबू जी का ध्यान रखना।

चौकीदार — हाँ मैडम जी, आपके जाने के बाद इन्हें ध्यान की बहुत ज़रूरत है। मैं पूरा ध्यान रखूँगा, आप फ़िक्र न करें।

(सभी को प्रणाम कर ड्यूटी के लिए निकल जाता है)

शेखर बाबू — आओ गुप्ता सर, अंदर आ जाओ, बाहर ठंड काफ़ी बढ़ गई है।

(शेखर गुप्ता व शिवानी दोनों शेखर बाबू के साथ अंदर आ गए थे)

शेखर बाबू — आज हम पर कैसे कृपा की ?

शेखर गुप्ता — शिवानी की नौकरी बहाल हो गई, नववर्ष पर ही जॉइन (JOIN) किया है।

शेखर बाबू — आप दोनों को बधाई और ख़ुशियाँ बाँटने के लिए धन्यवाद !

शेखर गुप्ता — शिवानी का मन सबको मिलने का था व कल पिताजी का जन्मदिन है। शिवानी चाहती थी कि उनकी प्रतिमा पर श्रद्धा सुमन अर्पित करूँ।

शिवानी — (चाय की ट्रे के साथ) हाँ शेखर बाबू, मैंने पिताजी को उनकी मृत्यु के बाद कभी श्रद्धांजलि अर्पित नहीं की, अब जब सब कुछ ठीक हो गया है तो मेरा मन उनकी याद से भर आया। जाँबाज़ थे मेरे पिता कुंवर शैलेंद्र सिंह राठौड़।

शेखर बाबू — हाँ शिवानी जी, तुम उस दिन गजेंद्र सिंह के घर भी उनकी फ़ोटो देख कर होश — हवास खो बैठीं थीं।

(रोने लगती है, शेखर गुप्ता उसे ढाढ़स बंधाते है।)

शिवानी — बड़ी निर्दयता से मार दिया था आततायी माफियाओं ने उन्हें घेर कर, पिताजी के साथ माँ भी स्वर्ग चली गई थीं।

शेखर बाबू — हाँ शिवानी, तुमने मुझे सब बताया था।

(दरवाज़े पर घंटी की आवाज़ सुनाई पड़ती है, शेखर बाबू दरवाज़े पर जाते हैं व गजेंद्र सिंह के साथ एक वेटर को लिए लौटते हैं। दोनों शेखर गुप्ता व शिवानी, गजेंद्र सिंह को नमस्कार बोलते हैं।)

गजेंद्र सिंह — बहन शिवानी व जीजा जी, सब कुशल मंगल है ?

शिवानी — हाँ भाई साहब ! आप सभी भी कुशल पूर्वक हैं ?

गजेंद्र सिंह — प्रभु की कृपा से सब ठीक चल रहा है। शेखर बाबू ने तुम्हारे आने की सूचना व्हाट्स एप की और मैं डिनर के साथ उपस्थित हो गया। शिवानी बहन, तुम वेटर को साथ लेकर भोजन को डाइनिंग टेबल पर लगा लो।

शिवानी — हाँ भाई साहब, आपने बड़ी तकलीफ़ की।

गजेंद्र सिंह — अरी भोली बहना, इसमें क्या तकलीफ़ है। सर्दी का मौसम है, इतनी दूर से आने पर तो दो बार भूख लग जाती है।

शिवानी — हाँ भाई साहब, लंच लेकर निकले थे, रास्ते में एक जगह सिर्फ़ कॉफी ली थी।

गजेंद्र सिंह — अब पेट भर कर डिनर करो, नींद भी अच्छी आएगी। अगर कोई आइटम की और ज़रूरत महसूस हो तो बता देना, रेस्टोरेन्ट अपने घर का ही है।

शिवानी — मैंने बात करते - करते सब सामग्री टेबल पर लगा दी है, सब लोग आओ और डिनर आरंभ करो।

गजेंद्र सिंह — जीजा जी, आप डिनर के लिए आइए, हम दोनों तो रेस्टोरेन्ट से ही ले चुके हैं। शेखर बाबू तो आज रेस्टोरेन्ट से कुछ समय पहले ही घर आ गए थे।

शेखर गुप्ता — ऐसी क्या वजह रही, कुछ ज़रूरी करना था क्या घर में?

शेखर बाबू — कुछ ज़रूरी नहीं था गुप्ता जी, बस मन ने कहा तो चला आया।

शेखर गुप्ता — अब आप व्यापारी बन गए हो, मन की अपेक्षा मस्तिष्क से काम लिया करो। मन चंचल वृत्ति का होता है।

शेखर बाबू — शायद आप लोगों के आने की संभावना मन को हो गई थी, मस्तिष्क यह काम नहीं कर सकता। आप तो मनोविज्ञान के प्रोफ़ेसर हो, क्यों मस्तिष्क के पक्ष में खड़े हो ?

(शेखर गुप्ता व शिवानी डिनर ले रहे और गजेंद्र सिंह व शेखर बाबू बतिया रहे)

गजेंद्र सिंह — मेरे साथ ही चले जाएँगे जीजी व जीजा जी रात्रि विश्राम के लिए।

शेखर बाबू — यहाँ सब इंतज़ाम है, शिवि की शादी से पहले शिवानी (शालू) ने बहुत सामान जोड़ दिया था।

गजेंद्र सिंह — कल रविवार के लिए ऑफिस में आपका अवकाश रहेगा ?

शेखर बाबू — आप चाह रहे हैं कि मैं दोनों मेहमानों को 'राका' पर ले आऊँ।

गजेंद्र सिंह — आपका आइडिया एकदम लक्ष्य पर है।

शेखर गुप्ता — (डिनर के बाद) बहुत दिनों के बाद रेस्टोरेन्ट से लेकिन शांति से भोजन किया है। शिवानी के चले जाने के बाद रेस्टोरेन्ट का मुँह तक नहीं देखा।

गजेंद्र सिंह — आज कैसा लगा आपको डिनर ?

शिवानी — भाई साहब, 'राका' से तो हम पहले भी डिनर वगैरह लेते रहे हैं।

गजेंद्र सिंह — अब आप दोनों मेरे साथ घर चलेंगे या शेखर बाबू के मेहमान रहेंगे ?

शेखर गुप्ता — आप से अब घर पर ही कल सुबह बात करेंगे, आज रात्रि हम शेखर बाबू के मेहमान होंगे।

शिवानी — हाँ भाई साहब ! कभी जिस घर की मल्लिका होने का सौभाग्य प्राप्त था, आज उसी घर में मेहमान हो गए है।

गजेंद्र सिंह — हाँ बहन, स्थान व समय बदल जाने से रिश्ते भी बदल जाते हैं। कल तक जब तुम यहाँ थी तब तक शेखर बाबू मेरे जीजाजी थे, आज शेखर गुप्ता को यह पद प्राप्त है।

शिवानी — भाई साहब ! आपको पता चल गया होगा कि मेरी नौकरी फिर से बहाल हो गई है।

गजेंद्र सिंह — आज ही बताया है तुमने।

शिवानी — कल ही तो दोबारा जॉइन किया है, आज यहाँ आ ही गए।

गजेंद्र सिंह — तुम्हें मुबारक हो बहन ! तुम्हारी प्रिंसिपल बहुत अच्छी महिला हैं, पुनर्मिलन समारोह में ही उन्होंने कह दिया था।

शेखर बाबू — आपके पुनः सर्विस में आने पर आप दोनों को मेरी तरफ़ से बधाई। शेखर गुप्ता सर ! आज मेरी शंका विश्वास में बदल गई है। मैं शिवानी को हमेशा से उच्च स्तर व उच्च कुल की महिला समझता था।

गजेंद्र सिंह — आप सब मिलकर बातें करो। शेखर बाबू, कल सुबह सबको साथ लेकर घर आ जाना। अब मुझे इजाज़त दें - सभी को गुड नाइट!

गजेंद्र सिंह वेटर को साथ लेकर 'राका' के लिए निकल जाते हैं।

***

43.

शेखर गुप्ता व शिवानी की भाई गजेंद्र सिंह के घर पिता शैलेंद्र सिंह को भावभीनी श्रद्धांजलि

काफ़ी देर रात तक बतियाते रहे शेखर बाबू व दोनों पति - पत्नी। जहाँ शेखर गुप्ता शिवानी के विषय में कोविड - 19 से पूर्व कीं बातों का ज़िक्र कर रहे थे, वहीं शेखर बाबू, शिवानी के साथ शादी करने के बाद की कहानी सुना रहे थे। वार्ता के केंद्र में थीं शिवानी - गुप्ता जी की 'साधना 'और शेखर बाबू की शालू, एक नारी दो रूप। बात - बात में ही शेखर बाबू ने गुप्ता जी से पूछा - नीलिमा बिटिया अब ठीक है ?

गुप्ता जी — हाँ बिल्कुल स्वस्थ एवं खुश है। शेखर बाबू आपने जो अहसान मुझ पर किया है, उसके लिए ताउम्र आपका आभारी रहूँगा और देव बाबू ने नीलिमा के लिए जो किया , वह अकल्पनीय है।

शेखर बाबू — त्याग व परोपकार किसी को भी ऋणी बनाने के लिए नहीं किए जाते बल्कि इनसे समाज में आपसी प्यार व विश्वास की डोर मज़बूत होती है।

गुप्ता जी — आपकी इस उच्च स्तरीय सोच ने मेरा आंगन ख़ुशियों से भर दिया। मैं अगर आपके किसी काम आ सकूँ तो स्वयं को धन्य समझूँगा।

शेखर बाबू — आप मेरी पुत्री शिवि के टीचर रहे हैं, आप भी तो समाज व राष्ट्र की सेवा कर रहे हैं। देश सेवा में लगे लोगों की सहायता - सहयोग करना हर नागरिक का परम कर्तव्य है, वही कर्तव्य निभाने की मैंने एक मिसाल प्रस्तुत करने की कोशिश की है।

गुप्ता जी — यह तो हमारा दायित्व है, छात्र - छात्राओं में अच्छे संस्कार डालना, शिक्षक अपने खुद के चरित्र एवं आचरण से ही कर सकता है।

शेखर बाबू — आपको अपना दामाद कैसा लगा ?

गुप्ता जी — मुझे परिवार के बारे में तो कोई जानकारी नहीं है, जींद गए थे डॉ. जैन का धन्यवाद करने, वहीं देव बाबू ने शादी का ही कार्यक्रम बना डाला। न कोई परिचय हुआ और देव बाबू के होते हुए कोई ज़रूरत समझी। डॉ. राकेश का रोका देव बाबू ने ही करवाया था।

शेखर बाबू — मेरे दामाद शुभम कह रहे थे कि कांति के पिताजी आपके भिवानी में ही सैशन जज थे।

गुप्ता जी — मुझे तो शुभम ने ऐसा कुछ कभी ज़िक्र नहीं किया।

शेखर बाबू — देव बाबू ने ही बताया था मेरे दामाद जी को, कांति जी उनके गहरे मित्र हैं न ? लड़कियों के फ़ेस बर्न (एसिड अटैक) मामले में फंसे कुछ अराजक तत्वों ने उनकी निर्मम हत्या कर दी थी।

गुप्ता जी — यह तो कई वर्ष पहले की घटना है, जज साहब ईमानदार व न्यायप्रिय थे इसलिए किसी दबाव में फ़ैसला नहीं लेने पर उनकी हत्या हुई थी।

शेखर बाबू — मेरा आपको बताने का मक़सद यही है कि आपको भी एक संस्कारी परिवार का होनहार युवक दामाद के रूप में मिला है।

गुप्ता जी — आपने यह सब राज खोलकर मेरा सीना विस्तृत व देव बाबू ने हमारी इज़्ज़त को बहुगुणा कर दिया है।

शेखर बाबू — शिवानी को संत्रास देने वाले माफियायों का सफ़ाया भी देव बाबू के प्रयत्नों से ही संभव हुआ है।

गुप्ता जी — एक गुरु होते हुए हमें अपने शिष्य पर गर्व है। अब आराम करें, रात्रि गहराने लगी है। अपनी कार बाहर ही खड़ी रहेगी सुरक्षित?

शेखर बाबू — हाँ - हाँ, यहाँ किसी प्रकार की कोई दिक़्क़त नहीं है। गुप्ता सर! मैं जानना चाहता हूँ कि आपका परिवार बिखर कैसे गया ?

गुप्ता जी — शेखर बाबू, आजकल परिवारों में मेंबर ही कितने रह गए, एक के चले जाने के बाद परिवार अधूरा हो जाता है और पत्नी के जाने पर तो परिवार बिखर ही जाता है। शिवानी के कोविड - 19 महामारी से ग्रस्त होने पर उसे बड़े अस्पताल शिफ़्ट होना पड़ा और उसी समय किसी सिरफिरे ने कॉलेज जाती हुई मेरी लाड़ली नीलिमा बिटिया पर एसिड से हमला कर दिया और माँ की जगह अस्पताल में बेटी ने ले ली थी।

शेखर बाबू — अभी तक शायद उस सिरफिरे की खोज अधूरी है।

गुप्ता जी — ऐसे लोग सर्वत्र व्याप्त रहते हैं, समाज ऐसे ही लोगों के कारण घुट कर जीने पर विवश होता है। इन सबको सत्ता के गलियारों से, नेताओं से संरक्षण प्राप्त होता है। सैशन जज आज मेरे समधीजी जीवित होते पर न्याय के पक्ष में बहुत कम लोग खड़े होते हैं। इसके बाद क्या हुआ, आप मुझसे बेहतर जानते हैं।

शेखर बाबू — हाँ गुप्ता जी, सब सामने ही जैसे घटित हुआ हो, शिवानी (शालू) की वेदना मुझसे बर्दाश्त नहीं हुई और आपको सौंप कर ही चैन मिला।

गुप्ता जी — आप जैसे पर पीड़ा सहायक लोगों के कारण ही समाज टिका हुआ है। आपने मेरी दुनिया रोशन कर दी शेखर बाबू, आप महान् है, आप मानव — प्रेमी व पर हितैषी हैं।

शेखर बाबू — गुप्ता जी, एक रहस्य की बात और मेरे मस्तिष्क में है, शायद आप हैरान भी होंगे कि शिवानी ने नीलिमा को कभी बर्न फेस में नहीं देखा।

गुप्ता जी — वाकई, इस बात की ओर किसी का ध्यान ही नहीं गया, स्वयं शिवानी को भी शायद इसका अहसास हो।

शेखर बाबू — अब हम सब आराम करेंगे, सुबह का नाश्ता बगैरह गजेंद्र सिंह के यहाँ ही होगा। आपको कुछ चाय - दूध की ज़रूरत पड़े तो शिवानी को किचन की पूरी जानकारी है।

गुप्ता जी — ओ. के. शेखर बाबू, गुड नाइट

शेखर बाबू — गुड नाइट सर !

अगले दिन रविवार में दैनिक कार्यों से निवृत्त होकर कार में सवार होकर पहुँच गए थे गजेंद्र सिंह के निवास स्थान पर 'राका होम' 999. कृष्णा गली, शेखावत नगर। रविवार को रेस्टोरेन्ट पर भीड़ ना के बराबर होती है क्योंकि लोग छुट्टी के दिन देर तक प्रातःकाल की नींद का आनंद लेते हैं। गजेंद्र सिंह ने एक कारीगर को वेटर के साथ नाश्ता तैयार करने के लिए बुला लिया था जिसने मेहमानों के आने पर लजिज नाश्ता तैयार कर लिया था।

गजेंद्र सिंह — (तीनों मेहमानों से मिलते हुए) शिवानी बहन ! आज बहन के रूप में इस घर में तुम्हारा स्वागत है, तुम्हें अब ससुराल व मायका दोनों मिल गए हैं।

शिवानी — भाई साहब, शायद मैं संसार की ऐसी महिला हूँ जिसका सर्वस्व लुटने के आसार बन गए थे लेकिन शेखर बाबू व देव बाबू ने हम सबको एक सूत्र में पिरोकर स्वर्ग सा जीवन प्रदान कर दिया है।

शेखर बाबू — शिवानी जी, अब बीते दिनों को भूल जाओ और शेष रहे हुए जीवन को भरपूर जिओ। तुमने अपने जीवन की खुद ही आततायियों से रक्षा की है, तुम एक निडर व साहसी महिला हो।

शेखर गुप्ता — क्यों नहीं होंगी ? एक बहादुर जाँबाज़ की बेटी जो ठहरी।

शिवानी — (कुछ रुआंसे मन से) हाँ गुप्ता जी, आज मैं अपने उस जाँबाज़ पिता को ही श्रद्धांजलि देने आई हूँ जो जब तक जिए, शेर की तरह निरंकुश हो कर जिए। शेरदिल इंसान मृत्यु का आलिंगन करते हुए अपने कृत्यों के चिह्न जग के आँगन में छोड़ जाते हैं। (दीवाल पर लगी पिता शैलेंद्र सिंह राठौड़ की प्रतिमा के सामने नतमस्तक होकर) पिताजी ! आज आप की पुत्री आपको प्रणाम करती हुई, आपके आशीर्वाद से पूर्ण रूप से स्वस्थ एवं प्रसन्न है। अपने पति, भाई, भतीजे व अपने एक ऐसे महानुभाव के साथ आपको श्रद्धांजलि अर्पित करतीं हूँ जिसके दादा जी आपके अभिन्न मित्र थे। इन्होंने आपकी पुत्री के लिए जो दोस्ती निभाई, वह दुर्लभ क़िस्म का उदाहरण है। पिछली बार मै तुम्हें इस तरह देख कर रो पड़ी थीं क्योंकि मुझ पर आपत्तियों के पहाड़ों ने डेरा डाल लिया था। लंबा सफ़र तय करके एक ऐसे मुक़ाम पर पहुंच गई हूँ जहां मेरा सम्मानित सिंदूर भी है, मेरा स्नेहिल भ्राता भी है और सबसे महत्वपूर्ण मेरा 'अनजाना हमसफ़र 'भी है जो मित्रों से भी बढ़कर है। आज मैं सभी सुखों से परिपूर्ण हो गई हूँ - संतान - सुख, सुहाग - सुख जिस औरत को मिल जाए, उससे बड़ा खुशनसीब कौन होगा? और मुझे, मुझे तो सहोदर सुख भी मिल गया है (बेशक एक माँ से नहीं एक पिता से तो हैं ही) जिससे मेरा मायका रोशन हो रहा है। पिताजी ! मुझे आशीर्वाद दो कि आपकी प्रिय पुत्री सदा सुहागिन व संपन्न बनी रहे।

(सभी उपस्थित जन शैलेंद्र सिंह राठौड़ की प्रतिमा के सामने सिर झुका कर प्रणाम करते हैं।)

गजेंद्र सिंह — नाश्ता तैयार हो गया है, कृपा करके सभी मेहमान डाइनिंग टेबल पर पहुँच जाएं।

(शेखर गुप्ता व शिवानी नाश्ता टेबल पर आते हुए)

गजेंद्र सिंह — शेखर बाबू, आप किसके कहलाने की इंतज़ार में हैं, बैठिए व नाश्ता लीजिए। आज आप रेस्टोरेन्ट पर नहीं, मेरे घर में मेहमान हैं।

शेखर बाबू — आपके साथ की इंतज़ार में हूँ।

गजेंद्र सिंह — लो हम आ गए, आइए आप भी।

शेखर बाबू — (कुर्सी पर बैठते हुए) हमारा वह नौजवान कहाँ है जिसके लिये ब्रॉडबैंड लगवाया था।

गजेंद्र सिंह — उस दिन से ही आपका मुरीद हो गया था, अभी शायद कंप्यूटर पर बैठा है, कह रहा है कि आजकल में सिविल सर्विसेज़ मेन एग्ज़ाम के नतीजे घोषित हो सकते हैं।

शेखर बाबू — पर आज तो रविवार है, कैसे परिणाम घोषित होगा?

गजेंद्र सिंह — ऑनलाइन सब चलता है, संडे हो या मंडे, अब कोई परहेज़ नहीं।

(कंप्यूटर रूम से निकलकर डाइनिंग हॉल की ओर तेज़ी व ख़ुशी से झूमते हुए दीपेन्द्र का आगमन)

दीपेन्द्र — पापाजी, मैं उत्तीर्ण हो गया हूँ, मेरा सिविल सर्विसेज़ (मेन एग्ज़ाम) का रिज़ल्ट घोषित हो गया है।

गजेंद्र सिंह — वाह बेटा ! सीना चौड़ा कर दिया, कौनसा रैंक (AIR) पाया है?

दीपेन्द्र — पिताजी, इस वर्ष कुल 2735 Candidate उत्तीर्ण हुए हैं। Personality test (Interview) के लिए मेरा AIR 444 है।

शेखर बाबू — वाह दीपेन्द्र बाबू, तुमने कुल की मर्यादा बहाल रखी है व पुष्पेंद्र की तरह ही AIR पाया है शायद।

दीपेन्द्र — हाँ अंकल, जहां तक मुझे याद है पुष्प भैया ने AIR 440 पाया था।

गजेंद्र सिंह — इस रैंक पर तुम्हें IPS Cadre मिल जाएगा न ?

दीपेन्द्र — निश्चित तो नहीं कह सकते, संभावना हो सकती है।

गजेंद्र सिंह — तुम अपनी दादी का सपना पूरा करोगे बेटा अगर IPS Cadre पा गए तो।

शिवानी — (ख़ुशी के आंसू लिए) दीपेन्द्र बेटा, मुझे तुम लोग ख़ुशियाँ ही ख़ुशियाँ बांट रहे हो। कुछ दिन पहले अपने आप को अभागिनी सोचती थी और आज भाग्यशाली पा रही हूँ। गुप्ता जी, मैं कितनी खुश क़िस्मत हूँ।

शेखर गुप्ता — जब भगवान देता है तब चारो तरफ़ से सुख की बहारें मिलती हैं। आज हम निहाल हो गए हैं, प्रभु की कृपा दृष्टि हम पर है। दीपेन्द्र बेटा, अब इंटरव्यू के लिए जी जान से तैयारी शुरू कर दो। कहीं Guidance की आवश्यकता हो तो पुष्पेंद्र के पास दिल्ली रहकर ले सकते हो।

दीपेन्द्र — हाँ फूफाजी, इस बारे में मैं पुष्पेंद्र भाई से सलाह मशविरा कर लूँगा, जैसा वे कहेंगे, उसी अनुसार कर लूँगा।

शेखर गुप्ता — गजेंद्र जी, अब हमें आज्ञा दे, आप सभी से मिलकर हमें बहुत संतुष्टि मिली है।

शिवानी — हाँ भाई साहब, इंटरव्यू के बाद शुभ समाचार देना, हम सबका आशीर्वाद तुम्हारे साथ है। हमें जींद में नीलिमा बिटिया से भी मिलना है व देव बाबू व उसके मित्रों से भी मुलाक़ात करेंगे।

गजेंद्र सिंह — मैं भी कुछ दिनों में नीलिमा बिटिया को बुलाऊँगा, दो चार दिन यहाँ मामा के घर रह लेगी।

शिवानी — जी भाई साहब ! बहुत नेक विचार हैं तुम्हारे, इसीलिए फल — फूल रहे हो। अब तो पुष्पेंद्र की शादी कर दो, लड्डू खाने को मुँह से लार निकलने लगी है। बहू घर में आएगी तो भाभी जी दिल्ली से तुम्हारे पास आ जाएगी।

गजेंद्र सिंह — मैंने वेटर को भेजा है लड्डू लाने के लिए, दीपेन्द्र के सफल होने की ख़ुशी में, अभी आता ही होगा।

शेखर गुप्ता — कभी उधर घर में जाना हो तो भिवानी भी मिलकर जाना गजेंद्र भाई साहब।

गजेंद्र सिंह — जीजा जी, अब तो सारी उम्र मिलना - जुलना होता ही रहेगा। दीपेन्द्र को सिविल सर्विसेज़ में सफलता मिल जाए और पुष्पेंद्र को कोई सुंदर लड़की, सब फिर इकट्ठे होंगे।

शेखर बाबू — गुप्ता सर, जींद जा रहे हो तो मेरी ओर से नीलिमा बिटिया को आशीर्वाद देना व दामाद जी को प्यार देना।

गुप्ता जी — आओ आपको ले चलें, अपने दामाद को भी मिल लेना।

शेखर बाबू — अपनी बातचीत के दौरान शायद ज़िक्र नहीं आया, एम. एम. गुप्ता व उनकी पत्नी मेधा गुप्ता कल ही जींद गए हैं अपनी बिटिया की ससुराल में।

शेखर गुप्ता — क्या किसी कार्यक्रम में शामिल होने के लिए गए हैं?

शेखर बाबू — शादी में परिवारों का अच्छी तरह से मिलना - जुलना नहीं हुआ था, आपको जानकर हर्ष होगा कि देव बाबू का परिवार अब देविना जैसी सुंदर व गुणवती बहू पाकर गदगद है और परिवार ने दोनों को स्वीकार कर लिया है, इसीलिए मिलने गए हैं।

शेखर गुप्ता — बड़ी ख़ुशी की बात है, देव जैसा हीरा किसे मिलेगा।

(वेटर का आगमन)

गजेंद्र सिंह — दीपेन्द्र बेटा , अपने हाथों से सभी को मिठाई खिलाकर आशीर्वाद लो।

(शेखर गुप्ता व शिवानी मिठाई चख कर, दीपेन्द्र को आशीर्वाद देकर जींद शहर के लिए गाड़ी में सवार होकर निकल जाते हैं। शेखर बाबू एकटक कार की ओर देखते रहते हैं)

गजेंद्र सिंह — (शेखर बाबू के कंधों पर हाथ रखकर प्यार से) रिश्ते बदल जाने से जीवन बदल जाता है शेखर बाबू ! आओ आज थियेटर में फ़िल्म देखने चलें, समय बीत जाएगा, घर में दीवारों से क्या बात करोगे। दीपेन्द्र भी आज लगता है कि अपने दोस्तों के साथ मौज मस्ती में रहेगा।

शेखर बाबू — मेरा जीवन ही फ़िल्म ही गया है गजेंद्र जी। जीवन की इस फ़िल्म के इस अंतिम दृश्य में मैं नितांत अकेला खड़ा हूँ।

गजेंद्र सिंह — ज़्यादा सोच - विचार नहीं करते, समय सब घाव भर देता है।

(दोनों फ़िल्म के लिए निकल जाते हैं।)

***

44.

शेखर गुप्ता व शिवानी का जींद में पुत्री नीलिमा व देव के मित्रों से मिलना

कार की रफ़्तार कोई ज़्यादा नहीं थी, ड्राइवर होता तो शायद Long Way पर 120 KM प्रति घंटा की गति से चलतीं पर शेखर गुप्ता स्वयं ड्राइव कर रहे थे तो यह गति 80 KM से ज़्यादा नहीं बढ़ पाई थी। जल्दी पहुँचने का कोई कारण भी नहीं था, ग्यारह बजे निकल गए थे गजेंद्र सिंह के यहाँ से और कार से मात्र दो अढ़ाई घंटे का ही सफ़र है जींद शहर के लिए। पति - पत्नी में कोई ख़ास बातचीत नहीं हो रहीं थीं क्योंकि ड्राइविंग में खतरा मोल लेना सही नहीं था लेकिन शिवानी के दिल में विचारों की सरिता मंद - मंद बह रही थी। आज बेटी की ससुराल जा रही थी जिसने अपना घर व अच्छी नौकरी पा ली थी। दामाद कांति का भी प्रोमोशन हो गया था, देव बाबू ने अपनी ड्यूटी संभाल ली थी व देविना भी नौकरी पा गई थी। देव के सब मित्र शादी - शुदा होकर आनंदमय जीवन जी रहे थे पर शायद मेरा "अनजाना हमसफ़र" अकेला खड़ा रह गया। कॉलेज के दिनों से शुरू हुआ झंझट अभी भी बना है। पिताजी उस समय रिश्ता क़बूल कर लेते जब शेखर बाबू के डॉक्टर दादा घर आए थे मेरा हाथ माँगने पर शायद विधि को यह रिश्ता मंज़ूर नहीं था और बिना रिश्ते के साथ रहना क़िस्मत में लिखा था। दुनिया में ऐसा उदाहरण नहीं मिलेगा, पर पुरुष के घर में रहकर अपना सर्वस्व सुरक्षित रखना और असीमित समय की इंतज़ार करना। आख़िर वह समय आया और शेखर बाबू ने बड़ी मासूमियत से मुझे अपने पति के पास भिजवा दिया।

शिवानी — (विचार तंद्रा से बाहर निकल कर) हम कहाँ तक पहुँचे हैं गुप्ता जी ?

शेखर गुप्ता — (मज़ाक़िया लहजे में) शिवि होती तो निश्चित बता देतीं, बहुत आना — जाना हुआ है उसका भिवानी व अंबाला में।

शिवानी — दाख़िले से लेकर अब कोर्स पूरा होने तक लगभग पाँच बार आई थी। जन्माष्टमी पर नहीं आई, दीवाली पर आईं थीं, फिर फ्री डेज़ में, एग्ज़ाम के बाद, प्रमाण पत्र लेने व अब दीक्षांत समारोह में शामिल के लिए।

शेखर गुप्ता — क्या स्मरण शक्ति है, दीक्षांत समारोह दोनों कक्षाओं का एक ही दिन था इसलिए Dec.25 को सब आए थे।

शिवानी — आप अपना ध्यान ड्राइविंग पर ही रखना, शायद हमें एक घंटा और लगेगा।

शेखर गुप्ता — हां अभी 12:35 हुए हैं, हम शायद एक सवा तक पहुँच सकते हैं।

शिवानी — हमें कोई जल्दी नहीं है गाड़ी ध्यान से ड्राइव करते रहो, कहकर फिर से विचारों में पर गुप्ता जी के पूछने पर कि नीलिमा का घर तुम्हें पता है क्या तो वह संभल कर बोलीं — हम दोनों एक बार पहले जींद शहर में डॉ. राकेश शर्मा के घर आए थे दीवाली पर, जब शिवि यहाँ आ गई थी रूठ कर।

शेखर गुप्ता — अब वहीं चलें या दामाद जी को फ़ोन कर ले ?

शिवानी — हाँ, मैं नीलिमा को फ़ोन लगाती हूँ। (फ़ोन मिलाकर) हैलो नीलिमा बेटी !

नीलिमा (दूसरी ओर से) हाँ मम्मी जी, आप कहाँ भिवानी से बोल रही हैं क्या ?

शिवानी — नहीं बेटी, हम दोनों कार में तुम्हारे पास पहुँच रहे हैं, शायद जींद शहर के पुरानी सब्ज़ी मंडी के पास पहुँच गए हैं। तुम अपना घर का पता मुझे नोट करवाओ।

नीलिमा — आप शादी में जिस होटल में ठहरे थे वह पुराने बस स्टैंड के पास है, उससे दो कि. मी. और पूर्व में 2684 न. मकान है U/E state में, हम आपको घर के बाहर ही दिख जाएँगे।

शिवानी — हम आ रहे हैं बेटी, तुम्हारे पापाजी गाड़ी ड्राइव कर रहे हैं न इसलिए ज़रा स्लो (Slow) हो रहा है।

नीलिमा — अपनी कार मुझे नज़र आ गई है, आप सीधे ही आ जाइए, कहीं गली में मुड़ना नहीं है, नीम का पेड़ है घर के सामने।

शिवानी — (गुप्ता जी से) बस यहीं नीम के पेड़ के नीचे गाड़ी रोक दो, सामने ही बिटिया का घर है। वह देखो, नीलिमा बिटिया खड़ी है गेट पर, दामाद जी शायद कहीं बाज़ार गए होंगे।

दोनों गाड़ी से बाहर आकर घर में प्रवेश करते हैं। नीलिमा मम्मी जी से गले लगकर मिलती है व पापाजी को नमस्ते कहती है।

शिवानी — जैसे कई सालों में मिले हैं, बहुत याद आती है बेटी तुम्हारी !

नीलिमा — अभी दस दिन भी नहीं हुए 25 दिसंबर को बीते जब सभी दीक्षांत समारोह से लौटे कर आए थे।

शिवानी — दामाद जी कहाँ है ?

नीलिमा — किसी ज़रूरी काम से कोर्ट गए हैं, जज साहब ने बुलाया था।

शिवानी — तुमने नौकरी Join कर ली है या नहीं ?

नीलिमा — अभी परसों नए वर्ष पर मैंने व देविना दोनों ने Join की है। मैं अंग्रेज़ी भाषा में लेक्चरर व देविना हिंदी भाषा में टीचर।

गुप्ता जी — देविना ने तो बी. एड. किया है, वह हिंदी भाषा में कैसे नियुक्त हो गई।

नीलिमा — बता रही थी कि उसने बी. ए. तक हिंदी भाषा पढ़ी है व बी. एड. में भी शिक्षण विषय हिंदी भाषा लिया था।

गुप्ता जी — हाँ, यह संभव है। तुम्हारी मम्मी ने भी नव वर्ष पर अपनी सर्विस Join कर ली है।

नीलिमा — (एकदम हैरान हो कर) यह तो बेहद ख़ुशी का समाचार है पापाजी, मनोरमा सूद मैडम ने सच ही कहा था।

गुप्ता जी — बड़ी नेक व विश्वस्त महिला हैं, निजी तौर पर हेड क्लर्क को मुख्यालय भेज कर आर्डर मंगवाए हैं।

नीलिमा — बहुत मदद की है सभी ने हमारी पापाजी। देव भैया, शेखर बाबू अंकल, शुभम, मैडम प्रिंसिपल व स्टाफ़, आर्य सर, सब लोग हमारे लिए प्रयास करते रहे।

गुप्ता जी — डॉ. जैन, जिन्होंने तुम्हारा आपरेशन बिना कुछ धनराशि लिए करवाया, डॉ. राकेश, डॉ. भगवत स्वरूप जी, जिनका राजनीतिक रसूख़ बड़ा कारगर रहा, उनके समधी पं. शंकर प्रसाद ने भी बहुत सहायता की।

शिवानी — हमें अब व भविष्य में भी इन सब के प्रति कृतज्ञता का भान रखना होगा।

नीलिमा — हाँ मम्मी जी, शुभम तो हम दोनों के साथ दिल्ली अस्पताल में भी कई दिन रहा।

गुप्ता जी — ऐसे स्टूडेंट मैंने जीवन में कभी मिले । बेटी नीलिमा ! हमेशा विनम्र बने रहनाऔर दामाद जी व मित्रों का सदा सम्मान करना।

नीलिमा — हाँ पिताजी, अब आप दोनों क्या लेंगे - चाय या कांफी?

शिवानी — बेटी हम अंबाला से आ रहे हैं, तुम्हारे नानाजी को श्रद्धांजलि अर्पित करने गए थे।

नीलिमा — मम्मी जी, हमें साथ क्यों नहीं लिया, छुट्टी के दिन थे, मामाजी से मिलना — जुलना हो जाता।

शिवानी — बेटी, यह बात तो दिमाग़ में नहीं आई, गाड़ी में भी दो सीटें ख़ाली ही रही।

नीलिमा — कैसे हैं मामा जी व दीपेन्द्र भैया ?

शिवानी — दीपेन्द्र ने सिविल सर्विसेज़ मेन एग्ज़ाम पास कर लिया है व AIR 444 प्राप्त किया है।

नीलिमा — (बहुत खुश होते हुए) वाह ! यह तो उत्साह से लबरेज़ समाचार मिला है। दोनों भाई आईपीएस हो जाएँगे।

शिवानी — बहुत संघर्ष के बाद ऐसे दिन देखने को मिले हैं बेटी ! एक एक क़दम चलकर पहाड़ की चोटी फ़तह कर पाए हैं।

नीलिमा — (फ़ोन की घंटी सुनकर) कौन ?

कांति — एक हफ़्ते दस दिन इकट्ठे रहने के बाद भी हम कौन ही रह गए। मैं घर आ रहा हूँ, कोर्ट का काम अभी पेंडिंग है फिर कभी निपटा लूँगा।

नीलिमा — घर में मम्मी - पापा जी आए हुए हैं भिवानी से, कुछ मिठाई - नमकीन ले आना बाजार से आते हुए, चाय के लिए पानी रख रही हूँ गैस - चूल्हे पर।

कांति — इतनी जल्दी क्या है, मेरे आने के बाद ही पानी रखना। तुम कॉफी भी बना सकती हो, कहो तो कॉफी का जार ले आऊँ।

नीलिमा — इतनी सारी चीजों को लेकर आने में भी टाइम तो लगेगा। पापा मम्मी को आए एक घंटा हो गया, अब तक पानी के सिवाय कुछ नहीं दिया।

कांति — तुम मम्मी - पापा से बातें करो, मैं शीघ्र पहुँचने की कोशिश करूँगा।

नीलिमा — ओ. के. जल्दी आना। (फ़ोन बंद करती है)

शिवानी — नीलिमा बेटी, दामाद जी का फ़ोन था क्या ?

नीलिमा — हाँ मम्मी जी, आ रहे हैं कोर्ट से, कुछ घर का सामान भी लेकर आ रहे हैं।

गुप्ता जी — बेटी मिठाई बगैरह के चक्कर में ज़्यादा न पड़ना, सुबह भारी नाश्ता लेकर निकले हैं।

शिवानी — हाँ बेटी, हम तो तुम्हें मिलने आए हैं, कोई खानपान करने नहीं।

बेटी से मिलने आए हो तो भोजन करना होगा, जब पिछले साल दीपावली पर शिवि को लेने आए थे तब भी तो लंच किया था, अब भी लेंगे- राजीव ने दिव्या के साथ घर में प्रवेश करते हुए कहा।

गुप्ता जी — आप तो हमारी भिवानी के दामाद हैं, आपकी बात को कैसे टाल सकते हैं।

"कैसे टाल सकते हैं अंकल, लड़की के घर नहीं तो हमारे घर सही" राकेश व रश्मि ने घर में दाखिल होते हुए कहा।

"डॉक्टर के घर से तो भूखे ही लौटोगे सर, न रोटी पर घी, न दाल - सब्ज़ी में नमक" देव देविना ने घर के अंदर पहुँच कर कहा।

"हम किस लिए हैं, कांति बाबू के मेहमान हम सब मित्रों के लिए आदरणीय हैं, लंच तनेजा रेस्टोरेन्ट में होगा।" तनेजा ने अपनी पत्नी लता के साथ पहुँच कर बोला।

शिवानी — गुप्ता जी, मैं जब अंबाला से दीपावली पर यहाँ शिवि को लेने आईं थीं तब भी ये सभी दोस्त आज कीं तरह एकजुट थे।

"बस मेरी ही कमी रह गई थी मम्मी जी, मैं भी आ गया।" कांति ने सामान का पैकेट टेबल पर रखते हुए कहा।

नीलिमा — यह सब क्या हो रहा है , आप सभी को मम्मी - पापा के आने की खबर कैसे लगी ?

राजीव — अभी कुछ दिन ही हुए हैं आपको आए हुए, बाद में सब पता चल जाएगा।

राकेश — हाँ नीलिमा भाभी, हमारे मेहमान सब मित्रों के मेहमान होते हैं।

देव — नीलिमा दीदी, यह मेरा परम सौभाग्य है कि मैं अपने घर में ही गुरु सेवा का पुण्य प्राप्त कर रहा हूँ।

कांति — मम्मी - पापा जी को प्रणाम करता हूँ, आप मेरे घर तशरीफ़ लाए, मेरा अहोभाग्य है।

गुप्ता जी — कांति बाबू, आप सभी की मित्रता का हाल देखकर प्रसन्न हूँ। माँ - बाप की ख़ुशी का कोई ठिकाना नहीं रहता जब उसकी पुत्री सुख - चैन से जीवन - यापन कर रही हो।

देव — सर जी, नीलिमा को मैंने अपनी दीदी माना है, मेरा विश्वास है कि आप दोनों हमेशा ख़ुशी प्राप्त करते रहोगे।

नीलिमा — आप सभी मम्मी - पापा के साथ जलपान करेंगे। देविना भाभी ! चाय — नाश्ता टेबुल पर रखवा दो।

देविना — ओ. के. दीदी !

सभी लोग जलपान कर विदाई लेते हैं और मम्मी - पापा के साथ नीलिमा — कांति बातचीत में तल्लीन हो गए थे।

गुप्ता जी — कांति बेटा, तुम्हें प्रोमोशन व नीलिमा को नौकरी की बधाई। अभी नीलिमा बिटिया ने बताया तो बड़ी ख़ुशी हुई।

कांति — शादी के तुरंत बाद ही देव भैया ने डॉ. भगवत स्वरूप को मना लिया था, मैंने भी जज साहब से सिफ़ारिश की प्रार्थना की थी। जज साहब मेरे पिताजी के साथ ही कोर्ट में तैनात थे।

गुप्ता जी — हाँ बेटा, शेखर बाबू (शिवि के पापाजी) ने मुझे बताया था कि तुम्हारे पिताजी की कुछ सिरफिरों ने नृशंस हत्या कर दी थी।

कांति — माता - पिता दोनों के जाने के बाद यहाँ तक पहुँचने में बहुत संघर्ष करना पड़ा, मित्रों की सहायता सबसे ज़्यादा मददगार रही।

गुप्ता जी — अब बुरे दिन भुलाकर भविष्य के लिए काम करो , परिश्रम ही जीवन के सुखों का आधार है। नीलिमा बेटी, अब हम जाना चाहेंगे, सायंकाल में ठंड बढ जाती है।

नीलिमा — पापा - मम्मी, डिनर करके ही जाना , तनेजा के यहाँ सब इंतज़ाम हो गया है।

शिवानी — बेटी नीलिमा, अपने यहाँ लड़की के घर में खाना बगैरह नहीं लेते इसलिए हमें जाने दो।

नीलिमा — मम्मी जी, आप भी इतनी पढी लिखी होकर भी पुरानी रूढ़ियों को पकड़े हुए हैं, चलो रेस्टोरेन्ट बिना देर किए। तनेजा सर का मैसेज आ गया है।

शिवानी — अगर तुम्हारी यही इच्छा है तो खाने का खर्च हम उठाएँगे।

नीलिमा — अच्छा ठीक है, वहीं चलकर जो ठीक होगा करेंगे।

चारों प्राणी जब तनेजा रेस्टोरेन्ट पर पहुँच कर जब वहाँ सभी मित्रों को देखते हैं तो गुप्ता जी व शिवानी हैरान होते हैं।

गुप्ता जी — आप सभी फिर से सेवा में उपस्थित हो गए।

देव बाबू — गुप्ता सर ! यहाँ आने के लिए ही तो हम वहाँ से आपको बिना प्रणाम किए निकले थे कि रेस्टोरेन्ट पर मिलेंगे।

तनेजा — देव बाबू, मैंने बाहर धूप में दो टेबुल के साथ कुर्सियाँ डलवा दी हैं, आप सभी गर्म व ताज़ा भोजन ग्रहण करें।

देव बाबू — ओ. के. तनेजा सर, आपको भी मेरे गुरुवर की सेवा का सुनहरा अवसर मिल ही गया।

तनेजा — हमारे लिए तो आप भी आदरणीय हैं व आपके गुरु जी तो सोने पर सुहागा हैं। आप सभी आनंद पूर्वक भोजन करें।

सभी लोग राकेश - रश्मि, राजीव - दिव्या, देव - देविना एक टेबुल पर व गुप्ता जी - शिवानी तथा कांति - नीलिमा दूसरे टेबुल पर सुशोभित हुए।

देव — तनेजा सर, आप भी तो आ जाओ, अभी तीन सीट ख़ाली हैं।

(डॉ. भगवत स्वरूप का अपने लड़के आलोक के साथ प्रवेश)

डॉ. भगवत स्वरूप — कैसे रहेगी सीट ख़ाली, हम किस लिए है।

तनेजा — सही समय पर पधारे डॉ. साहब, हेड सीट समेत दो सीट अब ख़ाली नहीं रहेंगी। आलोक भैया, आज आपका लंच मेरे यहाँ ही होगा।

डॉ. भगवत स्वरूप — (हेड सीट पर बैठते हुए) सभी अपना लंच शुरू करें सिवाय कांति के।

(वातावरण में खामोशी छा जाती है)

कांति — डॉ. दादा, मुझे क्षमा करें, भूल हुई है लेकिन अनजाने में।

डॉ. भगवत स्वरूप — सभी को बताओ कांति बाबू कि क्या भूल हुई?

कांति — (कृपया सभी सदस्य ध्यान से सुने।) एक बार जब डॉ. दादा से मिलने क्लीनिक पर गए थे तब इन्होंने कहा था कि जब भी डॉ. शेखर

गुप्ता (मेरे ससुर जी) जींद शहर में आएं तो मुझसे मिलवाना। मुझे जल्दी के कारण यह सब ध्यान नहीं रहा, मैं अपनीं लापरवाही के लिए पुनः क्षमायाचना करता हूँ।

डॉ. भगवत स्वरूप — कोर्ट क्षमा नहीं न्याय करता है, तुम्हें यही सजा दी जाती है कि सभी के साथ मिलकर प्रेम पूर्वक भोजन करो।

सभी ठहाके लगाकर हँसने के बाद लंच आरंभ करते हैं।

तनेजा — डॉ. दादा, आप भोजन नहीं ले रहे ? कुछ कमी रह गई तो दूर करने के लिए बताओ।

डॉ. भगवत स्वरूप — अब घर से बाहर का कुछ भी खाना - पीना बहुत सीमित कर दिया है।

तनेजा — सर्दी का मौसम है, एक प्याली चाय या कॉफी हो जाए तो सभी को अच्छा लगेगा।

रश्मि — तनेजा सर, कहते ही रहेंगे, दादा जी के लिए एक कड़क, बिना शक्कर के कॉफी भिजवाओ।

तनेजा — ये हुई न बात, डॉ. रश्मि की बात डॉ. दादा नहीं टाल सकेंगे। (वेटर को) एक कॉफी शक्कर के बिना व कड़क लेकर आओ।

वेटर — ओ. के. सर !

सभी धूप में बैठ कर शांति पूर्वक भोजन करके बातें करने लगे थे।

गुप्ता जी — डॉ. दादा जी को पुन: प्रणाम करता हूँ। आप ही हमारे बच्चों के संरक्षक हैं।

डॉ. भगवत स्वरूप — गुप्ता जी, यहाँ सभी मौजूद मेरे बच्चे हैं, अब बच्चे बड़े हो गएऔर हम बूढ़े इसलिए सब जिम्मदारियों से मुक्त होना चाहता हूं। मेरे विचार में 'देव बाबू 'में पूरी क्षमता एवं बुद्धिमत्ता है कि वह सब

ज़िम्मेदारी संभाल लेगा। आप सभी को जानकार ख़ुशी होगी। देविना बिटिया के घर में आने से देव बाबू को परिवार ने फिर से अपना लिया है।

सभी ख़ुशी से तालियाँ बजाते हैं व देव बाबू को बधाई देते हैं।

गुप्ता जी — आज सुबह ही शेखर बाबू ने अंबाला से चलने से पहले यही सब बताया था। डॉ. दादा ने सब कंफर्म कर दिया है। अब आप सभी से विदा लेना चाहूँगा, क्योंकि सर्दी का प्रकोप बढ़ रहा है।

शिवानी — (कांति व नीलिमा के सिर पर हाथ रखकर आशीर्वाद देते हुए) ख़ुश रहो ! जब भी दिल करे भिवानी आ जाओ।

सभी लोग गुप्ता जी व शिवानी को कार तक छोड़ कर आते हैं। गुप्ता जी एक बार फिर पुत्री व दामाद जी को जी भरकर देखने के बाद कार स्टार्ट करते हैं। सभी अपने - अपने ठिकानों की राह लेते हैं।

***

45.

मित्रों की सरिता सैर

रविवार छुट्टी का दिन बिना किसी काम के आसानी से नहीं बीतता, चारों दोस्तों ने आपस में फ़ोन कर सायंकाल में तनेजा रेस्टोरेन्ट पर एकत्र होने का मन बना लिया था। देव बाबू ने ही पहल की थी व पहुँच गए रेस्टोरेन्ट।

देव बाबू — तनेजा सर, आपका लंच का बिल अदा हुआ या नहीं ?

तनेजा — क्यों शर्मिंदा कर रहे हो देव बाबू, हमारे मेहमान भी क्या अलग से हैं।

देव बाबू — तनेजा सर, घोड़ा घास से यारी करेगा तो खाएगा क्या ?

तनेजा — देव बाबू, अब घोड़े घास नहीं खाते, आदमी से भी उम्दा माल खाते हैं इसलिए उसकी घास से यारी ख़त्म ही समझो।

देव बाबू — तनेजा सर, इस तरह हम पर तर्कों से हमला मत करो, मैं गुरु जी का शिष्य रहा हूँ इसलिए पेमेंट करने का दायित्व मेरा है।

कांति — (रेस्टोरेन्ट में प्रवेश करते हुए) जब तुम शिष्य थे तब थे, अब मेरे ससुर हैं इसलिए बिल मैं ही चुकाऊँगा।

देव बाबू — शिवानी आंटीजी क्या कह रही थीं तुम्हें ध्यान नहीं ?

कांति — वो सब पुराने जमाने की बातें हैं, लड़का - लड़की दोनों समान माने जाने लगे हैं अब।

राजीव — (रेस्टोरेन्ट में दाखिल होते हुए) आप दोनों अपनी सीट पर जाकर बैठ जाएँ, बिल मैं चुकाऊँगा। भिवानी में मेरे ससुर पं. शंकर प्रसाद को पता चल गया तो मुझे कहेंगे कि दो आदमियों का आदर नहीं कर सके।

राकेश — क्या कोहराम मचा है भाई तनेजा साहब ?

तनेजा — सभी तीनों मित्र कह रहे हैं कि बिल हम अदा करेंगे क्योंकि गुप्ता जी हमारे मेहमान थे।

राकेश — ठीक है, अगर तुम तीनों के मेहमान व रिश्तेदार हैं तो विवाद मत करो, मैं उनका रिश्तेदार नहीं हूँ इसलिए मैं बिल चुका दूँ तो विवाद ख़त्म। (तीनों शांत)

तनेजा — राकेश बाबू, विवाद है ही कहाँ, ये सब तो हँसी - मज़ाक़ कर रहे हैं, बिल तनेजा लेगा तभी दोगे ना, क्या तुम सब मित्र मुझे अपना मित्र नहीं मानते?

राकेश — तनेजा, मित्रता के कारण ही तो हम यहाँ आना - जाना रखे हुए हैं।

तनेजा — भविष्य में कोई भी किसी मित्र का रिश्तेदार आए, वह तनेजा का भी रिश्तेदार है और तनेजा अपने रिश्तेदारों का पेमेंट नहीं लेगा।

कांति — अच्छा तनेजा सर, इसी ख़ुशी में सबको एक - एक प्याली चाय की पिलाओ, आज नदिया की सैर पर जाएँगे सब काफ़ी दिनों के बाद।

चाय की प्याली ख़ाली कर नदी पर पहुँच गए थे सब दोस्त। शीतल पवन अपनी ठंडक से कंपकंपी उत्पन्न कर रहा था, जाड़ों की नरम धूप आंगन से निकलकर आसमान की ऊँचाइयाँ छूने लगीं थीं जहां अंधकार ने उसे दबोच कर क़ैद कर लिया था। सूर्य अपनी पुत्री धूप के क़ैद करने पर अन्धकार को चेतावनी भेजता है कि कुछ ही घंटों की बात है, मैं तुम्हें सपरिवार दूर कंदराओं, गहरी घाटियों में रहने को विवश कर दूँगा। रात्रि से पहले सायंकाल में सरिता जल निर्बाध गति से बहते हुए चिंतन कर रहा था कि क्यों प्राणी कर्तव्य विमुख हुआ जा रहा है जब दिन - रात शांति से बहना ही है तो

क्यों आलस्य, क्यों लापरवाही। शीतल पवन के झोंकों में झूलने वाले लंबे पेड़ों की परछाई नदिया में लुप्त हो गई थी, कोई कितना ही बड़ा क्यों न हो, उसका घमंड (दर्प) यहाँ नहीं चलता। चारों मित्र अब नदी तट पर अपनी पॉज़िशन संभाल चुके थे।

देव — कांति भैया, हमारा साथ बहुत लंबा हो गया, कोई विदाई का क़िस्सा, कहानी — कथा सुनाओ।

कांति — देव भैया, हम तन से बेशक जुदा हो जाएं, मन से साथ रहेंगे। पाँच साल तक आपने हमें एक सूत्र में पिरोए रखा।

राजीव — डॉ. भगवत स्वरूप जी ने भविष्य की ज़िम्मेदारी भी देव भैया को सौंप दी है।

राकेश — देव भैया अगर पाँच साल और हमारा साथ पाए रहे तो शायद हम तो अपनी ज़िम्मेदारी कांति भैया को सौंप कर जाएँगे।

देव — डॉ. बाबू मैं कहीं नहीं जा रहा, आज बिछुड़ेंगे तो कल फिर मिलेंगे। हम सब फिर किसी उपन्यास में एकत्रित होंगे।

राजीव — तब तक हम जज साहब बन जाएँगे देव बाबू !

कांति — तब नेहा बहन से तुम्हारा मुक़ाबला होगा, तुम कहीं दुम दबाकर भाग न जाना।

राजीव — कांति भाई, बातों में ही उलझाए रखोगे या कोई कहानी क़िस्सा भी सुनाओगे।

राकेश — आज क्या सुनना चाहते हो राजीव भाई,

राजीव — अब तुम भी हमारी तरह समाज के एक ज़िम्मेदार नागरिक बन गए हो, खुद ही सोच - समझकर सुनाओ।

राकेश — बिल्कुल दुरुस्त फ़रमा रहे हैं राजीव भाई, कांति भाई को अब किसी आदेश या नसीहत की ज़रूरत नहीं है।

देव — हाँ कांति भाई अब सैशन कोर्ट के रीडर हो गए हैं व शादीशुदा भी। आज अपनी इच्छा से ही कोई मनोरंजक व मार्मिक कहानी सुनाएँगे।

कांति — वाह देव भैया, आज आपकी पसंद की ही कोई मार्मिक व शिक्षाप्रद कहानी सुना रहा हूँ।

राजीव — कांति भाई शुरू करो, ठंड बढ रही है। कोई संक्षेप में ही कहना।

कांति — एक प्राथमिक विद्यालय में अंजलि नाम की एक शिक्षिका थी, उसकी एक आदत थी कि वह कक्षा में आते ही हमेशा 'लव यू ऑल 'बोला करती थी। मगर वह जानती थी कि वह सत्य नहीं बोल रही थी। वह कक्षा के सभी बच्चों से एक जैसा प्यार नहीं करती थी।

देव — कांति भाई, नीलिमा दीदी का प्रभुत्व दिखाई पड़ रहा है जो शिक्षक व स्कूल की कहानी सुनाने लगे हो।

कांति — कक्षा में एक ऐसा छात्र भी था जो उसे फूटी आंख भी नहीं भाता था। जिसका नाम था रवि। रवि मैली - कुचैली ड्रेस में स्कूल आया करता था, उसके बाल अस्त - व्यस्त होते, जूतों के बंध खुले, शर्ट कॉलर पर मैल के निशान दिखलाई पड़ते, पढ़ाई के दौरान भी उसका ध्यान कहीं और होता था।

राजीव — कांति भाई, हम सबका पूरा ध्यान तुम्हारी कहानी पर स्थिर है।

राकेश — हाँ कांति भैया अगर इसी तरह कहानी की शब्दावली है तो हमें वक़्त से घर लौटना होगा।

देव — सभी धैर्य रख कर पूरी कहानी सुनें।

कांति — शिक्षिका के डाँटने पर वह चौंक कर उन्हें देखता, मगर उसकी ख़ाली - ख़ाली नज़रों से साफ़ पता चलता कि वह शारीरिक रूप से कक्षा में उपस्थित होने के बावजूद मानसिक रूप से ग़ायब है, यों कहें तो उचित होगा - 'उपस्थित तन, अनुपस्थित मन। 'धीरे - धीरे टीचर अंजलि को रवि से नफ़रत होने लगी। क्लास में घुसते ही रवि टीचर की आलोचना का शिकार होता, दूसरे छात्र उस पर खिलखिला कर हँसते और टीचर उसको अपमानित कर संतोष महसूस करती। हालाँकि रवि किसी बात का कोई जवाब नहीं देता था। टीचर को भी वह एक बेजान पत्थर की तरह लगता, जिसके अंदर आत्मा नाम की कोई चीज नहीं थी। प्रत्येक डांट, व्यंग्य और सजा के प्रत्युत्तर में वह बस अपनी भावनाओं भरीं नज़रों से उन्हें देखा करता और सिर झुका लेता। टीचर को अब उससे गंभीर नफ़रत हो चुकी थी।

राकेश — यह तो कुछ अच्छा नहीं लग रहा कांति भाई, एक टीचर अपने छात्र से इतनी नफ़रत करता है तो वह कैसा टीचर है। हमारे पास भी पेशेंट बुरी हालत में आते हैं लेकिन हम उनसे नफ़रत नहीं करते।

देव बाबू — अभी किसी निष्कर्ष पर पहुँचना जल्दबाज़ी होगा, कांति भाई आगे बढ़ो।

कांति — पहला सेमेस्टर ख़त्म हो गया और प्रगति रिपोर्ट बनाने का चरण आया तो टीचर ने रवि की प्रगति रिपोर्ट मेंसब कॉलम निगेटिव में भरे। माता — पिता को प्रगति रिपोर्ट दिखाने से पहले हेडमास्टर के पास निरीक्षण के लिए जाती थी। हेडमास्टर ने रवि की रिपोर्ट देख कर टीचर को बुलाया-

अंजलि जी, प्रगति रिपोर्ट में कुछ तो प्रगति भी लिखना चाहिए, आपने जो कुछ लिखा है उससे तो रवि के माता - पिता बिल्कुल निराश हो जाएँगे।

टीचर — सर, मैं क्षमा चाहती हूँ लेकिन रवि एक निहायत ही अशिष्ट, बेवक़ूफ़ व बेकार छात्र है। मुझे नहीं लगता कि उसकी प्रगति रिपोर्ट के बारे में कुछ लिख सकती हूँ।

राजीव — टीचर को छात्र से ऐसी व इतनी मात्रा में नफ़रत सही नहीं है कांति भाई।

राकेश — कोई छात्र इतना शून्य कैसे हो सकता है ?

देव बाबू — लगता है छात्र व टीचर दोनों के स्वभाव में न्यूनता व नासमझी है।

कांति — अगले दिन हेडमास्टर साहब ने विचार किया और चपरासी के हाथ टीचर की डेस्क पर रवि की पिछले कई सालों की रिपोर्ट रखवा दी थी। टीचर ने जब कक्षा में प्रवेश किया तो रिपोर्ट पर नज़र पड़ीं। पलट कर देखा तो पता चला कि रवि की प्रगति रिपोर्ट हैं। टीचर ने सोचा कि पिछली कक्षाओं में भी रवि ने यही गुल खिलाए होंगे। रिपोर्ट में लिखा था - रवि बहुत संवेदनशील छात्र है और अपने मित्रों व टीचर से बेहद लगाव रखता है।

राकेश — देव भैया, अच्छा भला छात्र टीचर की नफ़रत का शिकार क्यों व कैसे हो गया ?

देव बाबू — निश्चित ही कुछ कारण उत्पन्न हो गया होगा? कांति भाई आगे क्या है, सुनाओ।

कांति — टीचर ने अनिश्चितता की स्थिति में कक्षा - 4 की रिपोर्ट खोलीं - 'रवि पर माँ की बीमारी का बेहद प्रभाव पड़ा है, उसका ध्यान पढ़ाई

से हट रहा है, रवि की माँ को अंतिम चरण का कैंसर है। ‘इस रिपोर्ट के नीचे हेडमास्टर साहब ने लिखा था - रवि की माँ मर चुकी है और माँ के जाने के साथ ही रवि के जीवन की चमक भी चली गई। रवि को बचाना है, इसके पहले कि देर न हो जाए।

राकेश — देव भैया, माँ की मृत्यु का तो बच्चे पर गहरा प्रभाव पड़ता है।

कांति — बिल्कुल डॉक्टर साहब ! सब पढ़कर टीचर के दिमाग़ पर बोझ हावी हो गया। काँपते हाथों से उसने रिपोर्ट बंद की और उसकी आँखों से एक के बाद एक आँसू झरने की तरह झर - झर बहने लगे। अगले दिन जब टीचर कक्षा में दाखिल हुई तो अपनी आदत के अनुसार ‘लव यू ऑल ‘बोला, मगर वह जानती थी कि वह आज भी सभी को प्यार नहीं करती है क्योंकि आज रवि के प्रति उसके मन में प्यार ज़्यादा भरा हुआ था। पढ़ाई के दौरान टीचर ने रोज़ाना की तरह एक सवाल रवि पर दागा और हमेशा की तरह रवि ने सिर झुका लिया। जब कुछ देर तक टीचर से डांट - फटकार व साथियों से हँसी की आवाज़ उसके कानों पर नहीं पड़ी तो उसने आश्चर्य से सिर उठा कर टीचर की ओर देखा, अप्रत्याशित ! उनके माथे पर बल न थे, वह मुस्करा रही थी, उसने रवि को पास बुलाया और उसे उत्तर बताकर जबरन दोहराने के लिए कहा। रवि तीन - चार बार के आग्रह के बाद अंततः बोल ही पड़ा, जवाब सुनकर न सिर्फ़ टीचर ने बल्कि छात्रों ने भी तालियाँ बजाई और उसे प्रोत्साहित किया।

राजीव — टीचर हो या माता - पिता बच्चे को प्यार की फुहार में ही आनन्द मिलता है। टीचर का व्यवहार बदलने से रवि पर सकारात्मक प्रभाव पड़ा था।

देव बाबू — हाँ राजीव भाई, ट्रेनिंग के दौरान इसीलिए छात्र - छात्राओं को मनोविज्ञान की शिक्षा प्रदान की जाती है ताकि वे जब टीचर बनें

तो बच्चों के वंश व वातावरण के मुताबिक़ शिक्षा विधियाँ अपनाकर शिक्षा दें।

कांति — (अपनी कहानी को आगे बढ़ाते हुए) फिर तो यह दिनचर्या बन गई, टीचर हर प्रश्न का उत्तर स्वयं बतलाती और उसकी खूब तारीफ़ करती, अब प्रत्येक अच्छा उदाहरण रवि के कारण दिया जाने लगा। धीरे - धीरे रवि सन्नाटे का आलम छोड़ कर बाहर आ गया था, अब उसे सवाल के साथ जवाब बताने की ज़रूरत नहीं होती थी। रवि बिना त्रुटि उत्तर देकर सब को प्रभावित करता, उसके बाल भी कुछ हद तक सुधरे हुए होते, कपड़े भी साफ़ होते जिन्हें शायद वह खुद धोने लगा था रवि। देखते ही देखते साल का अंत हो गया और रवि ने दूसरे स्थान पर रहकर पाँचवीं कक्षा उत्तीर्ण की।

राजीव — कांति भाई, इतना परिवर्तन कैसे संभव हुआ ?

देव बाबू — यह प्यार व अपनेपन का असर है जो इंसान की प्रतिभा को जाग्रत कर देता है।

कांति — कक्षा पाँच के विदाई समारोह में सभी छात्र टीचर के लिए सुंदर व क़ीमती उपहार लेकर आए और टेबुल पर ढेर लगा दिया। इन खूबसूरत उपहारों में एक पुराने अख़बार में अटपटे ढंग से पैक किया हुआ उपहार भी था। छात्र उसे देख कर हँस रहे थे व किसी को जानने में देर नहीं लगी कि यह उपहार रवि का ही होगा। टीचर ने टेबुल पर पड़े उपहारों से इसी को चुना, खोलकर देखा तो उसमें एक इत्र की आधा शीशी और एक हाथ में पहनने वाला कंगन था। टीचर ने खुद पर इत्र छिड़क कर हाथ में कंगन भी पहन लिया। सभी छात्र यह सब देख कर हैरान रह गए, खुद रवि भी। आख़िर रवि से नहीं रहा गया और अपनी टीचर के पास आकर खड़ा हो गया, अटक - अटक कर बोलने लगा - आज आप में से मेरी माँ जैसी ख़ुशबू आ

रही है। इतना सुनकर टीचर के नेत्र छलछला गए और उसने रवि को गले लगा लिया।

राजीव — कांति भाई, बहुत अच्छी व मार्मिक कहानी सुनाई, अब अंधेरा व ठंड बढ रही है, घर चलना चाहिए।

देव बाबू — मुझे लगता है कि कहानी का अंत नहीं हुआ है, कांति भाई क्या विचार है ?

कांति — अभी और है कहानी, मैं संक्षेप में कहूँगा। अब रवि ने दूसरी जगह स्कूल में दाख़िला ले लिया था। समय बीतने लगा। दिन, सप्ताह, महीने, साल बदलते कहाँ देर लगती है। मगर हर साल के अंत में टीचर को रवि के हाथ से लिखा पत्र नियमित रूप से प्राप्त होता जिसमें लिखा होता - इस साल कई टीचर्स से मिला मगर आप जैसा कोई नहीं था। फिर रवि की पढ़ाई समाप्त हो गई और पत्रों का सिलसिला भी समाप्त हो गया। कई साल बाद टीचर भी सर्विस से रिटायर हो गई।

राजीव — अब क्या शेष रह गया कांति भाई ? रवि सुधर गया, टीचर रिटायर हो कर घर आ गई। हम भी घर चलें, ठंड लग गई त राकेश डॉक्टर के पेशेंट हो जाएँगे।

कांति — एक दिन टीचर के घर अपनी मेल में रवि का एक पत्र मिला जिसमें लिखा था - इस महीने के अंत में मेरी शादी है और आपके बिना शादी की बात मैं सोच भी नहीं सकता, आपको मेरी शादी में ज़रूर आना होगा। एक और बात - मैं जीवन में बहुत सारे लोगों से मिल चुका हूँ, आप जैसा कोई नहीं है मैडम।

आपका —
डॉक्टर रवि

(पत्र के साथ ही विमान के आने - जाने का टिकट भी लिफ़ाफ़े में मौजूद था।)

टीचर खुद को रोक नहीं सकी, उसने अपने पति से अनुमति ली और रवि के शहर के लिए निकल पड़ी। शादी के दिन जब वह समारोह में पहुँचीं तो थोड़ा देर हो चुकी थी, उसे लगा कि समारोह संपन्न हो चुका होगा मगर यह देख कर आश्चर्य की सीमा नहीं रही कि शहर के बड़े डॉक्टर, बिज़नेसमैन और यहाँ तक कि वहाँ पर शादी करवाने वाले पंडित भी पूछ - पूछ कर थक गए थे आख़िर कौन आना शेष है ?

रवि समारोह में शादी के मंडप के बजाय गेट की तरफ़ टकटकी लगाए टीचर के आने की इंतज़ार कर रहा था। फिर सबने देखा कि जैसे ही एक बूढ़ी महिला ने गेट से प्रवेश किया तभी रवि उनकी ओर लपका और उनका वह हाथ पकड़ा जिसमें उन्होंने अब तक वह कंगन पहना हुआ था, कंगन जो उसकी माँ का था। रवि टीचर को मंच पर ले आया और स्वयं माइक हाथ में लेकर कुछ यूं कहा - दोस्तों ! आप सभी हमेशा मेरी माँ के बारे में पूछा करते थे और मैं आप सभी से वादा किया करता था कि जल्द ही सबको उनसे मिलवाऊँगा। ध्यान से देखो, यह मेरी प्यारी सी माँ, दुनिया की सबसे अच्छी यह मेरी माँ, यह मेरी माँ है।

देव बाबू — कांति भाई, बहुत ही सुंदर, मार्मिक व शिक्षाप्रद कहानी सुनने को मिली है, यह कहाँ से मारी है कांति भाई ?

कांति — सच बताऊँ तो मज़ाक़ तो नहीं उड़ाओगे ? नीलिमा ने लिखा था, मैंने सुना दिया।

देव बाबू — नीलिमा दीदी पर मुझे गर्व है और अपने आप पर भी कि एक प्रतिभाशाली जीवन पुनर्जीवित कर सका।

राकेश — अब तो कांति का घर साहित्य का ख़ज़ाना हो गया।

राजीव — कांति भाई, हर बार नई कहानी सुनाना।

कांति — इस कहानी का शीर्षक बताओ व क्या प्रेरणा मिलती है इसका भी कथन करें।

राजीव — यह काम तो देव भैया का है, क्यों देव भैया ?

देव बाबू — कांति भाई, इस कहानी का शीर्षक 'माँ 'हो सकता है।

राकेश — वाह देव भैया, लगे हाथ कांति भाई के दूसरे सवाल का भी जवाब दे डालो।

देव बाबू — कहानी बड़ी मार्मिक है व भाव प्रकट करती है कि प्यार के दो बोल किसी के भी जीवन में क्रांतिकारी बदलाव ला सकते हैं। दूसरा भी कथन करना चाहूँगा कि शिक्षक व शिष्य का संबंध नफ़रत का नहीं प्यार से सराबोर होता है।

राजीव — कांति भाई, अब घर जाना पड़ेगा, कहानी अच्छी लगी व देव भैया ने जो यह बृहत् उपन्यास 'अनजाना हमसफ़र' लिखा है उसमें हमें प्रमुख पात्रों के रूप में लिया गया है।

राकेश — देव भैया, तुम्हारा बहुत धन्यवाद, आगे भी कभी कोई रचना तैयार करो, हम सब तुम्हें भरपूर सहयोग करेंगे।

देव बाबू — मित्रों ! आप सभी ने हर मोड़ पर, उतार - चढ़ाव में मेरा साथ दिया, भरपूर सहयोग मिला, आपका धन्यवाद करता हूँ व विश्वास दिलाता हूँ कि भविष्य में कुछ लिखने का सौभाग्य एवं सामर्थ्य हुआ तथा माँ सरस्वती की कृपा मिली तो आप सभी को अपने साथ लेकर चलूँगा व पूरा मान - सम्मान देने का प्रयास भी करूँगा। आप सभी का पुनः धन्यवाद व आभार।

(इति अनजाना हमसफ़र उपन्यास कथा)

धन्यवाद एवं आभार

अगस्त 2024 में 'Kavya Publications' से जुड़ने पर ऐसा अनुभव हुआ कि सही स्थान पर संपर्क पा गया हूँ जो मुझे अपनी मंज़िल तक पहुँचने में मददगार साबित होगा। प्रथम पुस्तक 'अपनों से दूर अपनों के पास' अमेरिका यात्रा संस्मरण नवंबर 2024 व 'जज साहब' सामाजिक उपन्यास जनवरी 2025 में प्रकाशित हुआ। फिर दौर शुरू हुआ क्रांतिकारी सामाजिक उपन्यास 'अनजाना हमसफ़र' का जो अभी तक जारी है व इस उपन्यास के छ: खंड प्रकाशित हो चुके हैं। हमारे हाथों में अब यह अंतिम खंड - सात सुशोभित है।

अगस्त 2024 में पहली बातचीत Kavya Publications की Energetic Product Manager/ Sales Officer सुश्री मोहनी से हुई जिनके मृदु व्यवहार के चलते प्रकाशन से जुड़ने का मन बना और यह जुड़ाव आजतक जारी है। इस समय के दौरान जो पुस्तकें प्रकाशित हुई उनके लिए श्री अनुराग चतुर्वेदी व ज़मील अंसारी ने Graphic Designing की सेवाएँ दी व श्री राजकुमार, श्री असरफ एवं सुश्री रजनी जेठी ने आंतरिक साज - सज्जा का दायित्व संभाला।

मै 'अनजाना हमसफ़र' उपन्यास का लेखक देव गोयल 'देव' इस पूरी टीम का हृदय से धन्यवाद व आभार प्रकट करता हूँ तथा इनके द्वारा दिए गए अमूल्य योगदान के लिए इक्यावन सौ रुपये की राशि पुरस्कार के रूप में उत्साह वृद्धि एवं सम्मान स्वरूप प्रदान करता हूँ। लगभग 500 दिनों की इस साहित्यिक यात्रा में मेरा पूरी टीम के साथ परिवार सा संबंध बन गया और सब मुझे अपने से लगने लगे हैं। अब जीवन के अंतिम व चतुर्थ आश्रम के क़रीब इतना तो नहीं कर पाता हूँ फिर भी आप सभी कीं दुआओं से कुछ लिखने की कोशिश करूँगा ताकि आपसे जुड़ा रहूँ।

इस काल खंड में काव्य प्रकाशन समूह के CEO एवं उच्च कोटि के लेखक (Author) श्री अजय अग्रवाल जी से भी कई बार बातचीत हुई व लगा कि वर्तमान समय में भी Publishing के क्षेत्र में ईमानदार व परिश्रमी लोग साहित्य सेवा में लगे लेखकों की सेवा कर रहे हैं। जब भी अग्रवाल जी से बात होती एक नया अहसास जन्म लेता क्योंकि अग्रवाल जी ने कभी सेवा भावना में आर्थिक बाधा उपस्थित नहीं होने दी। मैं उन्हें जिस प्रकार से भी सलाह मशविरा देता, उसे तुरंत स्वीकार कर लेते। मुझे लगता है कि प्रकाशन की दुनिया में श्री अजय अग्रवाल एक आदर्श व्यक्तित्व एवं परिश्रमी स्वभाव की साकार मूर्ति है।

मैं काव्य पब्लिकेशंस की पूरी टीम को पुनः हार्दिक धन्यवाद देता हूँ व मेरे प्रति किए गए कार्य के लिए आभार व्यक्त करता हूँ। मैं प्रसन्नता अनुभव करता हूँ कि दीपावली के उपलक्ष्य में जो पुरस्कार राशि भेंट की गयी थी उसे आपने सहर्ष स्वीकार किया। मुझे आशा ही नहीं अपितु पूर्ण विश्वास भी है कि भविष्य में भी मुझे काव्य पब्लिकेशंस की ओर से भरपूर सहयोग मिलता रहेगा ताकि मैं अपनी लेखनी के माध्यम से समाज व राष्ट्र को श्रेष्ठ व अधिकतम दे सकूँ।

फिर एक बार और धन्यवाद एवं आभार !

विनीत -

देव गोयल 'देव'

अनजाना हमसफर उपन्यास सीरिज

↓

प्रथम खंड — संयोग के पल

द्वितीय खंड — प्यार के पल

तृतीय खंड — रोमांस के पल

चतुर्थ खंड — फ़ुरसत के पल

पंचम खंड — विदाई के पल

षष्ठ खंड — खुशियों के पल

*सप्तम खंड — आनंद के पल

www.ingramcontent.com/pod-product-compliance
Lightning Source LLC
LaVergne TN
LVHW052138041026
849558LV00042B/534
9789364313421